ENTERRE SEUS MORTOS

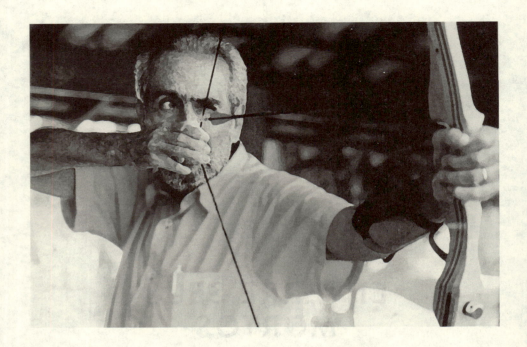

O Arqueiro

GERALDO JORDÃO PEREIRA (1938-2008) começou sua carreira aos 17 anos, quando foi trabalhar com seu pai, o célebre editor José Olympio, publicando obras marcantes como *O menino do dedo verde*, de Maurice Druon, e *Minha vida*, de Charles Chaplin.

Em 1976, fundou a Editora Salamandra com o propósito de formar uma nova geração de leitores e acabou criando um dos catálogos infantis mais premiados do Brasil. Em 1992, fugindo de sua linha editorial, lançou *Muitas vidas, muitos mestres*, de Brian Weiss, livro que deu origem à Editora Sextante.

Fã de histórias de suspense, Geraldo descobriu *O Código Da Vinci* antes mesmo de ele ser lançado nos Estados Unidos. A aposta em ficção, que não era o foco da Sextante, foi certeira: o título se transformou em um dos maiores fenômenos editoriais de todos os tempos.

Mas não foi só aos livros que se dedicou. Com seu desejo de ajudar o próximo, Geraldo desenvolveu diversos projetos sociais que se tornaram sua grande paixão.

Com a missão de publicar histórias empolgantes, tornar os livros cada vez mais acessíveis e despertar o amor pela leitura, a Editora Arqueiro é uma homenagem a esta figura extraordinária, capaz de enxergar mais além, mirar nas coisas verdadeiramente importantes e não perder o idealismo e a esperança diante dos desafios e contratempos da vida.

LOUISE PENNY

ENTERRE SEUS MORTOS

— UM CASO DO INSPETOR GAMACHE —

Título original: *Bury Your Dead*

Copyright © 2010 por Three Pines Creations, Inc.
Trecho de *A Trick of the Light* © 2011 por Three Pines Creations, Inc.
Copyright da tradução © 2024 por Editora Arqueiro Ltda.

Todos os direitos reservados. Nenhuma parte deste livro pode ser utilizada ou reproduzida sob quaisquer meios existentes sem autorização por escrito dos editores.

"Morning in the Burned House", de Margaret Atwood © 1995. Publicado pela McClelland & Stewart Ltd. Utilizado com a permissão da editora.
"Vapour Trails", de Marylyn Plessner © 2000. Publicado por Stephen Jarislowsky. Utilizado com a permissão do editor.

tradução: Simone Reisner
preparo de originais: Lucas Bandeira de Melo
revisão: Midori Hatai e Sheila Louzada
diagramação: Abreu's System
capa: David Baldeosingh Rotstein
imagem de capa: Jon Shireman
adaptação de capa: Gustavo Cardozo
impressão e acabamento: Lis Gráfica e Editora Ltda.

CIP-BRASIL. CATALOGAÇÃO NA PUBLICAÇÃO
SINDICATO NACIONAL DOS EDITORES DE LIVROS, RJ

P465e

Penny, Louise, 1958-
    Enterre seus mortos / Louise Penny ; tradução Simone Reisner. – 1. ed. – São Paulo : Arqueiro, 2024.
    416 p. ; 23 cm.   (Inspetor Gamache ; 6)

    Tradução de: Bury your dead
    Sequência de: Revelação brutal
    Continua com: Um truque de luz
    ISBN 978-65-5565-590-2

    1. Ficção canadense. I. Reisner, Simone. II. Título. III. Série.

                                                    CDD: 819.13
23-86991   CDU: 82-3(71)

Meri Gleice Rodrigues de Souza – Bibliotecária – CRB-7/6439

Todos os direitos reservados, no Brasil, por
Editora Arqueiro Ltda.
Rua Artur de Azevedo, 1.767 – Conj. 177 – Pinheiros
05404-014 – São Paulo – SP
Tel.: (11) 2894-4987
E-mail: atendimento@editoraarqueiro.com.br
www.editoraarqueiro.com.br

*Este livro é dedicado a segundas chances –
àqueles que as dão
e àqueles que as recebem*

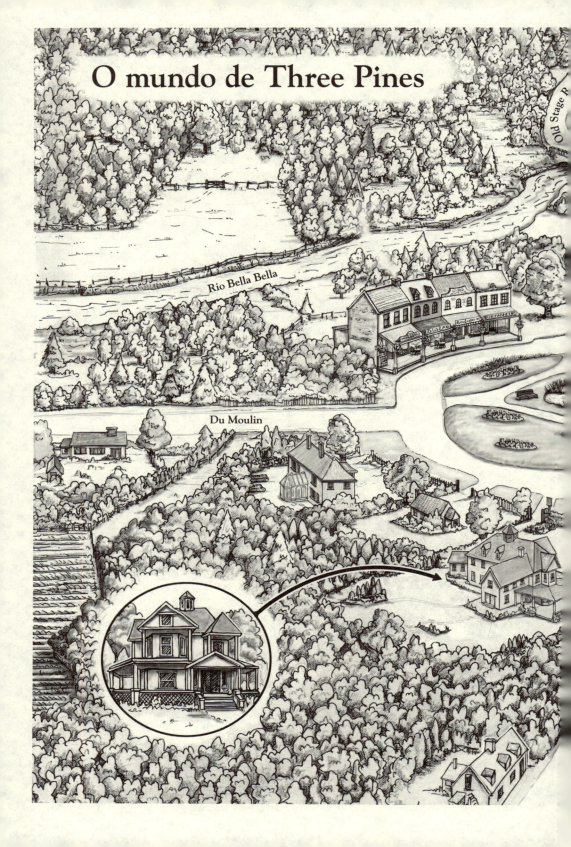

UM

Eles subiram as escadas às pressas, dois degraus de cada vez, tentando fazer o mínimo de barulho possível. Gamache tentara manter a respiração estável, como se estivesse sentado em casa, sem nada com que se preocupar.

– Senhor? – veio a voz jovem nos fones de ouvido do comunicador dele.

– Acredite em mim, meu filho. Nada de ruim vai acontecer com você.

O inspetor-chefe torceu para que o jovem agente não percebesse a tensão em sua fala, o tom neutro devido ao esforço de mantê-la imperativa e determinada.

– Eu acredito, senhor.

Eles chegaram ao topo da escada. O inspetor Beauvoir parou, encarando o chefe. Gamache olhou o relógio.

Quarenta e sete segundos.

Ainda dava tempo.

No fone de ouvido, o agente lhe contava como era bom sentir o sol no rosto.

O restante da equipe – com coletes à prova de balas, armas em punho, olhos atentos – os encontrou ali. Focados no chefe. Ao lado dele, o inspetor Beauvoir também esperava uma decisão. Para qual lado? Eles estavam perto. A poucos metros.

Gamache olhou para um corredor escuro e lúgubre da fábrica abandonada, depois para outro.

Pareciam idênticos. Um raio de luz atravessava as janelas quebradas e sujas e, com ele, o dia de dezembro se anunciava.

Quarenta e três segundos.

Ele apontou para a esquerda, resoluto, e todos correram em silêncio na direção da porta ao final do corredor. Enquanto corria, Gamache pegou sua arma e falou com muita calma no comunicador:

– Não precisa se preocupar.

– Quarenta segundos, senhor – respondeu o homem do outro lado da linha, cada palavra pronunciada como se lhe faltasse o ar.

– Apenas me ouça – disse Gamache, empurrando uma porta com a mão.

A equipe avançou.

Trinta e seis segundos.

– Não vou deixar nada acontecer com você – reforçou Gamache, sua voz convincente, firme, desafiando o jovem agente a contradizê-lo. – Você vai jantar com a sua família hoje à noite.

– Sim, senhor.

A equipe tática cercou a porta fechada, que tinha na parte superior um vidro fosco e imundo. Escuro.

Gamache fez uma pausa, olhando para a porta, a mão erguida, pronto para autorizar que a arrombassem. Que resgatassem seu agente.

Vinte e nove segundos.

A seu lado, Beauvoir se esticou, esperando receber a ordem.

Tarde demais, o inspetor-chefe Gamache percebeu que havia cometido um erro.

– Dê tempo ao tempo, Armand.

– *Avec le temps?*

Gamache retribuiu o sorriso do homem mais velho e fechou o punho direito. Para deter o tremor. Um tremor tão leve que com certeza a garçonete daquele café em Quebec não havia reparado. Os dois estudantes do outro lado, focados nos notebooks, não iriam notar. Ninguém perceberia.

Exceto alguém muito próximo dele.

Ele olhou para Émile Comeau, cujo croissant esfarelava nas suas mãos firmes. O mentor e ex-chefe de Gamache devia ter quase 80 anos. Tinha o cabelo branco bem cortado, olhos azuis penetrantes por trás dos óculos.

Era esguio e cheio de energia, mesmo naquela idade, embora a cada visita Gamache notasse um tênue aprofundamento da flacidez da face, um leve desacelerar dos movimentos.

Avec le temps.

Viúvo fazia cinco anos, Émile Comeau conhecia o poder e a extensão do tempo.

A esposa de Gamache, Reine-Marie, havia saído logo ao amanhecer, depois de passar uma semana com os dois na casa de pedra de Émile, na parte murada da cidade de Quebec. Eles desfrutaram de jantares tranquilos em frente à lareira e caminharam pelas ruas estreitas cobertas de neve. Conversaram. Ficaram em silêncio. Leram os jornais. Discutiram os acontecimentos. Eles três. Quatro, se contassem o pastor-alemão do casal, Henri.

E muitas vezes Gamache fora sozinho à biblioteca local, para ler.

Émile e Reine-Marie lhe concederam esse direito, reconhecendo que naquele momento ele precisava tanto de companhia quanto de solidão.

Até que chegou a hora de Reine-Marie ir embora. Depois de se despedir de Émile, ela se virou para o marido. Alto, forte, um homem que preferia bons livros e longas caminhadas a qualquer outra atividade, Gamache mais parecia um distinto professor de 50 e poucos anos do que o chefe da mais importante Divisão de Homicídios do Canadá. A Sûreté du Québec. Ele a acompanhou até o carro e raspou do para-brisa o gelo da madrugada.

– Você não precisa ir, você sabe – comentou ele, sorrindo para a esposa naquele comecinho de dia que ainda mal se anunciava.

Henri estava acomodado em um monte de neve próximo, assistindo à cena.

– Eu sei. Mas você e Émile precisam de um tempo juntos. Percebi como se entreolhavam.

– Percebeu? – indagou o inspetor-chefe, rindo. – Achei que tivéssemos sido mais discretos.

– Uma esposa sempre sabe.

Ela sorriu, fitando os olhos castanhos e profundos do marido. Ele estava de chapéu, mas ainda era possível ver o cabelo grisalho e o tímido cacho que escapava do tecido. E tinha sua barba. Ela se acostumara aos poucos. Durante anos ele ostentara apenas o bigode, mas nos últimos tempos, desde o ocorrido, vinha usando uma barba curta.

Ela hesitou. Deveria dizer ou não? Frequentemente pensava naquilo e estava prestes a tocar no assunto. Ela sabia que suas palavras seriam inúteis, se é que alguma palavra poderia ser assim descrita. Certamente sabia que as palavras não fariam a coisa acontecer. Caso contrário, Reine-Marie o envolveria com elas.

– Volte para casa quando puder – disse apenas, o tom de voz leve.

Ele a beijou.

– Não vou demorar. Poucos dias, uma semana no máximo. Me avise quando chegar lá.

– *D'accord* – respondeu a esposa, entrando no carro.

– *Je t'aime* – disse ele, colocando a mão no ombro de Reine-Marie.

Tome cuidado, gritou a mente dela. *Cuide-se. Volte para casa, para mim. Cuidado, cuidado, cuidado.*

Ela apoiou a mão na dele, ambos de luvas.

– *Je t'aime.*

E então ela se foi, de volta para Montreal. Pelo espelho retrovisor, deu uma olhada no marido ali de pé na rua deserta, ainda tão cedo, Henri naturalmente ao seu lado. Ambos observando-a, até ela desaparecer de vista.

O inspetor-chefe continuou olhando, mesmo depois que a esposa dobrou a esquina. Então pegou uma pá e, aos poucos, limpou a neve fofa que caíra à noite nos degraus da frente da casa. Descansando por um momento com os braços cruzados sobre o cabo da pá, ele se maravilhou com a beleza da luz da manhã sobre a neve recém-caída. A cor mais parecia um azul bem claro do que um branco e brilhava como minúsculos prismas nos pontos onde os flocos haviam se acumulado, se desfeito e então se restaurado, refletindo a luz. Como algo vivo e eufórico.

A vida na antiga cidade murada era assim. Ao mesmo tempo mansa e dinâmica, centenária e vibrante.

O inspetor-chefe pegou um punhado de neve e moldou uma bola. Henri imediatamente se levantou, abanando o rabo com tanta força que todo o seu traseiro balançava. Os olhos fixos na bola.

Gamache atirou-a para o alto e o cachorro pulou, abocanhando a bola de neve, que se desmanchou. Caindo de quatro, Henri ficou surpreso quando aquela coisa tão sólida de repente desapareceu.

Sumiu, e depressa.

Mas na próxima vez seria diferente.

Gamache riu. Talvez o cachorro tivesse razão.

Naquele momento, Émile surgiu à porta, enrolado em um imenso casaco de inverno para se proteger do frio cortante de fevereiro.

– Pronto?

O velho enfiou um gorro na cabeça e o puxou para baixo de maneira a cobrir as orelhas e a testa. Em seguida vestiu luvas grossas, quase como as de um boxeador.

– Para quê? Um cerco?

– Para o café da manhã, *mon vieux*. Venha comigo antes que alguém pegue o último croissant.

Ele sabia motivar seu ex-subordinado. Mal parando para Gamache guardar a pá, Émile seguiu pela rua coberta de neve. Em volta deles, os outros moradores estavam acordando. Saíam de casa com pás, raspavam a neve de seus carros, andavam até a *boulangerie* em busca de baguetes e cafés.

Os dois homens e Henri seguiram pela Rue St. Jean, passando por restaurantes e lojas turísticas e entrando em uma minúscula rua lateral chamada Couillard, onde ficava o Chez Temporel.

Eles frequentavam aquele café havia quinze anos, desde que o superintendente Émile Comeau se aposentara e fora morar em Vieux Québec. Gamache ia visitá-lo, passava um tempo com seu mentor e ajudava nas pequenas tarefas que se acumulavam. Tirar neve do entorno da casa, empilhar lenha para a lareira, vedar janelas para impedir a entrada de correntes de ar... Mas aquela visita era diferente de todas as outras que o inspetor-chefe tinha feito até então.

Daquela vez, era Gamache quem precisava de ajuda.

– Então... – Émile recostou-se na cadeira, segurando nas mãos delgadas sua xícara de *café au lait*. – Como vai a pesquisa?

– Ainda não consegui encontrar nenhuma referência ao encontro do capitão Cook com Bougainville antes da Batalha de Quebec, mas isso foi há 250 anos. Os registros se dispersaram e não eram bem-conservados. Mas eu sei que estão lá – respondeu Gamache. – É uma biblioteca incrível, Émile. As obras são seculares.

Comeau o observou enquanto ele falava sobre o processo de esmiuçar livros misteriosos em uma biblioteca local e as poucas informações desconexas que estava desenterrando a respeito de uma batalha travada muito tempo antes – uma batalha perdida. Pelo menos do seu ponto de vista. Haveria finalmente um brilho naqueles olhos tão queridos? Aqueles olhos que ele fitara diversas vezes, diante de cenas de crimes terríveis, enquanto caçavam assassinos. Enquanto percorriam bosques, vilarejos e campos, seguindo pistas, suspeitas e evidências. *Descendo por trevas titânicas de medos abissais*, lembrou-se Émile do verso, ao pensar naqueles dias. Sim, aquela era uma boa descrição. Medos abissais. Tanto deles quanto dos assassinos. O chefe e Gamache, um sentado de frente para o outro, por toda a província. Como naquele momento.

Mas agora deveriam dar um tempo nos assassinatos. Chega de assassinos, chega de mortes. Armand tinha visto muito daquilo ultimamente. Não, era melhor se aprofundar na história, em vidas que havia muito tinham partido. Uma busca intelectual, nada além disso.

Ao lado deles, Henri se agitou, e Gamache instintivamente abaixou a mão para acariciar a cabeça do cachorro e acalmá-lo. E, mais uma vez, Émile percebeu o leve tremor. Naquele momento, bem suave. Às vezes, mais forte. Em outras, desaparecia por completo. Era um sinal revelador, e Émile sabia a terrível história que ele tinha para contar.

Queria poder pegar aquela mão, segurá-la com firmeza e dizer a Gamache que ficaria tudo bem. Porque tinha certeza de que ficaria.

Com o tempo.

Observando Armand Gamache, notou novamente a cicatriz irregular em sua têmpora esquerda e a barba curta que ele tinha deixado crescer. Para que as pessoas parassem de olhar tanto. Para que não reconhecessem o mais famoso policial do Quebec.

Mas isso não importava. Não era deles que Gamache se escondia.

A garçonete do Chez Temporel chegou com mais café.

– *Merci*, Danielle – agradeceram os dois, e ela saiu, sorrindo para aqueles homens tão diferentes entre si mas tão semelhantes.

Eles beberam o café, comeram *pain au chocolat* e croissants de amêndoas e conversaram sobre o Carnaval do Quebec, que começaria naquela noite. De vez em quando caíam num silêncio profundo, observando as pessoas que passavam afoitas pela rua gelada, a caminho do trabalho. Alguém havia gravado um trevo de três folhas no centro da mesa de madeira. Émile passou o dedo pelo desenho. E se perguntou quando Armand iria falar sobre o que aconteceu.

Eram dez e meia e a reunião mensal do Conselho da Sociedade Literária e Histórica – a Lit e His – estava prestes a começar. Por muitos anos os encontros haviam sido realizados à noite, quando a biblioteca estava fechada, até perceberem que cada vez menos frequentadores apareciam.

Então o presidente, Porter Wilson, mudou o horário. Ou pelo menos achou que o havia mudado. Constava nas atas do Conselho que fora ele que propusera, embora ele mesmo se lembrasse de ter argumentado contra a alteração.

E eis que ali estavam eles reunindo-se pela manhã, o que já acontecia havia alguns anos. Os outros membros se adaptaram, assim como Porter. Ele fora obrigado a isso, uma vez que, aparentemente, a ideia fora sua.

O fato de todos os membros do Conselho terem se ajustado ao horário era por si só um milagre. Da última vez que lhes fora solicitado mudar alguma coisa, o tema era o desgastado couro das cadeiras da Lit e His, e isso aconteceu 63 anos antes. Os membros ainda recordavam pais, mães e avós, enfileirados em ambos os lados da linha Mason-Dixon estofada. Recordavam os virulentos comentários feitos a portas fechadas, pelas costas, mas diante das crianças. E não esqueciam, 63 anos depois, aquela diabólica transição do velho couro preto para o novo couro preto.

Puxando sua cadeira na ponta da mesa, Porter percebeu que ela parecia desgastada. Sentou-se depressa para que ninguém, muito menos ele próprio, pudesse ver o estrago.

Pequenas pilhas de papel estavam cuidadosamente dispostas à sua frente e diante de cada um dos outros lugares ao redor da mesa de madeira. Tudo organizado por Elizabeth MacWhirter. Ele analisou Elizabeth. Comum, alta e magra. Pelo menos a teriam descrito assim quando o mundo era jovem. Agora, parecia mesmo criogenizada. Como aqueles cadáveres antigos resgatados das geleiras. Ainda obviamente humanos, mas ressequidos e acinzentados. Ela usava um vestido azul e prático, com um bom corte e material de qualidade, observou ele. Elizabeth era membro da família MacWhirter, afinal. Um clã venerável e abastado. Pouco dado a exibições de riqueza ou mesmo de inteligência. Seu irmão tinha vendido o império marítimo com cerca de uma década de atraso. Mas ainda rendeu um dinheiro. Ela era um tanto embotada, pensou, mas responsável. Não era uma líder, não era uma visionária. Não era do tipo que mantinha unida uma comunidade em perigo. Como ele. Como seu pai. E seu avô.

Pois a pequena comunidade inglesa dentro das muralhas de Vieux Québec vinha correndo perigo havia muitas gerações. Um perigo perpétuo, que às vezes suavizava e às vezes se intensificava, mas nunca desaparecia de todo. Exatamente como os ingleses.

Porter Wilson nunca vivera a guerra, pois era jovem demais e, mais tarde, velho demais. Pelo menos nunca uma guerra oficial. Mesmo assim, ele e os outros membros do Conselho se sentiam em plena batalha. Uma batalha que ele, secretamente, suspeitava estarem perdendo.

À porta, Elizabeth MacWhirter cumprimentava os outros membros à medida que chegavam e olhavam para Porter Wilson, já sentado à cabeceira da mesa, lendo e relendo suas anotações.

Elizabeth sabia que ele havia realizado muito ao longo da vida. O coral, o teatro amador, a ala para a casa de repouso, tudo construído com força de vontade e personalidade. Porém era menos do que poderia ter sido se ele tivesse procurado e aceitado alguns conselhos.

A força de sua personalidade tanto conquistava quanto prejudicava. Quanto mais ele poderia ter alcançado se tivesse sido mais simpático? Dinamismo e amabilidade não costumavam andar juntos, mas, quando o faziam, eram irrefreáveis.

Porter era passível de ser freado. Na verdade, ele mesmo se freava. E agora o único conselho que o suportava era o da Lit e His. Elizabeth conhecia Porter havia setenta anos, desde que o vira almoçando sozinho todos os dias na escola e fora lhe fazer companhia. Porter presumiu que ela o estava bajulando por ser do importante clã dos Wilsons e a tratou com desdém.

Mesmo assim, ela lhe fez companhia. Não porque gostasse dele, mas porque sabia, já naqueles dias, algo que Porter Wilson levaria décadas para perceber. Os ingleses do Quebec não eram mais os colossos, os navios a vapor – não eram mais os graciosos navios de passageiros da sociedade e da economia.

Eles eram o bote salva-vidas. À deriva. E não se faz guerra com quem está em um bote.

Elizabeth MacWhirter havia notado isso. E quando Porter balançava o barco, ela o endireitava.

Ela olhou para Porter Wilson e viu um homem pequeno, impetuoso, que usava uma peruquinha no topo da cabeça. A parte de seu cabelo que não era falsa fora tingida de um tom de preto que daria inveja ao couro das cadeiras. Seus olhos eram castanhos e se moviam nervosamente.

O Sr. Blake foi o primeiro a chegar. Era o mais velho do Conselho e praticamente morava na Lit e His. Ele tirou o casaco, revelando seu uniforme de terno de flanela cinza, camisa branca bem lavada e gravata de seda azul. Estava sempre perfeitamente arrumado. Um cavalheiro, que fazia com que Elizabeth se sentisse jovem e linda. Quando era uma adolescente desajeitada e ele tinha arrojados 20 anos, ela se sentira atraída por ele.

Ele era de fato atraente naquela época e, sessenta anos depois, ainda era, embora seu cabelo fosse ralo e branco e seu outrora belo corpo tivesse se arredondado e amolecido. Mas seus olhos eram inteligentes e vivazes, e seu coração, grande e forte.

– Elizabeth.

O Sr. Blake sorriu e pegou a mão dela, segurando-a por um momento. Nunca por muito tempo, nunca de maneira muito calorosa. Apenas o bastante para que ela soubesse que sua mão fora apertada.

Ele se sentou. Num assento que precisava ser substituído, refletiu Elizabeth. Mas isso também poderia ser dito sobre o Sr. Blake. E sobre todos os outros.

O que aconteceria quando eles morressem e tudo o que sobrasse do Conselho da Sociedade Literária e Histórica fossem apenas cadeiras desgastadas e vazias?

– Certo, precisamos fazer isso rápido. Temos um treino daqui a uma hora.

Tom Hancock chegou, seguido por Ken Haslam. Os dois andavam inseparáveis nos últimos tempos, sendo improváveis membros da equipe de uma corrida ridícula que aconteceria em poucos dias.

Tom era o triunfo de Elizabeth. Sua esperança. E não apenas porque ele era o pastor da Igreja Presbiteriana de St. Andrew, que ficava logo ao lado.

Ele era jovem e novo na comunidade, tendo se mudado para Quebec três anos antes. Aos 33 anos, tinha cerca de metade da idade do integrante mais jovem do Conselho. Ainda não desiludido, ainda não exaurido. Ele acreditava que sua igreja encontraria novos paroquianos, que a comunidade inglesa de repente produziria bebês com o desejo de ficar em Quebec. Acreditara quando o governo prometera igualdade de emprego aos anglófonos. E cuidados médicos em sua própria língua. E educação. E asilos para que, quando toda a esperança estivesse perdida, eles pudessem morrer ouvindo inglês saindo da boca de seus cuidadores.

Ele conseguira inspirar o Conselho a acreditar que talvez nem tudo estivesse perdido. E até mesmo que talvez aquilo não fosse de fato uma guerra. Que não era uma terrível extensão da Batalha das Planícies de Abraão, na qual os ingleses, desta vez, seriam vencidos. Elizabeth olhou para o alto, para a estranhamente pequena estátua do general James Wolfe. O herói martirizado da batalha de 250 anos antes pairava sobre a biblioteca da Sociedade Literária e Histórica feito uma recriminação em madeira. Para testemunhar seus insignificantes combates e manter viva a memória da grande batalha que havia lutado por eles. Onde ele morrera, mas não sem antes triunfar naqueles campos encharcados de sangue. Acabando com a guerra e garantindo Quebec para os ingleses, na forma de um documento oficial.

E agora, de seu canto da linda e antiga biblioteca, o general Wolfe olhava para eles com desprezo.

– Então, Ken – começou Tom, sentando-se ao lado do mais velho –, está em forma? Preparado para a corrida?

Elizabeth não ouviu a resposta de Ken Haslam. Mas não esperava ouvir. Os lábios finos de Ken se mexiam, palavras eram formadas, mas nunca ouvidas de verdade.

Todos se detiveram em volta, pensando que aquele fosse talvez o dia em que ele produziria uma palavra mais alta do que um sussurro. Mas estavam enganados. Mesmo assim Tom Hancock continuou a falar com Ken, como se estivessem de fato conversando.

Elizabeth amava Tom também por isso. Por ele não ceder à ideia de que Ken fosse idiota apenas por ser mais reservado. Elizabeth sabia que ele não era nada disso. Com seus 60 e poucos anos, era o mais bem-sucedido do grupo, tendo criado sua própria empresa. E agora ela ficara sabendo que Ken Haslam conquistara outro feito marcante.

Ele se inscrevera na traiçoeira corrida de canoas sobre o gelo. Na equipe de Tom Hancock. Ele seria o mais velho da equipe, o mais velho de todas as equipes. Talvez o mais velho de todos os tempos.

Observando Ken, calado e sereno, e Tom, jovem, intenso e bonito, Elizabeth pensou que talvez eles se entendessem muito bem no fim das contas. Talvez ambos tivessem coisas que não queriam revelar.

Não pela primeira vez, Elizabeth se perguntou sobre Tom Hancock. Por que ele tinha escolhido ser o pastor daquela comunidade, dentro das muralhas de Vieux Québec? Ela sabia que era preciso ter uma personalidade peculiar para escolher viver naquilo que um dia já fora uma fortaleza.

– Certo, vamos começar – declarou Porter, ficando ainda mais ereto na cadeira.

– Winnie ainda não chegou – observou Elizabeth.

– Não podemos esperar.

– Por que não? – indagou Tom, casualmente.

Apesar disso, Porter entendeu suas palavras como uma afronta.

– Porque já passa das dez e meia e foi você quem disse para sermos rápidos – retrucou Porter, satisfeito por ter usado um bom argumento.

Mais uma vez, pensou Elizabeth, Porter conseguira olhar para um amigo e enxergar um inimigo.

– É verdade. Mas não vejo problema em esperar – respondeu Tom com um sorriso, resistindo a entrar numa discussão.

– Bom, eu vejo. Primeiro item da pauta?

Eles debateram a aquisição de novos livros durante algum tempo antes de Winnie chegar. Pequenina e entusiasmada, ela era ferozmente leal. À comunidade inglesa, à Lit e His, mas antes de tudo à sua amiga.

Ela entrou, lançou um olhar fulminante para Porter e se sentou ao lado de Elizabeth.

– Vejo que começaram sem mim – disse ela a Porter. – Eu avisei que chegaria atrasada.

– Você avisou, mas nem por isso somos obrigados a esperar. Estamos discutindo novos livros para comprar.

– E não lhe ocorreu que esse assunto deveria ser discutido com a bibliotecária?

– Bom, você está aqui agora.

Os outros membros do Conselho assistiram àquele confronto como se estivessem num torneio de Wimbledon, ainda que com um interesse consideravelmente menor. Estava bem claro quem mandava na partida e quem ia vencer.

Cinquenta minutos depois, eles já estavam quase no fim da pauta. Restava um único biscoito de aveia, para o qual os membros olhavam fixamente, sem coragem para pegar. Discutiram as contas do aquecimento, a campanha de adesão de novos membros, os livros velhos e surrados que recebiam de herança em vez de dinheiro. Eram geralmente sermões, coleções sinistras de poesia vitoriana ou o triste diário de uma viagem pela Amazônia ou pela África para caçar e empalhar uma pobre criatura selvagem.

Eles discutiram a possibilidade de fazer outra venda de livros, mas, depois do fiasco que fora a anterior, o assunto foi encerrado sem mais delongas.

Elizabeth tomou notas e teve que se esforçar para não repetir com os lábios os comentários de cada membro do Conselho. Era uma liturgia. Estranhamente familiar e tranquilizante. As mesmas palavras repetidas em toda reunião. Para todo o sempre. Amém.

Um som repentino interrompeu a tranquilidade daquela liturgia, um som tão único e surpreendente que Porter quase saltou da cadeira.

– O que foi isso? – sussurrou Ken Haslam, o que, para ele, era quase um grito.

– É a campainha, eu acho – respondeu Winnie.

– Campainha? – indagou Porter. – Eu não sabia que tínhamos uma.

– Instalada em 1897, depois que o tenente-governador tentou fazer uma visita e não conseguiu entrar – relatou o Sr. Blake, como se tivesse presenciado o ocorrido. – Eu mesmo nunca a tinha ouvido tocar.

Mas ele a ouviu de novo. Um badalar longo e estridente. Elizabeth havia trancado a porta da Sociedade Literária e Histórica depois que todos chegaram. Uma precaução para que não fossem interrompidos, embora isso fosse mais um hábito seu do que uma necessidade, já que quase ninguém aparecia por lá. Ela também havia pendurado uma placa na pesada porta de madeira. *Reunião do Conselho em andamento. A biblioteca será reaberta ao meio-dia. Obrigada. Merci.*

A campainha soou de novo. Alguém insistia, com o dedo grudado no botão.

Eles se entreolharam.

– Eu vou atender – decidiu Elizabeth.

Porter voltou a atenção para seus papéis. Era melhor adotar a discrição.

– Não – declarou Winnie, levantando-se. – Eu vou. Vocês fiquem aqui.

Eles viram Winnie desaparecer no corredor e ouviram seus passos na escada de madeira. Silêncio. Então, um minuto depois, ouviram de novo os passos dela na escada.

Perceberam que os passos se aproximavam. Ela chegou, mas parou no limiar da porta, o rosto pálido e sério.

– Tem alguém aí. Alguém querendo falar com o Conselho.

– Ora, quem é? – exigiu saber Porter, lembrando que ele era o líder, agora que a idosa já fora até a porta.

– Augustin Renaud – disse Winnie.

Ela observou a expressão no rosto de todos ali. Se tivesse dito "Drácula", não ficariam tão assustados. Embora, para os ingleses, "assustado" significasse apenas erguer as sobrancelhas.

Cada sobrancelha na sala estava erguida e, se fosse capaz, o general Wolfe teria feito igual.

– Eu o deixei lá fora – afirmou ela, rompendo o silêncio.

Como se para confirmar esse fato, a campainha tocou de novo.

– O que devemos fazer? – perguntou Winnie, mas, em vez de se virar para Porter, encarou Elizabeth.

Todos olhavam para ela agora.

– Vamos fazer uma votação – propôs ela, depois de um tempo. – Devemos falar com ele?

– Ele não está na pauta – observou o Sr. Blake.

– De fato – concordou Porter, tentando retomar as rédeas da situação, mas também olhando para Elizabeth.

– Quem é a favor de permitir que Augustin Renaud fale com o Conselho? – indagou Elizabeth.

Ninguém levantou a mão.

Elizabeth baixou a caneta, sem tomar nota dos votos, e assentiu.

– Vou falar com ele – decidiu ela.

– Eu vou com você – ofereceu-se Winnie.

– Não, querida, fique aqui. Eu volto já. Quer dizer, será? – Ela parou à porta, observando novamente o Conselho e o general Wolfe logo acima. – Não pode ser tão ruim, certo?

Mas eles todos sabiam a resposta. Quando Augustin Renaud aparecia, nunca era bom.

DOIS

Armand Gamache se acomodou no desgastado sofá de couro sob a estátua do general Wolfe. Meneou a cabeça para o homem mais velho à sua frente e tirou as cartas de sua maleta. Depois de uma caminhada pela cidade com Émile e Henri, retornara à casa, recolhera sua correspondência, pegara suas anotações, enfiara tudo na maleta e subira a colina com Henri.

Em direção à silenciosa biblioteca da Sociedade Literária e Histórica.

Agora, olhava para o volumoso envelope de papel pardo ao seu lado, no sofá. A correspondência diária de seu gabinete em Montreal, enviada para a casa de Émile. A agente Lacoste a separara e anexara um bilhete.

Cher patron,
Foi bom falar com o senhor outro dia. Estou com inveja de suas semanas em Quebec. Eu sempre insisto com meu marido para levarmos as crianças ao Carnaval de Inverno, mas ele acha que ainda são pequenas para isso. Talvez ele tenha razão. A verdade é que eu queria muito ir.
O interrogatório do suspeito (é muito difícil chamá-lo assim quando nós todos sabemos que não há suspeitas, apenas certezas) continua. Não sei o que ele falou, se é que disse alguma coisa. Como deve saber, uma Comissão Real foi formada. O senhor já prestou depoimento? Recebi minha intimação hoje. Não sei bem o que dizer a eles.

Gamache baixou o bilhete por um momento. A agente Lacoste iria dizer a verdade, é claro. Contaria o que vira acontecer. Não tinha escolha, por temperamento e formação. Antes de viajar, ele havia deixado ordens para que todo o departamento cooperasse. Assim como ele fizera.

Voltou-se novamente para o bilhete.

Ninguém sabe aonde isso vai levar nem onde vai terminar. Mas há suspeitas. O ambiente está tenso.
Mantenho o senhor informado.
Isabelle Lacoste

Era difícil manter os olhos no bilhete, que ele lentamente pousou no colo. Ergueu os olhos e viu a agente Isabelle Lacoste em flashes. As imagens se moviam involuntariamente, entrando e saindo de sua mente. Ela o encarando, parecendo gritar, embora ele não conseguisse entender suas palavras. Ele sentiu as mãos dela, pequenas e fortes, nos dois lados de sua cabeça, viu-a inclinando-se para perto, sua boca se mexendo, seus olhos intensos tentando lhe comunicar algo. Sentiu mãos arrancando o colete à prova de balas de seu peito. Viu sangue nas mãos dela e a expressão em seu rosto.

Então ele a viu de novo.

No funeral. Funerais. De uniforme, junto aos outros membros da famosa Divisão de Homicídios da Sûreté du Québec, tomando seu lugar à frente daquela lúgubre fila. Um dia frio e amargo. Para enterrar aqueles que morreram sob o seu comando na fábrica abandonada.

Fechando os olhos, Gamache respirou fundo e sentiu o odor almiscarado da biblioteca. Cheiro de tempo passado, de estabilidade, de calma e paz. De polimento antiquado, de madeira, de palavras encadernadas em couro desgastado. Sentiu em si próprio o leve cheiro de água de rosas e sândalo.

E pensou em algo bom, alguma coisa agradável, algum porto aprazível. E o encontrou em Reine-Marie, lembrando-se de sua voz ao celular mais cedo naquele mesmo dia. Alegria. Lar. Segurança. Sua filha Annie vindo jantar com o marido. Mantimentos para comprar, plantas para regar, correspondências para ler.

Ele podia vê-la ao telefone, em seu apartamento em Outremont, de pé ao lado da estante, a sala ensolarada repleta de livros, revistas e móveis confortáveis, tudo em ordem e em paz.

Havia uma calma nessa imagem, assim como em Reine-Marie.

E ele sentiu seu coração acelerado se acalmar, sua respiração se prolongar. Inspirando fundo mais uma vez, abriu os olhos.

– Seu cachorro gostaria de um pouco de água?

– O que disse?

Gamache retomou o foco e viu o velho sentado à sua frente, referindo-se a Henri.

– Eu costumava trazer o Seamus aqui. Ele se deitava aos meus pés enquanto eu lia. Assim como o seu cachorro. Como ele se chama?

– Henri.

Ao ouvir seu nome, o jovem pastor-alemão se levantou, alerta, as orelhas enormes balançando para um lado e para o outro, como satélites procurando um sinal.

– Por favor, monsieur – disse Gamache, sorrindo –, não diga B-O-L-A ou estaremos perdidos.

O homem deu uma risada.

– Seamus ficava agitado sempre que eu dizia L-I-V-R-O. Ele sabia que viríamos para cá. Acho que gostava ainda mais do que eu.

Gamache ia àquela biblioteca todos os dias havia quase uma semana e, exceto por conversas sussurradas com uma bibliotecária idosa enquanto procurava obras obscuras sobre a Batalha das Planícies de Abraão, não tinha conversado com ninguém.

Era um alívio não falar, não explicar, não sentir que devia uma satisfação – o que aconteceria dali a pouco tempo. Por enquanto, ansiava por paz e a encontrara naquela biblioteca sombria.

Embora visitasse seu mentor havia muitos anos e acreditasse que conhecia intimamente Vieux Québec, ele nunca tinha entrado naquele prédio. Nem sequer o notara entre as outras adoráveis casas, igrejas, conventos, escolas, hotéis e restaurantes.

Mas ali, logo acima da Rue St. Stanislas, onde ficava a velha casa de pedra de Émile, Gamache encontrara refúgio em meio aos livros de uma biblioteca inglesa. Onde mais poderia querer estar?

– Será que ele quer água? – insistiu o velho.

O sujeito parecia querer ajudar, por isso, embora duvidasse que Henri precisasse de algo, Gamache disse sim, obrigado. Juntos, eles saíram da biblioteca e atravessaram o corredor de madeira, passando por fotografias de ex-diretores da Sociedade Literária e Histórica. Era como se o lugar estivesse incrustrado de sua própria história.

Isso lhe trazia uma sensação de calma e certeza. Embora, verdade seja dita, grande parte de Vieux Québec fosse daquele jeito. A única cidade fortificada da América do Norte, protegida de ataques por suas grossas muralhas.

Naqueles tempos, a muralha era mais simbólica do que prática, mas Gamache sabia que os símbolos eram, no mínimo, tão poderosos quanto bombas. Homens e mulheres pereceram, cidades ruíram, mas os símbolos resistiram, cresceram. Os símbolos eram imortais.

O homem mais velho encheu uma tigela de água, e Gamache a levou de volta para a biblioteca, colocando-a sobre uma toalha para não molhar as tábuas largas e escuras do assoalho. Henri, é claro, a ignorou.

Os dois homens se acomodaram em seus assentos. O velho lia um livro grosso sobre horticultura. Gamache se voltou para suas correspondências. As cartas que Isabelle Lacoste imaginara que ele gostaria de ver. A maioria era de colegas solidários de outras partes do mundo, outras eram cartas de cidadãos que desejavam que ele soubesse como se sentiam. Ele leu todas, respondeu a todas, grato à agente Lacoste por ter enviado apenas algumas.

No final, leu a carta que sabia que estaria lá. Sempre estava. Todos os dias. A caligrafia agora lhe era familiar, escrita às pressas, quase ilegível, mas Gamache havia se acostumado e passaria a decifrar os garranchos.

Cher Armand,

Rezo a Deus para que esteja se sentindo melhor. Falamos sobre você muitas vezes e esperamos que venha nos visitar. Ruth quer que traga Reine-Marie, já que ela na verdade não gosta de você. Mas ela me pediu para lhe enviar lembranças e mandou você se ferrar.

Gamache sorriu. Era uma das coisas mais gentis que Ruth Zardo dizia às pessoas. Quase um carinho. Quase.

Eu, no entanto, tenho uma pergunta. Por que Olivier moveria o corpo? Não faz sentido. Ele não é o culpado, como você sabe.
Com amor,
Gabri

Dentro, como sempre, Gabri havia colocado um cachimbo de alcaçuz. Gamache o pegou e, após hesitar por um instante, ofereceu a guloseima ao homem à sua frente.

– Alcaçuz?

O homem olhou para Gamache, depois para a oferta.

– Está oferecendo doces a um estranho? Espero que eu não precise chamar a polícia.

Gamache ficou tenso. O homem teria o reconhecido? Seria uma mensagem velada? Mas não havia malícia nos olhos azul-claros do sujeito, e ele estava sorrindo. Pegando o doce, o homem o quebrou em dois e devolveu a porção maior. A parte onde ficava a chama do cachimbo, o maior e melhor pedaço.

– *Merci, vous êtes très gentil* – agradeceu o homem.

– *C'est moi qui vous remercie.*

Era uma fórmula batida, mas não menos sincera, de troca entre pessoas educadas. O homem falava um francês perfeito, polido, culto. Talvez com um leve sotaque, mas Gamache tinha consciência de que podia não passar de uma suposição equivocada sua, já que ele sabia que o sujeito era inglês, enquanto ele próprio era francófono.

Eles comeram o doce e leram seus livros. Henri se acomodou. Por volta das três e meia a bibliotecária, Winnie, começou a acender as luzes. O sol já se punha atrás das muralhas da cidade e da velha biblioteca.

Isso fez Gamache pensar numa boneca russa. O rosto mais externo era a América do Norte, escondido ali dentro estava o Canadá, e dentro do Canadá estava Quebec. E dentro de Quebec? Uma entidade ainda menor, a minúscula comunidade inglesa. E dentro dela?

Aquele lugar. A Sociedade Literária e Histórica, que os guardava, assim como a todos os seus registros, seus pensamentos, suas recordações, seus símbolos.

Gamache não precisava olhar para a estátua acima para saber quem era. Aquele lugar preservava seus líderes, sua língua, cultura e realizações. Havia muito esquecidos, ou desconhecidos pela maioria francófona do lado de fora daquelas paredes, mas mantidos vivos ali dentro.

Era um lugar notável, ignorado pela maioria dos francófonos. Quando Gamache contou a Émile sobre sua existência, o velho amigo pensou que ele estivesse brincando, inventando aquela história. Entretanto o prédio ficava a apenas dois quarteirões de sua casa.

Sim, era como uma boneca russa. Uma dentro da outra, até que, lá no fundo, se encontrava uma pequena joia. Estaria ela guardada ou escondida?

Gamache viu Winnie andar pela biblioteca, com suas prateleiras de livros cobertas do chão ao teto, tapetes indianos espalhados no piso de madeira, uma longa mesa e, mais além, a área para as pessoas se sentarem. Duas poltronas e um sofá de couro gasto, onde Gamache estava acomodado, com sua correspondência e seus livros sobre a mesinha de centro. Janelas em arco delimitavam as prateleiras e inundavam a sala de luz – quando havia luz lá fora. Mas a parte mais impressionante da biblioteca era a galeria que fazia uma curva acima dela. Uma escada de ferro em espiral levava os frequentadores ao segundo andar, com prateleiras que subiam até o teto de gesso.

O salão era coberto de livros e mais livros. Com luz. Com paz.

Gamache não entendia como nunca soubera da existência daquela biblioteca; ele a descobrira um dia, por mero acaso, numa caminhada em que tentava se desvencilhar daquelas lembranças. Entretanto, os sons eram ainda piores do que os inoportunos clarões. Os tiros, a explosão da madeira e das paredes atingidas pelas balas. Os gritos de susto, depois de dor.

Porém mais alto do que tudo aquilo era a voz silenciosa, confiante e jovem em sua mente.

"Eu acredito, senhor."

ARMAND E HENRI SAÍRAM DA biblioteca e fizeram a ronda pelas lojas, escolhendo uma seleção de queijos de leite cru, patês e cordeiro da J. A. Moisan, frutas e legumes do mercado em frente e uma baguete fresquinha da padaria Paillard, na Rue St. Jean. Chegaram em casa antes de Émile, e Armand colocou mais lenha na lareira para aquecer a casa gelada. Construído em 1752, o local não tinha defesa contra os ventos do inverno, embora cada parede de pedra tivesse quase 1 metro de espessura e aguentasse tranquilamente uma bala de canhão.

Enquanto Armand cozinhava, a casa se aquecia. Quando Émile chegou, o ambiente estava morno e cheirava a alecrim, alho e cordeiro.

– Salut – disse Émile, ainda à porta, e um momento depois entrou na cozinha carregando uma garrafa de vinho tinto, à procura do saca-rolhas.

– Que cheiro delicioso.

Gamache levou a bandeja de baguete, queijos e patê para a sala e a colocou sobre a mesa diante do fogo, enquanto Émile trazia o vinho.

– *Santé*.

Os dois homens sentaram-se de frente para a lareira e brindaram. Enquanto comiam, discutiram sobre o dia. Émile descreveu o almoço com amigos no bar do Château Frontenac e as pesquisas que vinha fazendo para a Sociedade Champlain. Gamache descreveu suas horas silenciosas na biblioteca.

– Encontrou o que estava procurando? – indagou Émile, comendo uma porção do patê de javali selvagem.

Gamache balançou a cabeça.

– Mas está lá, em algum lugar. Caso contrário, não faria sentido. Sabemos que as tropas francesas estavam a menos de 1 quilômetro daqui em 1759, esperando pelos ingleses.

Era a batalha sobre a qual todas as crianças de Quebec aprendiam na escola, com a qual sonhavam e que reencenavam com mosquetes de madeira e cavalos imaginários. A terrível batalha que decidiria o destino da cidade, do território, do país e do continente. A Batalha de Quebec, que, em 1759, encerraria de vez a Guerra dos Sete Anos. Era irônico que, depois de tantos anos de lutas entre franceses e ingleses pela Nova França, a batalha final tivesse sido tão curta. Mas brutal.

Enquanto Gamache falava, os dois imaginavam a cena. Um dia frio de setembro, as forças sob o comando do *général* Montcalm, uma mistura de tropas francesas de elite e quebequenses, mais acostumados a guerrilhas táticas do que à guerra formal. Os franceses estavam desesperados para encerrar o cerco a Quebec, que causava uma fome brutal e cruel. Mais de quinze mil balas de canhão haviam bombardeado a pequena comunidade, mas, com o inverno quase chegando, a luta precisava terminar ou todos morreriam. Homens, mulheres, crianças. Enfermeiras, freiras, carpinteiros, professores. Todos sucumbiriam.

O *général* Montcalm e seu exército enfrentariam as poderosas forças inglesas em uma batalha grandiosa. O vencedor levaria tudo.

Montcalm, soldado valente e experiente, comandante da linha de frente, que liderava pelo exemplo. Um herói para seus homens.

E contra ele? Um igualmente brilhante e corajoso soldado. O general Wolfe.

Quebec fora construída sobre um penhasco, onde o rio se estreitava. Essa era uma enorme vantagem estratégica. Nenhum inimigo conseguiria atacá-la diretamente, pois teria que escalar o penhasco, o que era impossível.

Mas poderia atacar rio acima, e foi ali que Montcalm esperou. Havia, porém, outra possibilidade, uma área um pouco mais distante. Como era um comandante astuto, Montcalm enviou para lá um de seus melhores homens, seu próprio *aide-de-camp*, o coronel Bougainville.

E então, em meados de setembro de 1759, ficou esperando.

Montcalm, porém, cometeu um erro. Um erro terrível. Na verdade, ele cometera vários – algo que Armand Gamache, um estudioso da história do Quebec, estava determinado a provar.

– É uma teoria fascinante, Armand – afirmou Émile. – E você realmente acredita que essa pequena biblioteca detém a chave do mistério? Uma biblioteca inglesa?

– Onde mais ela estaria?

Émile Comeau assentiu. Era um alívio para ele ver seu amigo tão interessado em algo. Quando Armand e Reine-Marie chegaram, uma semana antes, Émile precisou de um dia inteiro para se acostumar às mudanças em Gamache. Não apenas a barba e as cicatrizes, mas ele parecia oprimido, carregando o peso do mundo nas costas devido aos últimos acontecimentos. Agora, Gamache continuava pensando no passado, mas pelo menos era o de outra pessoa, não o dele.

– Você leu as cartas?

– Li, e tenho algumas para enviar de volta. – Gamache pegou o pacote de correspondência. Hesitando por um momento, ele tomou uma decisão e tirou uma carta. – Eu gostaria que você lesse isto.

Émile tomou um gole de vinho e leu, depois começou a rir. Ele devolveu a carta.

– Essa Ruth claramente tem uma queda por você.

– Se eu usasse rabo de cavalo, ela estaria puxando o meu cabelo. – Gamache sorriu. – Mas acho que você a conhece.

Ele recitou:

Quem te machucou uma vez
de maneira tão irreparável,
que te fez saudar cada oportunidade
com uma careta?

– Aquela Ruth? – perguntou Émile. – Ruth Zardo? A poeta?

E então ele terminou o espantoso poema, uma obra agora ensinada nas escolas por toda a província do Quebec:

Enquanto nós, que te conhecemos bem,
teus amigos (o foco do teu escárnio),
enxergamos tua coragem frente ao medo,
teu espírito e tua gentileza,
e nos lembraremos de ti
com um sentimento de quase amor.

Os dois ficaram em silêncio por um momento, olhando para o fogo que balbuciava, perdidos em seus pensamentos de amor e perda, de feridas e dores irreparáveis.

– Eu achei que ela havia morrido – comentou Émile depois de alguns instantes, passando patê no pão fresco.

Gamache riu.

– Gabri a apresentou a Reine-Marie como se fosse uma coisa que ele encontrou quando foi vasculhar o porão.

Émile pegou de novo a carta.

– Quem é esse Gabri? Um amigo?

Gamache hesitou.

– Sim. Ele mora naquele vilarejo sobre o qual lhe falei. Three Pines.

– Você esteve lá algumas vezes, eu me lembro. Investigando alguns assassinatos. Procurei-o no mapa uma vez. Logo ao sul de Montreal, você disse, na divisa com Vermont?

– Isso mesmo.

– Bem... – prosseguiu Émile. – Eu devo estar cego, porque não o encontrei.

Gamache assentiu.

– Por algum motivo, os cartógrafos se esqueceram de Three Pines.

– Então como as pessoas o encontram?

– Não sei. Talvez ele apareça de repente.

– *Eu era cego, mas agora vejo?* – citou Émile. – Visível apenas para um desgraçado como você?

Gamache riu.

– O melhor *café au lait* com croissant do Quebec. Sou um desgraçado de sorte. – Ele se levantou de novo e colocou uma pilha de cartas na mesa de centro. – Também queria que você visse estas aqui.

Émile as leu enquanto Gamache tomava um gole de vinho e comia queijo e baguete, relaxando naquela sala tão familiar e confortável quanto a de sua própria casa.

– Todas desse tal Gabri – comentou Émile depois de um tempo, dando tapinhas na pequena pilha de cartas ao seu lado. – Com que frequência ele escreve?

– Todos os dias.

– Todos os dias? Ele é obcecado por você? Ou é uma ameaça?

Émile inclinou-se para a frente, uma ansiedade repentina no olhar, todo o bom humor desaparecendo.

– Não, de jeito nenhum. Ele é meu amigo.

– *Por que Olivier moveria o corpo?* – Émile leu de uma das cartas. – *Não faz sentido. Ele não é o culpado, como você sabe.* Ele escreve a mesma coisa em todas as cartas. – Émile pegou algumas e as examinou. – O que ele quer dizer?

– Está falando de um caso que investiguei no outono, no fim de semana do Dia do Trabalho. Um corpo foi encontrado no Bistrô de Olivier, em Three Pines. A vítima foi atingida uma vez na nuca e morreu.

– Uma vez?

O mentor de Gamache percebeu de imediato o significado daquele fato. Um golpe único e catastrófico. Era extremamente raro. Depois de um primeiro golpe, a pessoa quase certamente recebia uma sequência de outros, demonstrando o ódio do assassino. Quase nunca os investigadores encontravam apenas um golpe forte o suficiente para matar. Isso significava que a raiva do assassino lhe dera força suficiente para dar um golpe descomunal, mas controle suficiente para fazê-lo parar. Era uma combinação assustadora.

– A vítima não tinha nenhuma identificação, mas nós acabamos encontrando uma cabana escondida na floresta, onde o homem morava e fora assassinado. Émile, você precisava ter visto o que havia lá.

Émile Comeau tinha uma imaginação fértil, alimentada por décadas das mais terríveis descobertas. Ele esperou que Gamache descrevesse a cena.

– Estava cheia de tesouros.

– Tesouros?

– Eu sei. – Gamache sorriu, vendo a expressão de Émile. – Nós também não esperávamos algo assim. Foi inacreditável. Antiguidades e artefatos de valor inestimável.

Ele tinha a atenção total de seu mentor. Émile se sentou mais para a frente, as mãos magras segurando uma à outra, relaxado e alerta. Uma vez caçador de assassinos, sempre caçador de assassinos, e ele era capaz de farejar sangue. Tudo o que sabia sobre homicídios Gamache tinha aprendido com aquele homem. E muito mais.

– Prossiga – pediu Émile.

– Havia primeiras edições de livros autografadas, cerâmica antiga, cristal de chumbo milenar. Havia um painel da Câmara de Âmbar e louça que pertenceu a Catarina, a Grande.

E um violino. Em um instante, Gamache estava de volta àquela cabana, observando o agente Paul Morin. Desengonçado, desajeitado, jovem, ele pegou o precioso violino, colocando-o sob o queixo e inclinando-se sobre o instrumento. Seu corpo de repente fez sentido, como se tivesse sido projetado para tocá-lo. E encheu a rústica cabana de madeira com o mais belo e assombroso lamento celta.

– Armand?

– Desculpa. – Gamache voltou para a casa de pedra em Quebec. – Estava apenas me lembrando de algo.

O mentor o examinou.

– Tudo bem?

Gamache assentiu e sorriu.

– Uma melodia.

– Vocês descobriram quem matou esse ermitão?

– Sim. As provas eram gritantes. Encontramos a arma do crime e outros objetos da cabana no bistrô.

– Olivier era o assassino? – perguntou Émile, levantando as cartas.

Gamache assentiu.

– Foi difícil para todos acreditarem, difícil para mim também, mas é verdade.

Émile observou seu companheiro. Ele conhecia Armand muito bem.

– Você gostava dele, desse tal Olivier?

– Ele era um amigo. *É um amigo.*

Gamache lembrou-se de novo de estar sentado no animado bistrô, segurando as provas que condenavam seu amigo. A terrível conclusão de que Olivier era de fato o assassino. Ele tinha levado peças do tesouro do homem da cabana. Mais do que isso, havia tirado a vida daquele homem.

– Você disse que o corpo foi encontrado no bistrô, mas o homem foi assassinado em sua própria cabana? É isso que Gabri quer dizer? Por que Olivier levaria o corpo da cabana para o bistrô?

Gamache não disse nada por um bom tempo, e Émile lhe deu esse tempo, bebericando seu vinho, entregue a seus próprios pensamentos, olhando fixamente para as chamas suaves e esperando.

Por fim, Gamache olhou para Émile.

– Gabri está fazendo uma boa pergunta.

– Eles são um casal?

Gamache assentiu.

– Bom, ele apenas não quer acreditar que Olivier fez uma coisa dessas. Só isso.

– Tem razão, ele não quer acreditar. Mas a pergunta continua sendo válida. Se Olivier assassinou o Eremita em uma cabana remota, por que levar o corpo para um lugar onde seria encontrado?

– E um lugar que pertence a ele.

– Bom, não, é aí que as coisas se complicam. Na verdade, ele moveu o corpo para um lugar próximo, onde funciona um hotel-spa. Ele admite que fez isso, mas para tentar arruinar o spa. Ele o via como uma ameaça.

– Então você tem a sua resposta.

– Mas é apenas isso – observou Gamache, girando o corpo para ficar totalmente de frente para Émile. – Olivier afirma que encontrou o Eremita já morto e decidiu usar o corpo como uma espécie de arma, para prejudicar a concorrência. Mas ele diz que, se tivesse realmente matado o homem, jamais teria movido o corpo. Ele o deixaria lá ou o teria levado para a floresta, para ser comido por coiotes. Por que um assassino mataria alguém e faria de tudo para que o corpo fosse encontrado?

– Espere um segundo – disse Émile, tentando juntar os fatos. – Você disse que o corpo foi encontrado no bistrô de Olivier. Como isso aconteceu?

– Foi bem difícil Olivier explicar isso. O proprietário do hotel-spa teve a mesma ideia. Quando ele encontrou o corpo, levou-o para o bistrô, para tentar arruinar Olivier.

– Bela vizinhança. Bela Associação de Comerciantes.

Gamache assentiu.

– Demorou algum tempo, mas acabamos encontrando a cabana, o conteúdo e as evidências de que o Eremita foi morto lá. Todas as técnicas forenses confirmaram que apenas duas pessoas passaram um tempo na cabana. O Eremita e Olivier. E então encontramos itens da cabana escondidos no bistrô, inclusive a arma do crime. Olivier admitiu que os roubou...

– Que estupidez.

– Foi ganância, isso sim.

– Você o prendeu?

Gamache assentiu, lembrando-se daquele dia terrível em que soubera a verdade e tivera que agir de acordo com ela. Olhando nos olhos de Olivier, mas, o que era pior, vendo os de Gabri.

E então o julgamento, as provas, os testemunhos.

A condenação.

Gamache olhou para a pilha de cartas no sofá. Uma por dia, desde que Olivier fora condenado. Todas cordiais, todas com a mesma pergunta.

Por que Olivier moveria o corpo?

– Você só se refere ao homem como Eremita. Quem era ele?

– Um imigrante tcheco chamado Jakob, mas isso é tudo o que sabemos.

Émile lançou um longo olhar para Gamache, então assentiu. Era incomum não identificar a vítima de um assassinato, mas não inédito, ainda mais tratando-se de uma que sem dúvida não queria ser identificada.

Os dois foram para a sala de jantar com paredes de pedra aparentes, cozinha aberta e aroma de cordeiro assado com legumes. Depois do jantar, eles se agasalharam, colocaram uma coleira em Henri e saíram para a noite amargamente fria. Os pés triturando a neve dura, eles se juntaram à multidão que passava pelo grande arco de pedra da muralha em direção à Place d'Youville e à cerimônia de abertura do Carnaval do Quebec.

Em meio às festividades, enquanto violinistas tocavam, crianças patinavam e fogos de artifício iluminavam o céu da cidade velha, Émile voltou-se para Gamache.

– Por que Olivier moveu o corpo, Armand?

Gamache estremeceu por causa das explosões, das rajadas de luz, da aglomeração por toda parte, pessoas empurrando e gritando.

Do outro lado da fábrica abandonada, ele viu Jean-Guy Beauvoir cair, atingido. Viu os pistoleiros acima deles, atirando, de um lugar que deveria estar quase desprotegido.

Ele havia cometido um erro. Um erro terrível.

TRÊS

No dia seguinte, um sábado, Gamache foi caminhar com Henri sob a neve que caía suavemente na Rue Ste. Ursule para tomar o café da manhã no Le Petit Coin Latin. Enquanto esperava sua *omelette*, uma xícara de *café au lait* à sua frente, ele leu os jornais do fim de semana e observou os foliões indo para as *crêperies* ao longo da Rue St. Jean. Era divertido ser ao mesmo tempo parte da festa e observá-la de fora, aquecido e acomodado no bistrô na rua isolada, com Henri ao seu lado.

Depois de ler os jornais *Le Soleil* e *Le Devoir*, ele os dobrou e, mais uma vez, pegou a correspondência de Three Pines. Gamache podia imaginar Gabri, grande, falante, magnífico, sentado no bistrô que agora administrava, inclinado sobre o longo e polido balcão de madeira, escrevendo. As lareiras de pedra em cada extremidade da sala com vigas de madeira estariam acesas, crepitando, enchendo o local de luz, calor e acolhimento.

E mesmo na censura particular de Gabri ao inspetor-chefe havia sempre gentileza e preocupação.

Gamache passou um dedo sobre os envelopes e quase sentiu essa gentileza. Mas sentiu algo mais, sentiu a convicção daquele homem.

Ele não é o culpado. Gabri repetia essa frase várias vezes em cada carta, como se, com a repetição, ela se tornasse verdadeira.

Por que Olivier moveria o corpo?

Gamache parou de acariciar o papel e olhou pela janela, depois pegou o celular e fez uma chamada.

Depois do café da manhã, ele subiu a rua íngreme e escorregadia. Virando à esquerda, dirigiu-se para a Sociedade Literária e Histórica. De vez em quando subia em um banco de neve para deixar famílias passarem. Enroladas, amarradas como múmias, protegidas do frio cortante do inverno de Quebec, as crianças dirigiam-se ao Castelo de Gelo de Bonhomme, ao escorregador de gelo ou à *cabane à sucre*, onde o xarope de bordo quente endurecia e caramelizava sobre a neve. As noites do Carnaval eram dos universitários, que se embebedavam e festejavam, mas os dias brilhantes eram das crianças.

Mais uma vez, Gamache se encantou com a beleza da velha cidade, com suas ruas estreitas e sinuosas, as casas de pedra, os telhados de metal onde neve e gelo se acumulavam. Era como cair em uma antiga vila europeia. Mas a cidade de Quebec era, mais do que um atraente anacronismo, um belo parque temático. Era um paraíso vivo e vibrante, uma cidade graciosa, que mudou de mãos muitas vezes mas manteve sua essência. As pancadas de neve estavam caindo com mais força agora, mas sem muito vento. A cidade, sempre agradável, parecia ainda mais mágica no inverno, com a neve, as luzes, as *calèches* puxadas por cavalos, as pessoas muito agasalhadas.

No alto da rua principal ele parou para tomar um ar. Cada vez ficava mais fácil recuperar o fôlego à medida que recuperava a saúde, graças às longas e tranquilas caminhadas com Reine-Marie, Émile e Henri ou mesmo sozinho.

No entanto, naqueles dias ele nunca estava sozinho. Ansiava por isso, por uma abençoada solidão.

Avec le temps, dissera Émile. Dê tempo ao tempo. E talvez ele estivesse certo. Sua força física estava voltando, então por que não sua sanidade?

Retomou a caminhada e percebeu uma atividade à sua frente. Carros de polícia. Sem dúvida, problemas com universitários de ressaca, que visitavam o Quebec e descobriam a bebida oficial do Carnaval de Inverno, o *caribou*, uma mistura letal de vinho fortificado e outra bebida alcoólica. Gamache não podia provar sua teoria, mas tinha certeza de que essa bebida era o motivo pelo qual começara a perder os cabelos quando tinha 20 e poucos anos.

Ao se aproximar da Sociedade Literária e Histórica, ele viu que havia mais viaturas da polícia do Quebec e um cordão de isolamento.

Parou. Henri também parou ao seu lado e se sentou em alerta.

Aquela rua era mais silenciosa e menos frequentada do que as ruas principais. Ele viu pessoas andando a uns 5 metros de onde estava, indiferentes aos eventos que se desenrolavam bem ali.

Havia policiais ao pé da escada que levava à entrada da velha biblioteca.

Outros caminhavam em volta. Um caminhão de reparos telefônicos estava estacionado no meio-fio e uma ambulância havia chegado. Mas as luzes de emergência não estavam ligadas, não havia urgência.

Isso significava uma entre duas possibilidades. Ou fora um alarme falso ou fora verdadeiro mas não havia mais necessidade de se apressarem.

Gamache sabia a resposta. Alguns dos policiais se apoiavam na ambulância, riam e cutucavam uns aos outros. Do outro lado da rua, ele se irritou com as risadas, um comportamento que jamais permitia em cenas de crime. Havia um lugar para rir na vida, mas não diante de uma morte violenta e recente. E alguém havia morrido, ele tinha certeza. Não apenas por instinto, mas pelas evidências. O número de policiais, a falta de urgência, a ambulância.

E era morte violenta. O cordão de isolamento transmitia isso.

– Afaste-se, monsieur – disse-lhe um dos policiais, um rapaz jovem e inoportuno, que se aproximou dele. – Não precisa ficar olhando.

– Eu estava indo para lá – disse Gamache. – Você sabe o que aconteceu?

O jovem policial deu-lhe as costas e se afastou, mas sua atitude não aborreceu Gamache. Em vez disso, ele observou os policiais conversarem entre si além do cordão de isolamento. Ele e Henri permaneceram do lado de fora.

Um homem desceu os degraus de pedra, disse algumas palavras para um dos oficiais de guarda, depois foi até um carro sem identificação. Então parou, olhou em volta e fez menção de entrar no carro. Mas não entrou. Ao contrário, ele parou novamente e, endireitando-se devagar, olhou para Gamache. Ficou olhando por dez segundos ou mais, o que não é muito quando se está comendo um bolo de chocolate, mas, quando se olha fixamente para alguém, é. O agente fechou a porta do carro com cuidado, encaminhou-se até o cordão e passou por cima dele. Ao ver isso, o jovem policial se afastou de seus companheiros e se aproximou depressa do oficial à paisana.

– Eu já disse para ele ir embora.

– Agora?

– *Oui*. O senhor quer que eu insista?

– Não. Eu quero que você venha comigo.

Observados pelos outros, os dois homens atravessaram a rua cheia de neve e caminharam até Gamache. Houve uma pausa enquanto os três homens se entreolhavam.

Então o oficial à paisana deu um passo para trás e bateu continência.

Atônito, o jovem policial ao seu lado olhou para o homem grande, que usava parca, cachecol e gorro e tinha um pastor-alemão ao seu lado. Ele o observou mais atentamente, a barba grisalha aparada, os olhos pensativos e castanhos, a cicatriz.

Empalidecendo, deu um passo para trás e também bateu continência.

– *Chef* – disse ele.

O inspetor-chefe Gamache retribuiu a saudação e fez sinal para que abandonassem as formalidades. Aqueles homens nem eram membros de sua força policial. Ele era da Sûreté du Québec e os dois eram da polícia local, da cidade de Quebec. Entretanto, ele reconheceu o policial à paisana de conferências sobre criminalidade das quais ambos participaram.

– Eu não sabia que estava visitando Quebec, senhor – comentou o oficial superior, obviamente perplexo.

Por que o chefe da Divisão de Homicídios da Sûreté du Québec estava na rua perto da cena de um crime?

– Você é o inspetor Langlois, certo? Estou de licença, como já deve saber.

Ambos os homens assentiram. Todos sabiam.

– Estou aqui apenas na casa de um amigo e fazendo algumas pesquisas pessoais na biblioteca. O que aconteceu?

– Um corpo foi encontrado esta manhã por um funcionário do setor de reparos da companhia telefônica. No porão.

– Homicídio?

– Com certeza. Ele foi enterrado, mas, quando o funcionário cavou para alcançar um cabo partido, encontrou o corpo.

Gamache olhou para o prédio. Originalmente, séculos antes, o local abrigara um tribunal e uma cadeia. Prisioneiros haviam sido executados, enforcados na janela acima da porta da frente. Aquele lugar conhecera a morte violenta e as pessoas que a cometiam, em ambos os lados da lei. Agora, acontecia mais uma.

Enquanto observava, a porta se abriu e uma pessoa apareceu no topo da escada. Era difícil identificá-la a distância, com roupas de inverno, mas ele pensou ter reconhecido nela uma das voluntárias da biblioteca. Uma mulher mais velha, que olhou em sua direção e hesitou.

– O legista acabou de chegar, e parece que a vítima não estava lá havia muito tempo. Horas, talvez, mas não dias.

– O corpo ainda não exalava nenhum cheiro – acrescentou o jovem policial. – Esse cheiro me dá ânsia de vômito.

Gamache inspirou profundamente e expirou, sua respiração condensando-se assim que atingiu o ar. Mas não disse nada. Aquele policial não era de sua equipe, então não cabia a ele ensinar ao rapaz a etiqueta em relação aos mortos, o respeito necessário quando estivesse na presença deles. A empatia para enxergar a vítima como uma pessoa, assim como ao assassino. Não era com cinismo e sarcasmo, com humor ácido e comentários grosseiros que se pegava um assassino. Para encontrá-los, precisava-se de observação, raciocínio e intuição. Comentários grosseiros não elucidavam o caminho nem facilitavam a interpretação das pistas. Na verdade, eles ofuscavam a verdade com o medo.

Mas aquele não era um recruta do inspetor-chefe Gamache e aquele caso não era seu.

Gamache desviou o olhar do jovem policial e observou a porta. Percebeu que a idosa havia desaparecido. Como não houvera tempo para que ela sumisse de vista, ele presumiu que ela entrara no prédio outra vez.

Era uma atitude estranha. Vestir-se toda para o frio, mas acabar não saindo.

No entanto, ele lembrou a si mesmo de novo: aquele caso não era seu, não era de sua conta.

– Gostaria de entrar, senhor? – convidou o inspetor Langlois.

Gamache sorriu.

– Eu estava exatamente lembrando a mim mesmo que este caso não é meu, inspetor. Agradeço por sua cortesia, mas estou bem aqui fora.

Langlois lançou um olhar para o policial ao seu lado, segurou de leve o braço de Gamache e o conduziu para onde não pudessem ser ouvidos.

– Eu não ofereci apenas para ser gentil. Meu inglês não é muito bom. É passável, mas o senhor precisa ouvir a bibliotecária-chefe falando francês. Pelo menos acho que é francês. Ela claramente acha que é. Mas não consigo entender uma única palavra. Ela falou francês durante toda a conversa e eu me expressei em inglês. Mais parecíamos dois personagens de um desenho animado. Ela deve achar que sou um idiota. Até aqui, tudo o que fiz foi sorrir e assentir, e talvez eu tenha perguntado se ela era descendente das classes inferiores.

– Por que você lhe faria uma pergunta dessas?

– Não era minha intenção. Eu queria perguntar se ela tinha acesso ao porão, mas me atrapalhei. – Ele sorriu com tristeza. – Acho que clareza é muito importante num caso de assassinato.

– Você tem toda a razão. E o que ela respondeu?

– Ela ficou bastante chateada e disse que a noite estava um morango.

– Ah, meu Deus.

Langlois suspirou com frustração.

– O senhor poderia vir comigo? Sei que fala inglês porque já o ouvi nas conferências.

– Como sabe que eu não estava distorcendo a língua também? Talvez a noite esteja mesmo um morango.

– Nós temos outros oficiais cujo inglês é melhor que o meu. Eu estava prestes a ligar para a estação para chamá-los quando o vi. O senhor bem que poderia nos ajudar.

Gamache hesitou. E sentiu um tremor na mão, por sorte escondido pelas luvas grossas.

– Eu agradeço o convite. – Ele encarou o inspetor. – Mas não posso.

Fez-se silêncio. O inspetor, longe de ficar chateado, assentiu.

– Eu não devia ter pedido. Minhas desculpas.

– Não foi nada. Fico lisonjeado pelo pedido. *Merci.*

Sem que percebessem, os dois estavam sendo observados pela janela do segundo andar. Uma janela que fora colocada ali havia séculos, para substituir a porta. Que levava à plataforma. Que levava à execução.

Elizabeth MacWhirter, a echarpe ainda no pescoço mas o casaco agora no armário do andar de baixo, os observava. Mais cedo, ela havia olhado pela janela, ansiosa por dar as costas para a esdrúxula atividade que acontecia atrás dela. Procurava consolo e paz na imagem imutável do lado de fora. De lá ela podia ver a Igreja Presbiteriana de St. Andrew, o presbitério, os telhados inclinados tão familiares da cidade. E a neve caindo lentamente sobre eles, como se não existisse nenhuma preocupação neste mundo.

Da janela, ela percebera o homem e o cachorro, ambos parados perto do cordão de isolamento, observando. Ela sabia que era o mesmo homem que visitava a biblioteca todos os dias fazia uma semana, sentando-se com seu pastor-alemão. Lendo, às vezes escrevendo, às vezes consultando Winnie sobre livros não lidos havia cem anos ou mais.

"Ele está pesquisando sobre a Batalha das Planícies de Abraão", explicara Winnie uma tarde, quando estavam na galeria acima da biblioteca. "Está particularmente interessado na correspondência entre James Cook e Louis--Antoine de Bougainville."

"Por quê?", sussurrara Porter.

"Como vou saber?", respondera Winnie. "Aqueles livros são tão antigos que acho que ninguém os catalogou. Na verdade, eles estavam separados para a próxima venda, que acabou cancelada."

Porter olhou para o homem grande e quieto sentado no sofá de couro lá embaixo.

Elizabeth tinha certeza de que Porter não o havia reconhecido. Tinha certeza de que Winnie não o reconhecera. Mas ela, sim.

E agora, enquanto observava o inspetor da polícia local apertar a mão dele e se afastar, ela examinou novamente o homem grande com o cachorro e se lembrou da última vez que o vira na rua.

Ela estava assistindo à CBC, assim como toda a província – na verdade, todo o país. Mais tarde, ficara sabendo que a reportagem fora transmitida pela CNN para todo o mundo.

Ela o tinha visto naquele dia. De uniforme, sem barba, o rosto ferido, o chapéu de oficial da Sûreté du Québec não conseguindo esconder a feia cicatriz. Usava um casaco comprido e quente, mas com certeza insuficiente para protegê-lo do dia frio. Ele caminhava devagar, mancando um pouco, na frente da longa e solene fileira de homens e mulheres de uniforme. Um cortejo quase interminável de oficiais do Quebec, do Canadá, dos Estados Unidos, da Inglaterra e da França. E, na frente, seu comandante. O homem que os havia liderado, mas que não seguira com eles por todo o caminho. Não até a morte. Não exatamente.

E aquela fotografia que apareceu nas primeiras páginas dos jornais, nas capas das revistas, da *Paris Match* à *Newsweek* e à *People*.

A imagem do inspetor-chefe, os olhos momentaneamente fechados, o rosto inclinado um pouco para cima, uma careta, um momento de agonia privada tornada pública. Era quase insuportável.

Ela não havia contado a ninguém quem era aquele homem calado, lendo na biblioteca, mas isso estava prestes a mudar. Depois de vestir de novo o casaco, desceu cuidadosamente os degraus gelados e atravessou a rua para alcançá-lo. Ele estava caminhando pela Rue Ste. Anne, o cachorro na coleira ao lado dele.

– *Pardon* – chamou ela. – *Excusez-moi.*

Alguns metros à frente, ele entrava e saía dos grupos de turistas felizes e foliões de fim de semana. Ele virou à esquerda, na Rue Ste. Ursule. Ela acelerou o passo. Na esquina, ela o viu meio quarteirão à frente.

– *Bonjour* – disse ela, levantando a voz e acenando, mas ele continuou de costas e, mesmo se ouvisse, muito provavelmente pensaria que ela estava chamando outra pessoa.

Ele estava se aproximando da Rue St. Louis e da multidão que se dirigia para o Palácio de Gelo. Ela quase certamente iria perdê-lo entre os milhares de pessoas.

– Inspetor-chefe.

As palavras não foram ditas tão alto quanto todos os seus outros gritos, mas fizeram o homem grande parar de repente. Estava de costas para ela e algumas pessoas olharam para o inspetor de maneira pouco gentil, já que de repente tinham que se desviar para não esbarrar nele na calçada estreita.

Ele se virou. Ela temeu que ele ficasse irritado, mas, em vez disso, sua expressão era suave, inquisitiva. Ele logo analisou os rostos ao redor e seus olhos pousaram nela, parada a meio quarteirão de distância. Ele sorriu e, juntos, reduziram a distância.

– *Désolée* – disse ela, estendendo a mão para o inspetor. – Peço desculpas por perturbá-lo.

– Imagina.

Fez-se um silêncio constrangedor. Gamache não comentou sobre o fato de ela saber quem ele era. Isso era bastante óbvio e, como ela, ele não sentiu necessidade de perder tempo com o óbvio.

– Eu a conheço da biblioteca, não é? Como posso lhe ser útil?

Eles estavam na movimentada esquina da St. Louis com a Ste. Ursule. Famílias tentavam se espremer para passar pelos dois. Em pouco tempo a estreita ruela estava obstruída.

Ela hesitou. Gamache olhou ao redor e fez menção de se movimentar contra o fluxo de pessoas.

– Gostaria de um café? Tenho a impressão de que a senhora precisa de uma bebida.

Ela sorriu pela primeira vez naquele dia e suspirou.

– *Oui, s'il vous plaît.*

Eles abriram caminho até o quarteirão seguinte e pararam diante do menor prédio da rua. Era caiado, com um telhado de metal vermelho brilhante, sobre o qual havia uma placa: *Aux Anciens Canadiens.*

– Isso aqui é uma espécie de armadilha para turistas, mas a esta hora do dia deve estar mais vazio – disse ele, em inglês, abrindo a porta.

Eles se encontravam em uma situação não muito incomum no Quebec: para ser educado, o francês falava em inglês e, pelo mesmo motivo, o inglês falava em francês. Eles estraram no restaurante escuro e intimista, o mais antigo da província, com seu pé-direito baixo, suas paredes de pedra e suas vigas originais.

– Talvez – sugeriu Gamache depois que se sentaram e o garçom anotou seus pedidos – devamos também escolher um idioma.

Elizabeth sorriu e assentiu.

– Que tal o inglês? – perguntou ele.

Ela nunca havia estado tão próxima assim daquele homem. Ele tinha 50 e poucos anos, segundo ela lera nas reportagens. Era forte, de boa compleição, mas o que mais chamara sua atenção eram os olhos: profundos, castanhos e calmos.

Ela não esperava por isso. Achava que os olhos dele seriam aguçados, frios, analíticos, olhos que tinham visto tantas coisas terríveis que seu cerne havia endurecido. Mas eram prestativos e gentis.

O garçom serviu um cappuccino para ela e um expresso para ele. A multidão do café da manhã tardio estava diminuindo, e os dois foram acomodados em um canto silencioso.

– O senhor sabe, é claro, o que ocorreu esta manhã – afirmou Elizabeth.

O café era perfumado e delicioso. Ela não costumava gastar muito com bons cafés, e aquele era incrível.

– O inspetor Langlois me contou que um corpo foi encontrado no porão da Sociedade Literária e Histórica. – Gamache a observou enquanto falava. – Não foi uma morte natural.

Elizabeth ficou grata por ele não ter dito "assassinato". A palavra era chocante demais. Ela já a havia testado na segurança de sua própria mente, mas ainda não estava pronta para dizê-la ou ouvi-la em público.

– Quando chegamos esta manhã, os telefones não estavam funcionando, então Porter chamou a Bell Canada para consertar.

– Os funcionários vieram depressa – comentou Gamache.

– Eles nos conhecem. O prédio é muito velho e precisa de reparos. Os telefones muitas vezes dão defeito, seja por algum tipo de curto-circuito, seja porque um rato roeu a linha. Ficamos surpresos, no entanto, já que acabamos de refazer toda a fiação.

– A que horas a senhora chegou?

– Às nove. Isso nos dá uma hora para organizar os livros e fazer outras tarefas antes de a biblioteca abrir. Abrimos às dez da manhã todos os dias, como o senhor sabe.

Ele sorriu.

– Eu sei. É uma biblioteca maravilhosa.

– Temos muito orgulho dela.

– Então a senhora chegou às nove e chamou a companhia telefônica na mesma hora?

– O funcionário veio em vinte minutos. Ele levou cerca de meia hora para descobrir qual era o problema. Concluiu que havia um fio partido no porão. Nós todos pensamos que tivesse sido só mais um rato.

Ela fez uma pausa.

– Quando a senhora percebeu que não era? – indagou Gamache, compreendendo que ela agora precisava de ajuda para contar a história.

– Na verdade, nós o ouvimos. O funcionário. Ouvimos seus passos na escada. Ele não é um homem pequeno e soava como uma multidão correndo até nós. Ele chegou ao escritório e ficou parado por um momento. Então ele contou. Havia um morto no porão. Ele o havia desenterrado. Pobre homem. Acho que vai precisar de um bom tempo para se recuperar.

Gamache concordou. Alguns superavam uma experiência como aquela rapidamente, outros nunca conseguiam.

– A senhora disse que ele desenterrou o homem. O porão não é de concreto?

– É de terra. Era usado como depósito de frutas e legumes séculos atrás.

– Pensei que tinha sido uma prisão. Houve celas ali, em algum momento?

– Não, as celas ficavam no andar logo acima, aquele era o mais baixo. Há séculos, é claro, era usado para manter a comida fresca. Quando o funcionário da Bell falou que tinha encontrado um corpo, pensei que estava se referindo a um esqueleto. Eles são desenterrados no Quebec o tempo todo. Talvez fosse um prisioneiro executado. Winnie e eu fomos olhar. Eu não cheguei a entrar, não foi preciso. Da entrada já dava para ver que não era um esqueleto. O homem tinha morrido havia pouco tempo.

– Deve ter sido um choque.

– E foi. Eu já vi corpos no hospital e na funerária. Uma vez, uma amiga morreu dormindo, e eu a encontrei quando passei para buscá-la para jogarmos bridge. Mas o que aconteceu hoje é diferente.

Gamache assentiu. Ele entendia. Havia lugares onde pessoas mortas deveriam ficar e havia lugares onde não deveriam – debaixo de uma biblioteca, numa cova rasa, era um destes.

– O que o inspetor lhe disse? – perguntou Elizabeth.

Ela concluiu que não fazia sentido ser evasiva com aquele homem. Era melhor ser direta.

– Não perguntei muito, mas ele confirmou que se tratava de uma morte violenta.

Ela olhou para sua xícara, agora vazia, o líquido ingerido sem que ela tivesse percebido. Aquele raro deleite desperdiçado, apenas uma borda de espuma sobrando. Ela ficou tentada a enfiar o dedo e lamber, mas resistiu.

A conta chegara e estava sobre a mesa. Era hora de partir. O inspetor-chefe puxou-a para si, mas não fez nenhum outro movimento. Em vez disso, continuou a observar a mulher. Esperando.

– Eu corri atrás do senhor para lhe pedir um favor.

– *Oui, madame?*

– Precisamos da sua ajuda. O senhor conhece a biblioteca. Acho que gosta dela. – Ele assentiu. – Certamente sabe falar inglês e conhece mais do que o idioma. Eu tenho medo do que isso pode nos causar. Somos uma pequena comunidade e a Sociedade Literária e Histórica é preciosa para nós.

– Eu compreendo. Mas vocês estão em boas mãos com o inspetor Langlois. Ele tratará do caso com respeito.

Ela o observou e, em seguida, prosseguiu:

– O senhor poderia pelo menos dar uma olhada, talvez fazer algumas perguntas? Não tem ideia do desastre que isso vai ser. Para a vítima, é claro, mas também para nós. – Ela se apressou antes que ele pudesse recusar: – Sei que estou pedindo muito. Eu realmente sei.

Gamache acreditava em sua sinceridade, mas duvidava que realmente soubesse. Ele baixou os olhos para as mãos, os punhos apoiados sobre a mesa. Ficou em silêncio, e naquele silêncio, como sempre, se insinuou a voz jovem. Mais familiar agora do que a de seus próprios filhos.

"E então, no Natal, vamos visitar a família de Suzanne e a minha. Veremos a dela no dia 24 e a minha na missa da manhã de Natal."

A voz continuou falando sobre eventos mundanos e triviais. Coisas que constituíam uma vida comum. Uma voz que deixara de ser fraca em seus ouvidos e se tornara vívida em seu cérebro, em sua mente. Sempre ali, conversando. *Ad infinitum.*

– Sinto muito, madame, não posso ajudá-la.

Ele observou a mulher do outro lado da mesa. Devia ter 70 e poucos anos. Magra, com uma bonita estrutura óssea. Ela usava pouca maquiagem, apenas um pouquinho de sombra ao redor dos olhos e batom. Se menos é mais, ela conseguira um belo efeito. Ela era a imagem da contenção cultivada. Seu tailleur não era moderno, mas clássico, e nunca sairia de moda.

Ela se apresentara como Elizabeth MacWhirter, e até mesmo Gamache, que não era natural do Quebec, conhecia aquele nome. Os Estaleiros MacWhirter. As fábricas de papel MacWhirter, no norte da província.

– Por favor. Precisamos da sua ajuda.

Dava para perceber que o apelo lhe custava algum esforço, pois ela sabia a posição em que o estava colocando. E mesmo assim ela o fez. Gamache não tinha percebido direito o nível de desespero em que ela se encontrava. Seus ansiosos olhos azuis nunca se desviavam dos dele.

– *Désolé* – disse ele, suave mas firme. – Não tenho nenhum prazer em lhe dizer isso. E, se eu pudesse ajudar, eu o faria. Mas...

Ele não terminou a frase. Nem sabia o que dizer depois do "mas".

Ela sorriu.

– Sinto muito, inspetor-chefe. Eu nunca devia ter lhe pedido isso. Perdoe-me. Temo que minhas necessidades tenham me deixado cega. Tenho certeza de que o senhor está certo e que o inspetor Langlois se sairá muito bem.

– Soube que a noite está um morango – comentou Gamache, com um sorriso fraco.

– Ah, o senhor ouviu isso, hein? – Elizabeth sorriu. – Pobre Winnie. Não tem bom ouvido para outras línguas. Lê francês perfeitamente, sabe? Sempre as notas mais altas na escola, mas não consegue falar. Seu sotaque é muito forte.

– O inspetor Langlois pode tê-la confundido quando perguntou se ela vinha das classes inferiores.

– Isso não ajudou em nada – admitiu Elizabeth.

Seu riso desapareceu, substituído de novo por uma expressão preocupada.

– Não se preocupe – ele a tranquilizou.

– O senhor não sabe de tudo. Não sabe quem era o homem que morreu.

Ela havia baixado a voz e agora sussurrava. Soava como Reine-Marie quando lia um conto de fadas para as netas pequenas. Era a voz que ela usava não para a fada madrinha, mas para a bruxa malvada.

– Quem era? – indagou Gamache, também baixando a voz.

– Augustin Renaud – sussurrou ela.

Gamache recostou-se e olhou fixamente para o nada. Augustin Renaud. Morto. Assassinado na Sociedade Literária e Histórica. Agora ele entendia por que Elizabeth MacWhirter estava tão desesperada.

E sabia que ela tinha motivos para isso.

QUATRO

Gabri sentou-se na poltrona gasta perto do fogo crepitante. Ao seu redor, no bistrô que agora administrava, ele ouvia o burburinho familiar dos clientes na hora do almoço. Pessoas rindo, conversando. Em algumas mesas, elas estavam lendo o jornal de sábado ou um livro em silêncio, outras tinham aparecido para o café da manhã, ficaram até a hora do almoço e talvez ficassem para o jantar.

Era um sábado preguiçoso de fevereiro, em pleno inverno, e o bistrô parecia murmurar junto com as conversas e o tinir de talheres na porcelana. Seus amigos Peter e Clara Morrow também estavam ali, assim como Myrna, que cuidava da livraria de obras novas e usadas na loja vizinha. Ruth havia prometido encontrá-los, o que, em geral, queria dizer que ela não apareceria.

Pela janela, ele via o vilarejo de Three Pines coberto de neve, que continuava a cair. Não seria uma nevasca, o vento não era suficiente para isso, mas ele ficaria surpreso se houvesse menos de 30 centímetros acumulados quando parasse. Sabia que esse era o problema do inverno do Quebec. Podia parecer suave, até bonito, mas pegava as pessoas de surpresa.

Os telhados das casas ao redor estavam cobertos por uma manta branca, com fumaça saindo em espiral das chaminés. A neve caía com força sobre as árvores perenes e os três gigantescos pinheiros agrupados bem no final da vila, como guardiões. Os carros estacionados em frente às casas pareciam caroços brancos, como sepulturas ancestrais.

– Estou lhe dizendo, eu vou fazer isso – disse Myrna, enquanto bebia seu chocolate quente.

– Não vai, não. – Clara sorriu. – Todo inverno você diz que vai fazer e nunca faz. Além disso, já é tarde demais.

– Você viu as últimas ofertas? Olhe – disse Myrna, entregando à amiga o caderno de viagens da *Gazette* de Montreal do fim de semana e apontando para um anúncio.

Clara leu e ergueu as sobrancelhas.

– Para falar a verdade, até que não está ruim. Cuba?

Myrna assentiu.

– Eu iria correndo para jantar lá ainda esta noite. Um resort quatro estrelas, com tudo incluído.

– Deixe-me ver isso – disse Gabri, inclinando-se para Clara.

De alguma forma, ela havia derramado um pouco de geleia sobre o jornal, embora não houvesse nenhuma geleia por perto. Como todos sabiam, era o milagre particular de Clara. Ela parecia produzir condimentos e grandes obras de arte. Curiosamente, eles nunca encontravam gotas de geleia ou farelos de croissant nos retratos que ela pintava.

Gabri procurou na página, então se endireitou em seu assento.

– Não, não estou interessado. A *Condé Nast* tem anúncios muito melhores.

– A *Condé Nast* tem homens nus, besuntados de óleo, deitados na praia – retrucou Myrna.

– Para ver isso eu pagaria – afirmou Gabri. – Com tudo incluído.

Todos os sábados eles tinham a mesma conversa. Comparavam anúncios de viagens para diferentes praias, escolhiam cruzeiros pelo Caribe, debatiam as diferenças entre Bahamas e Barbados, San Miguel de Allende e Cabo San Lucas. Locais exóticos e distantes da neve infinita. Profunda, fria e constante.

Entretanto, eles nunca iam, por mais tentador que fosse o anúncio. E Gabri sabia por quê. Myrna, Clara e Peter sabiam por quê. E não era a teoria de Ruth.

– Vocês são preguiçosos demais.

Bem, não inteiramente.

Gabri bebeu seu *café au lait* e olhou para as chamas, ouvindo o burburinho de vozes familiares. Observou o bistrô, com suas vigas originais, seu piso de tábuas largas, suas janelas maineladas, a mobília antiga, descombinada e confortável. E, adiante, o tranquilo e silencioso vilarejo.

Nenhum lugar podia ser mais acolhedor do que Three Pines.

Pela janela ele viu um carro vindo pela Rue du Moulin, passando pelo novo hotel-spa na colina, pela Igreja Anglicana de St. Thomas, contornando a praça central da vila. Vinha devagar e deixava marcas de pneu na neve fresca. Enquanto ele observava, o carro passou pela velha casa de tijolos de Jane Neal. E parou.

Era um veículo desconhecido. Se Gabri fosse um vira-lata, teria latido. Não como um aviso, não por medo, mas por excitação.

Não era sempre que Three Pines recebia visitas, a menos que fossem pessoas tropeçando por acidente no pequeno vilarejo sobre o vale após se desviarem do caminho previsto. Confusas. Perdidas.

Foi assim que Gabri e seu companheiro Olivier encontraram Three Pines. Sem intenção. Eles tinham outros planos, mais grandiosos, mas quando puseram os olhos no vilarejo, nas casas de pedra, nos chalés de ripas, nas residências dos Legalistas do Império Unido, com seus canteiros de rosas perenes, delfínios e ervilhas-de-cheiro, na padaria, na mercearia... bem, nunca mais foram embora. Em vez de seguirem para Nova York, Boston ou mesmo Toronto, resolveram, em um rompante, se instalar naquele lugar isolado. E nunca mais desejaram ir embora.

Olivier montou o bistrô, decorando-o com achados da vizinhança, todos à venda. Então eles compraram a antiga estalagem logo em frente, transformando-a em uma pousada. Que era como uma filha para Gabri.

Mas agora, com Olivier longe, Gabri também administrava o bistrô. Mantinha-o aberto pelos amigos. E por Olivier.

Gabri viu um homem sair do carro. Não o reconheceu, pois estava distante demais. Usava uma parca pesada, um gorro e um cachecol para se proteger do frio. Na verdade, poderia até ser uma mulher, poderia ser qualquer um. Mas Gabri se levantou e seu coração deu um salto.

– O que foi? – perguntou Peter.

Suas longas pernas se descruzaram, e seu corpo alto e magro inclinou-se para a frente no sofá. Seu belo rosto estava curioso, feliz por ter um descanso daquela conversa sobre férias. Embora fosse um artista, Peter não era bom nas teorias do tipo "e se". Ele as entendia muito literalmente e se sentia estressado quando Clara salientava que por apenas 15 mil dólares eles poderiam ter a Suíte Princesa no *Queen Mary 2*. Era seu exercício cardiovascular do dia. Com ele terminado, Peter agora focava em Gabri, que, por sua vez, focava no estranho que caminhava bem devagar pela neve.

– Nada – respondeu Gabri.

Ele nunca admitiria o que estava pensando, o que pensava toda vez que o telefone tocava, toda vez que havia uma batida à porta ou toda vez que um carro desconhecido chegava.

Gabri olhou para a mesinha de centro, com suas bebidas, uma travessa de biscoitos de chocolate e o espesso papel de cartas com a imagem de Diane de Poitiers e sua mensagem parcialmente terminada. A mesma que escrevia todos os dias e enviava junto com um cachimbo de alcaçuz.

Por que Olivier moveria o corpo?, ele escrevera. Em seguida, acrescentara: *Ele não é o culpado*. Gabri a enviaria naquela tarde, e no dia seguinte escreveria outra carta para o inspetor-chefe Gamache.

Mas agora o homem caminhava, quase rastejando, na direção do bistrô, fugindo da neve grossa que caía. Estava a menos de 20 metros de seu carro, mas a neve já havia coberto seu chapéu, o cachecol e os ombros delgados. Olivier tinha ombros delgados.

O homem de neve chegou ao bistrô e abriu a porta. O mundo lá fora soprou com força, e as pessoas olharam na direção dele, mas logo voltaram para suas refeições, suas conversas, suas vidas. Lentamente, o homem se revelou. Tirou o cachecol, as botas, então sacudiu o casaco, a neve caindo no chão de madeira e derretendo. Ele calçou um par de chinelos, mantidos na cesta perto da porta para as pessoas usarem.

O coração de Gabri bateu forte. Atrás dele, Myrna e Clara continuavam a discutir se, por alguns milhares de dólares a mais, valeria a pena viajar na Suíte Rainha.

Ele sabia que não podia ser Olivier. Não realmente. Mas, bem, talvez Gamache tivesse se convencido com todas aquelas cartas, talvez o tivesse soltado. Talvez tivesse acontecido no último minuto, como nas viagens de negócios, uma saída no último minuto que, em vez de levá-lo embora, trouxera Olivier de volta para casa.

Gabri deu um passo à frente, incapaz de se controlar.

– Gabri? – chamou Peter, levantando-se.

Gabri foi até o meio do bistrô.

O homem havia tirado o chapéu e entrado no salão. Devagar, à medida que ele era reconhecido, as conversas emudeceram.

Não era Olivier. Era um dos homens que o haviam levado embora, que o haviam prendido, que o colocaram na prisão por homicídio.

O inspetor Jean-Guy Beauvoir olhou para o salão e sorriu, hesitante.

QUANDO O INSPETOR-CHEFE TELEFONARA NAQUELA manhã, Beauvoir estava em seu porão fabricando uma estante de livros. Ele não lia, mas sua esposa, Enid, sim, e ele estava fazendo a estante para ela. Enid estava lá em cima, cantando. Não muito alto e não com afinação. Ele conseguia ouvi-la enquanto lavava a louça do café da manhã.

– Tudo bem com você aí embaixo? – perguntou ela.

Ele queria dizer que não. Que estava entediado até a última gota. Odiava marcenaria, odiava as malditas palavras cruzadas que ela empurrava para cima dele. Odiava os livros que ela empilhava perto do sofá, odiava os travesseiros e cobertores que o seguiam por toda parte, nos braços dela, como se ele fosse um inválido. Odiava quanto devia a ela. Odiava quanto ela o amava.

– Está tudo bem! – gritou.

– Se precisar de qualquer coisa, é só me avisar.

– Está bem.

Ele caminhou até a bancada de trabalho, parando para respirar no balcão. Já fizera seus exercícios do dia, sua fisioterapia. Ele não vinha se mostrando muito disciplinado até o médico explicar que, quanto mais ele fizesse os exercícios, mais cedo se livraria da esmagadora preocupação da esposa.

O médico não falou exatamente essas palavras, mas foi assim que Beauvoir ouviu, o que já era motivação suficiente. De manhã, de tarde e à noite, ele fazia seus exercícios para recuperar a força. Não de maneira exagerada. Ele sentia quando exagerava. Mas às vezes também sentia que valia a pena. Preferia morrer tentando escapar a ficar encurralado por muito mais tempo.

– Biscoitinho? – chamou ela.

– Que foi, Bolinho? – respondeu ele.

Era uma pequena brincadeira entre o casal. Ele a ouviu rir e se perguntou se doeria muito se ele amputasse a própria mão com o serrote. Mas não a que empunhava a arma, pois poderia precisar dela mais tarde.

– Você quer um biscoito? Estava pensando em assar alguns.

– Boa ideia. *Merci.*

Beauvoir nunca desejara ter filhos, mas agora estava desesperado para tê-los. Talvez então Enid transferisse seu amor para eles. Os filhos o salvariam. Sentiu-se momentaneamente mal por eles, sufocados pelo amor incondicional, imortal e implacável de Enid, mas, bem, *sauve qui peut.*

Então o telefone tocou.

E seu coração parou. Ele achara e esperara que com o tempo isso parasse de acontecer. Era inconveniente ter um coração que parava toda vez que havia um telefonema. Era particularmente irritante quando era engano. Mas, em vez de desaparecer, a sensação parecia estar piorando. Ele ouviu Enid correr para atender, e sabia que ela estava correndo porque sabia quanto o som o incomodava.

E ele odiou a si mesmo por odiá-la.

– *Oui, allô?* – ele a ouviu dizer, e imediatamente Beauvoir se viu ali de novo, naquele dia.

"Homicídios." A secretária do chefe atendera o telefone no departamento. Era grande, espaçoso e ocupava um andar inteiro da sede da Sûreté du Québec, em Montreal. Havia, no entanto, alguns espaços fechados. Havia uma sala de conferências privativa, com os amados marcadores coloridos de Beauvoir, longas folhas de papel presas em paredes, quadros-negros e quadros de cortiça. Tudo cuidadosamente organizado.

Ele tinha sua própria sala, sendo o segundo em comando.

E o chefe tinha um amplo escritório em um dos cantos, com janelas que proporcionavam uma linda vista de Montreal. De lá, Armand Gamache geria a operação de toda a província, investigando homicídios em um território que abrangia a fronteira de Ontário até o oceano Atlântico, da fronteira dos estados americanos de Vermont e Nova York até o Círculo Polar Ártico. Eles tinham centenas de agentes e investigadores em delegacias por toda a província, além de equipes especiais que atuavam nas áreas onde não havia uma divisão de homicídios.

Tudo coordenado pelo inspetor-chefe Gamache.

Naquele dia, Beauvoir estava no escritório de Gamache discutindo um caso singularmente complicado acontecido em Gaspé quando o telefone tocou. A secretária de Gamache atendeu. O inspetor Beauvoir olhou para o relógio na parede do chefe naquele mesmo instante. Eram 11h18.

"Homicídios", ele a ouviu dizer.

E nada mais foi igual desde então.

UMA LEVE BATIDA À PORTA trouxe Elizabeth MacWhirter de volta de seu devaneio. Ela estava olhando para a lista de membros, adiando o momento em que teria que telefonar para eles. Mas ela sabia que a hora já havia chegado, e até passado. Ela deveria ter feito as chamadas uma hora antes. Já estavam chegando mensagens de membros da comunidade inglesa, inclusive da Rádio CBC e do jornal semanal *Chronicle-Telegraph*. Ela, Winnie e Porter tentavam ser evasivos, mas acabavam soando misteriosos.

Repórteres já estavam a caminho.

Mesmo assim, Elizabeth adiava os telefonemas, agarrando-se, ela sabia, aos últimos momentos de qualquer coisa que se assemelhasse à normalidade. De suas vidas calmas, monótonas, guardiões voluntários de um passado empoeirado porém longe de irrelevante, um passado precioso para eles.

A batida soou novamente. Não mais alto, mas insistente. Teriam os repórteres chegado tão depressa? Mas eles, ela suspeitava, teriam batido com força, como se fossem da polícia. Aquela batida era um pedido, não uma ordem.

– Vou ver quem é – ofereceu-se Winnie, atravessando a grande sala e subindo os dois degraus até a porta.

Às suas mesas, de frente para as amplas janelas palladianas, Elizabeth e Porter observavam. Winnie estava falando com alguém que eles não conseguiam ver nem ouvir, mas ela parecia tentar explicar algo. Então parecia tentar fechar a porta. Depois parou e, escancarando-a, virou-se para a sala.

– O inspetor-chefe Gamache quer falar com você – anunciou ela a Elizabeth, quase em transe.

– Quem? – perguntou Porter, levantando-se e assumindo o comando, agora que a idosa havia aberto a porta.

Winnie a abriu ainda mais, e lá estava Armand Gamache. Ele olhou para as pessoas, mas observava o que estava ao redor delas. O escritório tinha um teto de catedral, com enormes janelas em arco, e era alguns degraus mais baixo do que a entrada. Forrado de madeira, com assoalho e estantes também em madeira, parecia uma antiquada miniatura de um ginásio onde a atividade era intelectual, não física.

– Sinto muito por incomodá-los – disse ele, entrando na sala.

Ele havia tirado o casaco e estava usando um cardigã de pelo de camelo, camisa, gravata e calça de veludo cotelê azul-escuro. Henri, o pastor-alemão, estava ao seu lado.

Porter ficou olhando. Winnie desceu os degraus. Elizabeth levantou-se de sua mesa e se aproximou.

– O senhor veio – disse ela, sorridente, esticando a mão.

Ele a tomou em sua mão grande e a apertou.

– O que você quer dizer? – perguntou Porter. – Não estou entendendo.

– Eu pedi a ele que viesse e investigasse para nós. Este é o inspetor-chefe Gamache – disse Elizabeth, dando um tempo para que o reconhecessem. – Da Sûreté du Québec.

– Eu sei quem ele é – mentiu Porter. – Sabia o tempo todo, só não quis contar.

– Inspetor-chefe Gamache, deixe que eu lhe apresente o presidente do Conselho Diretor – mencionou Elizabeth. – Porter Wilson.

Os dois homens trocaram um aperto de mãos.

– Não precisamos de ajuda. Estamos bem com nosso investigador – comentou Porter.

– Eu sei, só queria ter certeza. Vocês têm sido tão gentis permitindo que eu use a biblioteca que achei que deveria oferecer meus conhecimentos como retribuição.

– Essa nem é a sua jurisdição – resmungou Porter, dando as costas ao inspetor-chefe. – Os separatistas vão ter um prato cheio. Como podemos saber se o senhor não é um deles?

Elizabeth MacWhirter queria enfiar a cabeça num buraco.

– Pelo amor de Deus, Porter, ele veio nos ajudar. Eu o convidei.

– Vamos conversar sobre isso mais tarde.

– Nem todos os separatistas lhe desejam mal, monsieur – disse Gamache, com voz amigável porém firme. – Mas o senhor está certo, esta não é a minha jurisdição. Estou impressionado por saber disso. – Elizabeth percebeu, com algum divertimento, quando Porter começou a amansar. – O senhor claramente acompanha a política.

Porter assentiu e relaxou um pouco mais. Se continuasse assim, pensou Elizabeth, ele comeria na mão de Gamache.

– A Sûreté não tem jurisdição nas cidades – prosseguiu Gamache. – A morte de monsieur Renaud é um caso para o departamento de homicídios da polícia local de Quebec. Acontece que eu conheço o inspetor Langlois, que também foi muito gentil em me pedir que lhe desse apoio. Depois de pensar um pouco – ele olhou para Elizabeth –, decidi que daria uma olhada. – Ele se virou para Porter. – Com a sua permissão, é claro, senhor.

Porter Wilson só faltou desmaiar. Winnie e Elizabeth trocaram olhares. Se elas soubessem que seria tão fácil... Mas então o rosto de Porter se anuviou de novo quando percebeu a realidade.

Aquilo podia não ser um progresso. Eles tinham saído de uma situação em que não havia nenhuma polícia para outra em que duas forças policiais estavam ocupando seu prédio.

Sem mencionar o corpo.

– Será que eu poderia deixar Henri com vocês enquanto desço ao porão?

– É claro – respondeu Winnie, pegando a guia do animal.

Gamache também deu a ela alguns biscoitos para Henri, fez um carinho nele, pediu que se comportasse bem e saiu.

– Não estou gostando nada disso – ele ouviu Porter dizer assim que fechou a porta.

Gamache suspeitou que a intenção era mesmo que ele ouvisse. Mas ele também não estava gostando nada daquilo.

Um policial uniformizado o esperava no corredor e, juntos, eles atravessaram o labirinto de passagens e escadas. Gamache tinha que admitir que estava completamente perdido e suspeitava que o oficial também estivesse. Caixas cheias de livros e papéis cobriam o piso de linóleo. Escadarias retorcidas levavam a banheiros encardidos e escritórios desertos. Eles chegaram a duas enormes portas de madeira e, abrindo-as, entraram em um salão de baile espetacular, com pé-direito duplo, que levava a um segundo, igualmente espetacular. Ambos vazios, exceto por algumas escadas e as onipresentes caixas de livros. Ele abriu uma delas. Mais volumes encadernados em couro. Ele sabia que, se pegasse alguma escada, ficaria totalmente perdido, então decidiu ignorá-las e seguir o oficial, que parecia cada vez mais frustrado, por outro corredor.

– Nunca vi nada igual – comentou o policial. – Todo esse belo espaço perdido, desperdiçado. Não me parece certo. O que eles estão fazendo com esse prédio grandioso? Ele não devia estar sendo usado para algo que valha a pena?

– Como o quê?

– Não sei. Mas deve haver alguma utilidade para ele.

– Alguém o está usando.

– *Les Anglais.*

Gamache parou.

– *Excusez-moi?*

– *Les têtes carrées* – explicou o jovem policial.

Os cabeças quadradas.

– Você vai tratar essas pessoas com respeito – disse Gamache. – Eles não são mais *têtes carrées* do que você e eu somos sapos.

Sua voz era dura, incisiva. O policial pareceu tenso.

– Eu não quis ofender.

– Será que não?

Gamache olhou para o rapaz, que o olhou de volta. Finalmente, Gamache sorriu um pouco.

– Você não vai resolver esse crime insultando essas pessoas ou zombando delas. Não se engane.

– Sim, senhor.

Eles seguiram em frente, por corredores intermináveis, passando por algumas salas magníficas e outras sombrias, todas vazias. Como se a Sociedade Literária e Histórica estivesse em plena retirada, reagrupando-se naquela esplêndida livraria, onde era o tempo todo observada pelo general Wolfe.

– Por aqui, senhor. Acho que encontrei.

Eles desceram alguns passos e encontraram um oficial uniformizado, entediado, guardando um alçapão. Ao se ver diante do inspetor-chefe, ele se endireitou. Gamache fez um aceno com a cabeça e observou seu jovem guia descer pela escada de metal.

Gamache não estava preparado para aquilo.

Lá embaixo, o policial olhou para cima, esperando, a expressão de seu rosto passando da ansiedade para a curiosidade. O que estaria segurando aquele homem? Então ele se lembrou. Caminhou alguns degraus para cima e estendeu a mão.

– Está tudo bem, senhor – disse ele, calmamente. – Não vou deixá-lo cair.

Gamache olhou para a mão.

– Eu acredito.

Ele desceu com cuidado e pegou a mão forte do jovem.

JEAN-GUY BEAUVOIR SENTOU-SE PERTO DO fogo, diante de uma cerveja e um sanduíche de carne. Peter e Clara juntaram-se a ele, enquanto Myrna e Gabri se acomodaram no sofá voltado para a lareira.

Era a primeira vez que Beauvoir ia a Three Pines desde que haviam prendido Olivier Brulé pelo assassinato do Eremita, Jakob. Ele olhou para o enorme fogo aberto e lembrou-se de quando removeu os tijolos no fundo, enfiou o braço até o ombro e vasculhou o local. Com medo do que poderia tocar ou do que poderia tocá-lo. Haveria um ninho de ratos ali atrás? Camundongos? Aranhas? Talvez cobras.

Por mais que se declarasse um homem racional, a verdade era que ele tinha uma imaginação viva e indomável. Sua mão encostou em algo macio e áspero. Sentiu um arrepio e parou. O coração batendo com força e a imaginação a pleno vapor, ele forçou a mão para trás. Ela se fechou ao redor da coisa, e ele a puxou para fora.

À sua volta, a equipe da Sûreté assistia. O inspetor-chefe Gamache, a agente Isabelle Lacoste e o novato agente Paul Morin.

Devagar, ele arrastou o objeto para fora de seu esconderijo atrás da lareira. Era um pequeno saco de aninhagem amarrado com barbante. Ele o colocou na mesma mesa onde agora estavam a cerveja e o sanduíche. E enfiou a mão de novo, encontrando outra coisa escondida lá atrás. Um candelabro simples, elegante e lindo. Na verdade, uma menorá. Que teria centenas, talvez milhares de anos, diriam os especialistas mais tarde.

Mas os especialistas lhe disseram outra coisa, algo mais preciso.

Aquela menorá antiga, que um dia trouxera luz para tantas casas, tantas cerimônias solenes, que fora adorada, escondida, estimada, ao redor da qual as pessoas haviam rezado, também havia sido usada para matar.

O sangue e o cabelo do Eremita foram encontrados nela, assim como suas impressões digitais. Assim como as impressões digitais de apenas outra pessoa.

Olivier.

E dentro do saco? O entalhe que o Eremita havia feito. Seu melhor trabalho. Um exótico estudo de um rapaz sentado, escutando. Era simples, poderoso e revelador. Falava de uma dolorosa solidão, de desejo, de necessidade. Era claramente o entalhe de Olivier, ouvindo. E aquela obra lhe disse algo mais.

As esculturas de Jakob valiam centenas de milhares, até milhões de dólares. Ele os dera a Olivier em troca de comida e companhia, e Olivier as vendera. Amealhando milhões.

Mas isso não bastara. Olivier queria mais. Ele queria a única coisa que o Eremita lhe havia recusado. O objeto naquele saco.

O último tesouro de Jakob, seu bem mais precioso. E Olivier o queria.

Num acesso de fúria e ambição, ele tirou a vida do Eremita, depois levou sua linda e preciosa arma do crime e o saco e os escondeu.

Atrás da lareira que Beauvoir agora encarava.

E, uma vez encontrado, o saco com o entalhe começou a falar. Ele só tinha uma coisa a dizer, e o disse com eloquência, muitas e muitas vezes: Olivier assassinara o criador daquilo.

Depois de encontrar o entalhe e a arma do crime escondidos no bistrô, assim como todas as outras provas, não havia dúvida do que aconteceria a seguir. O inspetor-chefe prendeu Olivier Brulé por assassinato. Ele foi considerado culpado de homicídio culposo e condenado a dez anos. Tomada de dor, Three Pines passou a aceitar aquela terrível verdade.

Exceto Gabri, que todos os dias escrevia para o inspetor-chefe e fazia a mesma pergunta. *Por que Olivier moveria o corpo?*

– Como vai o inspetor-chefe? – perguntou Myrna, inclinando o corpo para a frente.

Ela era uma mulher negra grande. Psicóloga aposentada, agora era proprietária de uma livraria.

– Está bem. Nós nos falamos todos os dias.

Ele não contou toda a verdade, é claro. Que o inspetor-chefe Gamache estava longe de estar "bem". Assim como ele próprio.

– Nós nos falamos algumas vezes – afirmou Clara.

Todos ali sabiam que, com pouco menos de 50 anos, Clara Morrow estava prestes a se tornar um grande nome da arte mundial. Ela faria uma exposição individual dali a alguns meses, no Musée d'Art Contemporain, ou MAC, em Montreal. Seus cabelos rebeldes e escuros estavam se tornando mais finos e grisalhos e ela sempre tinha a aparência de quem acabou de emergir de um túnel de vento.

Seu marido, Peter, era bem diferente. Se ela era baixa e um pouco atarracada, ele era alto e delgado. Cada fio de cabelo grisalho estava no lugar, as roupas simples e imaculadas.

– Nós falamos com ele algumas vezes – disse Peter. – E sei que vocês estão sempre em contato – acrescentou, virando-se para Gabri.

– Se você pode chamar uma perseguição de "estar em contato"... – Gabri riu e apontou para a carta inacabada sobre a mesa, depois olhou para Beauvoir. – Foi Gamache quem o enviou aqui? Vocês vão reabrir o caso de Olivier?

– Receio que não. Só vim para umas férias. Para relaxar.

Ele os encarou e mentiu.

"Você se importaria, Jean-Guy?", pedira-lhe o inspetor-chefe Gamache naquela manhã. "Eu mesmo o faria, mas não acho que adiantaria muito. Se alguém cometeu um erro, esse alguém fui eu. Talvez você consiga enxergá-lo."

"Todos nós investigamos o caso, não apenas o senhor. E todos concordamos com a conclusão. Não havia dúvida. O que agora o leva a pensar que cometemos um erro?", perguntara Beauvoir. Ele estava no porão com o temido telefone. E, se ele odiava o telefone, pensou Beauvoir, como será que o chefe se sentia em relação ao aparelho?

Ele não achava que tinham cometido um erro. Na verdade, sabia que a acusação contra Olivier era bem completa, minuciosa e sem erros.

"Por que ele moveu o corpo?", dissera Gamache.

Beauvoir tinha que admitir que era uma boa pergunta. Apenas uma pequena mancha em um caso perfeito.

"O que você quer que eu faça?"

"Quero que vá a Three Pines e faça mais algumas perguntas."

"Que tipo de pergunta? Nós fizemos todas as perguntas, tivemos todas as respostas. Olivier assassinou o Eremita. *Point final.* Fim de discussão. O júri concordou. Além do mais, o assassinato aconteceu há cinco meses, como é que eu vou encontrar novas evidências agora?"

"Não acho que você vá encontrar", respondera o chefe. "Eu acho que, se algum erro foi cometido, foi de interpretação."

Beauvoir fizera uma pausa. Ele sabia que iria para Three Pines, faria o que o chefe pedira. Ele sempre fazia. Se o chefe lhe pedisse que conduzisse as entrevistas completamente nu, ele o faria. Mas, é claro, jamais pediria isso, motivo pelo qual confiava tanto em Gamache. Com a própria vida.

Por um instante, contra sua vontade, ele sentiu de novo o empurrão, a pressão, e então o horror quando suas pernas colapsaram e ele percebeu o que acontecera. Caiu no chão imundo da fábrica abandonada. E ouviu, vinda de longe, aquela voz familiar, gritando.

"Jean-Guy!" Tão raramente elevada, mas alta naquele momento.

O chefe estava falando com ele de novo, mas agora sua voz era calma, ponderada, tentando trabalhar a melhor estratégia.

"Você vai estar lá como um cidadão, não como um investigador de homicídios. Não tentando provar que ele é culpado. Talvez o melhor a fazer seja olhar para o caso de outro ponto de vista."

"O que o senhor quer dizer?"

"Vá para Three Pines e tente provar que Olivier não assassinou o Eremita Jakob."

Então ali estava Jean-Guy Beauvoir, sentado, tentando fingir que gostava daquelas pessoas.

Mas ele não gostava.

Jean-Guy Beauvoir não gostava de várias pessoas, e os moradores de Three Pines tinham lhe dado poucos motivos para sentir algo diferente. Eles eram astutos, enganadores, arrogantes e quase incompreensíveis, especialmente os anglófonos. Eram perigosos, porque escondiam seus pensamentos, escondiam seus sentimentos por trás de um rosto sorridente. Quem podia dizer o que estava se passando de verdade em suas cabeças? Eles diziam uma coisa e pensavam outra. Quem podia saber que coisa rançosa vivia incrustrada, escondida no espaço entre palavras e pensamentos?

Sim. Aquelas pessoas podiam até parecer gentis e atenciosas. Mas eram perigosas.

Quanto antes aquilo acabasse, pensou Beauvoir sorrindo para todos por sobre a borda de sua cerveja, melhor seria.

CINCO

Quando chegou ao pé da escada, Gamache olhou ao redor. Haviam trazido lâmpadas industriais, e ele viu uma luz saindo de uma das câmaras. Como qualquer pessoa, ele foi atraído pela luz, mas resistiu e ficou observando a escuridão, permitindo que sua visão se ajustasse.

Depois de alguns instantes, viu o que homens e mulheres de cem anos atrás tinham visto. Um porão baixo, abobadado, ou, como diziam em francês, um *sous-sol*. Nenhum sol jamais chegara ali, apenas a escuridão, interrompida durante os anos pela luz de velas, de lamparinas a óleo de baleia e a gás e agora, finalmente, de luzes elétricas ofuscantes. Mais brilhantes que o sol, levadas até ali para que eles pudessem ver o mais sombrio dos atos.

A eliminação de uma vida.

E não uma vida qualquer, mas a de Augustin Renaud.

Com toda a sua paranoia, Porter Wilson estava certo, pensou Gamache. As pessoas que queriam que o Quebec se separasse do Canadá teriam um prato cheio. Qualquer coisa que lançasse suspeita sobre a população inglesa seria um alimento para a causa separatista. Pelo menos para as facções mais radicais. A maioria dos separatistas, Gamache sabia, era formada por pessoas atenciosas, razoáveis e decentes. Mas havia alguns bem loucos.

Gamache e seu jovem guia estavam em uma antecâmara. O teto era baixo, embora talvez não para os indivíduos que a tinham construído. A dieta pobre e as condições de vida e trabalho os deixavam muitos centímetros mais baixos. Mesmo assim, Gamache suspeitava de que a maioria tinha que se abaixar, como acabara de fazer. O chão era de terra e lá embaixo era frio, mas não gelado. Eles estavam bem abaixo da linha do gelo, abaixo do sol, mas também abaixo da terra congelada. Em uma espécie de purgatório obscuro, um lugar que nunca ficava quente nem frio.

O inspetor-chefe tocou a áspera parede de pedra, imaginando quantos homens e mulheres, mortos havia muito tempo, as teriam tocado quando desciam para pegar verduras e legumes no subsolo. Para manter vivos os prisioneiros famintos por um tempo longo o suficiente para matá-los.

Depois da antecâmara havia uma sala. A sala com luz.

– Você primeiro – disse ele, gesticulando para o oficial e o seguindo.

Lá dentro, seus olhos tiveram que se ajustar de novo, embora não tenham levado tanto tempo. Grandes lâmpadas industriais haviam sido posicionadas de modo que a luz refletisse no teto de pedra abobadado e nas paredes, mas a maioria estava virada para um canto, onde alguns homens e mulheres estavam trabalhando. Alguns fotografando, outros coletando amostras, uns terceiros amontoados sobre algo que Gamache não conseguia ver, mas podia imaginar.

Um corpo.

O inspetor Langlois se levantou e, espanando a poeira dos joelhos, aproximou-se de Gamache.

– Estou feliz que tenha mudado de ideia.

Eles trocaram um aperto de mãos.

– Eu precisava pensar. Madame MacWhirter também me pediu que viesse, para atuar como um mediador neutro entre vocês e eles.

Langlois sorriu.

– Ela acha que eles precisam disso?

– Bem, foi mais ou menos o que você me pediu, não foi?

– É verdade. E fico grato que esteja aqui, mas poderíamos manter sua colaboração em uma base informal? Talvez possamos considerá-lo um consultor? – Langlois olhou para algo atrás de Gamache. – Quer dar uma olhada?

– *S'il vous plaît.*

Era uma cena familiar para o inspetor-chefe. Uma equipe de homicídios nos estágios iniciais de coleta das evidências que, um dia, condenariam um homem ou uma mulher por homicídio. O legista ainda estava lá. Acabava de se levantar, um jovem médico enviado do hospital Hôtel-Dieu, onde o legista-chefe do Quebec mantinha um escritório. Aquele não era o chefe que Gamache conhecia. Mas o homem era médico e, julgando por seu comportamento, bastante experiente.

– Ele foi atingido por trás com aquela pá ali.

O médico apontou para uma ferramenta parcialmente enterrada ao lado do corpo. Ele estava falando com o inspetor Langlois, mas lançava olhares para Gamache.

– Golpe bem direto. Ele foi atingido algumas vezes. Vou levar amostras e vou precisar do corpo na minha mesa, mas não parece haver nenhum outro trauma.

– Há quanto tempo? – perguntou Langlois.

– Mais ou menos doze horas. Tivemos sorte com o ambiente. É estável. Não há chuva nem neve, não há variações de temperatura. Mas mais tarde poderei lhe dizer com precisão.

Ele se virou, pegou seu kit e acenou com a cabeça para Langlois e Gamache. Em vez de sair, porém, o legista hesitou e olhou em volta.

Parecia relutante. Quando Langlois o encarou, o jovem médico perdeu um pouco de sua compostura, até que perguntou:

– Você prefere que eu fique?

– Por quê? – indagou Langlois, a voz pouco convidativa.

O médico não se abalou.

– Você sabe.

Agora, o inspetor Langlois voltou-se completamente para ele, desafiando-o a ir mais longe.

– Diga-me.

– Bem... – titubeou o médico. – Caso encontre mais alguma coisa.

Ao seu lado, Gamache sentiu o inspetor ficar tenso, mas inclinou-se para ele e sussurrou:

– Talvez ele deva ficar.

Langlois assentiu, o rosto fechado, e o legista se afastou do foco de luz, no outro canto escuro. E ficou lá à espera.

Por precaução.

Todos naquela sala sabiam contra o que era a "precaução".

O inspetor-chefe Gamache aproximou-se do corpo. A luz forte não deixava nada para a imaginação; refletia nas roupas sujas do homem, em seu cabelo oleoso, longo e branco, no rosto retorcido. Em suas mãos, fechadas sobre o chão de terra. Nas horrorosas feridas em sua cabeça.

Gamache se ajoelhou.

Sim, ele era inconfundível. O extravagante bigode preto destoando do cabelo branco. As sobrancelhas longas e grossas que os cartunistas políticos adoravam. O nariz bulboso e feroz, quase louco, os olhos azuis. Intensos mesmo depois da morte.

– Augustin Renaud – declarou Langlois. – Sem dúvida.

– E Samuel de Champlain?

Gamache disse em voz alta o que todos naquela sala, todos naquele *sous-sol*, todos naquele prédio estavam pensando. Mas ninguém tinha se pronunciado. Era essa a "precaução".

– Algum sinal dele?

– Ainda não – respondeu Langlois, desanimado.

Pois onde quer que Augustin Renaud estivesse, sempre haveria mais alguém.

Samuel de Champlain. Morto havia quase quatrocentos anos, mas agarrado a Augustin Renaud.

Champlain, que em 1608 havia fundado o Quebec, estava morto e enterrado fazia muitos anos.

Mas onde?

Aquele era o grande mistério que perseguia os quebequenses. De alguma forma, em algum momento desses séculos, eles tinham perdido o seu fundador.

Eles sabiam onde os homens menos importantes do início do século XVII eram enterrados, tenentes e capitães de brigada de Champlain. Haviam desenterrado e enterrado de novo inúmeros missionários. Os pioneiros, os agricultores, as freiras, os primeiros *habitants*, todos foram contabilizados. Com sepulturas e lápides solenes, visitadas por crianças em idade escolar, sacerdotes em dias de festa, turistas e guias turísticos. Nomes como Hébert, Frontenac e Marie de l'Incarnation ressoavam entre os quebequenses e histórias eram contadas sobre seu altruísmo e sua bravura.

Mas um continuava perdido. Os restos mortais de um de seus heróis haviam desaparecido.

O pai do Quebec, o mais reverenciado, o mais famoso, o mais corajoso. O primeiro quebequense.

Samuel de Champlain.

E um homem passara toda a sua vida adulta tentando encontrá-lo.

Augustin Renaud tinha cavado, escavado e recortado túneis sob grande parte de Vieux Québec, seguindo qualquer pista, por mais excêntrica que fosse.

E agora ali estava ele, sob a Sociedade Literária e Histórica, aquele bastião da parte anglófona do Quebec. Junto com uma pá.

Morto. Assassinado.

Por que ele estaria ali? Parecia haver apenas uma resposta para isso.

– Eu devo avisar o *premier ministre*? – perguntou Langlois a Gamache.

– *Oui*. O *premier ministre*, o ministro da Segurança Pública, o arqueólogo-chefe. A Voz dos Anglófonos do Quebec. A Sociedade de Saint-Jean-Baptiste. O Parti Québécois. – Gamache encarou Langlois com severidade. – Depois você precisa convocar uma coletiva de imprensa e contar para a população. A todos. Ao mesmo tempo.

Langlois ficou claramente espantado com a sugestão.

– Não seria melhor minimizar isso? Quer dizer, na verdade, trata-se apenas de Augustin Renaud, não do *premier ministre*. O sujeito era meio bufão. Ninguém o levava a sério.

– Mas a pesquisa dele, sim.

O inspetor Langlois encarou Gamache, mas não retrucou.

– Você fará o que quiser, é claro – disse o inspetor-chefe, entendendo a situação do colega. – Entretanto, como seu consultor, esse é o meu conselho. Conte a todos, e depressa, antes que militantes comecem a espalhar boatos.

Gamache olhou para além do círculo de luz intensa, para as cavernas escuras além da sala principal.

Estaria Samuel de Champlain ali, naquele instante? Armand Gamache, estudante da história do Quebec, sentiu um frisson, uma excitação involuntária.

E, se ele se sentia assim, pensou, como se sentiriam os outros?

ELIZABETH MACWHIRTER SE SENTIA MAL. Estava de costas para a janela, uma janela e uma vista que sempre lhe deram prazer, até aquele momento. Dali ela via os telhados de metal, as chaminés, os sólidos prédios de pedra, a neve caindo mais grossa, mas também via os caminhões das emissoras de TV e os carros com logotipos das rádios estampados nas laterais. Via homens e mulheres que reconhecia da televisão e de fotos no *Le Soleil* e no *La Presse*.

Jornalistas. E não a imprensa marrom. Não apenas o *Allô Police*, embora ele também estivesse lá. Mas âncoras e noticiários respeitados.

Todos estavam parados na frente do prédio, sob luzes artificiais, as câmeras apontadas, alinhadas como em um jogo infantil, contando a história para a província. Elizabeth se perguntou o que estariam dizendo.

Mas não devia ser nada bom, apenas diferentes graus de ruim.

Ela havia telefonado para os membros da biblioteca, para lhes dar as poucas informações disponíveis. Não precisou de muitas palavras.

Augustin Renaud foi encontrado morto no porão. Passe adiante.

Ela olhou pela janela novamente, para o grupo de repórteres que se reunira em pouco tempo e para a neve, duas tempestades, e gemeu.

– O que foi? – perguntou Winnie, juntando-se à amiga perto da janela. – Ah.

Juntas, elas viram Porter descer a escadaria, abordar o enxame de repórteres e dar o que poderia ser chamado de uma coletiva de imprensa.

– Meu Deus – suspirou Winnie. – Você acha que eu consigo atingir a cabeça dele com isto? – perguntou ela, erguendo o primeiro volume do *Shorter Dictionary*.

– Você vai jogar o livro em cima dele? – disse Elizabeth, com um sorriso.

– Pena que ninguém doou uma besta para a nossa biblioteca.

O inspetor Langlois sentou-se à cabeceira da mesa polida da biblioteca da Sociedade Literária e Histórica. Era um salão ao mesmo tempo aconchegante e grandioso. Tinha cheiro de passado, de um tempo anterior ao dos computadores, antes que as informações fossem encontradas no Google. Antes de notebooks e smartphones e todas as outras ferramentas que confundiam informação com conhecimento. Era uma biblioteca velha, cheia de livros velhos e ideias velhas e empoeiradas.

Era um local calmo e reconfortante.

Fazia muito tempo que o inspetor Langlois não entrava numa biblioteca. Desde seus dias de estudante. Um tempo preenchido com novas experiências e os aromas que seriam para sempre associados a elas. Meias de ginástica. Bananas apodrecendo nos armários. Suor. Colônia Old Spice. Xampu Herbal Essence nos cabelos das meninas que ele beijava, e muito mais. Um aroma tão doce, tão cheio de anseios, que ainda lhe causava uma reação física sempre que o sentia.

E bibliotecas. Silenciosas. Calmas. Um porto seguro para o turbilhão da vida na adolescência. Quando as garotas com xampu Herbal Essence se afastavam e caçoavam dele, quando os rapazes com meias de ginástica o empurravam e ele os empurrava de volta, rindo. Brincando de luta. Mantendo o terror atrás de olhos selvagens.

Ele se lembrou de como era encontrar-se na biblioteca, longe de um possível ataque, mas cercado por coisas muito mais perigosas do que as que vagavam pelos corredores da escola.

Pois aquele lugar abrigava pensamentos.

O jovem Langlois se sentava ali e colhia para si aquele poder. O poder que vinha de se ter informações, conhecimento, pensamentos e um lugar calmo para acumulá-los.

O inspetor Langlois, da Divisão de Homicídios do Quebec, olhou em volta da biblioteca de pé-direito duplo, com sua madeira esculpida e seus volumes antigos, e pensou nas pessoas que estava prestes a interrogar. Pessoas que tinham acesso a todos aqueles livros, toda aquela calma, todo aquele poder.

Ingleses.

À sua direita estava seu assistente, tomando notas. À sua esquerda sentava-se um homem que ele só conhecera de vista antes daquele dia. Ouvira uma palestra. Vira na televisão. Em julgamentos, em audiências públicas, em programas de entrevistas. E nos funerais, havia seis semanas. De perto, o inspetor-chefe Gamache parecia diferente. Langlois só o vira de terno, com seu bigode aparado. Agora, ele estava usando não apenas um cardigã e calça de veludo cotelê, mas também uma barba. Com muitos fios grisalhos. E uma cicatriz acima da têmpora esquerda.

– *Alors* – iniciou Langlois. – Antes de começar, gostaria de rever o que sabemos até agora.

– A vítima – leu seu assistente, de um caderno – foi identificada como Augustin Renaud. Setenta e dois anos. Seu parente mais próximo foi notificado, sua ex-mulher. Sem filhos. Ela o identificará formalmente mais tarde, mas não há dúvida. Sua carteira de motorista e seu cartão do plano de saúde também o identificaram. Além disso, havia em sua carteira 45 dólares e mais 3 dólares e 22 centavos nos bolsos. Quando o corpo foi removido, encontramos outros 28 centavos abaixo dele, provavelmente que caíram do bolso. São moedas atuais. Todas canadenses.

– Ótimo – disse Langlois. – Prossiga.

Ao lado dele, o inspetor-chefe Gamache ouvia, as mãos cruzadas sobre a mesa.

– Encontramos uma maleta debaixo do corpo. Dentro dela, um mapa do Quebec, desenhado à mão por ele próprio.

Estava sobre a mesa, diante deles. O mapa mostrava áreas da cidade que ele havia escavado para localizar Champlain, assim como as datas, desde que começara, décadas antes.

– Alguma ideia? – indagou Langlois a Gamache, enquanto os três examinavam o papel.

– Acho isso aqui importante.

O dedo do chefe pairou sobre um ponto branco no mapa. Um mapa que mostrava apenas edifícios e ruas significativos para a busca de Renaud. Lugares onde Samuel de Champlain poderia estar enterrado. Entre eles, a Basílica, o Café Buade, restaurantes variados e residências que tiveram o azar de serem visadas por Renaud.

Era como se o restante da magnífica Vieux Québec não existisse para Augustin Renaud.

E o lugar para onde Gamache apontava era a Sociedade Literária e Histórica. Ausente. Não desenhada. Como se não existisse no mundo de Renaud, centrado em Champlain.

Langlois assentiu.

– Eu percebi isso também. Talvez ele apenas não tenha tido tempo de inserir o prédio no mapa.

– É possível – concordou Gamache.

– O que o senhor está pensando?

– Estou pensando que seria um erro se ficássemos cegos pela paixão de Renaud. Esse assassinato pode não ter nada a ver com Champlain.

– Então por que ele estava cavando? – perguntou o jovem assistente.

– Boa pergunta. – Gamache sorriu com pesar. – Isto seria uma pista.

– Muito bem – disse Langlois, pegando o mapa e o devolvendo para a maleta.

Enquanto observava, Gamache se perguntou por que Renaud precisaria de uma maleta de couro tão grande para carregar apenas uma fina folha de papel.

– Não havia mais nada aí dentro? – Gamache acenou com a cabeça para a maleta na mão de Langlois. – Apenas o mapa?

– Só isso. Por quê?

– Ele poderia ter carregado o mapa no bolso. Para que a maleta?

– Hábito – comentou o assistente. – Ele provavelmente a carregava para todos os lugares, caso encontrasse alguma coisa.

Gamache assentiu. Provavelmente era isso.

– Segundo o legista, Renaud foi morto pela pá em algum momento perto das onze da noite – afirmou Langlois. – Ele caiu de cara no chão de terra, e começaram a enterrá-lo.

– Não profundamente – explicou o assistente. – Não direito. Os senhores acham que o assassino queria que ele fosse encontrado?

– Eu imagino quantas vezes o porão é usado – raciocinou Langlois, em voz alta. – Vamos ter que perguntar. Mande entrar a primeira pessoa, o presidente do Conselho. Um tal de... – o inspetor consultou suas anotações – ... Porter Wilson.

Porter entrou. Ele tentava não demonstrar, mas estava chocado ao ver aquela biblioteca, a *sua* biblioteca, ocupada por forças policiais.

Ele não tinha rancor dos franceses. Era impossível viver na cidade de Quebec e se sentir assim. Seria uma vida torturante e um tormento desnecessário. Não, Porter sabia que os francófonos eram gentis e calorosos, atenciosos e estáveis. A maioria. Havia radicais em ambos os lados.

E aquele era o seu problema. Tom Hancock, o pastor, sempre dizia isso. Porter via a situação como "lados", não importava quantos anos tivessem passado, não importava quantos amigos franceses ele tivesse. Não importava que sua filha tivesse se casado com um francófono, que seus netos frequentassem escolas francesas e que ele mesmo falasse um francês perfeito.

Ele ainda via "lados" na situação, na qual ele mesmo estava do lado de fora. Porque era inglês. Entretanto, ele se considerava um quebequense como qualquer outro naquela sala elegante. De fato, sua família estava lá havia centenas de anos. Ele vivia no Quebec havia mais tempo do que aquele jovem policial ou o homem à cabeceira da mesa ou o inspetor-chefe Gamache.

Ele havia nascido ali, passado a vida inteira ali, seria enterrado ali. E ainda

71

assim, apesar de toda a simpatia, nunca seria considerado um quebequense, nunca se sentiria totalmente parte da cidade.

Exceto ali. Na Sociedade Literária e Histórica, no centro de Vieux Québec. Ali ele estava em casa, em um mundo inglês criado por palavras inglesas, cercado de bustos de importantes anglófonos que vieram antes dele.

Mas naquele dia, sob sua autoridade, a força policial francesa havia se mudado lá para dentro e estava ocupando a Lit e His.

– Por favor – disse o inspetor Langlois, levantando-se rapidamente e indicando um assento. Ele falou em seu melhor inglês, com forte sotaque. – Junte-se a nós.

Como se Porter tivesse escolha. Eles eram os anfitriões, e ele, o convidado. Com esforço, ele engoliu uma réplica e se sentou, embora não onde indicaram.

– Nós temos algumas perguntas – disse o inspetor Langlois, entrando direto no assunto.

Durante a hora que se seguiu, eles interrogaram todos os que estavam lá. Por meio de Porter Wilson, souberam que a biblioteca era trancada todas as tardes às seis horas, e estava trancada naquela manhã quando ele chegou. Não havia nada fora do lugar. Mas o pessoal de Langlois havia examinado a grande e velha fechadura na porta da frente e, embora não tivesse identificado nenhum sinal de manipulação, concluiu que uma criança esperta de 6 anos poderia tê-la aberto sem a chave.

Não havia um sistema de alarme.

– Por que nos daríamos ao trabalho de instalar um alarme? – perguntou Porter. – Ninguém vem quando estamos abertos, por que viriam quando a biblioteca estivesse fechada?

Eles ficaram sabendo que aquele era o único lugar em Vieux Québec onde livros em inglês podiam ser encontrados.

– E parece que vocês têm um monte deles – comentou Gamache. – Não pude deixar de notar, enquanto caminhava pelos corredores e pelas salas dos fundos, que vocês têm muitos livros que não estão expostos.

Era um eufemismo, pensou ele, lembrando-se das caixas de livros empilhadas por toda parte.

– E o que é que isso quer dizer?

– É apenas uma observação.

– De fato – concordou Porter, com relutância. – E mais livros chegam todos os dias. Toda vez que alguém morre, herdamos seus livros. É assim que ficamos sabendo que alguém morreu. Uma caixa de livros inúteis aparece. Mais preciso que os obituários do *Chronicle-Telegraph*.

– Eles são sempre inúteis? – indagou Langlois.

– Bem, uma vez encontramos um bom livro de desenhos.

– Quando foi isso?

– Em 1926.

– Vocês não podem vender alguns? – perguntou Gamache.

Porter encarou o inspetor-chefe. Gamache o encarou de volta, sem saber ao certo o que causara aquele súbito olhar cáustico.

– Isso é uma piada?

– *Non, monsieur*.

– Bem, não, não podemos. Tentamos uma vez, mas os membros não gostaram.

– Em 1926? – indagou Langlois.

Wilson não respondeu.

Winnie Manning entrou em seguida e confirmou que a noite estava, de fato, um morango, mas acrescentou que os ingleses eram boas abóboras e que a biblioteca tinha uma seção particularmente impressionante sobre equipamentos de butique.

– Na verdade – ela se virou para Gamache –, acho que essa é uma área do seu interesse.

– É, de fato – admitiu ele, para surpresa de Langlois e de seu assistente.

Depois que Winnie saiu, dizendo que tinha que lançar uma nova linha de maçanetas, Gamache explicou:

– Ela quis dizer *nautique*, não *boutique*.

– É mesmo? – perguntou o assistente, que havia feito anotações, mas decidiu queimá-las caso alguém as lesse e achasse que ele estava drogado quando as escreveu.

O Sr. Blake sentou-se no lugar de Winnie.

– Stuart Blake – disse o homem idoso, acomodado na cadeira oferecida e olhando para eles com um interesse gentil.

Ele estava imaculadamente vestido, barbeado, seu rosto suave, rosado e macio. Seus olhos eram brilhantes. Ele olhou para Gamache e sorriu.

– *Monsieur l'inspecteur* – cumprimentou ele, inclinando a cabeça. – *Désolé*. Eu não tinha ideia de quem o senhor era.

– O senhor sabia o que realmente importava – respondeu Gamache. – Isso bastava.

O Sr. Blake sorriu, cruzou as mãos e esperou. Com tranquilidade.

– O senhor passa muito tempo na biblioteca, imagino – comentou o inspetor Langlois.

– Sim. Há muitos anos, desde a minha aposentadoria.

– E qual era a sua profissão?

– Eu era advogado.

– Então devemos chamá-lo de *Maître* Blake – observou Langlois.

– Não, por favor, estou aposentado há anos. Um simples "senhor" é suficiente.

– Há quanto tempo o senhor está envolvido com a Sociedade Literária e Histórica?

– Ah, a vida inteira, de uma forma ou de outra, como meus pais e avós. Esta foi a primeira sociedade histórica do país. Antes mesmo dos Arquivos Nacionais. Ela existe desde 1824, embora não neste prédio.

– Este prédio – disse Gamache, aproveitando o assunto – tem uma história interessante?

– Muito. – O Sr. Blake se virou para o inspetor-chefe. – Só passou a abrigar a Sociedade Literária e Histórica em 1868. Originalmente, era o Reduto Real, um quartel militar. Também abrigou prisioneiros de guerra, sobretudo americanos. Depois, tornou-se uma prisão comum. Havia enforcamentos públicos, como o senhor deve saber.

Gamache não disse nada, embora achasse interessante que aquele homem refinado, culto e civilizado demonstrasse prazer em contar tamanha barbaridade.

– Pendurados do lado de fora. – Ele acenou na direção da porta da frente. – Se o senhor acredita em fantasmas, este é o seu lugar.

– Já viu algum? – inquiriu Gamache, surpreendendo Langlois e o jovem policial.

Blake hesitou, então balançou a cabeça.

– Não. Mas os sinto às vezes, quando não há mais ninguém aqui.

– O senhor costuma estar aqui quando não há mais ninguém? – indagou Gamache, em um tom de voz cordial.

– Às vezes. Acho que é um lugar tranquilo. Acredito que o senhor concorda comigo.

– *C'est la vérité* – afirmou o inspetor-chefe. – Mas eu não tenho uma chave para entrar depois do expediente. O senhor tem. E presumo que a use.

De novo, o Sr. Blake hesitou.

– Uso, mas não muitas vezes. Apenas quando não consigo dormir e alguma dúvida me perturba.

– Como o quê? – perguntou Gamache.

– Como que tipo de grama cresce na Ilha Rum ou quando o último celacanto foi capturado.

– E o senhor estava perturbado com essas dúvidas na noite passada?

Os dois homens se entreolharam. Finalmente, o Sr. Blake sorriu e balançou a cabeça.

– Não, não estava. Dormi como uma criança ontem à noite. Como dizia Shakespeare, o melhor caminho para a paz de espírito é ter a consciência limpa.

Ou nenhuma, pensou Gamache, observando o Sr. Blake com interesse.

– Alguém pode confirmar isso? – indagou o inspetor Langlois.

– Eu sou viúvo. Perdi minha esposa há oito anos, portanto não tenho testemunhas.

– *Désolé* – disse Langlois. – Diga-me, por que acha que Augustin Renaud estava aqui ontem à noite?

– Não é óbvio? Ele deve ter pensado que Champlain está enterrado aqui.

E lá estava ela. A resposta óbvia, para quem quisesse ouvir.

– E está?

Blake sorriu.

– Não, temo que não.

– Por que ele pensaria que Champlain estava aqui? – inquiriu Langlois.

– Por que Augustin Renaud pensava qualquer coisa? Alguém conseguiu entender a lógica dele? Talvez suas escavações fossem mais alfabéticas do que arqueológicas e ele tivesse chegado à letra L. Isso faz tanto sentido quanto seus outros argumentos. Pobre homem – acrescentou Blake. – Vocês vão escavar?

– Neste momento, ainda é a cena de um crime.

– Incrível – comentou o Sr. Blake, quase para si mesmo. – Por que Augustin Renaud estaria aqui, na Lit e His?

– E por que alguém o mataria? – completou Langlois.

– Aqui – acrescentou Gamache.

Finalmente, Elizabeth MacWhirter entrou e se sentou.

– Qual é exatamente o seu trabalho? – indagou Langlois.

– Bem, "trabalho" não é a palavra certa. Somos todos voluntários. Costumávamos ser pagos, mas o governo cortou os recursos da biblioteca, então agora todo o dinheiro que recebemos vai para a manutenção. Só o aquecimento custa uma fortuna, e acabamos de refazer a fiação. Na verdade, se não tivéssemos refeito, talvez nunca encontrássemos o Sr. Renaud.

– O que quer dizer? – perguntou Langlois.

– Quando refizemos a fiação, decidimos refazer também as linhas telefônicas. Enterrá-las no porão. Se a linha não tivesse sido cortada, nunca teríamos encontrado o corpo, e ele teria sido concretado no chão.

– *Pardon*? – retrucou Langlois.

– Semana que vem. O pessoal do concreto deve vir na segunda-feira para colocar as placas.

Os homens se entreolharam.

– A senhora está dizendo que, se Renaud ou seu assassino não tivesse rompido a linha de telefone enquanto escavava ontem à noite, todo o piso teria sido concretado? Selado? – questionou o inspetor.

Elizabeth assentiu.

– Quem sabia disso? – indagou Langlois.

– Todo mundo.

Ela foi até a mesa e voltou com três panfletos, que distribuiu. Lá, na primeira página, estava o anúncio.

A fiação, os telefones e o porão seriam refeitos.

Dobrando de novo o panfleto e o colocando sobre a mesa à sua frente, o inspetor-chefe Gamache olhou para aquela mulher magra e idosa.

– Aqui há a confirmação de que o trabalho vai ser feito, mas não quando. O momento me parece importante.

– O senhor pode estar certo, inspetor-chefe, mas não mantivemos a data em segredo. Muitas pessoas sabiam. O Conselho, os voluntários, os operários da construção.

– De onde vocês tirariam o dinheiro para tudo isso? Deve ter custado uma fortuna.

– Foi caro – admitiu ela. – Conseguimos subsídios e doações e vendemos alguns livros.

– Então a venda de livros foi bem recente – comentou Langlois. – Mas ouvimos de monsieur Wilson que vocês não obtiveram muito sucesso.

– Isso é o que eu chamo de eufemismo – afirmou Elizabeth. – Foi um desastre. Vendemos algumas caixas, livros que estavam guardados havia décadas, juntando poeira. Uma pena. Eles deviam estar em uma coleção, valorizados, e não empilhados aqui. E Deus sabe que precisamos do dinheiro. Era uma solução perfeita. Transformar livros rejeitados em fiação.

– Então o que deu errado? – perguntou Gamache.

– A comunidade não gostou. Eles acham que nós somos um museu, não uma biblioteca, e que todo item doado é um tesouro. Os livros tornaram-se simbólicos para eles, imagino.

– Simbólicos de quê? – quis saber Gamache.

– Do valor da língua inglesa. Da cultura inglesa. Havia o temor de que, se nem mesmo a Lit e His valorizasse a língua inglesa, a palavra escrita, então não havia esperança. Eles deixaram de ser livros e se tornaram símbolos da comunidade. Tinham que ser preservados. Quando o rumor correu, não havia mais brigas nem discussões. E, certamente, não houve vendas.

Gamache assentiu. Ela tinha razão. A batalha estava perdida naquele momento. Melhor bater em retirada.

– Então vocês pararam de vender?

– Sim. É por isso que há tantas caixas empilhadas nos corredores. Se mais um idoso anglófono morrer, a Sociedade Literária e Histórica vai explodir – afirmou ela, rindo, mas sem achar graça.

– O que a senhora acha que Augustin Renaud estava fazendo aqui? – perguntou Langlois.

– A mesma coisa que vocês. Ele devia pensar que Champlain estava enterrado neste local.

– Por que ele pensaria isso?

Elizabeth deu de ombros, fazendo com que até esse gesto parecesse refinado.

– Por que ele pensou que Champlain estava enterrado sob aquele restaurante chinês? Ou aquela escola primária? Por que Augustin Renaud pensava qualquer coisa?

– Ele vinha aqui?

– Bem, ele veio ontem à noite.

– Quero dizer, a senhora já o tinha visto aqui antes de ontem?
Elizabeth MacWhirter hesitou.

– Nunca dentro, que eu saiba. Mas eu o vi à porta da frente. Ontem de manhã.

O jovem assistente, chocado porque algo de importante havia sido dito, quase se esqueceu de anotar. Mas, de repente, sua caneta começou a trabalhar depressa.

– Continue – disse Langlois.

– Ele pediu para falar com o Conselho.

– Quando foi isso?

– Por volta das onze e meia. Tínhamos trancado a porta, como sempre fazemos durante as reuniões.

– Ele apareceu de repente?

– Exatamente.

– Como ele sabia que vocês estavam em reunião?

– Colocamos um anúncio no jornal.

– *Le Soleil?*

– O *Chronicle-Telegraph* do Quebec.

– Qual?

– O *Chronicle-Telegraph.* – Elizabeth soletrou para o assistente. – É o jornal mais antigo da América do Norte – disse ela, de forma mecânica.

– Prossiga. A senhora disse que ele apareceu. O que aconteceu? – indagou o inspetor.

– Ele tocou a campainha e Winnie atendeu, depois ela voltou aqui com o pedido dele. Ela o deixou lá embaixo, do lado de fora.

– E o que vocês disseram?

– Fizemos uma votação e decidimos não recebê-lo. Foi unânime.

– Por que não?
Elizabeth refletiu.

– Não reagimos bem a novidades, e temo que eu me inclua nisso. Temos uma vida tranquila, monótona, mas muito feliz. Baseada em tradições. Sabemos que toda terça-feira haverá jogo de bridge, servirão biscoitos de gengibre e chá *orange pekoe*. Sabemos que a faxineira vem às quintas-feiras

78

e sabemos onde as toalhas de papel são guardadas. No mesmo lugar onde minha avó as guardava, quando era secretária da Lit e His. Não é uma vida excitante, mas tem um significado profundo para nós.

Ela parou e então olhou para o inspetor-chefe Gamache.

– A visita de Augustin Renaud perturbou tudo isso – afirmou ele.

Ela assentiu.

– Como ele reagiu quando soube que não seria recebido? – perguntou Gamache.

– Eu desci para contar a ele. Ele não ficou satisfeito, mas aceitou a decisão e disse que voltaria. Não pensei que seria tão cedo.

Ela se lembrou de ter parado diante da porta de madeira grossa, aberto uma fresta como se estivesse enclausurada e Renaud fosse um pecador. O cabelo branco do sujeito saía por baixo de um chapéu de pele, cheio de pingentes de gelo e uma respiração raivosa pingando de seu bigode preto. Seus olhos azuis não apenas loucos, mas lívidos.

"A senhora não pode me impedir, madame", dissera ele.

"Não desejo impedi-lo, monsieur Renaud", respondera ela com uma voz que esperava que soasse razoável. Amigável até.

Mas ambos sabiam que ela estava mentindo. Ela desejava barrá-lo com a mesma intensidade com que ele desejava entrar.

Depois que todas as pessoas foram interrogadas, Gamache voltou para o escritório. Lá, encontrou todos sentados, tomando chá.

– Bem-vindo ao nosso pequeno bote salva-vidas – disse Elizabeth, levantando-se e convidando-o para se juntar a Winnie, Porter e ela mesma. – E esse é nosso combustível – explicou, indicando o pote de chá e sorrindo.

Henri correu para se juntar a ele.

– Espero que ele não tenha dado muito trabalho.

Gamache afagou o flanco de Henri, sentou-se e aceitou uma xícara daquele chá forte.

– De jeito nenhum – disse Winnie. – O que acontece agora?

– Na investigação? Eles vão pegar o relatório do legista e começar a investigar os movimentos de Augustin Renaud, amigos, família. Quem poderia querer vê-lo morto.

Eles se aproximaram ao redor da mesa. Não exatamente uma massa humana, mas algo parecido.

– A senhora disse que monsieur Renaud pediu para falar com o Conselho – disse Gamache a Elizabeth.

– Você contou isso a eles? – indagou Porter, sua voz mais cortante do que a habitual. – Que besteira.

– Ela não teve escolha – interveio Gamache. – Vocês todos deviam ter contado. Deviam saber que era importante. – Ele os encarou com severidade. – Vocês se recusaram a recebê-lo, mas o teriam ouvido em outra oportunidade?

Agora, ele estava se dirigindo a Porter Wilson, mas percebeu que todos olharam para Elizabeth, que permaneceu em silêncio.

– Mais tarde, talvez. Mas não haveria nada que nos interessasse, apenas um monte de... – Porter procurou a palavra adequada – ... inconveniências.

– Monsieur Renaud sabia ser muito persuasivo – comentou Gamache, lembrando-se das campanhas cáusticas que o arqueólogo amador havia travado contra qualquer um que lhe negasse permissão para escavar.

– Verdade – admitiu Porter.

Ele parecia cansado agora que a gravidade dos acontecimentos estava mais clara. Por mais terrível que fosse ter Augustin Renaud procurando por Champlain sob a Sociedade Literária e Histórica, pior ainda foi o que aconteceu.

– Posso ver as atas da reunião?

– Ainda não as terminei – disse Elizabeth.

– Seu caderno de anotações serve.

Ele esperou. Alguns minutos depois, ela lhe entregou o caderno, e, colocando seus óculos de meia-lua, ele fez uma análise rápida do conteúdo, anotando mentalmente quem estava na reunião.

– Vejo que Tom Hancock e Ken Haslam estavam na reunião, mas saíram cedo. Eles estavam presentes quando Augustin Renaud apareceu à porta?

– Sim – confirmou Porter. – Eles saíram logo depois. Estávamos todos lá.

Gamache continuou a leitura rápida e, por cima dos óculos, olhou para Elizabeth.

– Não há nenhuma menção à visita do Sr. Renaud.

Elizabeth MacWhirter retribuiu o olhar. Parecia claro que, quando ela lhe pedira ajuda, não esperava que ele lhe fizesse tantas perguntas desconfortáveis.

– Eu decidi não mencionar isso. Ele não falou conosco, afinal. Nada aconteceu.

– Muita coisa aconteceu, madame – disse Gamache.

Mas ele percebeu que ela disse "eu", não "nós". Estaria ela protegendo o resto do Conselho? Assumindo sozinha o fardo da responsabilidade? Ou teria sido de fato uma decisão unilateral?

Eles podiam estar em um bote salva-vidas, mas Gamache agora tinha uma ideia bem clara de quem era o capitão.

SEIS

Era início da tarde e Jean-Guy Beauvoir percebeu que havia cometido um erro. Não muito grande, mas incômodo.

Ele precisava voltar a Montreal e conversar com Olivier Brulé. Deveria ter feito isso primeiro, antes de ir a Three Pines. Em vez disso, passou a última hora em silêncio no bistrô. Todos tinham ido embora, mas não antes de se certificar de que ele estivesse no melhor lugar, a grande e gasta poltrona de couro ao lado da lareira. Ele mergulhou um *biscotti* de laranja em seu *café au lait* e, pela janela congelada, viu a neve caindo suavemente, mas de forma constante. Billy Williams havia passado uma vez com o limpa-neve, mas o chão já estava coberto de novo.

Beauvoir desviou o olhar para o dossiê que tinha nas mãos e continuou a ler. Estava confortável e aquecido. Meia hora depois, ele olhou para o relógio marítimo em cima da lareira: 13h20.

Hora de sair.

Mas não para Montreal. Não com aquele clima.

De volta ao seu quarto na pousada, Beauvoir vestiu sua grande cueca de seda, colocou estrategicamente sua roupa em camadas e, por último, seu traje de neve. Ele raramente o usava, já que preferia estar sempre elegante e aquele traje fazia com que parecesse o robô de *Perdidos no espaço*. Na verdade, no inverno, o Quebec parecia um cenário montado para um filme sobre uma invasão alienígena.

Felizmente, as chances de ele dar de cara com o editor da *Vogue Hommes* naqueles bosques era bem pequena.

Ele subiu a colina, ouvindo suas coxas batendo uma na outra e mal conseguindo estender os braços ao lado do corpo. Agora ele se sentia um pouco como um zumbi, caminhando com dificuldade montanha acima até o hotel-spa.

– *Oui?*

Carole Gilbert abriu a porta e olhou para o zumbi coberto de neve. Mas não se mostrou nem um pouco assustada, nem mesmo surpresa. Gentil como sempre, ela deu dois passos para trás e deixou o alienígena entrar na pousada, passando por sua filha e sua nora.

– Como posso ajudá-lo?

Beauvoir desembrulhou-se, sentindo-se agora como a Múmia. Ele era um verdadeiro festival de filmes B. Finalmente, tirou o chapéu, e Carole Gilbert sorriu calorosamente.

– É o inspetor Beauvoir, certo?

– *Oui, madame, comment allez-vous?*

– Bem, obrigada. O senhor veio para ficar? Não vi seu nome no registro.

Ela olhou para trás, para o amplo saguão de entrada, com piso azulejado preto e branco, a mesa de madeira brilhante e flores frescas em pleno inverno. Era convidativo e, por um momento, Beauvoir desejou ter feito uma reserva. Mas então se lembrou dos preços e do real motivo pelo qual estava lá.

Não era para massagens e refeições gourmet, mas para descobrir se Olivier realmente havia matado o Eremita.

Por que Olivier moveu o corpo?

O lugar em que ele estava era exatamente onde Olivier largara o Eremita. Ele mesmo confessara ter feito isso. Havia rebocado o morto pelos bosques naquele fim de semana do Dia do Trabalho, durante a madrugada. Como deu com a porta destrancada, simplesmente largou o triste embrulho ali. Bem ali.

Beauvoir olhou para baixo. Ele estava derretendo, como a Bruxa Malvada do Oeste, suas botas cobertas de neve pingando no piso azulejado. Mas Carole Gilbert parecia não se importar. Estava mais preocupada com o conforto dele.

– Não, estou hospedado na pousada – explicou ele.

– É claro.

Ele procurou algum sinal de competitividade profissional no rosto dela, mas não viu nada. E por que veria? Parecia inconcebível que os proprietários daquele local magnífico sentissem ciúme de outro estabelecimento, principalmente da combalida pousada de Gabri.

– E o que o traz de volta? – perguntou ela, com um tom de voz leve e natural. – O inspetor-chefe veio também?

– Não, estou de férias. De licença, na verdade.

– Claro, sinto muito. – E ela viu a repentina preocupação no rosto dele. – Que gafe a minha. Como o senhor está?

– Estou bem. Melhor.

– E monsieur Gamache?

– Também está melhor.

Ele estava, na verdade, um pouco cansado de responder a tantas perguntas gentis.

– Fico feliz em ouvir isso.

Ela gesticulou para que ele a seguisse, mas Beauvoir não se mexeu. Estava com pressa, e era de seu temperamento demonstrar incômodo. Ele fez um esforço consciente para desacelerar. Afinal, estava lá, supostamente, de férias.

– Como posso ajudá-lo? – perguntou ela. – Imagino que o senhor não tenha vindo aqui para o tratamento de lama quente. A aula de tai chi, talvez?

Ele percebeu seu olhar confuso. Estaria zombando dele? Ele achava que não. Era mais provável que estivesse fazendo graça com os serviços do spa. O filho dela, Marc, e a esposa dele, Dominique, tinham comprado o lugar degradado havia um ano ou mais e o transformado naquele maravilhoso hotel-spa. E convidara a mãe, Carole Gilbert, para se mudar para Three Pines a fim de ajudá-los na administração.

– Vejo por que a senhora pensa assim, já que estou usando minha roupa de tai chi. – Ele abriu os braços para que ela pudesse admirar o completo esplendor de seu traje de esqui. Ela sorriu. – Na verdade, eu vim lhe pedir um favor. Poderia me emprestar uma de suas motos de neve? Sei que tem algumas para seus hóspedes.

– É verdade, nós temos. Vou pedir a Roar Parra que o ajude.

– *Merci*. Pensei em ir à floresta, à cabana.

Ele a observou enquanto falava, esperando uma reação, e conseguiu uma. A mulher tão gentil ficou fria. Interessante como um momento antes ela parecia calma, contente, relaxada. E agora, embora não tivesse mudado nada fisicamente, parecia feita de gelo. Exalava frieza.

– É mesmo? Por quê?

– Apenas para ver de novo. Algo para fazer.

Ela o examinou de perto, com seus olhos reptilianos. Então a máscara voltou e, mais uma vez, ela se tornou a *gentille grande dame* da casa senhorial.

– Neste clima?

Ela olhou para a neve que caía lá fora.

– Se a neve fosse um impedimento, eu não faria nada no inverno – disse ele.

– Isso é verdade – admitiu ela.

Com relutância?, ele se perguntou.

– Suponho que o senhor não tenha ouvido falar, mas meu marido está morando lá agora.

– Está?

Ele não sabia. Mas a ouvira dizer "marido", não "ex-marido". Eles estavam separados havia muitos anos, até que Vincent Gilbert surgira de repente, sem ser convidado, no hotel-spa, quase no mesmo momento em que o corpo do Eremita apareceu.

– Tem certeza de que não prefere uma máscara de lama? – indagou ela.

– É bem parecido com uma hora ao lado de Vincent, eu acho.

Ele riu.

– *Non, madame, merci.* Será que ele vai se importar se eu aparecer por lá?

– Vincent? Eu já desisti de entender como a cabeça dele funciona. – Mas ela voltou atrás por um instante e sorriu para o homem que derretia. – Tenho certeza de que ele vai ficar encantado com a companhia. Mas é melhor se apressar antes que fique muito tarde.

Já eram duas da tarde. O lugar estaria escuro às quatro horas.

E, quando o sol de inverno se punha em uma floresta do Quebec, monstros rastejavam das sombras. Não aqueles dos filmes B, não zumbis, múmias ou alienígenas, mas espectros mais sutis e antigos. Criaturas invisíveis, que cavalgam sob temperaturas cada vez mais baixas. Morte por congelamento, morte por exposição ao frio, morte por dar um único passo fora do caminho e se perder. Morte, ancestral e paciente, esperando o sol se pôr nas florestas do Quebec.

– Venha comigo.

Carole Gilbert, pequena e refinada, vestiu seu casaco bulboso, ingressando no exército alienígena. Eles deram a volta no hotel-spa através de flocos de neve grandes e macios. À meia-distância, o inspetor Beauvoir viu esquiadores *cross-country* caminhando pelo campo por caminhos marcados.

Em poucos minutos eles estariam lá dentro, bebendo rum amanteigado ou chocolate quente junto à lareira, suas bochechas rosadas, o nariz escorrendo, esfregando os pés para recuperar a circulação.

Se estivessem hospedados na pousada, seriam ricos saudáveis e aquecidos.

Enquanto isso, ele estaria se embrenhando floresta adentro, correndo contra o sol que se punha, na direção de uma cabana onde um assassinato ocorrera e um babaca agora morava.

– Roar.

Ao chamado de Carole Gilbert, o homem baixo e atarracado no galpão se levantou. Seu cabelo e seus olhos eram quase pretos e ele tinha uma estrutura física poderosa.

– Madame Gilbert – respondeu ele, assentindo.

Não de uma maneira obsequiosa, mas com respeito. E o inspetor Beauvoir percebeu que aquela mulher recebia respeito naturalmente porque tratava a todos da mesma forma. Como fazia agora, com o lenhador.

– Você se lembra do inspetor Beauvoir, imagino.

Houve uma hesitação incômoda antes de Roar Parra estender a mão para cumprimentá-lo. Beauvoir não ficou surpreso. Ele e o restante da equipe de homicídios haviam tornado a vida daquele homem um inferno. Ele, sua esposa Hanna e seu filho Havoc haviam sido os principais suspeitos do assassinato do Eremita.

O inspetor observou seu antigo suspeito. Um homem familiarizado com a floresta, um homem que abrira uma trilha que dava direto na cabana reclusa. Ele era tcheco. O morto era tcheco. Havoc, o filho, trabalhava para Olivier e poderia tê-lo seguido uma noite pela floresta e encontrado a cabana, encontrado o tesouro.

Era quase certo que o Eremita acumulara seu tesouro roubando-o daqueles que viviam no Bloco Oriental quando os muros estavam desmoronando. Quando o comunismo estava desmoronando, quando indivíduos estavam desesperados para fugir para o Ocidente.

Eles haviam confiado seus tesouros de família, guardados e escondidos durante gerações de governos comunistas, nas mãos do homem errado. Nas mãos do Eremita, antes que ele fosse um eremita, quando era um homem comum, que pensava no futuro. Ele os roubara. Mas roubara mais do que antiguidades e obras de arte. Ele havia roubado sua esperança, sua confiança.

Teria ele roubado de Roar e Hanna Parra? Teriam eles descoberto? Teriam eles o matado?

Carole Gilbert saiu, deixando os dois sozinhos no galpão.

– Por que o senhor vai voltar à cabana?

Não havia nada de sutil naquele homem forte como um touro.

– Apenas por curiosidade. Algum problema em relação a isso?

Eles se encararam.

– O senhor veio aqui para criar problemas?

– Eu vim aqui para relaxar. Um bom passeio pela floresta, só isso. Se você não se apressar, vai ficar tarde demais.

Seria esse o objetivo de Parra?, Beauvoir se perguntou, enquanto colocava o capacete por cima do gorro e pulava sobre a máquina, dando partida no motor. Estaria ele agindo deliberadamente devagar, na esperança de que Beauvoir se perdesse na floresta depois que a noite caísse?

Não, concluiu ele. Refinado demais. Aquele era um homem que golpeava seus inimigos na cabeça. O Eremita morrera assim.

Beauvoir acenou e partiu, sentindo o poderoso motor vibrar debaixo de si. Ele já pilotara dezenas de motos de neve da Ski-Doos na última década, desde que ingressara na Divisão de Homicídios. Ele as amava. O barulho, o poder, a liberdade. O frio e a neve revigorantes sobre seu rosto. Seu corpo, protegido pela roupa, estava confortável e aquecido, quase quente demais. Ele sentia a transpiração.

Beauvoir agarrou o guidão e se colocou meio de lado, no que a pesada máquina o acompanhou. Mas algo estava diferente.

Algo estava errado.

Não com a máquina, mas com ele. Sentiu uma dor familiar no abdômen.

Não era aquilo, certamente. Afinal, estava apenas sentado na moto, não precisava fazer nenhum esforço físico.

Ele prosseguiu pelo caminho estreito, penetrando cada vez mais na floresta. Sem folhas, ela parecia fria e nua. As sombras eram nítidas e longas, assim como a dor que ele estava sentindo na barriga, na lateral do corpo, descendo para a virilha.

Beauvoir respirou profundamente, mas a dor piorou.

Por fim, ele se viu obrigado a parar.

Segurando o tronco, ele se deixou cair para a frente, devagar, um braço se dobrando sobre o guidão da moto quase parada. Sua cabeça caiu para a frente e descansou sobre o braço. Ele tentou se concentrar na vibração, no som calmante, profundo, previsível e civilizado. Mas seu mundo havia desmoronado, e ele sentia uma única coisa.

Dor.

Uma dor agonizante e familiar. Que ele pensava que havia desaparecido para sempre, mas que o encontrara de novo, na floresta cada vez mais escura no inverno.

Fechando os olhos, ele se concentrou na própria respiração, ouvindo-a, sentindo-a. Uma longa e relaxada inspiração, uma longa e relaxada expiração.

Que erro gigantesco era aquele? Dali a uma hora, talvez um pouco mais, a floresta cairia em completa escuridão. Será que alguém soaria um alarme? Será que perceberiam sua ausência? Será que Roar Parra simplesmente iria para casa? Será que Carole Gilbert trancaria a porta e colocaria mais lenha na lareira?

Então sentiu uma mão em seu rosto e olhou depressa para cima. Mas a mão o conteve. Não violentamente, mas com firmeza. Beauvoir abriu os olhos e viu um par de olhos muito azuis.

– Não se mova, permaneça quietinho.

O homem era velho. O rosto enrugado, os olhos aguçados. Sua mão nua, que começara no rosto de Beauvoir, agora deslizava rapidamente sob o cachecol e a gola alta para verificar sua pulsação.

– Shh – fez o homem.

E Beauvoir obedeceu.

Ele sabia quem ele era. Vincent Gilbert. Dr. Gilbert.

O babaca.

Mas Gamache, Myrna, o Velho Mundin e outros afirmavam que ele era também um santo.

Beauvoir não o via assim. O homem lhe parecera totalmente idiota quando eles investigaram o assassinato do Eremita.

– Venha comigo.

Gilbert pegou Beauvoir, desligou a moto, colocou seus longos braços em volta do inspetor e, com cuidado, o ajudou a se levantar. Os dois homens caminharam lentamente ao longo da trilha, Beauvoir parando para respirar de vez em quando. Ele vomitou uma vez. Gilbert pegou seu próprio cachecol, limpou o rosto de Beauvoir e esperou. E esperou. Em plena neve e no frio, até

Beauvoir conseguir se mexer de novo. Então, com cuidado, sem dizer nada, eles continuaram se arrastando, adentrando a floresta, Beauvoir apoiando-se pesadamente no babaca alto e velho.

De olhos fechados, Beauvoir se concentrou em colocar um pesado pé na frente do outro. Sentia a dor irradiando da lateral do corpo, mas também sentia o beijo dos flocos de neve no rosto e tentou se concentrar nisso. Então a sensação mudou. A neve parou de tocar seu rosto e ele ouviu os próprios passos ecoarem sobre madeira.

Estavam na cabana. Ele quase chorou, de exaustão e alívio.

Abrindo os olhos quando entraram, ele viu, a quilômetros, do outro lado do único cômodo, uma cama grande. Estava coberta com um edredom quente e travesseiros macios.

E tudo o que Beauvoir desejava fazer era atravessar o cômodo, tão maior do que ele se lembrava, e chegar à cama naquele canto tão distante.

– Quase lá – sussurrou o Dr. Gilbert.

Beauvoir olhou fixamente para a cama, desejando que ela fosse até ele, enquanto os dois avançavam devagar pelas tábuas do assoalho. Até finalmente chegarem lá. Lá.

O Dr. Gilbert o sentou de lado e, enquanto o corpo de Beauvoir cedia, a cabeça pendendo para o travesseiro, o médico o segurou e o despiu.

Só então ele deixou Beauvoir se soltar, devagar, até que sua cabeça cansada alcançasse o travesseiro e fossem puxados para cima dele os macios lençóis de flanela e finalmente, finalmente, o edredom.

E Beauvoir caiu no sono, sentindo o cheiro doce de bordo vindo da lareira e de sopa caseira, e a sensação calorosa ao seu redor, enquanto, pela janela, ele via a neve se empilhando cada vez mais e a escuridão chegando.

Beauvoir acordou algumas horas depois. Sentia dor na lateral do corpo como se tivesse sido chutado com força, mas a náusea havia passado. Uma garrafa de água quente havia sido deixada na cama, e ele se viu abraçando-a, enrolado em volta dela.

Sonolento, permaneceu preguiçosamente na cama e, aos poucos, o cômodo onde estava foi entrando em foco.

Vincent Gilbert estava sentado em uma grande poltrona perto da lareira. Lia um livro, com uma taça de vinho tinto sobre a mesinha ao lado dele, os pés calçados em chinelos apoiados em um pufe.

A cabana parecia ao mesmo tempo familiar e diferente.

As paredes ainda eram de madeira, as janelas e a lareira estavam iguais. Tapetes haviam sido espalhados pelas tábuas do assoalho, mas não mais os finos tapetes orientais feitos à mão que o Eremita possuía. Eram de retalhos, também feitos em casa porém muito mais perto da ideia de lar.

Algumas pinturas estavam penduradas nas paredes, mas não as obras-primas que o Eremita colecionava e escondia. Agora, os quadros eram de modestos artistas quebequenses. Bonitos, mas não espetaculares.

A taça que o Dr. Gilbert usava parecia uma qualquer, não de cristal de chumbo como as que eles haviam encontrado ali depois do assassinato.

Mas a maior surpresa era que, no local onde o Eremita guardava candelabros de ouro, prata e porcelana fina para produzir luz, o Dr. Gilbert tinha um abajur. Elétrico. E sobre a mesa próxima de Gilbert, Beauvoir viu um telefone.

A eletricidade fora levada às profundezas da floresta, até aquela pequena e rústica cabana.

Então Beauvoir lembrou por que tinha feito o trajeto pela floresta.

Era para ver mais uma vez onde o assassinato fora cometido. Ele olhou para a porta e notou um tapete ali no piso, bem onde estivera a mancha de sangue. Talvez ainda estivesse.

A morte chegara àquela pequena e pacífica cabana, mas sob que forma? Olivier ou outra pessoa. E a motivação? Como o inspetor-chefe Gamache sempre lhes dizia, o principal em um assassinato nunca era a pistola, a faca ou o golpe na cabeça, mas o que motivara aquele impulso.

O que havia tirado a vida do Eremita? A ganância, como acusara o promotor, e Gamache sustentara? Ou teria sido outra coisa? Medo? Raiva? Vingança? Ciúme?

Os tesouros descobertos ali eram impressionantes, mas não eram a parte mais incrível do caso. A cabana produzira outra coisa, algo muito mais inquietante.

Uma palavra, entrelaçada em uma teia de aranha. No alto, em um canto da cabana, onde as sombras eram mais profundas.

Woo.

A palavra também fora encontrada entalhada, não muito bem, em um pedaço de madeira manchado de sangue. Tinha caído da mão do morto e fora parar debaixo da cama, como se estivesse se escondendo ali. Uma pequena palavra de madeira. Woo.

Mas o que significava?

Teria o Eremita entalhado a palavra?

Não parecia provável, uma vez que ele era um mestre escultor, e o Woo de madeira era rústico, infantil.

A acusação concluíra que Olivier havia colocado o Woo na teia e o entalhado na madeira como parte de sua trama para aterrorizar o Eremita, mantê-lo escondido na cabana. E Olivier acabara admitindo que queria convencer o velho louco de que o mundo lá fora era perigoso. Cheio de demônios, Fúrias e seres mais que terríveis.

O Caos está vindo, meu velho amigo, sussurrara o Eremita para Olivier na última noite de sua vida. Olivier fizera um bom trabalho. O Eremita estava completamente apavorado.

Mas, embora confessasse todo o resto, Olivier negou duas coisas.

Ter matado o Eremita.

E ter entalhado a palavra, Woo.

O tribunal não acreditou nele. Olivier foi considerado culpado e condenado à prisão. Era uma acusação que o inspetor-chefe Gamache havia construído meticulosa e dolorosamente contra um amigo. Uma acusação no qual o inspetor Jean-Guy Beauvoir havia colaborado e na qual acreditava.

Um caso que o chefe lhe pedira que desmontasse e remontasse. Só que, desta vez, investigando se as mesmas evidências poderiam absolver Olivier e apontar para outra pessoa.

Como o homem que estava ali com ele na cabana.

Gilbert olhou para ele e sorriu.

– Olá – disse, fechando o livro e levantando-se devagar.

Beauvoir teve que lembrar a si mesmo que aquele homem alto, delgado, de cabelos brancos e olhos perscrutadores tinha quase 80 anos.

Gilbert sentou-se na beirada da cama e abriu um sorriso tranquilizador.

– Posso? – perguntou ele a Beauvoir, antes de tocá-lo. Beauvoir assentiu.

– Falei com Carole e avisei que você passaria a noite aqui – contou o Dr. Gilbert, puxando o edredom para baixo. – Ela me disse que ligaria para a pousada e avisaria Gabri. Não precisa se preocupar.

– *Merci*.

91

As mãos quentes e seguras de Gilbert pressionaram o abdômen de Beauvoir.

O inspetor havia sido cutucado inúmeras vezes nos últimos dois meses, especialmente nos primeiros dias. Parecia que era seu novo despertador. Ele acordava toda hora, atordoado com a medicação, e via outra pessoa enfiando as mãos frias em sua barriga.

Nenhuma era como as de Gilbert. Beauvoir estremeceu algumas vezes, apesar de seus esforços para não o fazer. A dor o pegara de surpresa. Quando ele mostrava sinais de desconforto, as mãos de Gilbert paravam, pausando para deixar Beauvoir retomar o fôlego antes de prosseguir.

– Você não devia ter andado de moto de neve – Gilbert sorriu, cobrindo o paciente de novo com o lençol e o edredom –, mas suponho que já saiba disso. A bala em si causou danos, mas o efeito a longo prazo é uma espécie de onda de choque devido ao impacto dela. Seus médicos lhe explicaram isso?

Beauvoir balançou a cabeça.

– Talvez eles estivessem muito ocupados. A bala atravessou a lateral do seu corpo. Você provavelmente perdeu um bocado de sangue.

Beauvoir assentiu, tentando afastar as imagens de sua mente.

– Ela não atingiu seus órgãos – prosseguiu o Dr. Gilbert –, mas as ondas do impacto machucaram o tecido. É isso que você vai sentir se fizer esforço demais, como fez hoje. De qualquer forma, você está se curando bem.

– *Merci* – agradeceu Beauvoir.

Aquela explicação o ajudou a entender melhor.

E Beauvoir compreendeu então que o homem era um santo. Ele fora tocado por inúmeros médicos, homens e mulheres. Todos formados, todos bem-intencionados, alguns mais gentis, outros mais grosseiros. Todos deixaram claro que queriam que ele sobrevivesse, mas nenhum o fizera sentir que sua vida era preciosa, que valia a pena ser salva, que tinha valor.

Vincent Gilbert o fizera. Sua cura ia além da carne, além do sangue. Além dos ossos.

Gilbert deu uns tapinhas nas cobertas e fez menção de se levantar, mas hesitou. Pegou um pequeno frasco de comprimidos na mesa de cabeceira.

– Encontrei isso em seu bolso.

Beauvoir estendeu a mão, mas Gilbert fechou a dele e examinou o rosto do inspetor. Houve uma longa pausa. Finalmente, Gilbert cedeu e abriu a mão.

– Tome cuidado com isso.

Beauvoir pegou o frasco e tirou um comprimido.

– Talvez metade – avisou o Dr. Gilbert, pegando o remédio.

Beauvoir viu enquanto o Dr. Gilbert quebrava, com habilidade, a pequena Oxicodona ao meio.

– Eu as carrego por precaução – explicou Beauvoir, engolindo a pequenina metade do comprimido, enquanto Gilbert lhe entregava um pijama limpo.

– No caso de você fazer alguma tolice? – perguntou Gilbert, com um sorriso. – Você pode precisar de outro frasco.

– Ha, ha – disse Beauvoir, com sarcasmo.

Mas ele já podia sentir o calor se espalhando e a dor recrudescendo, e qualquer insinuação no comentário de Gilbert se apagou.

Enquanto se vestia, Beauvoir observou o médico na cozinha, preparando uma sopa e servindo-a em duas tigelas, junto com o pão recém-assado.

– Les Canadiens vão jogar hoje à noite, não vão? – Gilbert voltou com a comida e ajudou Beauvoir a se sentar confortavelmente na cama. – Quer assistir?

– Por favor.

Em poucos minutos, eles estavam comendo sopa e baguete e assistindo ao Les Canadiens acabar com o New York.

– Ficou muito salgada – comentou Gilbert. – Eu pedi a Carole que não salgasse demais a comida.

– Para mim está ótimo.

– Então você não tem paladar. Foi criado a *poutine* e hambúrgueres.

Beauvoir encarou o Dr. Gilbert, esperando ver um sorriso. Em vez disso, seu belo rosto estava azedo, zangado. Birrento, petulante, mesquinho.

O babaca estava de volta. Ou, o mais provável, estivera ali o tempo todo, um companheiro enganosamente tranquilo do santo.

SETE

Armand Gamache levantou-se no meio da noite sem fazer barulho, acendeu o abajur da mesa de cabeceira e vestiu roupas quentes. Henri assistia a tudo aquilo balançando o rabo, com uma bola de tênis na boca. Eles desceram na ponta dos pés a escada estreita e sinuosa, que parecia esculpida no meio da velha casa. Émile o havia acomodado no último andar, no antigo quarto principal. Era um magnífico espaço no sótão, com vigas de madeira e janelas de cada lado do telhado. Émile explicou que não se sentia mais confortável com aquelas escadas íngremes e estreitas, usadas por séculos, e perguntou se Armand se importaria de dormir lá.

Gamache não se importou, exceto que isso provou o que ele já sabia: seu mentor estava desacelerando.

Agora, ele e Henri haviam descido dois pisos até a sala de estar, onde a lareira ainda queimava e irradiava calor. Lá, ele acendeu uma única luz, vestiu seu casaco mais quente, chapéu, cachecol e luvas e saiu, não se esquecendo de pegar o item mais importante: o lançador de bolinhas. Henri amava aquele brinquedo. Assim como Gamache.

Eles caminharam pelas ruas desertas de Vieux Québec, passaram pela St. Stanislas e pela Sociedade Literária e Histórica, onde pararam. Vinte e quatro horas antes, Augustin Renaud estava caído no porão. Assassinado. Se o cabo do telefone não tivesse se rompido enquanto alguém escavava a cova rasa, o porão teria sido cimentado e Augustin Renaud teria se juntado aos incontáveis outros cadáveres do Quebec e redondezas. Não fazia muito tempo que arqueólogos haviam descoberto esqueletos dentro dos muros que cercavam a cidade. Corpos de soldados americanos capturados depois do ataque de 1803.

As autoridades logo declararam que os homens já estavam mortos quando foram enfiados no muro, mas, no fundo, Gamache tinha dúvidas. Afinal, quem coloca corpos em uma muralha, a menos que seja uma punição grotesca ou para esconder um crime? Como Quebec fora construída sobre ossos e ironia, os soldados invasores haviam se tornado parte das defesas da cidade.

Augustin Renaud quase seguira o destino dos soldados, tornando-se uma parte permanente do Quebec, preso no concreto sob a Sociedade Literária e Histórica, ajudando a sustentar a venerável instituição anglófona. Na verdade, a vida de Renaud era outro filão de ironia. Como naquela vez em que cavara em busca de Champlain, ao vivo na televisão, apenas para dar de cara com o porão de um restaurante chinês. Como Champlain passara grande parte da vida tentando descobrir uma rota para a China, o fato pareceu um tanto irônico. Ou quando Renaud abriu um caixão lacrado, mais uma vez convencido de que era o corpo de Champlain, e o conteúdo pressurizado explodiu na atmosfera, em uma erupção de fervor missionário. O jesuíta que estava lá dentro, transformado em pó, foi enviado aos céus, imortal. Não o tipo de imortalidade com que sonhara. O sacerdote voltou à terra em pingos de chuva, para se juntar à cadeia alimentar e acabar no leite materno das mulheres nativas que tentara exterminar.

O próprio Renaud escapara por pouco de semelhante destino, pois em poucas horas teria se tornado parte das fundações da Sociedade Literária e Histórica.

Armand Gamache havia esperado que, após os primeiros interrogatórios, sua obrigação para com Elizabeth MacWhirter e o resto da Lit e His tivesse acabado. Mas agora ele sabia que não seria bem assim. Renaud exigira um encontro com o Conselho, o Conselho recusara seu pedido, então eles retiraram o incidente da ata. Quando o fato fosse revelado, haveria consequências a enfrentar. Pelos anglófonos.

Não, pensou Gamache, enquanto ele e Henri passavam pelos portões, ele não podia deixar o caso. Ainda não.

A neve tinha quase parado e a temperatura estava caindo. Não havia trânsito, não havia nenhum barulho, exceto o dos pés de Gamache sobre a neve.

Eram três e meia da madrugada.

Todo dia Gamache acordava mais ou menos àquela hora. Primeiro ele tentava dormir de novo, ficava na cama, lutava contra a insônia. Mas agora, depois de semanas e semanas, decidira que bastava, pelo menos por enquanto. Em vez de lutar, ele e Henri levantavam-se calmamente e iam dar uma volta, primeiro em seu bairro em Montreal e agora ali, em Quebec.

Gamache sabia que, para enfrentar o dia, precisava daquele tempo em silêncio com seus pensamentos, à noite.

Precisava de um tempo com a voz em sua cabeça.

"Meu pai me ensinou a tocar violino", dissera o agente Paul Morin, em resposta à pergunta de Gamache. "Eu tinha uns 4 anos. Temos um vídeo mostrando isso em algum lugar. Meu pai e meu avô tocando violino e eu, na frente deles, com um short grande e largo que parecia fralda." Morin sorriu. "Eu tinha um violino pequeno só meu. Minha avó estava ao piano e minha irmã fingia que era a maestrina. Ela tinha cerca de 3 anos. Ela hoje é casada e está esperando um filho."

Gamache virou à esquerda e caminhou pela escuridão da área onde acontecera o Carnaval, ao pé das Planícies de Abraão. Dois guardas o viram, mas não se aproximaram. Estava frio demais para uma abordagem. Gamache e Henri seguiram pela rua de pedestres, passando por atrações que estariam repletas de crianças animadas e pais congelados em apenas algumas horas. Depois as barracas, as construções e as atrações temporárias ficaram para trás e eles seguiram por uma floresta pouco densa, em direção ao famigerado campo aberto e ao monumento erguido onde o general inglês Wolfe caíra e morrera, no dia 13 de setembro de 1759.

Gamache pegou um punhado de neve e fez uma bola. Henri imediatamente largou a bolinha de tênis e pulou ao redor dele. O chefe ergueu o braço, sorrindo para o cachorro, que de repente se agachou. Os músculos retesados. Esperando.

Então Gamache jogou a bola de neve e Henri correu atrás dela, pegando-a em pleno ar. Ele ficou em êxtase por um instante, mas suas mandíbulas se fecharam, a neve se desintegrou e Henri pousou no chão, perplexo como sempre.

Gamache pegou a bola de tênis incrustada de saliva congelada e a colocou dentro do lançador. A bola amarela brilhante navegou na escuridão, o cão correndo atrás dela.

O inspetor-chefe conhecia cada centímetro do Champs-de-Bataille, em todas as estações do ano. Ele sabia bem como a aparência daquele campo mudava. Estivera ali na primavera e vira os narcisos, estivera ali no verão e vira piqueniques, estivera ali no inverno e vira famílias praticarem esqui *cross-country* e passear com raquetes de neve nos pés... e estivera ali no início do outono. Em 13 de setembro. O dia exato da batalha, quando, em apenas uma hora, mais de mil homens morreram ou caíram feridos. Ficara parado ali, acreditando ter ouvido os gritos, os tiros, sentido o cheiro da pólvora, visto os homens atacando. Ele estivera no local onde se acreditava que o *général* Montcalm estava quando tomou consciência clara da natureza do grande erro que cometera.

Montcalm subestimou os ingleses. Sua coragem e sua astúcia.

Será que, naquele momento, ele já sabia que a batalha estava perdida?

Um mensageiro surgira no acampamento de Montcalm, rio acima de Quebec, na noite anterior. Exausto, quase incoerente, ele relatara que os ingleses estavam escalando os penhascos de quase 50 metros de altura em relação ao rio e se reunido no campo que pertencia ao agricultor Abraão, bem no limite da cidade.

O pessoal de Montcalm não acreditou. Eles acharam que o sujeito era louco. Nenhum comandante daria tal ordem, nenhum exército lhe obedeceria. Eles teriam que ter asas, disse Montcalm a seus generais, rindo e voltando a dormir.

No alvorecer, os ingleses já estavam nas Planícies de Abraão, preparados para a batalha.

Teria sido naquele momento que Montcalm soube que tudo estava perdido? Quando os ingleses, armados com asas, haviam feito o impossível? O *général* correu para lá e parou no lugar exato onde Gamache agora estava. Dali, ele olhou para os campos e avistou o inimigo.

Foi quando Montcalm soube?

Ainda assim, a batalha poderia não estar tão perdida. Ele poderia ter vencido. Mas Montcalm, o brilhante estrategista, cometeu outros erros.

E Gamache refletiu sobre aquele momento, quando ele percebeu seu próprio erro final e fatal. A enormidade daquilo. Embora tivesse levado alguns minutos para compreender, enquanto tudo se desenrolava, tudo desmoronava. Com enorme velocidade, mas que agora parecia tão lento.

"Homicídios", dissera a sua secretária, atendendo ao telefone.

Beauvoir estava em seu escritório quando recebeu a ligação, discutindo um caso acontecido em Gaspé. Ela enfiou a cabeça pelo vão da porta.

"É o inspetor Norman, em Ste. Agathe."

Gamache olhou para ela. A secretária raramente o interrompia. Eles trabalhavam juntos havia muitos anos e ela sabia quando podia lidar com o problema sozinha e quando não.

"Coloque-o na linha", autorizara o chefe. "*Oui*, inspetor. Em que posso ajudá-lo?"

E então a batalha começou.

Je me souviens, pensou Gamache. O lema do Quebec. O lema dos quebequenses. "Eu me lembro."

"Uma vez eu fui ao Carnaval", contara o agente Morin. "Foi ótimo. Meu pai nos levou e até tocamos violino na pista de patinação. Mamãe tentou impedi-lo. Ela ficou sem graça e minha irmã quase morreu de vergonha, mas papai e eu pegamos nossos violinos e começamos a tocar, e todo mundo pareceu gostar muito."

"Aquela peça que você tocou para nós? 'Colm Quigley'?"

"Não, essa aí é um lamento. Fica mais rápido, mas o começo é lento demais para os patinadores. Eles queriam algo mais ritmado, então nós tocamos peças mais animadas."

"Quantos anos você tinha?", indagara Gamache.

"Treze, talvez 14. Foi uns dez anos atrás. Nunca mais voltamos."

"Talvez este ano."

"*Oui*. Vou levar Suzanne. Ela vai adorar. Talvez eu até leve o violino de novo."

Je me souviens, pensou Gamache. Aquele era o problema. Sempre o problema. Eu me lembro. De tudo.

NA CABANA DA FLORESTA, BEAUVOIR estava deitado, porém acordado. Em geral ele dormia profundamente, mesmo depois do que acontecera. Mas agora olhava fixamente para as vigas escuras, depois para o brilho do fogo na lareira. Ele podia ver o Dr. Gilbert dormindo sobre duas poltronas que havia juntado. O santo babaca cedera a própria cama para Beauvoir, que se sentia péssimo por ver um idoso, que fora tão gentil, dormir sobre duas poltronas. E ele se perguntou brevemente se não era aquele o problema. Por que ser um santo, a menos que você possa ser também um mártir?

Talvez fosse a paz da cabana, talvez a exaustão depois de se esforçar demais, talvez a meia dose do comprimido, mas as defesas de Beauvoir estavam baixadas.

E, tendo se libertado, as lembranças começaram a fervilhar.

"Homicídios", dissera a secretária do chefe.

Gamache atendera a chamada.

Onze horas e dezoito minutos, mostrava o relógio. Olhando ao redor, Beauvoir deixara sua mente vagar, enquanto o chefe falava ao telefone com o destacamento de Sta. Agathe.

"O agente Morin está ao telefone", anunciara a secretária de Gamache, aparecendo novamente à porta um momento depois.

"Peça a ele que ligue de volta em alguns minutos", respondera o chefe, cobrindo o bocal do aparelho.

A voz de Gamache foi dura, e Beauvoir imediatamente o encarou. Estava fazendo anotações enquanto o inspetor Norman falava.

"Quando foi isso?"

As frases de Gamache estavam entrecortadas. Algo havia acontecido.

"Ele diz que não pode", explicou a secretária do chefe, desconfortável mas insistente.

Gamache acenou com a cabeça para que Beauvoir atendesse a chamada de Morin, mas a secretária não cedeu.

"Ele está dizendo que precisa falar com o senhor", disse ela. "Agora."

Tanto o inspetor-chefe Gamache quanto o inspetor Beauvoir a encararam, espantados por ela contrariar o chefe. Então Gamache tomou uma decisão.

"*Désolé*", disse ele no receptor para o inspetor Norman. "Preciso passá-lo para o inspetor Beauvoir. Espere, tenho uma pergunta. Seu agente estava sozinho?"

Beauvoir viu a expressão de Gamache mudar. Ele fez sinal para Beauvoir pegar o outro telefone do escritório. Beauvoir o fez e viu o chefe atender a chamada do agente Morin na outra linha.

"*Oui*, Norman, o que aconteceu?", Beauvoir lembrou-se de perguntar, pois algo acontecera, algo grave.

Na verdade, o pior.

"Um de nossos agentes levou um tiro", informou Norman, obviamente em um telefone celular. Ele parecia distante, embora Beauvoir soubesse que ele estava ao norte de Montreal, nos Montes Laurentides. "Ele estava verificando um carro que parou em uma estrada secundária."

"Ele está...?"

"Está inconsciente, a caminho do hospital Ste. Agathe. Mas os relatórios que recebi não foram muito animadores. Estou a caminho da cena do crime."

"Estamos indo para lá também, me dê a localização."

Beauvoir sabia que não apenas o tempo era crucial, mas também a coordenação. Num caso como aquele, cada policial e cada departamento corriam o risco de se precipitar, e então haveria o caos.

Do outro lado da sala, ele viu Gamache se levantando, o telefone no ouvido, gesticulando para pedir calma. Não para ninguém na sala, mas para seu interlocutor, presumivelmente o agente Morin.

"Ele não estava sozinho", disse Norman, a transmissão cortada a todo minuto enquanto ele corria pelas montanhas até a cena. "Estamos procurando o outro agente."

Não era preciso ser um detetive da Homicídios para saber o que isso significava. Um agente baleado e outro desaparecido? Caído, morto ou gravemente ferido em alguma vala. Era isso que o inspetor Norman estava pensando, era isso que Beauvoir estava pensando.

"Quem é o outro agente?"

"Morin. Um dos seus. Ele foi emprestado para nós nessa semana. Sinto muito."

"Paul Morin?"

"*Oui.*"

"Ele ainda está vivo", disse Beauvoir, sentindo um alívio. "Está ao telefone com o inspetor-chefe."

"Ah, graças a Deus. Onde ele está?"

"Não sei."

GAMACHE ATENDERA A LIGAÇÃO DE Morin, sua mente acelerada em resposta ao que ouvira do inspetor Norman. Um agente gravemente ferido, outro desaparecido.

"Agente Morin? O que aconteceu?"

"Chefe?", a voz soou oca, hesitante. "Sinto muito. O senhor encontrou..."

"É o inspetor-chefe Gamache?"

Estava claro que o interlocutor havia mudado.

"Quem está falando?", questionou o chefe.

Ele gesticulou para que sua secretária rastreasse a ligação e se certificasse de que estava sendo gravado.

"Não posso dizer."

A voz parecia a de alguém de meia-idade, talvez mais velho, com um forte sotaque rural. Um sotaque do interior. Gamache teve dificuldade para entender as palavras.

"Eu não queria fazer isso. Mas me assustei."

E o sujeito parecia mesmo assustado, quase histérico.

"Calma, fique calmo. Me diga do que se trata."

Entretanto, nas suas entranhas, ele sabia do que se tratava.

Um agente ferido. Um agente desaparecido.

Paul Morin havia sido enviado para o destacamento do Ste. Agathe no dia anterior, para ficar apenas uma semana. Ele era o agente desaparecido.

Mas pelo menos estava vivo.

"Eu não queria atirar nele, mas ele me surpreendeu. Parou atrás da minha caminhonete."

O homem parecia estar perdendo o controle. Gamache estava se forçando a falar devagar, a se manter racional.

"O agente Morin está ferido?"

"Não. Eu não sabia o que fazer. Então eu o trouxe."

"Você precisa libertá-lo agora. Você precisa se entregar."

"Está *maluco*?", ele gritou a última palavra. "Me entregar? Você vai me matar. E, se não me matar, vou passar o resto da vida na cadeia. De jeito nenhum."

A secretária de Gamache apareceu na porta, fazendo um sinal para que ele prolongasse a conversa.

"Eu entendo. Você quer fugir, não é isso?"

"Sim." O homem soou indeciso, surpreso diante da resposta de Gamache. "Posso?"

"Bem, vamos conversar. Me conte o que aconteceu."

"Eu estava estacionado. Meu caminhão tinha quebrado. Um pneu furou.

Eu tinha acabado de trocar o pneu quando o carro da polícia parou atrás de mim."

"E por que isso o deixou nervoso?"

Gamache manteve um tom de voz tranquilo e sentiu que o estresse e o pânico do outro lado diminuíram um pouco. Ele também encarou sua secretária, que estava olhando para a grande sala ao lado, onde havia uma atividade repentina, frenética.

Ainda nenhum sinal.

"Não interessa. Eu só fiquei nervoso."

"Entendo", disse Gamache.

E ele entendia. Havia duas grandes plantações no interior do Quebec. A de xarope de bordo e a de maconha. O caminhão não devia estar carregado com xarope.

"Continue."

"Meu revólver estava no banco do carona e eu já sabia o que ia acontecer. Ele ia ver a arma, ia me prender e vocês iam descobrir... o que eu estava carregando no caminhão."

O homem, pensou Gamache, acabara de atirar, talvez matar um oficial da Sûreté, sequestrara outro e ainda assim sua maior preocupação era esconder que ele tinha uma plantação de maconha ou que trabalhava em uma. Mas isso era instintivo, a necessidade de se esconder, de não se expor. De mentir. Centenas de milhares de dólares poderiam estar em risco.

Sua liberdade estava em risco.

Para um homem da floresta, a simples ideia de passar anos atrás das grades era pior do que morrer.

"O que aconteceu?"

Ainda nenhum sinal? Era inconcebível que demorasse tanto.

"Não era a minha intenção." A voz do homem se elevou de novo, parecendo quase um guincho. Agora, seu tom era de súplica. "Foi um erro. Mas aconteceu e eu vi que tinha outro, então apontei minha arma para ele. Eu não sabia o que fazer. Não podia simplesmente atirar nele. Não a sangue-frio. Mas eu também não podia deixá-lo escapar. Então eu o trouxe para cá."

"Você sabe que precisa libertá-lo", disse o inspetor-chefe. "Apenas o desamarre e o deixe aí. Você pode pegar seu caminhão e ir embora, desaparecer. Mas não machuque Paul Morin."

Vagamente, ao fundo, Gamache se perguntava por que o sequestrador não havia perguntado sobre o estado do policial em quem atirara. Ele parecia tão preocupado, e mesmo assim não perguntou. Talvez, pensou o chefe, ele preferisse não saber. Parecia ser um homem que se escondia da verdade.

Houve uma pausa, e Gamache achou que talvez o homem faria como ele havia sugerido. Se ele pudesse pelo menos tirar o agente Morin dali, eles encontrariam aquele homem. Gamache não tinha dúvidas disso.

Mas Armand Gamache já havia cometido seu primeiro erro.

BEAUVOIR VOLTOU A DORMIR E, em seu sono, recolocou o telefone no gancho, entrou no carro com o chefe e correu até o Ste. Agathe. Eles descobriram onde Morin estava preso e o resgataram. São e salvo. Ninguém ferido, ninguém morto.

Esse era o sonho de Beauvoir. Sempre fora o seu sonho.

ARMAND GAMACHE PEGOU A BOLINHA e a jogou para Henri. Ele sabia que o cachorro ficaria feliz em fazer isso o dia todo e a noite toda, e a atividade também atraía Gamache. Algo simples e repetitivo.

Seus pés estalaram na estradinha e ele ofegou no ar fresco e escuro. Ele conseguia ver Henri à frente e ouvir o vento leve batendo nos galhos, nus como dedos de esqueletos. E podia ouvir a voz jovem conversando, falando sem parar.

Paul Morin lhe contou sobre sua primeira aula de natação no gelado rio Yamaska, quando perdeu a roupa de baixo para alguns valentões. Contou sobre o verão em que a família foi observar baleias em Tadoussac, sobre quanto amava pescaria, sobre a morte da avó, sobre o novo apartamento em Granby que ele e Suzanne haviam alugado e as cores de tinta que ela havia escolhido. Gamache ouviu sobre os detalhes da vida do jovem agente.

E, enquanto Morin falava, Gamache visualizava de novo o que ocorrera. Todas as imagens que mantinha trancadas durante o dia, ele libertava durante a noite. Precisava fazê-lo. Ele havia tentado mantê-las lá dentro, atrás da porta rangente, mas elas empurravam, pressionavam, martelavam, até ele não ter escolha.

E assim, todas as noites, ele, Henri e o agente Morin saíam para caminhar. Henri perseguindo sua bola, Gamache sendo perseguido. No final, Gamache, Henri, o lançador de bolinhas e o agente Morin voltavam pela Grande Allée, os bares e restaurantes fechados. Até os universitários bêbados tinham ido embora. Tudo vazio. Tudo em silêncio.

E Gamache convidava, pedia, implorava a Morin que fizesse silêncio também. Agora. Por favor. Mas, enquanto ele começava a apenas sussurrar, a jovem voz nunca se calava por completo.

OITO

Gamache acordou ao sentir um cheiro bem-vindo de café forte. Depois de tomar banho, ele se juntou a Émile para o café da manhã.

O homem mais velho serviu uma xícara a Gamache, enquanto os dois se sentavam à longa mesa de madeira. No centro havia uma travessa de croissants, mel e geleias, além de frutas fatiadas.

– Você viu isso? – perguntou Émile, colocando o matinal *Le Soleil* na frente de Gamache.

O chefe bebericou o café e leu a manchete.

AUGUSTIN RENAUD ASSASSINADO ENQUANTO CAVAVA
EM BUSCA DE CHAMPLAIN

Ele deu uma olhada rápida na notícia. Sabia que não deveria desprezar o trabalho da imprensa. Muitas vezes, repórteres entrevistavam pessoas e obtinham informações a que a própria polícia ainda não tinha acesso. Mas não havia nada de novo ali. No geral, era só uma recapitulação do surpreendente hobby de Renaud de procurar por Champlain e os benefícios colaterais de irritar as pessoas. Havia citações brilhantes do arqueólogo-chefe do Quebec, Serge Croix, sobre os feitos de Renaud, que, todos sabiam, não passavam de alguns buracos na cidade velha e talvez algum estrago em escavações legítimas. Não havia muito respeito entre Croix e Renaud, embora o elogio no jornal indicasse o contrário.

O repórter, porém, fora esperto o bastante para também reunir os comentários anteriores de Croix sobre Renaud. E não apenas de Croix, mas de muitos outros especialistas em Champlain, historiadores e arqueólogos. Todos desdenhosos de Renaud, todos zombeteiros, todos ridicularizando sua condição de amador enquanto ele era vivo.

Sem dúvida, Augustin Renaud vivo havia se tornado uma figura um tanto caricata. Mesmo assim, lendo os jornais emergia um outro Augustin Renaud. Não apenas morto, algo mais que isso. Parecia haver uma afeição por ele, como se fosse um tio amado e meio maluco. Renaud podia estar errado, mas era um apaixonado pela sua busca. Um homem que amava seu lar, amava sua cidade, amava seu país. Quebec. Amava e vivia a sua história, a ponto de excluir todo o resto, inclusive a própria sanidade.

Ele era um excêntrico inofensivo, um dos muitos no Quebec, e a província ficara mais pobre ao perdê-lo.

Assim era o falecido Augustin Renaud. Finalmente respeitado.

Gamache ficou aliviado ao ver que o jornal tinha sido cuidadoso e apenas relatara onde o corpo fora encontrado. Embora mencionasse que se tratava de uma respeitada instituição anglófona, não passou desse ponto. Não havia sugestão de envolvimento dos anglófonos, de conspiração, de motivação política ou linguística por trás do crime.

Mas Gamache suspeitava que os tabloides seriam menos reticentes.

– É aquela biblioteca, não é? O lugar onde você ia pesquisar? – indagou Émile, partindo seu croissant, os farelos caindo na mesa.

Émile fora jantar com amigos na noite anterior, então ele e Gamache não se viram após o assassinato.

– A Lit e His, sim.

Émile olhou para ele com falsa seriedade.

– Pode me contar, Armand. Você não...

– Não o matei? Eu nunca mataria um estranho. Agora, um amigo...

Émile Comeau sorriu e, em seguida, ficou sério.

– Pobre homem.

– Sim, pobre homem. Eu estive lá. O inspetor Langlois foi gentil e me deixou participar dos interrogatórios iniciais.

Enquanto comiam, Gamache relatou a Émile seu dia, o mentor lhe fazendo questionamentos sucintos.

Por fim, Émile Comeau recostou-se na cadeira, o café da manhã finalizado, mas outro apetite despertado.

– Então o que você acha, Armand? Os ingleses estão escondendo alguma coisa? Por que pediram sua ajuda se não temem nada?

– Você tem toda a razão, eles temem algo, mas não a verdade. Acho que estão com medo de como tudo isso vai ser encarado.

– Têm bons motivos. O que Renaud estava fazendo lá?

Aquela era a grande questão, pensou Gamache. Quase tão grande quanto a identidade do assassino. O que ele tinha ido fazer na Sociedade Literária e Histórica?

– Émile? – Gamache inclinou-se para a frente, envolvendo sua caneca com as mãos grandes. – Você é membro da Sociedade Champlain. Sabe muito mais sobre isso do que eu. Renaud tinha alguma informação? Poderia Champlain de fato estar enterrado lá?

– Vamos almoçar no St. Laurent Bar. – Émile se levantou. – Vou chamar algumas pessoas que poderão lhe responder melhor do que eu.

GAMACHE DEIXOU HENRI EM CASA, algo que raramente fazia, pois o lugar aonde estava indo não aceitava cães, embora ele no fundo achasse que deveria. Cães, gatos, hamsters, cavalos, esquilos. Pássaros.

Só havia gente na Igreja Presbiteriana de St. Andrew para o culto de domingo, e muita gente. Os bancos eram ocupados rapidamente. Ele reconheceu alguns repórteres, o resto provavelmente estava mais interessado em fofoca do que em Deus.

A maioria daqueles congregantes, ele suspeitava, nunca frequentara aquela igreja, talvez nunca tivesse percebido que ela estava ali. Ela fora descoberta junto com o corpo.

A parte inglesa do Quebec estava exposta.

Todos os bancos haviam sido arrumados em um semicírculo de frente para o púlpito, e Gamache se acomodou em um banco curvo, perto da lateral da igreja. Ficou sentado em silêncio por alguns minutos, maravilhado com os arredores.

A igreja parecia cheia de luz, penetrando pelos brilhantes e alegres vitrais coloridos. As grossas paredes eram rebocadas e pintadas de creme, mas era o teto que atraía o olhar. Era pintado de azul-turquesa e se elevava acima de uma graciosa galeria semicircular.

Algo mais impressionou o inspetor-chefe. Não havia um único crucifixo à mostra.

– Uma beleza, não é?

Gamache se virou e viu que Elizabeth MacWhirter surgira perto dele.

– De fato – sussurrou o chefe. – Esta igreja foi construída há muito tempo?

– Duzentos e cinquenta anos. Acabamos de comemorar o aniversário. É claro, a Santa Trindade Anglicana é a maior de todas. A maioria da comunidade anglófona vai lá, mas nós também temos a nossa importância.

– Ela é afiliada à Sociedade Literária e Histórica? Parece que tem os mesmos fundamentos.

– Apenas informalmente. O pastor faz parte do Conselho, mas isso é apenas coincidência. O arcebispo anglicano costumava ser um membro também, mas ele se mudou há alguns anos, então decidimos chamar o presbiteriano para se juntar a nós.

– Sempre vem essa quantidade de gente? – perguntou Gamache, indicando as pessoas que agora precisavam ficar em pé, no fundo.

Elizabeth balançou a cabeça e sorriu.

– Normalmente, podemos até nos deitar e dormir nos bancos, mas acho que nenhum de nós faria isso.

– As ofertas serão muitas hoje.

– Tomara. A igreja precisa de um telhado novo. Mas suspeito que esse pessoal esteja aqui só para olhar. O senhor leu a matéria do *Le Journaliste* esta manhã?

O jornal local, Gamache sabia. Ele balançou a cabeça.

– Só li o *Le Soleil*. Por quê? O que dizia?

– Na verdade, não dizia nada, mas sugeria que os ingleses assassinaram Renaud para manter nosso segredo obscuro.

– E qual seria ele?

– Que Champlain está enterrado sob a Lit e His, é claro.

– E está?

Ele teve a impressão de que Elizabeth MacWhirter se assustou com a pergunta. Mas o órgão começou a tocar, a congregação se levantou e ela foi poupada da necessidade de responder. Ele sabia o que ela iria dizer.

É claro que Champlain não estava lá.

Ele cantou "Lord of All Hopefulness", lendo do hinário, e observou os congregantes. A maioria parecia perdida, sequer tentava cantar; alguns mexiam a boca, mas ele ficaria surpreso se algum som saísse dali. E cerca de uma dúzia, ele calculou, ergueu a voz e cantou.

Um homem jovem subiu ao púlpito e o culto começou.

Gamache voltou sua atenção para o pastor. Thomas Hancock. Parecia ter uns 20 anos. Seu cabelo era louro-escuro, o rosto era bonito, mas não de maneira clássica, uma beleza que combinava com uma boa saúde. Vitalidade. Era impossível, percebeu Gamache, ser ao mesmo tempo vigoroso e pouco atraente. Ele se parecia um pouco, pensou Gamache, com Matt Damon. Inteligente e encantador.

Eles rezaram por Augustin Renaud.

Então Thomas Hancock fez algo que Gamache nunca imaginara ser possível. Embora tenha mencionado que Renaud fora assassinado a poucos metros dali, ele não se fixou nisso nem na curiosidade dos desígnios de Deus.

Em vez disso, o reverendo Hancock, em sua longa batina azul e com sua cara de bebê, falou sobre paixão e propósito. Do claro prazer que Renaud tinha em viver. Ele associou isso a Deus. Como um grande dom divino.

O resto do sermão foi sobre a alegria.

Gamache sabia que era uma estratégia extremamente arriscada. Os bancos estavam repletos de francófonos curiosos sobre aquela subcultura desenterrada bem no meio de sua cidade. Ingleses. A maioria dos quebequenses provavelmente nem sabia que ela existia, ainda mais tão arraigada.

Eles eram uma bizarrice, e a maioria das pessoas na igreja viera para olhar, para julgar. Inclusive uma série de repórteres, bloco nas mãos, prontos e ansiosos para escrever sobre a reação oficial da comunidade inglesa. Ao concentrar-se na alegria em vez de no drama, os anglófonos poderiam ser percebidos como indiferentes, como se banalizassem a tragédia de uma vida roubada. Um homem assassinado bem perto dali.

Entretanto, em vez de jogar para a plateia, em vez de oferecer um pedido velado de desculpas, de procurar passagens bíblicas contritas, aquele pastor falou sobre alegria.

Armand Gamache não sabia como aquilo soaria quando publicado no *Le Journaliste* do dia seguinte, mas não podia deixar de admirar o pastor por não ser complacente. Por oferecer uma perspectiva mais positiva. Gamache achava que, se a sua igreja falasse mais sobre alegria e menos sobre pecado e culpa, teria mais vontade de voltar a frequentá-la.

O culto foi encerrado com um hino e a coleta do dízimo, seguidos por uma oração silenciosa, durante a qual o agente Morin contou a Gamache sobre sua falecida avó, que fumava incessantemente sem sequer tirar o cigarro da boca.

"O olho direito dela estava sempre piscando por causa da fumaça", explicara Morin. "E o cigarro só queimava. Ela nunca batia as cinzas. Elas ficavam penduradas ali, formando um longo tubo. Ficávamos horas observando o que ela fazia. Minha irmã a achava nojenta, mas eu meio que gostava dela. Ela bebia também. Era capaz de beber e comer sem nunca tirar o cigarro da boca."

Ele parecera impressionado.

"Certa vez, quando ela estava preparando o café da manhã, o tubo de cinzas caiu inteiro no mingau. Ela continuou mexendo. Só Deus sabe quanta cinza e porcaria nós comemos."

"O cigarro a matou?", perguntou Gamache.

"Não. Ela morreu sufocada com uma couve-de-bruxelas."

Houve uma pausa e, apesar de seus esforços, Gamache riu.

Elizabeth olhou para ele.

– Pensando na alegria? – sussurrou ela.

– De certa maneira – respondeu Gamache, sentindo o peito se contrair com tanta força que quase se engasgou.

Após o culto, a congregação foi convidada a voltar para o salão da igreja, para um café com biscoitos, mas Gamache permaneceu onde estava. Depois de trocar apertos de mão com todos, o reverendo Hancock notou o homem alto ainda sentado e se aproximou.

– Como posso ajudá-lo?

Os olhos dele eram de um azul suave. De perto, Gamache percebeu que ele era mais velho do que parecera. Mais perto dos 35 do que dos 25 anos.

– Não quero afastá-lo de sua congregação, reverendo, mas seria possível conversarmos hoje, mais tarde?

– Por que não agora? – Ele se sentou. – E, por favor, não me chame de reverendo. Tom está ótimo.

– Temo que eu não possa fazer isso.

Hancock o examinou.

– Então pode me chamar de Vossa Excelência.

Gamache encarou o homem jovem e sério, depois sorriu.

– Talvez eu possa chamá-lo de Tom mesmo.

Hancock sorriu.

– Na verdade, em circunstâncias muito formais, sou chamado de reverendo Sr. Hancock, mas um simples Sr. Hancock está bom, se o fizer se sentir melhor.

– Faz, sim. *Merci.* – Gamache estendeu a mão. – Meu nome é Armand Gamache.

A mão do pastor ficou parada por um momento.

– O inspetor-chefe – disse ele, finalmente. – Achei que poderia ser o senhor. Elizabeth disse que o senhor a ajudou ontem. Eu estava treinando para a corrida de canoas. Não temos esperanças de vitória, mas nos divertimos muito.

Gamache poderia de fato acreditar que eles não tinham chance. Ele tinha assistido à famosa corrida de canoas no rio St. Lawrence todos os carnavais, durante décadas, e todos os anos ele se perguntava o que arrebatava uma pessoa a ponto de ela fazer uma coisa daquelas. Era preciso muito atletismo e mais do que uma pitada de insanidade. E, embora o jovem pastor parecesse em boas condições físicas, Gamache sabia, por suas anotações, que seu companheiro de equipe, Ken Haslam, tinha mais de 60 anos. Sendo direto e honesto, seria como arrastar uma bigorna pelo rio. A presença de Haslam na equipe era, sem dúvida, um estorvo.

Um dia ele perguntaria àquele homem por que ele, ou qualquer outro, se inscrevia em tal corrida. Mas não agora. O assunto era outro.

– Fico feliz por ter dado uma pequena ajuda – afirmou Gamache. – Mas temo que o caso esteja longe de terminar, apesar do seu sermão de hoje.

– Ah, meu sermão não pretendia diminuir o que aconteceu, e sim acolher e celebrar a vida do homem. Há gente demais lá fora – ele apontou para as belas janelas com vitrais e a requintada cidade além – que vai nos condenar, então pensei que seria melhor fazer um discurso mais inspirador. O senhor não aprovou?

– Faria alguma diferença?

– Sempre faz. Minha intenção não é dar uma lição de moral.

– Na verdade, achei seu sermão muito inspirador. Lindo.

O reverendo Hancock olhou para Gamache.

– *Merci*. É um risco. Só espero não ter causado nenhum mal. Veremos.

– O senhor nasceu no Quebec?

– Não, nasci em New Brunswick. Shediac. A Capital Mundial da Lagosta. Há uma lei que exige que, quando você diz Shediac, também precisa dizer...

– "A Capital Mundial da Lagosta."

– Obrigado.

Hancock sorriu e Gamache pôde ver que ele discursara sobre a alegria por um motivo: ele a conhecia.

– Esta é a minha primeira missão – continuou o reverendo. – Vim para cá há três anos.

– Há quanto tempo o senhor faz parte do Conselho da Lit e His?

– Cerca de dezoito meses, eu acho. Não é nenhum incômodo. Meu maior trabalho é me lembrar de não sugerir nada. É preciso muito esforço para parar o tempo e, em vários aspectos, eles parecem ter conseguido.

Gamache sorriu.

– História viva?

– Algo assim. Eles podem ser velhos e rabugentos, mas amam o Quebec e amam a Sociedade Literária e Histórica. Passaram anos tentando se manter discretos. Eles só querem ficar em paz, na verdade. E agora acontece isso.

– O assassinato de Augustin Renaud – completou Gamache.

Hancock balançou a cabeça.

– Ele veio falar conosco, como o senhor já sabe. Sexta-feira de manhã. Mas o Conselho se recusou a recebê-lo. Não estavam errados. Ele poderia passar pelos canais regulares, como todo mundo. E parecia desagradável.

– O senhor o viu?

Hancock hesitou.

– Não.

– Por que a visita de Renaud não foi mencionada na ata?

Hancock ficou perplexo.

– Apenas decidimos que não tinha importância.

Mas Gamache teve a sensação de que Hancock não conhecia a história toda.

– Soube que o senhor e monsieur Haslam saíram mais cedo.

– Tínhamos um treino ao meio-dia, então, sim, saímos mais cedo.

– Augustin Renaud ainda estava lá fora?

– Não que eu tenha visto.

– Quem tinha acesso ao porão?

Hancock pensou por alguns instantes.

– Winnie poderá responder melhor do que eu. Ela é a bibliotecária-chefe. Acho que as portas do porão nunca são trancadas. A questão é mais quem conseguiria encontrá-las. O senhor esteve lá embaixo?

Gamache assentiu.

– Então sabe que é preciso passar por um alçapão e descer uma escada. Não exatamente uma escadaria. Um visitante casual jamais encontraria aquele porão.

– Mas as reformas em andamento incluem o subsolo, onde o corpo foi encontrado. Na verdade, pelo que entendi, o local está programado para ser concretado nos próximos dias.

– Já? Eu sabia que o trabalho estava sendo feito, mas não sabia quando. Imagino que agora não vai mais ser feito, certo?

– Temo que não, por enquanto.

O inspetor-chefe se perguntou se o reverendo Hancock percebera que tinha acabado de admitir que somente um membro do Conselho da Sociedade Literária e Histórica poderia ter matado Renaud. Não poderia ser um frequentador casual daquela interessante biblioteca, mas apenas alguém intimamente familiar com o velho prédio. O chefe lembrou-se de vagar pelos corredores labirínticos. Era um cipoal de corredores, escadas e salas escondidas.

Seria Augustin Renaud capaz de encontrar aquele alçapão sozinho?

Quase certamente, não.

Alguém o guiara até lá e o matara.

Alguém que conhecia tudo sobre a Lit e His.

Alguém que sabia que o porão estava prestes a ser concretado.

Ao lado dele, o reverendo Hancock havia se levantado.

– Com licença, mas eu realmente preciso chegar para o café. Eles esperam que eu vá.

Ele pausou e inclinou-se para o homem barbudo à sua frente.

Como quase todo quebequense, Hancock estava familiarizado com o inspetor-chefe Gamache. O chefe da Divisão de Homicídios aparecia em programas de entrevistas semanais e reportagens, tentando explicar as decisões da Sûreté, muitas vezes dando informações sobre algum caso.

Ele era sempre paciente, atencioso e claro diante de perguntas gritadas e nem sempre educadas. Jamais perdia a paciência, ainda que Hancock já o tivesse visto ser violentamente provocado.

Mas o homem que ele via agora era diferente daquele a quem assistira nos últimos três anos, e não apenas devido à barba ou à cicatriz. Ele continuava sendo atencioso, educado, quase gentil.

Mas parecia cansado.

– O café pode esperar – disse Hancock, voltando a se sentar. A igreja era silenciosa e agradável. – Gostaria de conversar um pouco?

Armand Gamache sabia que aquele homem jovem não estava se referindo ao caso, e se sentiu tentado. Tentado a lhe contar tudo. Mas Thomas Hancock era um suspeito em um caso de assassinato e, por mais que ansiasse confessar seus pecados para aquele jovem pastor, Gamache resistiu.

– Vá, por favor. Podemos conversar em outro momento.

– Espero que sim – disse Hancock, levantando-se. – A alegria nunca nos abandona. Está sempre conosco. E um dia o senhor a encontrará de novo.

– *Merci* – agradeceu Gamache, permanecendo sentado em silêncio na igreja, até que o barulho dos passos sumisse e ele ficasse sozinho com o sussurro em sua mente.

Na Sociedade Literária e Histórica, a biblioteca estava aberta novamente, assim como os escritórios. Uma fita amarela da polícia, no entanto, continuava cerrando uma porta, a que levava para o alçapão, que levava para a escada, que levava para o subsolo.

E ali estava o inspetor Langlois.

Sua equipe havia coletado todas as evidências, cada centímetro tinha sido perscrutado; cada fio de cabelo fora recolhido, cada rato morto, cada pedaço de tecido. Amostras de solo foram colocadas em frascos. Fotos foram tiradas, infravermelho, ultravioleta, luz negra. Tudo.

Além do corpo, eles haviam encontrado uma pá ensanguentada, uma maleta com o mapa e pegadas. De todos os tipos. Pegadas demais, ele suspeitava, para conseguirem restringir a busca.

Ele pedira a investigadores que conversassem com a ex-mulher de Renaud, seus pouquíssimos amigos, seus vizinhos. Estavam vasculhando sua casa, mas ela estava tão cheia de livros e papéis que levariam semanas.

Estavam examinando o caso em todos os detalhes. Porque, como Gamache, Langlois sabia que o frenesi estava apenas começando. Seria atiçado pelos tabloides, muitas vezes destacado na imprensa legítima. O caso seria sequestrado. Já não tinha mais a ver com o corpo de Renaud, e sim com outro, um mistério mais antigo, um corpo do passado.

Champlain.

Estaria ele ali?

E era por isso que, em vez de estar no apartamento de Renaud, revirando tudo em busca de pistas, ele se encontrava ali no porão escuro, olhando fixamente para um balde de batatas. Pelo menos era o que ele esperava que fosse.

Ao lado dele, o corpo curvado, estava o arqueólogo-chefe do Quebec, Serge Croix.

Nenhum dos dois estava satisfeito por se encontrar ali. Ambos sabiam que era uma perda de tempo.

– Bem, inspetor, posso lhe afirmar, com certeza, que isso aqui não é Champlain.

Os dois continuaram a olhar fixamente para as batatas.

Um escavador experiente, trazido pelo arqueólogo-chefe, apoiava-se em sua pá. Uma mulher segurava um dispositivo e caminhava lentamente pelo chão de terra. Eles já haviam cavado três buracos, e em cada um encontraram uma caixa ou um balde de metal com tubérculos. Provavelmente com centenas de anos de idade. Nabos, batatas, pastinacas. Mas nenhum Samuel de Champlain.

– *Bon* – disse Croix. – Chega. Todos nós sabemos que ele não está aqui. Na verdade, se Augustin Renaud acreditava que estava, essa é uma garantia de que Champlain está em outro lugar.

– Espere, tem algo aqui – disse a mulher com o dispositivo.

Croix suspirou, mas todos se dirigiram para o canto escuro. O escavador reposicionou as fortes luzes industriais.

O inspetor Langlois sentiu o coração acelerar e, ao seu redor, viu os outros olhando, parecendo esperançosos. Até mesmo Croix.

Apesar de saber que não era provável que Champlain estivesse enterrado ali, Croix ainda tinha esperanças. Como detetives de homicídio, pensou Langlois, os arqueólogos cavavam, cavavam e sempre acreditavam que não era em vão. Algo importante podia estar logo abaixo da superfície.

O escavador bateu sua pá na terra dura e a soltou, empurrando cada vez mais fundo, um centímetro de cada vez, para não destruir o que quer que estivesse ali embaixo.

E então eles ouviram um toque e uma leve raspagem. Haviam encontrado alguma coisa.

Mais uma vez, o arqueólogo-chefe do Quebec se curvou. Pegando suas ferramentas, mais delicadas do que as anteriores, com cuidado, ele limpou meticulosamente a poeira e encontrou uma caixa.

Quando ela foi aberta, uma luz brilhou lá dentro.

Nabos. No entanto, um deles era a cara do *premier ministre*.

NOVE

Armand Gamache caminhou depressa pela calçada escorregadia e entrou no parque conhecido como Place d'Armes, o vento rigoroso batendo em seu rosto. Na neve profunda haviam se formado trilhas cruzando o parque. Carruagens puxadas a cavalo, as *calèches*, esperavam no topo do parque para levar visitantes para conhecer Vieux Québec. Atrás de Gamache havia uma fileira de pequenos e pitorescos prédios de pedra, todos transformados em restaurantes. À sua direita erguia-se a magnífica Catedral Anglicana da Santíssima Trindade. Mas não olhou para ela. Como todo mundo, manteve a cabeça baixa contra o vento, erguendo o olhar só de vez em quando, para ter certeza de que não iria trombar em alguém ou em um poste. Seus olhos lacrimejavam e as lágrimas congelavam. Todos ali se pareciam com ele, os rostos redondos, vermelhos e brilhantes. Como semáforos portáteis.

Perdeu o equilíbrio quando pisou num gelo escondido sob a neve, endireitou-se a tempo, virou de costas para o vento e prendeu a respiração. No topo da colina, além do parque e das *calèches*, estava o edifício mais fotografado do Canadá.

O hotel Château Frontenac.

Ele era enorme e cinza, imponente, erguendo-se com suas torres como se tivesse sido expelido de uma das faces do penhasco. Inspirado em castelos, seu nome era uma homenagem ao primeiro governador do Quebec, Frontenac. Ele era, ao mesmo tempo, magnífico e ameaçador.

Gamache caminhou na direção do Château, passando pela grande estátua no meio do pequeno parque. O Monumment de la Foi. Monumento à Fé. Pois a cidade de Quebec tinha sido construída sobre fé. E pelos de animais.

Mas os fundadores preferiram erguer uma estátua aos mártires, e não a um castor.

Logo à frente, o Château prometia conforto, uma taça de vinho e uma tigela de sopa de cebola francesa crocante. Émile. Mas o inspetor-chefe parou perto do abrigo e olhou. Não para o Château, não para a estátua gótica da Fé, mas para outro monumento à esquerda, enorme, muito maior até do que aquele dedicado à Fé.

Era a estátua de um homem olhando por cima da cidade que ele havia fundado quatrocentos anos antes.

Samuel de Champlain.

De cabeça descoberta, audacioso, dando um passo à frente, como se quisesse se juntar aos habitantes, fazer parte daquela cidade que existia só porque ele existira. Na base da estátua havia outra, menor. Um anjo, tocando uma trombeta para a glória do fundador. E até Gamache, que não era um grande fã do nacionalismo, sentiu um fascínio, uma admiração, diante da visão e da coragem inabaláveis daquele homem de fazer o que muitos tinham tentado mas fracassado.

Não apenas ir àquelas praias procurar peles, peixes e madeira, mas viver ali. Criar uma colônia, uma comunidade. Um Novo Mundo. Um lar.

Gamache o observou até não conseguir mais sentir o próprio rosto e os dedos em suas luvas quentes ficarem insensíveis. Mesmo assim, ele encarou o pai do Quebec e se perguntou.

Onde você está? Onde o enterraram? E por que nós não sabemos?

ÉMILE SE LEVANTOU E ACENOU para ele de sua mesa ao lado da janela.

Os dois homens que estavam com ele também se levantaram.

– Inspetor-chefe – disseram.

– René Dallaire – apresentou-se o homem alto e rechonchudo, apertando a mão de Gamache.

– Jean Hamel – falou o pequeno e magro.

Se René tivesse um bigode curto, os dois poderiam se passar pelo Gordo e pelo Magro.

Gamache entregou seu casaco ao garçom, enfiando o chapéu, o cachecol e as luvas em uma das mangas. Ele se sentou e colocou as mãos no rosto, sentindo a queimação. O frio extremo deixava sua marca irônica. Era indistinguível de uma queimadura solar. Mas em poucos minutos já havia diminuído e a circulação retornara às suas mãos, o que foi apressado pelo fato de ele se sentar em cima delas.

Eles pediram bebidas e almoço e conversaram sobre Carnaval, clima e política. Estava claro que os três homens se conheciam bem. E Gamache sabia que todos pertenciam ao mesmo clube, havia muitas décadas.

A Sociedade Champlain.

As bebidas e uma cesta de pãezinhos chegaram. Eles bebericaram o uísque, e Gamache resistiu ao desejo de pegar um pãozinho quente em cada mão para se aquecer. Os homens conversaram casualmente. Gamache às vezes contribuía, outras apenas ouvia, olhava pela janela.

O St. Laurent Bar ficava no final do Château, depois que se atravessava o gracioso, amplo e interminável corredor, passando por portas duplas e levando a um outro mundo. Ao contrário do restante do gigantesco hotel, aquele bar era modesto em tamanho, e circular, tendo sido construído dentro de uma das torres do Château. Suas paredes curvas eram revestidas de madeira escura e havia lareiras dos dois lados. Um bar redondo ocupava o centro, com mesas ao seu redor.

Para qualquer lugar comum, isso já teria sido impressionante, mas a cidade de Quebec estava longe de ser normal e, dentro dela, o Château era especial.

Pois, acompanhando a curva da parede, havia janelas. Altas, emolduradas em mogno, amplas e maineladas. Elas se abriam para a vista mais esplêndida que Gamache já vira. De fato, como quebequense, nenhuma outra vista poderia se igualar. Aquele era o seu Grand Canyon, suas cataratas do Niágara, seu Everest. Era sua Machu Picchu, seu Kilimanjaro, seu Stonehenge. Era sua maravilha. A maravilha deles.

Do bar, ele tinha uma visão completa do grandioso rio, uma visão tão distante que invadia tempos pregressos. De lá, Gamache podia ver quatrocentos anos no passado. Os navios, surpreendentemente pequenos e frágeis, navegando pelo Atlântico, lançando a âncora no ponto mais estreito.

Kebek. Uma palavra algonquina. "Onde o rio se estreita".

Gamache quase podia ver as velas sendo enroladas, homens puxando cordas, prendendo linhas, subindo e descendo dos mastros. Ele quase podia ver os barcos sendo baixados na água e os homens remando em direção à terra firme.

Será que eles sabiam o que os esperava? O que havia no Novo Mundo?

Quase certamente não... ou nunca teriam vindo. A maioria nunca foi embora, foi enterrada logo abaixo deles, nas margens. Morreram de escorbuto, de exposição ao frio.

Ao contrário de Gamache, eles não tinham nenhum Château onde se abrigar. Não tinham sopa quente nem uísque. Se ele mal sobrevivera a dez minutos exposto ao vento cortante, como teriam sobrevivido dias, semanas, meses, sem roupas quentes e quase nenhum abrigo?

Claro, a resposta era óbvia. Eles não sobreviveram. A maioria enfrentou mortes lentas, agonizantes e terríveis naqueles primeiros invernos. Quando olhava pela janela e via o rio, sua água cinza e seus blocos de gelo flutuante, o que Gamache via era história. Sua própria história, fluindo diante de seus olhos.

Ele também viu um ponto ao longe. Uma canoa no gelo. Balançando a cabeça, Gamache voltou sua atenção para seus companheiros.

– Por que você está com essa cara tão intrigada? – indagou Émile.

O inspetor-chefe fez um sinal com a cabeça indicando a janela.

– Uma equipe de corrida de canoas no gelo. Os colonizadores foram obrigados a fazer isso. Por que alguns o fazem por opção?

– Concordo – disse René, partindo um pãozinho e espalhando manteiga. – Eu mal consigo observá-los, mas também não consigo desviar o olhar. – Ele riu. – Às vezes acho que somos uma sociedade de barcos a remo.

– Uma o quê? – perguntou Jean.

– Barcos a remo. É por isso que fazemos coisas desse tipo. – Ele inclinou a cabeça na direção da janela e do ponto sobre o rio. – É por isso que Quebec é tão perfeitamente preservada. É por isso que todos somos tão fascinados pela história. Estamos em um barco a remo. Nós nos movemos para a frente, mas estamos sempre olhando para trás.

Jean riu e afastou o corpo enquanto o garçom colocava um enorme hambúrguer e *frites* à sua frente. Uma borbulhante sopa de cebola francesa estava diante de Émile, e Gamache recebeu uma tigela quente de sopa de ervilha.

– Conversei com um sujeito esta manhã que está treinando para a corrida – comentou Gamache.

– Aposto que ele está em boa forma – observou Émile, elevando sua colher quase acima da cabeça, tentando fazer com que o queijo derretido e pegajoso se partisse.

– Está. É o pastor da Igreja Presbiteriana de St. Andrews.

– Cristianismo musculoso – observou René, achando graça.

– Existe uma igreja presbiteriana? – perguntou Jean.

– E uma congregação que a frequenta – respondeu Gamache. – Ele me contou que seu companheiro de equipe tem mais de 60.

– Mais de 60 o quê? – perguntou René. – Quilos?

– Deve ser de QI – disse Émile.

– Devo encontrá-lo esta tarde. Ele se chama Ken Haslam. Vocês o conhecem?

Os homens se entreolharam, mas a resposta era clara. Não.

Depois do almoço, tomando café expresso, Gamache mudou a conversa para o motivo pelo qual eles estavam ali, juntos.

– Como sabem, Augustin Renaud foi assassinado na sexta-feira à noite, ou ontem de manhã bem cedo.

Eles assentiam, o bom humor esvanecendo. Três rostos astutos o encararam de volta. Eles tinham bem mais de 70 anos, todos eram bem-sucedidos em suas áreas de trabalho, todos aposentados. Mas nenhum perdera a vitalidade. Gamache podia ver isso claramente.

– O que eu quero saber é o seguinte: Champlain poderia estar enterrado sob a Sociedade Literária e Histórica?

Eles se entreolharam e finalmente, em silêncio, ficou decidido que René Dallaire, o homem grande, parecido com o Gordo, assumiria a liderança. A mesa já fora limpa e só havia nela as *demi-tasses*.

– Eu decidi trazer isto aqui quando Émile nos contou qual era o assunto que queria abordar. – Ele abriu um mapa, fixando-o com as xícaras. – Fico um tanto sem graça de confessar que eu não tinha ideia de que existia uma Sociedade Literária e Histórica.

– Isso é não bem verdade – disse Jean para o amigo. – Nós conhecemos o prédio. Ele é histórico, sabe? Originalmente, foi uma fortificação, um quartel militar nos anos 1700. Então, na segunda parte do século, abrigou prisioneiros de guerra. Depois, outra prisão foi construída em algum outro lugar, e o prédio deve ter caído em mãos privadas.

– E agora você diz que se chama Sociedade Literária e Histórica? – disse René, com um sotaque bem pesado quando pronunciou o nome em inglês da instituição.

– Um local magnífico – observou Gamache.

René colocou seu dedo volumoso sobre o lugar onde ficava o prédio, perto da Rue St. Stanislas.

– É aqui, certo?

Gamache se inclinou sobre o mapa, como fizeram todos os outros, evitando bater as cabeças. Ele assentiu.

– Então não há dúvida. Vocês concordam?

René Dallaire olhou para Jean e Émile.

Eles concordaram.

– Eu garanto. – René olhou nos olhos de Gamache. – Samuel de Champlain não está enterrado ali.

– Como pode ter tanta certeza?

– Quando você chegou ao Château, por acaso olhou para a estátua de Champlain lá na frente?

– Olhei bem. Não dava para não ver.

– *C'est vrai*. Aquilo não é simplesmente um monumento ao homem, mas marca o local exato onde ele morreu.

– O mais exato a que pudemos chegar, pelo menos – observou Jean.

René lhe lançou um olhar breve e irritado.

– Como o senhor sabe que aquele é o lugar onde ele morreu? – perguntou Gamache.

Foi a vez de Émile responder:

– Há relatórios escritos por seus tenentes e pelos sacerdotes. Ele morreu após uma breve doença, no dia de Natal, em 1635, durante uma tempestade. Isso é uma das poucas certezas que temos sobre Champlain. A fortaleza ficava bem ali, onde a estátua está.

– Mas ele não teria sido enterrado exatamente onde morreu, teria? – indagou Gamache.

René desdobrou outro mapa, ou pelo menos uma reprodução, e o colocou em cima do mapa da cidade moderna. Não era muito mais do que uma simples ilustração.

– Isso foi desenhado em 1639, quatro anos após a morte de Champlain.

122

Não é muito diferente da vila de Quebec que ele teria conhecido. – O mapa mostrava um forte estilizado, um espaço para desfiles na frente e edifícios dispersos ao redor. – Foi aqui que ele morreu. – Seu dedo pousou no forte. – É onde a estátua está agora. E foi aqui que enterraram Champlain.

O dedo grosso de René Dallaire apontou para uma pequena construção a poucas centenas de metros do forte.

– A capela. A única na cidade de Quebec da época. Não há registros oficiais, mas me parece óbvio que Champlain teria sido enterrado ali, dentro da própria capela ou no cemitério ao lado dela.

Gamache ficou perplexo.

– Então, se sabemos onde ele foi enterrado, qual é o mistério? Onde ele está? E por que não há nenhum registro oficial do enterro do homem mais importante da colônia?

– Ah, mas nada pode ser simples, não é? – comentou Jean. – A capela pegou fogo alguns anos depois, destruindo todos os registros.

Gamache refletiu.

– O fogo queimaria os registros, sim, mas não um corpo enterrado. Já deveríamos tê-lo encontrado, não?

René deu de ombros.

– Sim, deveríamos. Há muitas teorias, mas o mais provável é que eles o enterraram no cemitério, não na capela, então o fogo não o teria perturbado de jeito nenhum. Com o passar dos anos, a colônia cresceu...

René fez uma pausa, mas suas mãos eram expressivas. Ele as abriu ao máximo. Os outros dois também ficaram em silêncio, os olhos baixos.

– Vocês estão dizendo que construíram um prédio em cima do túmulo de Champlain? – perguntou Gamache.

Os três homens pareciam insatisfeitos, mas nenhum o contradisse até Jean falar:

– Existe outra teoria.

Émile suspirou.

– De novo essa história. Não há provas.

– Não há prova de nenhuma delas – ressaltou Jean. – Eu concordo que seja um palpite. Mas vocês não querem acreditar, e ponto final.

Émile ficou em silêncio. Parecia que Jean tinha dado um tiro no alvo. O homem pequeno virou-se para Gamache.

– A outra teoria é que, conforme a cidade foi crescendo, havia uma enorme quantidade de obras, como disse René. Mas junto com o trabalho vieram as escavações, as pessoas cavando abaixo da linha de gelo antes de erguerem os novos prédios. A cidade estava crescendo e tudo foi feito com pressa. Ninguém tinha tempo para se preocupar com os mortos.

Gamache estava começando a perceber aonde a conversa ia chegar.

– Então a teoria é que eles não construíram em cima de Champlain.

Jean balançou a cabeça lentamente.

– Não. Eles o desenterraram junto com centenas de outros e os jogaram em um aterro em algum lugar. Não eram mal-intencionados, apenas não sabiam.

Gamache estava em silêncio, atordoado. Será que os americanos teriam feito isso com Washington? Ou os britânicos com Henrique VIII?

– Isso pode ter acontecido? – perguntou Gamache, virando-se, naturalmente, para Émile Comeau, que deu de ombros e assentiu.

– É possível, mas Jean tem razão. Nenhum de nós quer admitir isso.

– Para ser justo – explicou Jean –, essa é a menos provável das teorias.

– A questão é... – comentou René, olhando novamente para o mapa. – Este é o limite do povoado original em 1635. – Ele girou o dedo sobre o velho mapa, depois o afastou e apontou para o mesmo lugar no mapa moderno. – Bem aqui, onde estamos sentados agora, no Château, em um raio de algumas centenas de metros. Mantinham a vila pequena. Era mais fácil de ser defendida.

– E o que havia no restante? – Gamache quis saber, começando a entender o que eles estavam dizendo.

– Nada – respondeu disse Jean. – Floresta. Pedras.

– E o local onde a Sociedade Literária e Histórica está agora?

– Floresta.

René pegou o velho mapa e pôs o dedo sobre um grande espaço vazio, distante de qualquer habitação.

Nada.

Não havia como eles terem enterrado Champlain tão longe da civilização.

Não era possível que o pai do Quebec estivesse no porão da Lit e His.

– Então... – Gamache inclinou o corpo de volta. – Por que Augustin Renaud estava lá?

– Porque ele era maluco? – sugeriu Jean.

– Isso ele era – disse Émile. – Champlain amava o Quebec, a ponto de excluir tudo o mais de sua vida. Era tudo o que ele conhecia, ele vivia para isso. E Renaud amava Champlain com a mesma devoção. Uma devoção que beirava a loucura.

– Beirava? – perguntou René. – Ele era a capital do estado da loucura. Augustin Renaud era o Imperador da Loucura. Beirava... – murmurou ele.

– Talvez... – disse Émile, olhando para o velho mapa de novo. – Talvez ele não estivesse procurando por Champlain. Talvez ele tenha ido lá por outro motivo.

– Como o quê?

– Bem... – O mentor olhou para Gamache. – É uma sociedade literária. Talvez ele estivesse procurando um livro.

Gamache sorriu. Talvez. Ele se levantou e parou quando o garçom foi buscar seu casaco. Olhando para o mapa moderno, ele notou algo.

– A antiga capela, aquela que queimou. Onde ela estaria nesse mapa?

René esticou o dedo mais uma vez a e apontou.

O dedo aterrissou na Basílica de Notre-Dame, a poderosa igreja onde as pessoas importantes costumavam rezar. Enquanto o garçom ajudava Gamache a vestir sua parca, René inclinou-se e sussurrou:

– Converse com Père Sébastien.

Jean-Guy Beauvoir esperou.

Ele não era muito bom nisso. Primeiro, parecia não se importar, depois parecia ter todo o tempo do mundo. Isso durou cerca de vinte segundos. Então se mostrou incomodado. Isso deu melhor resultado e durou até Olivier Brulé chegar, um quarto de hora depois.

Fazia alguns meses desde que ele vira Olivier pela última vez. A prisão mudava alguns homens. Quer dizer, todos os homens. Mas alguns externavam isso mais do que outros. Alguns na verdade pareciam florescer. Eles malhavam, criavam músculos, se exercitavam pela primeira vez em anos, comiam três refeições completas. Eles até prosperavam, embora poucos admitissem, naquele regime, naquela estrutura. Muitos nunca tiveram isso na vida, por isso desviavam do caminho certo.

Ali seu percurso era mais claro.

Beauvoir, porém, sabia que a maioria murchava no confinamento.

Olivier atravessou a porta vestindo um uniforme da prisão. Ele tinha pouco menos de 40 anos e estrutura mediana. Seu cabelo estava bem mais curto do que Beauvoir já vira, mas disfarçava o fato de que estava ficando careca. Parecia pálido, porém saudável. Beauvoir sentiu uma repulsa, como acontecia na presença de todos os assassinos. Pois era isso que ele sabia, em seu coração, que Olivier era.

Não, lembrou ele a si mesmo, de repente. Preciso pensar nesse homem como inocente. Ou pelo menos como não culpado.

Entretanto, por mais que tentasse, ele enxergava um condenado.

– Inspetor – disse Olivier, parado na outra extremidade da sala de visitas, sem muita certeza do que fazer.

– Olivier – disse Beauvoir, embora, julgando pela expressão no rosto do preso, seu sorriso parecesse sarcástico. – Por favor. Me chame de Jean-Guy. Não estou aqui a serviço.

– Apenas uma visita social? – Olivier sentou-se à mesa, na frente de Beauvoir. – Como está o inspetor-chefe?

– Ele está em Quebec, para o Carnaval. Estou preparado para pagar a fiança dele a qualquer instante.

Olivier riu.

– Há mais de um companheiro aqui que chegou via Carnaval. Aparentemente, o "eu estava bêbado de tanto *caribou*" é uma defesa que já não cola muito.

– Vou alertar o chefe.

Ambos riram, um pouco mais do que o necessário, então caíram em um silêncio desconfortável. Agora que estava lá, Beauvoir não tinha certeza do que dizer.

Olivier o encarou, esperando.

– Eu não fui completamente honesto com você há poucos instantes – comentou Beauvoir.

Era a primeira vez que fazia algo assim e se sentiu como se estivesse no meio de um deserto. E odiou Olivier ainda mais por obrigá-lo a fazer isso.

– Estou de licença, como você sabe, então esse realmente não é um encontro oficial, mas...

Melhor nisso do que Beauvoir, Olivier esperou. Finalmente, ele ergueu as sobrancelhas em um gesto silencioso de "prossiga".

– O chefe me pediu que examinasse alguns aspectos do seu caso. Não quero que você tenha esperança...

Era tarde demais para isso. Olivier estava sorrindo. A vida parecia ter voltado para ele.

– De verdade, Olivier, você não pode esperar que alguma coisa boa saia disso.

– Por que não?

– Porque eu ainda acredito que você é culpado.

Beauvoir ficou satisfeito ao ver que isso o fez se calar. Entretanto, percebeu que ainda havia um resíduo de esperança em Olivier. Seria aquilo simplesmente cruel? Beauvoir desejou que fosse. O inspetor inclinou-se sobre a mesa de metal.

– Veja bem, restam apenas algumas questões. O chefe me pediu que tivesse certeza absoluta, só isso.

– Você pode achar que eu sou culpado, mas ele não acha, certo? – disse Olivier, triunfante.

– Ele não tem tanta certeza e quer ter certeza. Quer se assegurar de que ele... de que nós não cometemos nenhum erro. Olha, se você contar a alguém sobre isso, a qualquer pessoa, acabou. Está entendendo?

Os olhos de Beauvoir eram duros.

– Eu entendo.

– Estou falando sério, Olivier. Especialmente Gabri. Não pode dizer nada a ele.

Olivier hesitou.

– Se você disser, ele vai contar para outras pessoas. Não vai conseguir se segurar. Ou, no mínimo, o humor dele vai mudar e as pessoas vão perceber. Se eu fizer mais perguntas, se investigar mais, terei que fazê-lo de forma sutil. Se outro sujeito matou o Eremita, não quero que ele suspeite de nada.

Isso fazia sentido para Olivier, que assentiu.

– Prometo.

– *Bon*. Você precisa me contar de novo o que aconteceu naquela noite. E preciso da verdade.

O ar entre os dois homens vibrava.

– Eu falei a verdade.

– Quando? – Beauvoir exigiu saber. – Foi na segunda ou na terceira versão da história? Se você está aqui, a culpa é toda sua. Você mentiu várias vezes.

Era verdade, Olivier sabia. Ele tinha mentido a vida inteira sobre tudo, até que o hábito passou a fazer parte de seu modo de ser. Nem lhe ocorria dizer a verdade. Então, quando tudo aconteceu, ele mentiu.

Ele só percebeu o que havia feito quando era tarde demais. A verdade se tornou irreconhecível. E, embora ele fosse muito bom, muito loquaz ao mentir, todas as suas verdades soavam como falsidades. Ele corava, tropeçava nas palavras, ficava confuso quando não estava mentindo.

– Está bem – disse ele a Beauvoir. – Vou lhe contar o que aconteceu.

– A verdade.

Olivier assentiu com um único e curto meneio de cabeça.

– Conheci o Eremita há dez anos, quando Gabri e eu chegamos a Three Pines e estávamos morando em cima da loja. Ele ainda não era um eremita. Saía de casa e fazia as próprias compras, mas parecia bem esfarrapado. Estávamos reformando a loja. Eu ainda não a tinha transformado num bistrô, era apenas uma loja de antiguidades naquela época. Um dia, ele apareceu lá dizendo que queria vender uma coisa. Não gostei muito. Parecia que ele queria um favor. Olhando para o sujeito, achei que fosse algum lixo que ele havia encontrado na beira da estrada, mas, quando ele me mostrou do que se tratava, logo vi que era especial.

– E o que era?

– Uma miniatura, um retrato minúsculo, de perfil. Achei que fosse de algum aristocrata polonês. Devia ter sido pintado com um fio de cabelo. Era lindo. Até a moldura era linda. Concordei em comprar o retrato em troca de um saco de mantimentos.

Ele tinha contado aquela história tantas vezes que estava quase imune à repulsa no rosto das pessoas. Quase.

– Continue – pediu Beauvoir. – O que você fez com o retrato?

– Levei para Montreal e vendi na Rue Notre-Dame, no antigo distrito.

– Você lembra qual loja o comprou?

Beauvoir pegou seu caderno e uma caneta.

– Não sei se ainda existe. As lojas mudam muito. O nome era Le Temps Perdu.

Beauvoir anotou.

– Por quanto você vendeu?

– Mil e quinhentos dólares.

– E o Eremita voltou?

– Ele continuou me oferecendo coisas. Algumas eram fantásticas, outras não tão boas, mas melhores do que eu tinha chance de encontrar na maioria dos sótãos ou celeiros. No início, vendia através daquela loja de antiguidades, mas depois percebi que poderia ganhar mais no eBay. Então, um dia, o Eremita chegou com uma aparência horrorosa. Magro e estressado. Ele disse: "Não vou voltar, meu velho amigo. Não posso." Foi um desastre para mim. Eu estava contando com as vendas que fazia. Ele disse que não queria mais ser visto, então me convidou para ir à cabana dele.

– Você foi?

Olivier assentiu.

– Eu não fazia ideia de que ele morava na floresta. Era quase no fim do mundo. Bem, você sabe.

Beauvoir sabia. Ele havia passado a noite lá, com o santo babaca.

– Quando finalmente chegamos lá, eu não pude acreditar.

Por um momento Olivier foi transportado para aquele instante mágico, quando pisou pela primeira vez na cabana de madeira daquele homem desgrenhado. E entrou em um mundo onde louças antigas eram usadas para guardar leite, porcelana da realeza era usada para colocar sanduíches de pasta de amendoim, tapetes de seda de valor inestimável estavam pendurados nas paredes para evitar as correntes de ar.

– Eu o visitava a cada duas semanas. Naquela época, eu já havia transformado a loja de antiguidades em um bistrô. A cada dois sábados à noite, depois de fechar o bistrô, eu me esgueirava até a cabana. Nós conversávamos, e ele me dava alguma coisa em troca dos mantimentos que eu levava.

– O que Charlotte queria dizer? – indagou Beauvoir.

Fora o inspetor-chefe Gamache quem percebera a estranha repetição de "Charlotte". Havia referências ao nome por toda a cabana do Eremita, desde o livro *A teia de Charlotte* até uma edição original de Charlotte Brontë, passando pelo raro violino. Todos os demais haviam deixado esse detalhe escapar, exceto o chefe.

Olivier estava balançando a cabeça.

– Nada, não queria dizer nada. Pelo menos nada que eu soubesse. Ele nunca mencionou o nome.

Beauvoir o encarou.

– Cuidado, Olivier. Eu preciso da verdade.

– Não tenho mais nenhum motivo para mentir.

Para qualquer pessoa racional, aquilo seria verdade, mas Olivier havia se comportado de maneira tão irracional que Beauvoir se perguntou se ele era capaz de outra postura.

– O Eremita rabiscou o nome Charlotte em código sob um daqueles entalhes de madeira que ele fez – comentou Beauvoir.

Ele podia ver os entalhes, obras profundamente perturbadoras, que retratavam indivíduos fugindo de algo terrível. E sob três de suas obras o Eremita havia esculpido palavras em código.

Charlotte. Emily. E sob a última? Naquela que representava Olivier em uma cadeira, ouvindo, ele havia esculpido uma palavra curta.

Woo.

– E Woo? – indagou Beauvoir. – O que significava?

– Não sei.

– Bem, essa palavra tinha um significado – disparou Beauvoir. – Ele a gravou sob o entalhe que fez de você.

– Não era eu. Nem se parece comigo.

– É um entalhe, não uma fotografia. É você, e você sabe disso. Por que ele escreveu "Woo" ali embaixo?

Não fora apenas sob a escultura. Woo apareceu na teia e naquele pedaço de madeira, coberto com o sangue do Eremita, que foi parar debaixo da cama. Em um canto escuro. Um pedaço de cedro vermelho esculpido anos antes, de acordo com os especialistas forenses.

– Estou perguntando de novo, Olivier, o que significa "Woo"?

– Eu não sei. – Agora Olivier estava exasperado, mas respirou fundo e se recompôs. – Olha, eu já lhe disse. Ele falou isso aí algumas vezes, mas bem baixinho. No início, achei que estivesse apenas suspirando. Soava como um suspiro. Então percebi que ele estava dizendo "Woo". Ele só dizia isso quando estava com medo.

Beauvoir o encarou.

– Vou precisar de mais do que isso.

Olivier balançou a cabeça.

– Não tem mais nada. É tudo o que eu sei. Eu lhe diria mais, se soubesse. Sinceramente. Significava alguma coisa para ele, mas ele nunca explicou, e eu nunca perguntei.

– Por que não?

– Porque não parecia importante.

– Era claramente importante para ele.

– Sim, mas não para mim. Eu teria perguntado se isso o fizesse me entregar mais de seus tesouros, mas não parecia ser o caso.

E Beauvoir percebeu a verdade naquelas palavras, a humilhante e vergonhosa verdade. Ele se mexeu imperceptivelmente na cadeira, o que fez sua percepção mudar um pouquinho.

Talvez, talvez aquele homem realmente estivesse contando a verdade. Finalmente.

– Você o visitou por anos, mas perto do fim algo mudou. O que aconteceu?

– Aquele Marc Gilbert comprou a antiga casa dos Hadleys e decidiu transformá-la em um hotel-spa. Isso já era bem ruim, mas sua esposa, Dominique, decidiu que eles precisavam de cavalos e pediram a Roar Parra que reabrisse as trilhas. Uma delas levava direto para a cabana do Eremita. Em algum momento, Parra encontraria a cabana e todos saberiam do Eremita e de seu tesouro.

– O que você fez?

– O que eu poderia fazer? Tinha passado anos tentando convencer o Eremita a me dar aquela coisa que ele guardava no saco de aninhagem. Ele prometeu que me daria, ficava me provocando. Eu queria aquilo. Eu merecia.

Um tom de lamento havia se infiltrado na voz de Olivier. Um tom que ele não costumava adotar em público, apenas na privacidade.

– Me conte de novo sobre o objeto no saco.

– Vocês já sabem, já viram – retrucou Olivier. Então ele respirou fundo e recomeçou: – O Eremita exibia tudo, todas as antiguidades, todas aquelas belas coisas, mas uma ele mantinha escondida. No saco.

– E você a desejava.

– E você não a desejaria?

Beauvoir pensou. Era verdade. Era da natureza humana querer aquilo que nos é negado.

O Eremita havia provocado Olivier com o objeto, mas não soube avaliar com quem estava lidando. O tamanho da ambição de Olivier.

– Então você o matou e roubou o objeto.

Aquela fora a acusação apresentada contra ele. Olivier matara o velho maluco para ficar com seu tesouro, aquele que ele mantinha escondido, aquele encontrado no bistrô de Olivier junto com a arma do crime.

– Não. – Olivier inclinou-se subitamente para a frente, como se fosse atacar Beauvoir. – Eu voltei para pegá-lo, admito, mas ele já estava morto.

– E o que você viu? – perguntou Beauvoir depressa, na tentativa de fazê-lo escorregar na resposta.

– A porta da cabana estava aberta e eu o vi caído no chão. Havia sangue. Achei que ele tivesse batido com a cabeça, mas, quando me aproximei, vi que estava morto. Havia um pedaço de madeira que eu nunca tinha visto na mão dele. Eu o peguei.

– Por quê?

A pergunta escapou de repente.

– Porque eu queria ver.

– Ver o quê?

– O que era.

– Por quê?

– No caso de ser importante.

– Importante. Explique.

Agora era Beauvoir quem se inclinava para a frente, quase subindo na mesa de metal. Olivier não se afastou. Os dois homens estavam cara a cara, quase gritando.

– No caso de ser valioso.

– Explique.

– No caso de ser outra de suas esculturas, está bem? – Olivier quase gritou, depois se jogou de volta na cadeira. – Está bem? É isso. Eu achei que poderia ser um dos trabalhos dele e eu pudesse vendê-lo.

Isso não havia surgido no tribunal. Olivier admitiu que tinha pegado o entalhe, mas disse que o deixou cair no chão assim que viu que havia sangue nele.

– Por que você o soltou?

– Porque era lixo, coisa sem valor. Uma coisa que qualquer criança poderia fazer. Eu só percebi o sangue mais tarde.

– Por que você moveu o corpo?

Aquela era a pergunta que perseguia Gamache. A pergunta que levara Beauvoir de volta ao caso. Se tinha matado o homem, por que Olivier o colocaria em um carrinho de mão e o levaria, como se fosse adubo, pela floresta? E por que o despejaria no saguão de entrada do novo hotel-spa?

– Porque eu queria ferrar com Marc Gilbert. Eu queria arruinar aquele hotel chique. Quem pagaria uma fortuna para se hospedar num lugar onde alguém tinha acabado de ser assassinado?

Beauvoir recostou-se, examinando Olivier por um longo tempo.

– O inspetor-chefe acredita em você.

Olivier fechou os olhos e exalou.

Beauvoir ergueu a mão.

– Ele acha que você fez isso para arruinar Gilbert. Mas, ao arruinar Gilbert, você também faria com que parassem de abrir as trilhas dos cavalos, e, se Parra parasse de abrir as trilhas, ninguém encontraria a cabana.

– Tudo isso é verdade. Mas, se eu tivesse matado o homem, por que deixaria que todos soubessem que um assassinato tinha acontecido?

– Porque as trilhas estavam se aproximando. A cabana e o assassinato teriam sido descobertos em dias, de qualquer maneira. Sua única esperança era interromper as trilhas. Impedir a descoberta da cabana.

– Exibindo o morto? Então não haveria mais nada a esconder.

– Haveria o tesouro.

Eles se encararam.

JEAN-GUY BEAUVOIR ESTAVA SENTADO EM seu carro, refletindo sobre a conversa. Não havia nada de novo, mas Gamache o aconselhara a acreditar em Olivier dessa vez, confiar em suas palavras.

Beauvoir não conseguia fazer isso. Ele podia fingir, podia agir como se acreditasse. Podia até tentar se convencer de que Olivier estava realmente dizendo a verdade, mas estaria mentindo para si mesmo.

Ele tirou o carro do estacionamento e se dirigiu para a Rue Notre-Dame e para a Le Temps Perdu. Tempo perdido. Perfeito. Porque era exatamente isso, ele pensou, enquanto seguia pelo tráfego leve da tarde de domingo em Montreal. Uma perda de tempo.

Enquanto dirigia, ele voltou ao caso. As únicas impressões digitais encontradas na cabana eram de Olivier. Ninguém mais sequer sabia que o Eremita existia.

O Eremita. Foi assim que Olivier o chamou, como sempre o chamava.

Beauvoir estacionou do outro lado da rua, em frente à loja de antiguidades. Ela ainda estava lá, colada a outras lojas similares da Rue Notre-Dame, algumas sofisticadas, outras pouco mais que depósitos de bugigangas.

A Le Temps Perdu parecia de alto padrão.

Beauvoir pôs a mão na maçaneta, então fez uma pausa e ficou olhando para o nada por um momento, relembrando a conversa. Procurando por uma palavra, uma única e curta palavra. Então deu uma olhada em suas anotações.

Também não estava lá. Ele fechou o caderno e saiu do carro, atravessou a rua e entrou na loja. Havia apenas uma vitrine, na frente. À medida que seguia mais para os fundos, passando por móveis de pinho e carvalho, pelas pinturas rachadas e lascadas nas paredes, pelos pratos azuis e brancos, pelos vasos e porta-guarda-chuvas, ficava mais escuro. Era como entrar em uma caverna bem mobiliada.

– Posso ajudá-lo?

Um homem idoso estava sentado a uma mesa bem no fundo. Ele usava óculos e olhou para Beauvoir avaliando-o. O inspetor conhecia aquele olhar, mas normalmente partia dele.

Os dois homens se avaliaram. Beauvoir viu um homem magro, bem-vestido, mas com conforto. Como sua mercadoria, ele parecia velho e refinado e cheirava um pouco a lustra-móveis.

O antiquário viu um homem de 30 e poucos anos. Pálido, talvez um pouco estressado. Não havia saído para um passeio preguiçoso de domingo pelo bairro das antiguidades. Não era um comprador.

Um homem precisando de alguma coisa. Provavelmente um banheiro.

– Esta loja... – começou Beauvoir.

Ele não queria soar como um investigador, mas de repente percebeu que não sabia soar como nenhuma outra coisa. Era como uma tatuagem. Indelével. Ele sorriu e suavizou o tom de voz.

– Eu tenho um amigo que costumava vir aqui há anos. Uns dez ou mais. O nome da loja ainda é Le Temps Perdu, mas por acaso o dono mudou?

– Não. Nada mudou.

E Beauvoir acreditava nisso.

– O senhor estava aqui, então?

– Eu estou sempre aqui. É a minha loja. – O idoso se levantou e esticou a mão. – Fréderic Grenier.

– Jean-Guy Beauvoir. Talvez o senhor se lembre do meu amigo. Ele lhe vendeu algumas peças.

– É mesmo? Quais?

O homem, Beauvoir percebeu, não perguntou o nome de Olivier, apenas o que ele vendera. Era assim que os lojistas viam as pessoas? Ele é a mesa de pinho? Ela é o lustre? Por que não? Era assim que ele via os suspeitos. Ela é a facada. Ele é a espingarda.

– Acho que ele lhe vendeu uma pintura em miniatura.

Beauvoir observou o homem com atenção. O homem o estava observando com atenção.

– Pode ser. Você disse que foi dez anos atrás. É bastante tempo. Por que está perguntando?

Normalmente, Beauvoir teria sacado seu distintivo da Sûreté, mas ele não estava fazendo uma visita oficial. E não tinha uma resposta pronta.

– Meu amigo acabou de morrer e a viúva dele quer saber se o senhor a vendeu. Se não vendeu, ela a compraria de volta. A peça estava na família havia muito tempo. Meu amigo a vendeu quando precisou de dinheiro, mas isso não é mais um problema.

Beauvoir estava bastante satisfeito consigo mesmo, no entanto não completamente surpreso. Ele convivia com mentiras, já ouvira milhares. Por que não deveria ele mesmo ser bom em contá-las?

O antiquário o observou e assentiu.

– Isso acontece de vez em quando. Você pode descrever a pintura?

– Era europeia e muito fina. Aparentemente, o senhor pagou 1.500 dólares por ela.

Monsieur Grenier sorriu.

– Agora eu me lembro. Era muito dinheiro, mas valia. Eu não costumo pagar tanto por algo tão pequeno. Exótico. Polonês, acredito. Infelizmente, eu o vendi. Ele voltou com alguns outros objetos depois disso, se bem me lembro. Uma bengala esculpida, que precisava de reparos. Estava um pouco rachada. Mandei-a para o meu restaurador e a vendi também. Não demoraram. Esse tipo de peça vende rápido. Sinto muito. Eu me lembro dele agora. Jovem, louro. Você disse que a esposa quer as peças de volta?

Beauvoir assentiu.

O homem franziu a testa.

– Deve ter sido uma grande surpresa para o parceiro dele. O homem, segundo me lembro, era gay.

– Sim. Eu estava tentando ser delicado. Na verdade, eu sou o parceiro dele.

– Lamento saber de sua perda. Mas pelo menos vocês tiveram a sorte de se casarem.

O homem apontou para a aliança no dedo de Beauvoir.

Hora de partir.

Sem dúvida, pensou Beauvoir, de volta ao carro, atravessando a ponte Champlain, aquilo tinha sido *le temps perdu*. Exceto pelo anúncio de que seu "marido", Olivier, tinha morrido, nada de importante ocorrera.

Ele estava quase chegando a Three Pines quando se lembrou do que o estava incomodando desde a conversa com Olivier. A palavra que estava faltando.

Ele parou no acostamento, telefonou para a prisão e em pouco tempo estava falando com Olivier.

– As pessoas vão começar a comentar, inspetor.

– Você nem imagina – disse Beauvoir. – Ouça, durante o julgamento e a investigação, você disse que o Eremita não tinha lhe contado nada sobre si mesmo, exceto que ele era tcheco e seu nome era Jakob.

– Sim.

– Há uma grande comunidade tcheca nas proximidades de Three Pines, incluindo os Parras.

– Sim.

– E muitos de seus membros vieram do antigo Bloco Oriental. Tchecoslováquia, Polônia, Rússia. Você testemunhou que sua impressão era a de que ele tinha roubado os tesouros dessas famílias, depois imigrou para o Canadá na confusão do colapso do comunismo. Você achou que ele estava se escondendo de seus compatriotas, das pessoas de quem havia roubado.

– Sim.

– Mesmo assim, durante toda a nossa conversa hoje, você nunca se referiu a ele como Jakob. Por quê?

Houve uma longa pausa.

– Você não vai acreditar em mim.

– O inspetor-chefe Gamache ordenou que eu acreditasse.

– Isso é um consolo.

– Ouça, Olivier, essa é a sua única esperança. Sua última esperança. A verdade, agora.

– O nome dele não era Jakob.

Foi a vez de Beauvoir ficar em silêncio.

– E qual era? – perguntou ele finalmente.

– Eu não sei.

– Jura que vamos voltar a isso?

– Você pareceu não acreditar na primeira vez que eu disse que não sabia o nome dele, então eu inventei um. Um que soasse tcheco.

Beauvoir quase tinha medo de fazer a pergunta seguinte. Mas fez.

– E ele era mesmo tcheco?

– Não.

DEZ

– Desculpe, o que disse?

Pelas contas de Gamache, era a milionésima vez que ele dizia aquilo, ou algo parecido, nos últimos dez minutos. Ele se inclinou ainda mais perto, arriscando-se a cair de cabeça da cadeira. Não ajudava muito o fato de Ken Haslam ter uma mesa de carvalho gigantesca.

– *Excusez?*

Gamache sentiu sua cadeira se inclinar quando se esticou para a frente. Reequilibrou-se bem a tempo. Do outro lado do abismo daquela mesa, o Sr. Haslam continuava a falar... ou pelo menos a mexer os lábios.

Murmúrio, murmúrio, assassinato, murmúrio, Conselho. Haslam olhou duramente para o inspetor-chefe Gamache.

– O quê?

Normalmente, Gamache se concentrava nos olhos das pessoas, mas permanecia atento ao resto do corpo. Pistas vinham codificadas, e como pessoas as comunicavam era uma delas. Suas palavras eram, com frequência, menos informativas. A mais vil, mais amarga, mais desagradável das pessoas muitas vezes dizia coisas bacanas. Mas havia o mel que as palavras carregavam, a pequena piscadela, o sorriso falso. Ou os braços tensos cruzados no peito ou as pernas, ou os dedos entrelaçados firmemente, as juntas esbranquiçadas.

Era vital que ele fosse capaz de captar todos os sinais, e normalmente ele conseguia.

Mas aquele homem o confundia, pois a única coisa que Gamache podia ver era a boca de Haslam. Ele olhava para aquela boca, tentando desesperadamente fazer leitura labial.

Ken Haslam não sussurrava. Um sussurro, naquele momento, teria sido bem-vindo. Em vez disso, ele parecia estar apenas articulando as palavras. Era possível, pensou Gamache, que o homem tivesse sido operado. Talvez sua laringe tivesse sido removida.

Mas Gamache achava que não era o caso. De vez em quando uma palavra era inteligível, como "assassinato". Essa palavra havia sido dita com toda a clareza.

Gamache estava se esforçando, física e intelectualmente. Esticando-se para entender. Era exaustivo. Imagine se os suspeitos descobrissem, pensou ele, que gritar, berrar e atirar móveis não atrapalhava o interrogatório, mas sussurrar, sim.

– Desculpe, senhor – disse Gamache, em inglês, com o ligeiro sotaque britânico que assimilara em Cambridge.

O escritório de Haslam ficava em Basse-Ville, a parte baixa de Quebec. O caminho mais rápido para se chegar ali era usando o elevador envidraçado, chamado Funicular, que subia e descia pela face do penhasco, entre a cidade alta e a baixa.

Gamache pagara seus 2 dólares e entrara no Funicular, que tombara um pouco para o lado e descera. A viagem era curta e muito bonita, embora o inspetor-chefe tivesse ficado no fundo do elevador, longe do vidro e da descida.

Uma vez lá, ele entrou na Petit-Champlain, uma rua estreita e encantadora, fechada para o tráfego e cheia de neve e pessoas agitadas. Empacotados contra o frio, os pedestres paravam de vez em quando para olhar as vitrines festivas, as rendas feitas à mão, a arte, o vidro soprado, os confeitos.

Gamache seguiu até a Place Royale, onde o primeiro povoado fora construído à beira do rio.

Lá, ele encontrou o escritório de Ken Haslam. *Royale Tourists*, dizia o letreiro. Era bem localizado, em um edifício de pedra cinza, bem de frente para a praça. Ele entrou e falou com a alegre e prestativa recepcionista, explicando que não, não estava interessado em viajar, mas em falar com o proprietário da empresa.

– O senhor marcou hora? – indagou ela.

– Receio que não. – No exato momento em que Beauvoir, em Montreal, ficou tentado a mostrar seu distintivo da Sûreté, o chefe sentiu a mão se mover na direção de um dos bolsos do paletó, mas parou. – Esperava que ele pudesse estar disponível.

Ele sorriu para a moça. Finalmente, ela sorriu de volta.

– Na verdade, ele está aqui. Deixe-me entrar e perguntar se ele está disponível.

E assim, alguns minutos depois, ele se viu em um escritório magnífico, com vista para a Place Royale e a Église Notre-Dame-des-Victoires. A igreja construída para celebrar duas grandes vitórias sobre os ingleses.

Gamache levou cerca de dez segundos para avaliar a dificuldade da situação. Não que ele não entendesse o que Ken Haslam estava dizendo, simplesmente não conseguia ouvir. Por fim, quando até a leitura labial fracassou, o chefe o interrompeu:

– *Désolé* – disse, erguendo a mão. Os lábios de Haslam pararam de se mexer. – Seria possível nós dois nos aproximarmos? Temo que esteja tendo dificuldades em ouvi-lo.

Haslam ficou perplexo, mas levantou-se e se sentou na cadeira ao lado do chefe.

– Eu só preciso saber o que aconteceu na reunião do Conselho da Lit e His, aquela realizada no dia em que Augustin Renaud apareceu.

Resmungo, resmungo, arrogante, murmúrio, não era possível, resmungo. Haslam parecia bastante austero. Ele era um homem bonito, de cabelo grisalho, bem barbeado, tez avermelhada que parecia ter vindo do sol e não da garrafa. Agora que estavam mais próximos, Gamache conseguiu entendê-lo melhor. Embora continuasse falando um tom mais baixo do que um sussurro, ele era quase inteligível e outros sinais ficaram mais claros.

Haslam estava incomodado.

Não com Gamache, ele pensou, mas com o que acontecera. Alguém familiarizado com a Sociedade Literária e Histórica havia assassinado Augustin Renaud. E o fato de o arqueólogo maluco ter pedido para conversar com o Conselho no mesmo dia em que morreu e recebido uma recusa não podia ser visto como uma coincidência.

Mas Haslam estava murmurando de novo.

Murmúrio, resmungo, Champlain, resmungo, idiotice, resmungo, corrida de canoas.

– Sim, soube pelo Sr. Hancock que o senhor e ele saíram mais cedo para treinar. O senhor está inscrito na corrida de canoas no próximo domingo.

Haslam sorriu e assentiu.

– É um sonho de toda uma vida.

As palavras foram ditas baixinho, mas com clareza. Em um sussurro rouco. Era uma voz calorosa, e Gamache se perguntou por que ele não a usava mais, especialmente trabalhando naquele ramo. Certamente essa era uma deficiência fatal em termos comerciais, uma vez que ele era um guia turístico que não falava.

– Por que entrou na corrida?

Gamache não pôde se controlar. Estava louco para saber por que qualquer um, ainda mais alguém com quase 70 anos, faria isso a si mesmo.

A resposta de Haslam o surpreendeu. Ele esperava algo que um escalador do Everest diria, ou algo ligado à história, que o homem claramente amava, uma vez que as corridas de canoa recriavam as antigas corridas dos correios, antes que os navios quebra-gelo aparecessem.

Resmungo, gosto, murmúrio, pessoas.

– O senhor gosta das pessoas? – perguntou Gamache.

Resmungo, Haslam assentiu e sorriu.

– Não seria melhor apenas se juntar à plateia?

Haslam sorriu.

– Não é exatamente a mesma coisa, certo, inspetor-chefe?

Os olhos de Haslam eram calorosos, perscrutadores, inteligentes.

Ele sabe, pensou Gamache. De alguma forma, esse homem sabe o valor não só da amizade, mas da camaradagem. O que acontece com pessoas lançadas juntas em situações extremas.

A mão direita de Gamache começou a tremer, e ele, bem devagar, fechou o punho, mas não antes que aqueles olhos pensativos caíssem sobre ela. E vissem o tremor.

E o homem não dissesse nada.

ARMAND GAMACHE SUBIU LENTAMENTE A pequena colina em direção à Petit-Champlain e ao Funicular. Enquanto caminhava, refletia sobre a conversa com Haslam e a recepcionista, que tinha sido igualmente ou talvez até mais informativa.

Não, o Sr. Haslam não faz os passeios turísticos pessoalmente, ele os combina por e-mails. Eram passeios bastante sofisticados, privados, pelo Quebec, para visitar dignitários e celebridades. Ele era um pouco, disse ela, como um *concierge*. Fazia isso havia tanto tempo que as pessoas começaram a pedir coisas muito estranhas, e ele quase sempre as atendia. Nada, ela se apressou em assegurar, ilegal ou mesmo imoral. O Sr. Haslam era um homem íntegro. Mas incomum, sim.

O francês dela era excelente, e o de Haslam, quando audível, era até melhor. Se seu nome não fosse Ken Haslam, Gamache teria pensado que ele era francófono. De acordo com a recepcionista, o Sr. Haslam havia perdido seu filho único para a leucemia quando tinha apenas 11 anos e sua esposa morrera havia seis anos. Ambos estavam enterrados no cemitério anglicano, em Vieux Québec.

Suas raízes no Quebec eram profundas.

Quando entrou no Funicular, forçando-se a apreciar a vista magnífica mas colado à parede atrás dele, Gamache inclinou-se para o vento cortante. Era evidente qual deveria ser sua próxima parada, mas primeiro ele precisava organizar seus pensamentos. Caminhou pelo pequeno beco chamado Rue du Trésor, que mesmo naquele dia frio de fevereiro tinha artistas vendendo suas imagens espalhafatosas do Quebec. Bares esculpidos em blocos de gelo vendiam *caribou* para turistas que logo se arrependeriam desse lapso de julgamento. Depois de atravessar o beco, ele encontrou o Café Buade e entrou, tanto para se aquecer quanto para pensar.

Em uma banqueta, com a tigela de *chocolat chaud*, ele pegou o caderno e a caneta. Bebericando de vez em quando, outras vezes olhando fixamente para o nada ou anotando pensamentos, depois de algum tempo ele estava pronto para sua próxima visita.

Não era muito longe do café. Precisava apenas atravessar a rua, até o imponente monolito que era a Basílica de Notre-Dame, a magnífica igreja dourada que casava, batizava, castigava, guiava e enterrava os mais altos funcionários e os mais pobres mendigos.

Embora Quebec tivesse muitas igrejas, elas eram os satélites, e Notre--Dame, o Sol.

Depois de atravessar os portões e subir a escadaria, ele parou diante do quadro que listava os cultos de domingo. Um deles tinha acabado de se encerrar e o próximo só aconteceria às seis da tarde. Abriu as portas pesadas, entrou e sentiu o calor e o cheiro de anos e anos de rituais sagrados, velas e incenso e ouviu o eco de passos no piso de ardósia.

A igreja era escura, os lustres e as arandelas nas paredes proporcionando uma luz fraca naquele amplo espaço. Mas na outra extremidade, depois dos bancos vazios, havia um brilho. O altar inteiro parecia mergulhado em ouro. Ele reluzia e atraía, anjos saltitavam, santos austeros encaravam, e havia uma maquete da Igreja de São Pedro, em Roma, postada bem no centro, como uma casa de bonecas de uma menina mimada.

Era ao mesmo tempo gloriosa e vagamente repulsiva. Gamache fez o sinal da cruz, um hábito que nunca abandonava, e ficou sentado em silêncio por alguns momentos.

"Minha família queria que eu fosse padre, sabia?", disse a jovem voz.

"Uma vez que estava aprendendo a tolerar cinzas e fumaça, imagino", observou Gamache.

"Exatamente. E eu acho que eles imaginaram que qualquer um que fosse capaz de tolerar minha avó devia ser santo ou louco. De qualquer modo, parecia adequado para uma vida com os jesuítas."

"Mas você se recusou."

"Eu nunca levei essa hipótese em consideração", explicou o agente Morin ao ouvido de Gamache. "Eu me apaixonei por Suzanne quando ela tinha 6, e eu, 7 anos. Imaginei que fosse um plano de Deus."

"Vocês se conhecem desde pequenos?"

"Toda a minha vida, era o que parecia. Nós nos conhecemos na aula de crisma."

Gamache podia ver o jovem e tentou imaginá-lo aos 7 anos. Não era difícil. Ele parecia muito mais jovem do que os seus 25 anos. Tinha uma curiosa aptidão para parecer um imbecil. Não era algo que Morin tentasse fazer, mas conseguia. Muitas vezes, sua boca ficava ligeiramente aberta e seus lábios grossos umedecidos, como se estivesse prestes a babar. Isso podia ser desconcertante ou cativante. Jamais era atraente.

Mas Gamache e sua equipe foram percebendo que o rosto do rapaz não tinha nada a ver com seu cérebro ou seu coração.

"Eu gosto de ficar sentado na igreja de nossa vila depois que todos já saíram. Algumas vezes eu vou à noite."

"Você conversa com seu padre?"

"Padre Michel? Às vezes. Na maioria das vezes, eu só fico sentado. Nesses dias, fico pensando no meu casamento, no próximo mês de junho. Vejo a decoração e imagino todos os meus amigos e familiares lá. Alguns colegas de trabalho." Ele hesitou. "O senhor iria?"

"Se eu for convidado, sem dúvida estarei lá."

"De verdade?"

"Claro que sim."

"Espere até eu contar a Suzanne. Quando me sento na igreja, eu a imagino entrando, vestida de noiva, caminhando em minha direção. Como um milagre."

"*Agora não haverá mais solidão.*"

"*Pardon?*"

"É uma bênção que madame Gamache e eu recebemos em nosso casamento. Foi lida no final da cerimônia. *Agora vocês não sentirão mais a chuva, um será o abrigo do outro*", recitou Gamache.

Agora vocês não sentirão mais frio
Pois um aquecerá o outro
Agora não haverá mais solidão para vocês
Agora não haverá mais solidão
Agora não haverá mais solidão.

Gamache parou.

"Você está com frio?"

"Não."

Mas Gamache achou que o jovem agente estava mentindo. Era início de dezembro, estava frio e úmido e ele não podia se mover.

"Podemos usar essa bênção no nosso casamento?"

"Se vocês quiserem. Posso enviá-la e vocês decidem."

"Ótimo. Como termina? O senhor se lembra?"

Gamache refletiu, lembrando-se de seu próprio casamento. Lembrando-se de olhar ao redor e ver todos os seus amigos e a enorme família de Reine-Marie. E Zora, sua avó, a única que sobrara na família de Gamache, mas era o bastante. Não havia lado do noivo ou da noiva. Todos se misturaram.

Então a música mudou e Reine-Marie apareceu. Armand entendeu que estivera sozinho durante toda a sua vida, até aquele momento.

Agora não haverá mais solidão.

E no fim da cerimônia, a bênção.

"*Vão agora para o seu lar*", disse ele a Morin. "*Para começarem os dias de companheirismo. E que seus dias sejam longos e felizes sobre a Terra.*"

Houve uma pausa. Mas não muito longa. Gamache estava prestes a falar quando o agente Morin quebrou o silêncio.

"É assim mesmo que eu me sinto, que não estou realmente sozinho. Não desde que conheci Suzanne. O senhor entende?"

"Entendo."

"A única coisa errada com a imagem que tenho de nosso casamento é que Suzanne sempre desmaia ou vomita na igreja."

"É mesmo? Que coisa mais incomum. Por que você acha que isso acontece?"

"O incenso, eu acho. Espero. Ou isso ou ela é o anticristo."

"Isso estragaria a cerimônia", observou Gamache.

"Sem mencionar o casamento. Eu já perguntei e ela me garantiu que não é."

"Ainda bem. Você pensou em algum acordo pré-nupcial?"

Paul Morin riu.

Que seus dias sejam longos e felizes sobre a Terra, pensou Gamache.

– O senhor pediu para falar comigo?

Gamache abriu os olhos e se sobressaltou. Um homem de meia-idade, usando uma batina, estava olhando para ele.

– Père Sébastien?

– Eu mesmo.

A voz do homem era direta, forte e incômoda.

– Meu nome é Armand Gamache. Gostaria de tomar um pouco de seu tempo.

Os olhos redondos do homem eram duros, cautelosos.

– É um dia muito cheio. – Ele estreitou os olhos. – Eu o conheço?

Como o padre não demonstrou nenhum interesse em se sentar, Gamache se levantou.

– Não pessoalmente, mas o senhor pode ter ouvido falar de mim. Sou o chefe da Divisão de Homicídios da Sûreté du Québec.

Todo sinal de aborrecimento se dissipou do rosto do homem, que sorriu.

– É claro, inspetor-chefe. – Ele estendeu a mão delgada e o cumprimentou. – Desculpe. Está escuro aqui, e o senhor sempre usa barba?

– Não, estou incógnito – disse Gamache, com um sorriso.

– Então é melhor não contar às pessoas que o senhor é o chefe da Homicídios.

– Boa ideia. – Gamache olhou em volta. – Faz tempo que não venho à Basílica. Desde o funeral do *premier*, alguns anos atrás.

– Fui um dos celebrantes – disse Père Sébastien. – Lindo culto.

Gamache se lembrava da ocasião como formal, empolada e muito, muito longa.

– Pois bem... – Père Sébastien sentou-se e bateu no banco de madeira ao seu lado. – Conte-me o que o senhor quer saber. A menos que deseje se confessar.

"Desculpa, mil desculpas", repetiu a voz jovem voz, muitas e muitas vezes.

Gamache o havia tranquilizado de que não era culpa dele e garantiu a Morin que o encontraria antes que fosse tarde demais.

"Você vai jantar com seus pais e Suzanne esta noite." Houve uma pausa, e Gamache teve a impressão de ter ouvido um soluço. "Eu vou encontrar você."

Outra pausa.

"Eu acredito, senhor."

– Não – respondeu Gamache ao padre –, apenas informações.

– Como posso ajudá-lo?

– É sobre o assassinato de Augustin Renaud.

O padre não pareceu surpreso.

– Uma coisa horrível. Mas não acredito que eu possa ajudá-lo muito. Eu mal conhecia o homem.

– Mas o senhor o conhecia?

Père Sébastien olhou para Gamache com um ar desconfiado.

– É claro que eu o conhecia. Não é por isso que o senhor veio aqui?

– Francamente, eu não sei por que estou aqui, exceto que alguém sugeriu que eu falasse com o senhor. Pode imaginar por quê?

O padre ficou irritado, ofendido.

– Bem, talvez porque eu seja o principal estudioso dos primeiros povoados do Quebec e do papel da Igreja. Mas talvez isso não seja importante.

Deus do céu, pensou Gamache, salve-me de um padre melindroso.

– Perdoe-me, mas não sou da cidade de Quebec, então não conheço o seu trabalho.

– Meus artigos são publicados no mundo todo.

A situação não estava melhorando.

– *Désolé*. Não é uma área que eu domine, mas é de imensa importância, e eu preciso desesperadamente da sua ajuda.

O padre relaxou um pouco, sua ira começando a se aplacar.

– Como posso ajudá-lo? – perguntou ele, friamente.

– O que sabe sobre Augustin Renaud?

– Bem, ele não era louco, isso eu lhe garanto. – Ele era o primeiro indivíduo a afirmar isso, e Gamache se inclinou para a frente. O padre continuou: – Ele era apaixonado, obstinado e, sem dúvida, desagradável, mas não era louco. As pessoas diziam isso para desconsiderá-lo, tirar sua credibilidade. Era algo cruel.

– O senhor gostava dele?

Père Sébastien se mexeu um pouco no banco duro.

– Eu não diria isso. Era difícil gostar de Renaud, ele não tinha muitas habilidades sociais. Era um desatinado, na verdade. Só tinha um objetivo na vida, e todo o resto era insignificante, inclusive os sentimentos das pessoas. Posso entender por que ele fez muitos inimigos.

– Alguém poderia odiá-lo o suficiente para matá-lo? – indagou Gamache.

– Existem muitas razões para um assassinato, inspetor-chefe, como deve saber.

– Para ser sincero, *mon Père*, descobri que só existe uma. Por debaixo de todas as justificativas, toda a psicologia, todas as motivações, como vingança, ganância ou ciúme, existe apenas uma verdadeira razão.

– E qual é?

– Medo. Medo de perder o que se tem ou de não ter o que se deseja.

– No entanto, o medo da condenação eterna não detém um assassino.

– Não. Nem o medo de ser preso. Porque eles não acreditam em nenhum dos dois.

– O senhor acredita que é impossível acreditar em Deus e cometer um assassinato?

Agora, o padre estava olhando fixamente para Gamache, seu rosto relaxado, se divertindo, até. Seus olhos, calmos; sua voz, leve. Então, por que ele agarrava a batina com a mão fechada?

– Depende do Deus em que se acredita – respondeu Gamache.

– Só existe um Deus, inspetor-chefe.

– Talvez, mas existem incontáveis tipos de humanos que não enxergam direito. Até Deus. Especialmente Deus.

O padre sorriu e assentiu, mas sua mão apertava ainda mais forte.

– Temo que estejamos nos desviando do tema – observou Gamache. – Minha culpa. Foi tolice da minha parte debater sobre fé com um padre tão célebre. Perdoe-me, *mon Père*. Estávamos falando sobre Augustin Renaud, e o senhor dizia que ele foi descartado como louco, mas em sua opinião ele era bastante são. Como o senhor o conheceu?

– Eu o encontrei no porão da Capela de St. Joseph. Ele estava cavando.

– Ele simplesmente começou a cavar?

– Eu lhe disse que ele era monomaníaco. Ele perdia todo o juízo quando se tratava de Champlain. Mas, na verdade, ele encontrou uma coisa.

– O quê?

– Algumas velhas moedas dos anos 1620 e dois caixões. Um era muito simples e estava semidestruído, mas o outro era revestido de chumbo. Nossa teoria é que Champlain, como outros dignitários, teria sido enterrado em um caixão revestido de chumbo.

– E a capela original ficava aqui, antes do incêndio.

– O senhor não é tão ignorante quanto deixa transparecer, inspetor-chefe.

– Ah, minha ignorância não tem limites, padre.

– A escavação foi imediatamente paralisada pela Prefeitura. Não tinha sido autorizada e foi considerada semelhante a um roubo de sepultura. Mas então Renaud foi à imprensa e fez um escarcéu. *Champlain finalmente encontrado*, declararam os tabloides, mas burocratas tensos e limitados por regulamentos pararam a escavação. A mídia decidiu retratar a situação como uma luta entre Davi e Golias. O pequeno e velho Augustin Renaud, valentemente lutando para encontrar o homem-símbolo da parte francesa do Quebec, contra os arqueólogos oficiais e os políticos que o impediam.

– Serge Croix deve ter amado isso – comentou Gamache.

Père Sébastien riu.

– O arqueólogo-chefe ficou lívido. Eu o recebi aqui dezenas de vezes naquele período, reclamando, enfurecido. Não estava claro quanto de sua raiva era dirigida a Renaud pessoalmente e quanto era medo de que Renaud estivesse certo, e talvez aquele insignificante arqueólogo amador tivesse feito a maior descoberta de uma carreira.

– Champlain.

– O pai do Quebec.

– Mas por que isso é importante? Por que tantas pessoas têm tanta paixão por descobrir onde Champlain está enterrado?

– O senhor não tem?

– Sem dúvida tenho curiosidade. E, se ele fosse encontrado, eu iria visitar o local e ler tudo o que pudesse sobre a descoberta, mas não seria nada pessoal.

– O senhor acha que não? Eu me pergunto se é verdade. Vejo muita gente que não percebe que tem uma crença, uma fé, até estar à beira da morte e descobri-la enterrada no fundo de seu ser. Estava lá o tempo todo.

– Mas Champlain era um homem, não uma crença.

– Talvez no início, mas ele se tornou mais do que isso para alguns. Venha comigo.

Père Sébastien se levantou, fez uma mesura breve na direção do crucifixo de ouro no altar e saiu apressado da ampla igreja. Gamache o seguiu. Subiram escadas de madeira, passaram por corredores internos até finalmente chegarem a um escritório apertado, repleto de livros e papéis. Na parede, havia duas reproduções. Uma era de Cristo crucificado; a outra, de Champlain.

O padre tirou revistas de duas cadeiras e eles se sentaram.

– Champlain era um homem notável, e mesmo assim não sabemos quase nada sobre ele. Até sua data de nascimento é um mistério. Nem sabemos como ele era fisicamente. Essa pintura lhe parece familiar?

Ele indicou a reprodução na parede. Era a imagem de Champlain que todos os quebequenses conheciam, assim como todos os canadenses. Era o retrato de um homem de cerca de 30 anos vestindo um gibão verde com gola de renda, luvas brancas, espada e empunhadura. Ele usava o cabelo no estilo do século XVII, longo, escuro e ligeiramente ondulado. Tinha barba e bigode aparados. Era um rosto bonito e inteligente, um rosto magro e atlético, com olhos grandes e pensativos.

Samuel de Champlain. Gamache o reconheceria em qualquer lugar.

Ele assentiu.

– Esse não é ele – afirmou Père Sébastien.

– Não?

– Veja isso.

Sébastien retirou um livro da estante sobrecarregada. Abrindo-o, ele o entregou ao inspetor-chefe.

– Parece familiar?

Era uma pintura que retratava um homem meio rechonchudo, de pé diante de uma janela, com um cenário verdejante atrás. Devia ter uns 30 anos, usava um gibão verde com gola de renda, luvas brancas, espada e empunhadura. Usava o cabelo no estilo do século XVII, longo, escuro e ligeiramente ondulado. Tinha barba e bigode aparados. Era um rosto bonito, inteligente, com olhos grandes e pensativos.

– Esse é Michel Particelli d'Emery, um contador de Luís XIII.

– Mas esse é Champlain – observou Gamache. – Um pouco mais pesado e olhando para outra direção, mas essencialmente é o mesmo homem, até com as mesmas roupas.

Atordoado, ele devolveu o livro ao padre. Père Sébastien assentia, sorrindo.

– Alguém pegou essa figura, ajustou-a para fazê-la parecer mais corajosa, mais perto da imagem que temos de um valente explorador, e a chamou de Champlain.

– Mas por que alguém faria isso? Se existem pinturas de aristocratas e comerciantes menos conhecidos, não existe um retrato de Champlain?

O padre inclinou-se para a frente, animado.

– Não existe um único retrato dele feito quando era vivo. Não temos ideia de como era sua aparência. E não é só isso. Por que Champlain não recebeu um título ou uma terra aqui? Ele nem sequer era oficialmente governador do Quebec.

– Será que superestimamos sua importância? – indagou Gamache, arrependendo-se quase de imediato.

Mais uma vez, o padre se irritou, como se o inspetor-chefe tivesse jogado terra sobre seu ídolo.

– Não. Todos os documentos que temos confirmam que ele foi o Pai do Quebec. Os registros foram escritos na época pelos Récollets. Eles fundaram a missão e construíram a capela. Champlain deixou metade de seu dinheiro para eles. Ele mandou construir a igreja para celebrar a retomada do Quebec das mãos dos ingleses. Ele odiava os ingleses, como todos sabem.

– É difícil não odiar um inimigo. Os ingleses deviam sentir o mesmo em relação a ele.

– Talvez. Mas não só porque eram inimigos. Ele achava que os ingleses eram os verdadeiros selvagens. Ele os considerava cruéis, especialmente com os nativos. Os diários de Champlain deixam claro que ele havia desenvolvido um relacionamento especial com os huronianos e os algonquinos. Eles o ensinaram a viver neste país e lhe deram informações detalhadas sobre as hidrovias.

O padre fez uma pausa antes de prosseguir.

– Ele odiava os ingleses porque eles estavam mais interessados em massacrar os indígenas do que em trabalhar com eles. Não me entenda mal. Champlain via os indígenas como selvagens também. Mas ele sabia que poderia aprender com eles e se preocupava com suas almas imortais.

– E suas peles?

– Bem, ele era um homem de negócios – admitiu Père Sébastien.

Gamache olhou novamente para a pintura na parede, ao lado do Cristo crucificado.

– Então não sabemos como era a aparência de Champlain, quando ele nasceu, nem onde foi enterrado. O que os diários revelam sobre ele?

– Isso também é interessante. Eles não revelam quase nada. São basicamente agendas sobre suas viagens e a vida diária aqui, mas não sobre sua vida interna, seus pensamentos e sentimentos. Ele mantinha a vida pessoal privada.

– Até nos próprios diários? Por quê?

Sébastien levantou as mãos para indicar perplexidade.

– Existem algumas teorias. Uma é de que ele era espião do rei da França, outra é ainda mais atraente. Alguns acreditam que ele era, na verdade, filho do rei. Ilegítimo, é claro. Mas isso poderia explicar o mistério de seu nascimento e os segredos em torno de um homem que deveria ser homenageado. Também pode explicar por que ele foi enviado para cá, para o meio do nada.

– O senhor disse que Augustin Renaud encontrou um caixão revestido de chumbo sob um dos santuários, junto com algumas moedas, mas que a escavação foi interrompida. Ele poderia estar certo? Seria Champlain?

– O senhor gostaria de ver?

Gamache se levantou.

– Por favor.

Eles retornaram pelo mesmo caminho, parando para fazer o sinal da cruz, e atravessaram a nave até uma pequena área com uma gruta, onde havia um pequeno altar iluminado por velas votivas.

– É por aqui.

Sébastien se espremeu atrás do altar e passou por um pequeno arco. Uma lanterna se equilibrava na saliência de uma pedra e o padre a acendeu, inundando de luz a área apertada. O centro do raio de luz passeava por sobre as pedras e descansava sobre um caixão.

Gamache sentiu a emoção. Seria ele?

– Ele foi aberto? – indagou Gamache, em voz baixa.

– Não – sussurrou o padre. – Depois de toda aquela publicidade, a cidade finalmente concordou em permitir que Renaud continuasse com a escavação, sob sua supervisão. Os arqueólogos oficiais ficaram furiosos, embora publicamente se dissessem satisfeitos com o acordo. Porém, depois que fizeram mais exames de imagem e os resultados foram divulgados, chegaram à conclusão de que não se tratava de Champlain, mas de um caixão muito mais recente, de um cura de nível intermediário.

– Eles têm certeza? – Gamache virou-se para o padre, quase invisível na escuridão. – O senhor tem certeza?

– Fui eu quem convenceu a cidade a continuar a escavação. Na verdade, eu respeitava Renaud. Ele não tinha formação e não era treinado, mas não era um idiota. E tinha encontrado algo que nenhum outro encontrara, inclusive eu.

– Mas ele encontrou Champlain?

– Não aqui. Eu quis acreditar que sim. Seria ótimo para a igreja, traria mais pessoas e, claro, mais dinheiro. Mas, quando olhamos mais de perto e juntamos todas as peças, vimos simplesmente que não era Champlain.

– Mas e as moedas?

– Eram do século XVII e confirmaram que aqui um dia fora a capela e o cemitério originais, mas nada além disso.

Os dois homens voltaram para a luz do pequeno santuário.

– O que o senhor acha que aconteceu com Champlain, padre?

O padre fez uma pausa.

– Acho que depois do incêndio ele foi enterrado de novo. Há uma referência a um novo enterro, mas ninguém disse onde e não existem documentos oficiais. Esta igreja já pegou fogo algumas vezes, destruindo itens valiosos a cada vez.

– O senhor estudou Champlain durante a maior parte de sua vida, então o que acha?

– Mais cedo, o senhor me perguntou por que ele importava, por que tudo isso importava e certamente por que encontrar seu corpo importava. É de fato importante. Champlain não foi apenas o fundador da colônia, havia algo diferente em relação a ele, algo que o diferenciava de todo explorador que o antecedera. E que eu acho que explica como ele conseguiu obter sucesso onde outros falharam. E por que ele é lembrado hoje, e reverenciado.

– O que o torna tão eminente?

– Ele nunca se referiu ao Quebec como a Nova França, você sabe. Na França eles o faziam. Regimes posteriores o fizeram. Mas nunca Champlain. Sabe como ele chamava este lugar?

Gamache pensou. Eles estavam de novo na nave, e ele olhou, quase sem ver, para o longo caminho vazio que terminava no altar de ouro, com santos e mártires, anjos e crucifixos.

– O Novo Mundo – respondeu Gamache, finalmente.

– O Novo Mundo – concordou Père Sébastien. – É por isso que ele é amado. Ele é um símbolo de tudo o que é grandioso, tudo o que é corajoso, tudo o que o Quebec poderia ter sido e pode vir a ser. Ele é um símbolo de liberdade, sacrifício e visão. Ele não apenas criou uma colônia, ele criou um Novo Mundo. E é adorado por isso.

– Pelos separatistas.

– Por todos. – O padre estreitou os olhos para Gamache. – Inclusive pelo senhor, acredito.

– É verdade – admitiu Gamache, pensando naquele retrato de Samuel de Champlain, percebendo que ele lhe lembrava alguém.

Não apenas o gordo e próspero contador, mas alguém mais.

Cristo. Jesus Cristo.

Fizeram com que Champlain parecesse o Salvador. E, agora, o homem que o traria de volta estava morto. Assassinado, caso se acreditasse nos tabloides, pelos ingleses, que poderiam muito bem estar escondendo o corpo de Champlain.

– Champlain poderia estar enterrado na Sociedade Literária e Histórica?

– Sem chance – afirmou Père Sébastien, sem hesitar. – Aquela era uma região selvagem nos tempos dele. Eles não o teriam enterrado de novo lá.

A menos que, pensou Gamache, o fundador não fosse exatamente o santo no qual se transformara.

– Onde o senhor acredita que ele está? – perguntou Gamache de novo.

Eles estavam parados à porta, nos degraus gelados da Basílica.

– Não muito distante.

Antes de voltar para a igreja, o padre meneou a cabeça. Para o outro lado da rua. Para o Café Buade.

ONZE

AINDA NÃO ERAM CINCO DA TARDE e o sol já se punha. Elizabeth MacWhirter olhou pela janela. A pequena multidão vinha se aglomerando em frente à Sociedade Literária e Histórica o dia inteiro. Alguns poucos audaciosos haviam entrado, quase desafiando os membros a colocá-los para fora. Em vez disso, Winnie os cumprimentara e lhes entregara as brochuras bilíngues, convidando-os a se associar à biblioteca.

Ela até oferecera aos mais atrevidos um breve passeio pelo local, chamando atenção para as belas almofadas encostadas nas paredes e a coleção de figos sobre as prateleiras, e perguntara se algum deles gostaria de se tornar um trema.

Como esperado, poucos aceitaram. Mas três pessoas pagaram 20 dólares e se inscreveram, constrangidas diante da óbvia gentileza e deficiência de Winnie.

– Você disse *la nuit est fraise*? – perguntou Elizabeth quando Winnie voltou com um pagamento de sócio.

– Sim. Ninguém discordou. Pronta?

Antes de apagar as luzes e trancar as portas, elas verificaram a biblioteca principal. Mais de uma vez haviam trancado o pobre Sr. Blake ali, mas sua cadeira estava vazia. Ele já tinha ido para a casa paroquial.

A multidão desaparecera, a escuridão e o frio tendo matado toda a curiosidade. As duas mulheres caminharam cautelosamente pela neve endurecida, plantando os pés com firmeza e cuidado no chão. Prestando atenção nos próprios passos, cuidando uma da outra.

No inverno, o solo parecia se esticar e agarrar os idosos, puxando-os para a terra, como se quisesse engoli-los. Quebrando um quadril, um pulso ou um pescoço. Melhor ir devagar.

O destino delas não era distante. Conseguiam ver as luzes através das janelas da casa paroquial. Era um adorável edifício de pedra, gracioso em suas proporções, com janelas altas para capturar toda a luz do pobre sol de inverno. Andando devagar ao lado de Winnie, Elizabeth sentiu as bochechas congelarem naquele curto passeio. Seus pés rangiam na neve, fazendo um som que ela ouvia havia quase oitenta anos. Um som que ela jamais trocaria por ondas lambendo a praia na costa da Flórida.

Luzes apareciam em casas e restaurantes, refletindo-se na neve branca. Era uma cidade que se prestava ao inverno e à escuridão. Ela se tornava ainda mais aconchegante, mais convidativa, mais mágica, como um reino de conto de fadas. E nós somos os camponeses, pensou Elizabeth, com um sorriso irônico.

À medida que avançavam pela calçada, podiam ver, através das janelas, o fogo na lareira e Tom distribuindo bebidas. O Sr. Blake e Porter já estavam lá, e Ken Haslam estava sentado em uma poltrona, lendo um jornal.

Ele não perdia nada, pensou Elizabeth. Era um erro subestimar Ken, como as pessoas haviam feito durante toda a sua vida. Os mais calados sempre eram descartados, o que era irônico no caso de Ken, como Elizabeth sabia. Ela também sabia por que ele era calado. Mas jamais revelaria esse segredo.

Elizabeth MacWhirter sabia de tudo e não se esquecia de nada.

As duas mulheres entraram na casa paroquial sem bater, tiraram seus casacos e botas e em pouco tempo também estavam diante do fogo crepitante, na grande sala de estar. Porter entregou um uísque para Winnie e um xerez para Elizabeth, e as duas sentaram-se uma ao lado da outra no sofá.

Elas conheciam bem aquela sala dos concertos de câmara intimistas, dos chás e coquetéis. Dos almoços, jogos de bridge e jantares. Grandes eventos comunitários eram realizados no salão da igreja, do outro lado da rua, mas aquele local tinha se tornado o centro de suas reuniões mais privadas.

Elizabeth percebeu que os lábios de Ken estavam se mexendo. Ele sorriu, ela sorriu.

Estar com Ken era como estar com um amigo permanentemente estrangeiro. Era impossível entendê-lo, mas tudo o que era necessário fazer era refletir de volta suas próprias expressões. Quando Ken parecia triste, ela parecia triste. Quando ele parecia feliz, ela sorria. Estar ao lado dele era, na verdade, muito relaxante. Não se esperava muita coisa.

– Bem, eu tive um dia cheio – disse Porter, balançando o corpo em frente ao fogo. – Passei a maior parte do tempo dando entrevistas. Participei da gravação do programa de Jacquie Czernin para a Rádio CBC. Vai ao ar a qualquer instante. Vocês querem ouvir?

Ele foi até o rádio e sintonizou na CBC.

– Eu devo ter dado umas dez entrevistas hoje – afirmou Porter, tomando conta do rádio.

– Eu fiz as palavras cruzadas – disse o Sr. Blake. – Muito satisfatório. Qual é a palavra de sete letras para "idiota"?

– Nomes próprios valem? – perguntou Tom, com um sorriso.

– Ah, vai começar – avisou Porter, aumentando o volume.

"Como ouvimos no noticiário", disse a voz melodiosa da mulher, "o arqueólogo amador Augustin Renaud foi encontrado morto ontem de manhã na Sociedade Literária e Histórica. A polícia confirmou que ele foi assassinado, no entanto ainda não fizeram nenhuma prisão. Porter Wilson é o presidente do Conselho da Lit e His e está aqui, ao meu lado. Olá, Sr. Wilson."

"Olá, Jacquie."

Porter olhou ao redor da sala da casa paroquial, esperando aplausos pelo brilho demonstrado até o momento.

"O que o senhor pode nos contar sobre a morte do Sr. Renaud?"

"Posso lhe dizer que não fui eu."

Porter, no rádio, riu. Porter, na casa paroquial, riu. Ninguém mais riu.

"Mas por que ele estava lá?"

"Francamente, ainda não sabemos. Estamos chocados, como você pode imaginar. É trágico. Um membro tão respeitado da comunidade."

Porter, na casa paroquial, estava assentindo, concordando consigo mesmo.

– Pelo amor de Deus, Porter, desligue isso – mandou o Sr. Blake, esforçando-se para se levantar. – Não seja uma besta quadrada.

– Não, espere. – Porter parou diante do rádio, bloqueando-o. – Vai ficar melhor. Ouçam.

"O senhor pode nos descrever o que aconteceu?"

"Bem, Jacquie, eu estava no escritório da Lit e His quando o técnico do telefone chegou. Eu tinha chamado a companhia porque os telefones não estavam funcionando. E deveriam estar, porque, como você sabe, nós estávamos em meio a uma enorme reforma da biblioteca. Na verdade, você nos ajudou a arrecadar fundos."

O que se seguiu foram cinco minutos excruciantes de Porter promovendo a angariação de fundos e a entrevistadora tentando desesperadamente fazê-lo falar sobre qualquer outra coisa que não fosse ele mesmo.

Por fim, ela interrompeu a entrevista e passaram a tocar uma música.

– Acabou? – perguntou Tom. – Posso parar de rezar agora?

– Onde você estava com a cabeça? – perguntou Winnie a Porter.

– Como assim? Eu achei que seria uma ótima chance para conseguir mais doações para a biblioteca.

– Um homem foi assassinado – rebateu Winnie. – Francamente, Porter, não era hora de fazer propaganda.

Enquanto discutiam, Elizabeth voltou a ler as notícias. Os jornais só falavam do assassinato de Renaud. Havia fotografias daquele homem de aparência surpreendente, homenagens, elogios, editoriais. Seu corpo nem havia esfriado e ele já havia ressuscitado como um novo homem. Respeitado, amado, brilhante e prestes a encontrar Champlain.

Na Sociedade Literária e Histórica, aparentemente.

Um jornal, *La Presse*, descobriu que Renaud havia abordado o Conselho pouco antes de sua morte e não fora atendido. Algo que parecera tão razoável – apenas seguiram o procedimento – agora parecia agourento, suspeito.

Mas o mais desconcertante de tudo era a perplexidade em todos os jornais franceses. Tão chocante quanto a descoberta do corpo de Augustin Renaud fora a descoberta de tantos corpos vivos, tantos corpos anglófonos entre eles, durante todo aquele tempo.

A cidade de Quebec parecia estar despertando somente agora para o fato de que os ingleses ainda estavam lá.

– Como eles podiam não saber que estamos aqui? – comentou Winnie, lendo por cima dos ombros de Elizabeth.

Elizabeth também sentiu o golpe. Uma coisa era ser difamada, ser vista como suspeita, como uma ameaça. Ela estava preparada até para ser vista como inimiga. Mas não estava preparada para *não* ser vista.

Quando aquilo havia acontecido? Quando eles desapareceram, se tornaram fantasmas em sua cidade natal? Elizabeth olhou para o Sr. Blake, que também abaixara o jornal e estava olhando para a frente.

– No que você está pensando?

– Que deve estar na hora do jantar – respondeu ele.

Sim, pensou Elizabeth, voltando a ler, é melhor não subestimar os ingleses.

– Além disso, eu estava me lembrando de 1966.

Elizabeth abaixou o jornal.

– O que você quer dizer?

– Você se lembra, Elizabeth. Você estava lá. Eu estava comentando com Tom sobre isso uma semana atrás.

Elizabeth olhou para seu sacerdote, tão jovem e vibrante. Rindo com Porter, encantando o velho irascível. Ele não tinha sequer nascido em 1966, mas ela se lembrava, como se tivesse sido ontem.

Os bandidos chegando. A bandeira do Quebec tremulando. Os insultos. *Maudits anglais. Têtes carrées* e pior. A cantoria em frente à Sociedade Literária e Histórica. *Gens du pays.* O hino separatista, com palavras dolorosamente belas, lançadas como um insulto ao edifício e aos assustados anglófonos dentro dele.

Então o ataque, os separatistas correndo portas adentro e subindo a enorme escadaria até o interior da biblioteca. Até o próprio coração da Lit e His. Então a fumaça, os livros pegando fogo. Ela havia corrido, tentando impedi-los, tentando apagar o incêndio, implorando para que parassem. Em seu francês perfeito, apelando para eles. Porter, o Sr. Blake, Winnie e outros tentando impedi-los. A fumaça, os gritos, os vidros sendo quebrados.

Ela vira Porter quebrando as belas janelas de vidro com chumbo, janelas que estavam ali havia séculos e acabaram despedaçadas. E ela o vira jogando livros pela janela, a esmo. Pilhas, braçadas. E o Sr. Blake juntando-se a ele. Enquanto os separatistas queimavam os livros, os anglófonos os jogavam pela janela, suas capas se abrindo como se tentassem alçar voo.

Winnie, Porter, Ken, o Sr. Blake e outros salvando sua história antes de salvar a si mesmos.

Sim. Ela se lembrava.

ARMAND GAMACHE CHEGOU EM CASA bem na hora do jantar de Henri, e depois eles foram caminhar. As ruas de Quebec eram escuras, mas também estavam entupidas de foliões celebrando o Carnaval. A Rue St. Jean fora fechada para carros e abrigava artistas. Coros, malabaristas, violinistas.

Homem e cachorros entravam e saíam da multidão, parando de vez em quando para apreciar a música ou para ver as pessoas. Era uma das atividades favoritas de Henri, depois do lançador de bolinhas. E de bananas. E da hora do jantar. Inúmeras pessoas paravam e brincavam com o jovem pastor-alemão de orelhas anormalmente grandes. Ao lado dele, Gamache não chamava mais atenção do que um poste de luz.

Henri se esbaldou com toda aquela atenção. Depois eles foram para casa, onde o inspetor-chefe olhou para o relógio. Passava das cinco. Ele fez uma chamada.

– *Oui, allô?*

– Inspetor Langlois?

– Ah, inspetor-chefe, eu ia mesmo ligar para o senhor.

– Alguma notícia?

– Não muita, sabe como são essas coisas. Se não encontramos alguém imediatamente, torna-se um trabalho espinhoso. Este é um trabalho espinhoso. Estou na casa de Augustin Renaud. – Ele hesitou. – Será que o senhor gostaria de vir aqui? Não é longe da sua localização atual.

– Eu vou adorar ir aí.

– Traga seus óculos de leitura e um sanduíche. E duas cervejas.

– Tão ruim assim?

– Inacreditável. Não sei como uma pessoa vive dessa maneira.

Gamache anotou o endereço, brincou com Henri por alguns minutos, escreveu um recado para Émile e saiu. No caminho, ele parou na Paillard, a maravilhosa padaria na Rue St. Jean, e em um *dépanneur* para comprar cerveja, dirigindo-se, em seguida, para a Rue Ste. Ursule, parando para verificar o endereço que lhe tinham dado, na dúvida de que estivesse certo.

Mas não. Lá estava. Rue Ste. Ursule, número 9¾. Ele balançou a cabeça. 9¾.

Fazia sentido Augustin Renaud morar ali. Ele levava uma vida marginal, por que não em uma casa fracionária? Gamache atravessou o pequeno túnel e entrou em um pátio acanhado. Bateu à porta, esperou um momento e então entrou.

Ele já estivera em casas de todo tipo em seus trinta anos de carreira como investigador. Casebres, casas históricas cobertas de mármore e vidro, até cavernas. Ele tinha testemunhado condições hediondas e descoberto coisas hediondas, mas sempre se surpreendia ao ver como as pessoas viviam.

Mas a casa de Augustin Renaud era exatamente como Armand Gamache imaginara. Pequena e entulhada: jornais, diários, livros empilhados por toda parte. Era um risco de incêndio em forma de lar, e ainda assim o chefe teve que admitir que se sentia mais em casa ali do que nas mansões de vidro e mármore.

– Tem alguém aí? – chamou.

– Aqui. Na sala de estar. Ou talvez seja a sala de jantar. É difícil saber.

Como se atravessasse uma trilha aberta na neve, Gamache seguiu entre papéis até encontrar o inspetor Langlois curvado sobre a mesa, lendo. Ele olhou para o chefe e sorriu.

– Champlain. Cada folha de papel aqui é sobre Champlain. Eu não imaginava que tantas coisas haviam sido escritas sobre o homem.

Gamache pegou uma revista do topo de uma pilha, uma *National Geographic* antiga, detalhando as primeiras explorações do que agora era a Nova Inglaterra. Havia uma referência a Champlain, cujo nome batizara o lago Champlain, em Vermont.

– Meu pessoal está analisando tudo isso com cuidado – explicou Langlois. – Mas calculo que não vamos acabar nunca.

– Quer alguma ajuda?

Langlois ficou aliviado.

– Sim, por favor. É possível?

Gamache sorriu e colocou sobre a mesa duas sacolas com uma variedade de sanduíches e duas cervejas.

– Perfeito. Eu ainda nem almocei.

– Dia cheio – observou Gamache.

Langlois assentiu, dando uma mordida enorme em um sanduíche de rosbife, mostarda picante e tomate na baguete e, em seguida, tomou um gole de cerveja.

– Nós só conseguimos até agora coletar as impressões digitais e as amostras de DNA. Só isso levou dois dias. A equipe de perícia terminou sua parte, e agora o trabalho começa – observou ele, olhando em volta.

Gamache puxou uma cadeira e pegou a baguete recheada com fatias grossas de presunto curado no xarope de bordo, queijo brie e rúcula, além de uma cerveja. Nas horas seguintes, os dois homens exploraram a casa de Augustin Renaud, organizando-a, separando os papéis originais das fotocópias do trabalho de outras pessoas.

Gamache encontrou reproduções dos diários de Champlain e deu uma olhada. Eram como Père Sébastien tinha descrito, pouco mais do que listas de "coisas a fazer". Era um fascinante relato da vida diária no Quebec no início do século XVII, mas poderia ter sido escrito por qualquer um. Não havia nenhuma informação pessoal. Gamache não conseguiu ter nenhuma impressão sobre o sujeito.

– Encontrou alguma coisa? – perguntou Langlois, esfregando o rosto e olhando para o chefe.

– Cópias do diário de Champlain, nada além disso.

– O senhor não acha que Renaud devia ele mesmo manter algum diário?

Gamache olhou ao redor daquela sala e da seguinte, observando as pilhas de papel. As estantes estavam quase estourando, os armários lotados com revistas.

– Pode ser que ainda achemos. Você encontrou algum documento pessoal? – indagou Gamache, tirando os óculos de leitura e olhando para Langlois.

– Algumas cartas de pessoas respondendo a Renaud. Pus num arquivo, mas a maioria parece apenas dizer, com vários graus de civilidade, que ele estava errado.

– Sobre o quê?

– Ah, diferentes teorias que ele tinha sobre Champlain. Que ele era um espião, o filho do rei ou até que era protestante. Como um deles disse, se o sujeito era um huguenote, por que deixou a maior parte de seu dinheiro para a Igreja Católica em seu testamento? Era como todas as teorias de Renaud. Chegava perto, mas um pouco maluca.

Gamache achou que Langlois estava sendo bondoso ao chamar Renaud de "um pouco" maluco. Ele olhou para o relógio. Dez para as oito.

– Ainda está com fome?

– Morrendo.

– Ótimo. Vou levá-lo para jantar. Há um lugar mais adiante nesta rua que estou louco para conhecer.

No caminho, eles pararam na loja para que Langlois pudesse escolher uma boa garrafa de vinho tinto e então, com cuidado, seguiram os poucos passos do tobogã que era a Rue Ste. Ursule até chegarem a um restaurante pequenino em um porão.

Assim que entraram, foram recebidos por um calor agradável, por ricas especiarias marroquinas e pelo proprietário, que se apresentou, pegou seus casacos e o vinho e os conduziu a uma mesa de canto mais isolada, junto a uma parede de pedras aparentes.

Ele retornou alguns instantes depois, com o vinho sem rolha, duas taças e cardápios. Depois de fazer o pedido, eles compararam suas anotações. Gamache contou ao inspetor sobre seu dia e suas conversas com os membros da Sociedade Champlain e Père Sébastien.

– Bem, isso se encaixa muito bem com o meu dia. Entre outras coisas, passei a maior parte do tempo no porão da Sociedade Literária e Histórica, com um arqueólogo muito mal-humorado.

– Serge Croix?

– Exatamente. Ele não ficou muito satisfeito por ter sido chamado em pleno domingo, embora tenha admitido que acontece com frequência. Eles são como médicos, imagino. Sempre atendendo a chamados caso alguém de repente desenterre ossos, uma velha parede ou cacos de cerâmica. Aparentemente isso é bastante comum aqui em Quebec.

A comida chegou, pratos fumegantes e cheirosos de tagine de cordeiro com cuscuz e legumes cozidos.

– Croix trouxe dois técnicos e um detector de metais mais sofisticado do que qualquer coisa que eu já vi.

Gamache partiu um pedaço de baguete e mergulhou-o no molho do tagine.

– Será que ele achou que Renaud poderia estar certo? Que Champlain estava lá?

– Nem por um momento, mas ele sentiu que devia pelo menos dar uma olhada, nem que fosse para dizer aos repórteres que Renaud estava errado, mais uma vez.

– E pela última vez – acrescentou Gamache.

– Hum – murmurou Langlois, que saboreava o seu jantar, assim como Gamache.

– E você não encontrou nada?

– Batatas e alguns nabos.

– Era um depósito de frutas e legumes, suponho que faça sentido.

Ainda assim, embora Gamache se sentisse aliviado pelos ingleses, também estava um pouco decepcionado. Parte dele esperava que Renaud tivesse finalmente, talvez fatalmente, alcançado seu objetivo.

Então por que ele fora morto? E por que estivera na Lit e His?

O que ele queria falar com o Conselho?

Mas na verdade, pensou Gamache, se Champlain estava ou não enterrado lá era irrelevante. Tudo o que importava era no que Renaud acreditava. E o que ele podia fazer os outros acreditarem, o que parecia ser qualquer coisa.

Após o jantar, Langlois e Gamache seguiram caminhos diferentes. O inspetor foi para sua casa, sua esposa e seus filhos, enquanto o inspetor-chefe voltou à casa de Renaud, para analisar mais papéis.

Uma hora depois, ele os encontrou, escondidos atrás de duas fileiras de livros, no fundo da estante. Os diários de Augustin Renaud.

DOZE

Jean-Guy Beauvoir voltou a Three Pines no meio da tarde, após visitar Olivier na prisão e ir à loja de antiguidades em Montreal. Ele parou no Tim Hortons, na Saída 55, para comer um sanduíche, um donut com cobertura de chocolate e tomar um café duplo.

Sentia-se cansado.

Tinha feito mais atividade do que nunca desde que tudo acontecera e sabia que precisava descansar. Na pousada, tomou um banho longo e relaxante e pensou no que fazer a seguir.

Olivier havia lançado a bomba. Agora ele estava dizendo que o nome do Eremita não era Jakob e que ele tampouco era tcheco. Dissera isso apenas para espalhar a culpa e chamar a atenção para os Parras e outras famílias tchecas nas redondezas.

Aquela não fora apenas uma atitude pouco amigável, mas também altamente ineficaz. Eles continuaram a atribuir a culpa a Olivier e os tribunais haviam concordado.

Certo. Pois é. Beauvoir se enfiou na banheira com vontade. Enquanto se ensaboava, mal prestou atenção na cicatriz irregular em seu abdômen. O que notou foi que seus músculos não estavam mais tonificados. Ele não era gordo, mas estava flácido devido à inatividade. Mesmo assim, sentia suas forças retornando lentamente, mais devagar do que imaginava.

Ele afastou esses pensamentos e se concentrou no pedido que o chefe lhe fizera. Reabrir, com discrição, o caso de Olivier.

Onde as informações do dia nos deixam?, perguntou-se ele.

Mas nada veio à sua mente, exceto sua cama grande e convidativa, que ele podia ver pela porta do banheiro, com seus lençóis limpos, um edredom e travesseiros macios.

Dez minutos depois, a banheira estava vazia, o sinal de *Não perturbe* pendurado do lado de fora da porta e Jean-Guy estava adormecido, aquecido e seguro sob as cobertas.

Acordou na escuridão e, virando-se satisfeito, olhou para o relógio ao lado da cama: cinco e meia. Ele se levantou. Cinco e meia? Da manhã ou da tarde?

Ele dormira duas ou catorze horas? Sentia-se descansado, mas podia ser qualquer uma das hipóteses.

Acendendo a luz, ele se vestiu e foi para o corredor da pousada. Tudo estava em silêncio. Havia algumas luzes acesas, mas sempre estavam assim. Sentindo-se desorientado, desconcertado, ele desceu e, ao olhar pela janela da pousada, obteve sua resposta.

Havia luzes nas casas ao redor da praça central da vila, e elas brilhavam com força e alegria no bistrô. Feliz por estar prestes a jantar e não a tomar o café da manhã, Jean-Guy vestiu o casaco e as botas, atravessou o gramado e foi recebido lá dentro por Gabri, que, inesperadamente, usava um pijama.

Beauvoir voltou à sua dúvida original. Era de tarde ou de manhã? Mas não pretendia perguntar a ninguém.

– Bem-vindo de volta. Ouvi dizer que você passou a noite inteira na floresta com o santo. Foi tão divertido quanto parece? Você não me parece convertido.

Beauvoir olhou para o homenzarrão de pijama e chinelos e decidiu não contar a ele com o que o achava parecido.

– O que posso lhe trazer, *patron*? – perguntou Gabri, diante do silêncio de Beauvoir.

O que ele deveria pedir? Ovos mexidos ou uma cerveja?

– Uma cerveja seria ótimo, *merci*.

Ele tirou cerveja da minigeladeira e procurou uma poltrona confortável perto da janela. Havia um jornal sobre a mesa e, pegando-o, ele leu sobre o assassinato de Augustin Renaud em Quebec. O arqueólogo maluco.

– Posso me juntar a você?

Ele se virou e viu Clara Morrow. Ela também usava pijama e um roupão e, como viu Beauvoir ao olhar para baixo, chinelos. Seria uma nova e assustadora moda? Quanto tempo ele dormira? Embora soubesse que a flanela era um afrodisíaco para anglófonos, ela não significava nada para Beauvoir. Ele nunca, jamais, a usara e não planejava começar a usar.

Olhando ao redor, ele notou que uma a cada três ou quatro pessoas estava usando roupão. Ele sempre suspeitara que aquela não era uma vila, mas uma clínica externa de um hospício, e agora tinha a prova.

– Veio tomar seus remédios? – perguntou ele quando ela se sentou.

Clara riu e ergueu a cerveja.

– Sempre. – Ela assentiu para a cerveja dele. – Você também?

Inclinando-se para a frente, ele sussurrou:

– Que horas são?

– Seis. – Como ele continuou a encará-la, ela acrescentou: – Da tarde.

– Então por que... – Ele indicou a roupa que ela usava.

– Depois que Olivier foi preso, Gabri demorou um pouco para realmente funcionar, então alguns de nós ajudamos. Ele não queria abrir aos domingos, mas Myrna e eu o convencemos, e ele acabou concordando, com uma condição.

– Pijama?

– Você é muito esperto. – Ela sorriu. – Ele não queria ter que se arrumar. Depois de um tempo, a maioria de nós começou a fazer a mesma coisa, vindo aqui de pijama. É muito relaxante. Eu uso pijama o dia inteiro.

Beauvoir tentou mostrar um ar de reprovação, mas teve que admitir que ela parecia mesmo confortável. Ela completara a vestimenta com cabelos despenteados, embora isso não fosse novidade. Os cabelos dela sempre apontavam para todas as direções, provavelmente onde ela passava as mãos. E isso também explicava os farelos, além das manchas de tinta.

Ele tentou pensar em algo amigável para dizer, alguma coisa que a levasse a acreditar que ele estava ali porque gostava da companhia do pessoal da vila.

– Quando será sua exposição?

– Daqui a uns dois meses. – Ela tomou um longo gole de cerveja. – Quando não estou treinando para minha entrevista para o *New York Times* e o programa da Oprah, tento não pensar no assunto.

– Oprah?

– Sim. Vai ser um programa em homenagem a mim. Todos os principais críticos de arte vão estar lá, emocionados, é claro, impressionados por minhas visões, pelo poder das minhas imagens. Oprah vai comprar algumas peças por 100 milhões cada. Às vezes penso em 50 milhões, outras em 150 milhões.

– Então hoje ela está fazendo um bom negócio?

– Estou me sentindo generosa.

Ele riu, surpreendendo a si mesmo. Nunca tivera uma conversa de verdade com Clara. Ou com qualquer um deles. O chefe, sim. De alguma forma, Gamache havia conseguido fazer amizade com a maioria dos habitantes de Three Pines, mas Beauvoir nunca fora capaz de atravessar aquela membrana e enxergar as pessoas ao mesmo tempo como suspeitos e seres humanos. Ele nunca desejara isso. A ideia lhe provocava repulsa.

Ele a viu pegar sementes e castanhas variadas e dar um gole na cerveja.

– Posso lhe fazer uma pergunta? – indagou ele.

– Claro.

– Você acha que Olivier matou o Eremita?

A mão dela parou a meio caminho do pote de sementes. Ele havia falado em voz baixa, assegurando-se de que não seriam ouvidos. Ela abaixou a mão e pensou durante um longo minuto antes de responder.

– Não sei. Gostaria de poder responder que absolutamente não, mas as evidências são tão fortes... E, se não foi ele, outra pessoa o matou.

Ela olhou casualmente ao redor, e ele seguiu seu olhar.

Lá estava Velho Mundin e A Esposa. O belo e jovem casal estava jantando com os Parras. Velho, apesar do nome, não tinha nem 30 anos e era carpinteiro. Ele havia restaurado as antiguidades de Olivier e estava entre as últimas pessoas no bistrô na noite em que o Eremita fora morto. A Esposa, Beauvoir sabia, tinha um nome, embora ele o tivesse esquecido, assim como, suspeitava ele, a maioria dos habitantes dali. O que começara como uma piada, o jovem casal fazendo graça de seu estado civil, tornara-se realidade. Ela era A Esposa. Eles tinham um filho pequeno, Charlie, um menino com síndrome de Down.

Olhando para a criança, Beauvoir lembrou-se de que ele era uma das razões pelas quais as pessoas consideravam o Dr. Vincent Gilbert um santo. Por sua decisão de abandonar uma carreira lucrativa para morar em uma comunidade de pessoas com síndrome de Down a fim de cuidar delas.

A partir dessa experiência ele havia escrito o livro *Ser*. Era uma obra de impressionante franqueza e humildade. Impressionante porque havia sido escrita por um completo idiota.

Bem, como Clara costumava dizer, grandes obras de criação muitas vezes eram.

Sentados com Velho e A Esposa estavam Roar e Hanna Parra. Eles haviam estado entre os principais suspeitos. Roar estava abrindo trilhas pela mata e poderia ter encontrado a cabana com seu conteúdo de valor inestimável e seu ocupante idoso e maltrapilho.

Mas por que matá-lo e deixar o tesouro?

A mesma pergunta valia para o filho deles, Havoc Parra. Clara e Beauvoir olharam para ele, que atendia uma mesa perto da outra lareira. Na noite da morte do Eremita, Havoc havia trabalhado até tarde no bistrô e trancado o estabelecimento.

Teria ele seguido Olivier através da floresta e encontrado a cabana?

Teria ele olhado ali dentro, visto os tesouros e percebido o que significavam? Significavam que não haveria mais gorjetas, mesas ou sorrisos para clientes rudes. Não teria mais que se preocupar com o futuro.

Significavam liberdade. E tudo o que ele precisava fazer era bater na cabeça de um velho solitário. Entretanto, de novo, por que a maior parte do valioso tesouro fora deixada na cabana?

Do outro lado do salão estavam Marc e Dominique Gilbert. Os proprietários do hotel-spa. Com seus 40 e poucos anos, eles haviam abandonado empregos bem-remunerados mas estressantes em Montreal para viver em Three Pines. Compraram a casa abandonada na colina e a transformaram em um magnífico hotel.

Olivier desprezava Marc, e o sentimento era recíproco.

Teriam os Gilberts comprado a casa em ruínas porque o terreno incluía o Eremita e a cabana? Escondidos em sua floresta?

E, finalmente, havia o santo babaca, o Dr. Vincent Gilbert, o pai desaparecido de Marc, que reaparecera exatamente no dia em que o corpo fora descoberto. Como isso podia ser mera coincidência?

Clara voltou a olhar para Beauvoir no instante em que a porta do bistrô se fechou com força.

– Neve desgraçada.

Beauvoir não precisou olhar para saber quem era.

– Ruth – sussurrou ele para Clara, que assentiu. – Continua maluca?

– Depois de todos esses anos – confirmou Clara.

– Caramba! – exclamou Ruth, aparecendo ao lado da cadeira de Beauvoir, uma careta no rosto profundamente enrugado.

Seu cabelo branco era fino e cortado bem curtinho, parecendo um crânio exposto. Ela era alta e encurvada e caminhava com uma bengala. A única boa notícia era que ela não estava de camisola.

– Bem-vindo ao bistrô – rosnou ela, olhando bem para Clara. – Onde a dignidade vem morrer.

– E não apenas a dignidade – acrescentou Beauvoir.

Ela deu uma risada sonora.

– Encontrou mais um corpo?

– Você sabe que eu não ando atrás de corpos. Tenho uma vida além do trabalho.

– Meu Deus, já estou entediada – disse a velha poeta. – Diga algo inteligente.

Beauvoir ficou em silêncio, olhando-a com desdém.

– Foi o que pensei. – Ela deu um gole na cerveja dele. – Eca, isso é uma porcaria. Você não pode beber algo decente? Havoc! Traga para ele um uísque.

– Velha bêbada – murmurou Beauvoir.

Ela interceptou o uísque que vinha para Beauvoir e se afastou batendo os pés. Quando ela estava longe o suficiente, ele se inclinou sobre a mesa para perto de Clara, que também se inclinou para a frente. O bistrô estava barulhento, com risadas e gritaria, perfeito para uma conversa em particular.

– Se não foi Olivier – disse Beauvoir, mantendo a voz baixa e o olhar atento ao redor –, quem foi?

– Não sei. O que o faz pensar que não foi Olivier?

Beauvoir hesitou. Deveria cruzar os limites? Mas ele sabia que já o fizera.

– Esta conversa não pode ser comentada com ninguém. Olivier sabe que estamos investigando, mas eu disse a ele que ficasse de boca fechada. E isso vale para você também.

– Não se preocupe, mas por que está me contando isso?

Por quê? Porque ela era a menos ruim das opções.

– Preciso de sua ajuda. Você, é claro, conhece todo mundo melhor do que eu. O chefe está preocupado. Gabri sempre pergunta a ele por que Olivier moveria o corpo. Faz sentido, se ele tiver encontrado o Eremita já morto. Afinal, se você acabou de matar alguém em um lugar remoto, é quase certo que não vai fazer propaganda disso. O chefe acha que podemos ter prendido a pessoa errada. Qual é a sua opinião?

Era evidente que a pergunta a surpreendeu. Ela pensou bastante antes de responder.

– Eu acho que Gabri nunca acreditaria que Olivier fez isso, mesmo que ele tivesse visto com os próprios olhos, mas eu também acho que é uma boa pergunta. Por onde nós devemos começar?

Nós, pensou Beauvoir, não existe nenhum "nós". Existem "eu" e "você". Nessa ordem. Mas ele precisava dela, então engoliu a réplica, colou um sorriso no rosto e respondeu:

– Bem, Olivier agora diz que o Eremita não era tcheco.

Clara revirou os olhos e passou os dedos pelos cabelos, que agora estavam puxados para os dois lados, parecendo um palhaço. Beauvoir fez uma careta, mas Clara não notou e nem se importou. Sua mente estava em outras coisas.

– Francamente. Ele confessou mais alguma mentira?

– Não até agora. Ele achou que o Eremita fosse quebequense, talvez inglês, mas fluente em francês. Todos os livros dele eram em inglês e os que ele pedia que Olivier comprasse para ele também eram em inglês. Mas ele falava um francês perfeito.

– Como posso ajudar?

Ele refletiu e então tomou uma decisão.

– Eu trouxe o arquivo do caso. Gostaria que você o lesse.

Ela assentiu.

– E já que conhece todos aqui, gostaria que fizesse algumas perguntas.

Clara hesitou. Ela não gostava da ideia de ser uma espiã, mas, se ele estivesse certo, um homem inocente estava na prisão e um assassino estaria entre eles. Quase certamente naquela sala, naquele momento.

Myrna e Peter chegaram, e Beauvoir se juntou a eles para jantar, pedindo filé-mignon com conhaque e molho de queijo azul. Eles conversaram sobre vários acontecimentos locais, as condições de esqui no monte Saint-Rémy e o jogo do Les Canadiens na noite anterior.

Ruth chegou para a sobremesa, comendo a maior parte do cheesecake de Peter, e saiu mancando sozinha para a noite escura.

– Ela sente muita falta de Rosa – comentou Myrna.

– O que aconteceu com a pata? – perguntou Beauvoir.

– Voou para longe no outono – explicou Myrna.

A pata era mais esperta do que parecia, pensou Beauvoir.

– Eu tenho medo da primavera – disse Clara. – Ruth vai esperar que ela volte. Imagine se ela não aparecer.

– Não vai significar que Rosa morreu – observou Peter, embora todos soubessem que isso não era verdade.

Rosa, a pata, fora criada desde seu nascimento; na verdade, fora literalmente chocada por Ruth. E, contra todas as probabilidades, Rosa havia sobrevivido e crescido, seguindo Ruth por todo canto.

O pato e o saco, como Gabri as chamava.

E então, no outono, Rosa fez o que os patos fazem, o que era parte de sua natureza. Por mais que amasse Ruth, ela tinha que ir. E uma tarde, enquanto outros patos grasnavam e voavam em formação para o sul, Rosa abriu as asas.

E partiu.

Depois do jantar, Beauvoir agradeceu a eles e se levantou. Clara o acompanhou até a porta.

– Vou fazer o que me pediu – sussurrou ela.

Beauvoir lhe entregou o dossiê e mergulhou no frio escuro da noite. Andou devagar, na direção da pousada e de sua cama quente. No caminho, parou no meio da praça e olhou para os três pinheiros altos ainda enfeitados com o pisca-pisca colorido de Natal. As cores ricocheteavam nos montes de neve fresca. Olhando para o alto, ele viu as estrelas e sentiu o cheiro do ar fresco e puro. Atrás dele, ouviu pessoas desejando boa-noite umas às outras e seus pés esmagando a neve.

Jean-Guy Beauvoir mudou de direção e, ao chegar à velha casa de ripas, bateu. A porta estava entreaberta.

– Posso entrar? – perguntou ele.

Ruth foi até lá e abriu a porta.

ARMAND GAMACHE ESTAVA SENTADO à mesa bagunçada de Renaud, curvado sobre os diários. Nas duas últimas horas, ele os havia lido, de vez em quando fazendo anotações. Como os diários de Champlain, os de Augustin Renaud falavam de eventos, mas não de sentimentos. Eram mais uma agenda, porém eram informativos.

Infelizmente, apesar de Renaud ter anotado o horário da reunião do Conselho da Sociedade Literária e Histórica, não havia nenhuma indicação do motivo de sua visita. E não havia menção a um encontro com alguém mais tarde, no fim daquele dia.

O dia seguinte estava em branco, embora houvesse uma anotação para a semana seguinte: *SC às 13h de quinta-feira.*

Os dias se estendiam, vazios. Páginas e mais páginas brancas e estéreis. Uma vida de inverno. Sem um almoço com um amigo, sem um comentário pessoal. Nada.

Mas e quanto a seu passado imediato?

Havia anotações sobre livros, referências de páginas, bibliotecas, artigos. Havia anotações, esboços da cidade velha, endereços escritos. Lugares, talvez, onde planejava fazer sua próxima escavação? Todos ficavam em volta da Basílica de Notre-Dame.

Parecia que ele nunca havia considerado nenhum local fora de um raio bem limitado. Então o que estaria fazendo na região relativamente selvagem da Lit e His? E se ele tivesse ido até lá apenas para procurar um livro, como Émile sugerira, por que estava no porão, escavando? E por que pedira para falar com o Conselho?

JEAN-GUY BEAUVOIR E RUTH ZARDO se encaravam.

Parecia uma luta em uma jaula. Só um sairia vivo. Beauvoir sentiu um aperto desagradável abaixo do cinto, o que não era a primeira vez que ocorria na companhia de Ruth.

– O que você quer? – quis saber Ruth.

– Quero conversar – retrucou Beauvoir.

– Não pode ser depois, seu imbecil?

– Não, não pode, sua maluca. – Ele fez uma pausa. – Você gosta de mim?

Os olhos dela se estreitaram.

– Eu acho que você é obsessivo, idiota, cruel e talvez um pouco incapaz.

– E eu acho a mesma coisa de você – disse ele, aliviado.

Era como ele imaginava, como esperava.

– Bem, que bom que fomos diretos um com o outro. Obrigada pela visita, durma bem.

Ruth estendeu a mão para a maçaneta.

– Espere – disse Beauvoir, estendendo a mão, quase tocando o braço enrugado da mulher. – Espere – repetiu ele, quase em um sussurro.

E Ruth esperou.

GAMACHE INCLINOU-SE MAIS PARA PERTO do diário, um pequeno sorriso nos lábios.

Sociedade Literária e Histórica.

Ali estava. Escrito com a maior nitidez possível no diário de Renaud. Não para o dia da reunião do Conselho, o dia em que ele morreu, mas para a semana anterior. E, acima, os nomes de quatro pessoas que ele planejara encontrar lá.

Um certo Chin, um JD e duas pessoas chamadas S. Patrick e F. O'Mara. Abaixo, havia um número de 18 e mais alguma coisa. Gamache ajeitou o abajur para que o foco de luz caísse sobre a página. 1800, ou talvez 1869 ou 8.

– Ou seria 1809? – murmurou Gamache para si mesmo, apertando os olhos e virando a página para ver se olhando por trás ficava mais claro. Não ficou.

Ele tirou os óculos de leitura e se acomodou na cadeira, batendo-os distraidamente no joelho.

1800 faria sentido. Seria um horário, seis horas da tarde. A maioria dos quebequenses usava o horário de 24 horas. Mas...

O inspetor-chefe olhou para o nada. Na verdade, não fazia sentido. A Lit e His fechava às cinco da tarde, ou seja, 1700.

Por que Renaud combinaria um encontro com quatro pessoas ali uma hora depois de fechar?

Talvez, pensou Gamache, um deles tivesse a chave e o deixasse entrar.

Ou talvez Renaud não tivesse se dado conta de que a biblioteca estaria fechada.

Ou talvez ele tivesse marcado de se encontrar com alguém lá, um voluntário da Lit e His, que lhe abriria a porta.

Teria Augustin Renaud estado na Sociedade Literária e Histórica antes do dia em que morreu? Parecia que sim. Não devia ter entrado como um frequentador comum, esse não parecia ser o estilo de Renaud. Não, o homem precisava de algo mais dramático, clandestino. Afinal, aquele era o sujeito que conseguira invadir a Basílica e começara a escavar. A Sociedade Literária e Histórica não representava para ele uma barreira física ou moral. Nenhuma porta estava trancada para Augustin Renaud em sua busca quixotesca por Champlain.

Gamache olhou para o relógio. Passava das onze da noite. Tarde demais para ligar para Elizabeth MacWhirter ou outro membro do Conselho ou mesmo para aparecer pessoalmente. Ele queria ver o rosto deles quando fizesse a pergunta.

Voltou para o diário. O que não estava em questão eram os sentimentos de Renaud sobre aquele encontro. Ele havia feito um círculo ao redor da anotação mais de uma vez e até colocara dois pontos de exclamação.

O arqueólogo amador parecia exultante, como se o fato de ter conseguido a reunião fosse um golpe de mestre. Gamache buscou a agenda telefônica e procurou Chin. Parecia um nome chinês, e ele se lembrou de uma ocasião, que se tornara famosa, em que Augustin Renaud havia cavado através de um muro em sua busca por Champlain e acabara no porão de um restaurante chinês.

Seria Chin o nome do restaurante ou do proprietário?

Mas não havia nenhum Chin. Talvez fosse o primeiro nome de alguém. Não havia muitos chineses na cidade de Quebec, não seria difícil descobrir.

Não havia O'Maras, mas havia um S. Patrick morando na Rue des Jardins, na cidade velha. Gamache a conhecia. A pequena rua serpenteava ao longo do Convento das Ursulinas e terminava bem em frente à Basílica de Notre--Dame.

E o endereço dele? Rue des Jardins, 1.809. 1.809. Não um horário, mas um endereço. Será que eles iriam se encontrar lá primeiro e depois seguir para a Lit e His?

Havia alguns outros nomes no diário de Renaud, a maioria, ao que parecia, autoridades com quem ele estava discutindo e editores a quem entregara seus manuscritos. Serge Croix, o arqueólogo-chefe, era mencionado algumas vezes, sempre acompanhado da palavra *merde*, como se seu nome fosse hifenizado. Serge Croix-Merde.

Livreiros, principalmente de obras usadas, faziam parte da vida de Augustin Renaud. Parecia que, se ele tivesse relacionamentos pessoais, seria com eles. Gamache anotou seus nomes, então consultou o relógio.

ERA QUASE MEIA-NOITE, E BEAUVOIR estava sentado em uma cadeira de plástico na cozinha de Ruth. Ele nunca havia entrado na casa dela. Gamache, sim, algumas vezes, mas Beauvoir sempre implorava para não participar daquelas conversas.

Ele detestava, com todas as suas forças, aquela poeta miserável, e era por isso que estava ali.

– Então, otário, vai falando.

Ruth estava sentada na frente dele, diante de um bule de chá aguado na mesa branca pré-moldada e uma xícara. Os braços finos da mulher estavam cruzados sobre o peito, como se tentassem manter suas entranhas dentro do corpo. Mas não seu coração, Beauvoir sabia. Esse havia fugido alguns anos antes, como a pata. Depois de algum tempo, tudo fugia de Ruth.

Ele precisava falar com alguém, mas alguém sem coração, sem compaixão. Alguém que não se importasse.

– Você sabe o que aconteceu? – perguntou ele.

– Eu leio os jornais.

– Não saiu tudo nos jornais.

Houve uma pausa.

– Continue.

A voz dela era dura, sem sentimentos. Perfeita.

– Eu estava sentado no escritório do chefe...

– Já estou entediada. Vai ser uma história muito comprida?

Beauvoir a encarou.

– O telefone tocou às 11h18 da manhã.

Ela bufou.

– Exatamente?

Ele a olhou bem nos olhos.

– Exatamente.

Ele viu novamente o escritório do chefe. Era início de dezembro e Montreal estava fria e cinza do outro lado das janelas. Estavam discutindo um caso difícil em Gaspé quando a secretária do chefe abriu a porta. Havia uma ligação para ele. Era o inspetor de Ste. Agathe. Um tiroteio acontecera. Um agente morrera e outro estava desaparecido.

Mas ele não estava desaparecido, estava ao telefone, pedindo para falar com o chefe.

As coisas aconteceram rapidamente depois disso e ainda assim pareciam nunca ter terminado.

Os agentes chegaram, as equipes táticas foram alertadas. Satélites, imagens, análise. Rastreamento. Todos se colocaram em ação. Em instantes havia um quase frenesi de atividade, visível através da grande janela do escritório do chefe. Tudo seguia um protocolo que o inspetor-chefe havia projetado.

Em seu escritório, porém, havia silêncio. Calma.

"Desculpa, desculpa", dissera o agente Morin quando falara com o chefe.

"Não é sua culpa. Você está ferido?", perguntara Gamache.

Naquele ponto, Beauvoir já estava ouvindo na extensão. Por razões que ele ainda não entendia, até aquele momento não tinham conseguido rastrear a chamada, e o homem que detinha o agente Morin e que atirara no outro policial parecia despreocupado. Ele havia entregado o telefone para o jovem agente, mas não antes de deixar algo bem claro.

Ele não deixaria Morin ir nem o mataria. Amarraria o jovem agente e o deixaria lá.

"Obrigado", dissera Gamache.

Através do vidro, Beauvoir podia ver agentes nos computadores, gravando, ouvindo, rastreando a origem da chamada. Ele podia até ver os dedos ágeis nas teclas.

Eles descobririam onde o agente Morin estava preso dentro de instantes. Mas Beauvoir se sentia um tanto inquieto. Por que estava demorando tanto? Aquele processo deveria ser quase imediato.

"Você vai me seguir, eu sei que vai", dissera o agricultor. "Então preciso que não faça isso."

"Eu não vou fazer isso", mentira Gamache.

"Talvez", respondera o homem com seu forte sotaque do campo. "Mas não posso me arriscar."

Algo se agitou dentro de Beauvoir, e ele olhou para Gamache. O chefe estava de pé, olhando para a frente, concentrado, ouvindo, pensando. Tentando não cometer nenhum erro.

"O que foi que você fez?", quis saber Gamache, a voz dura, inflexível.

Houve uma pausa.

"Eu amarrei seu agente e prendi uma coisa nele."

"O quê?"

"Uma coisa que eu mesmo fiz."

A voz do homem era reativa, fraca, explicativa. Era uma voz amedrontada, e isso significava o imprevisível, significava problemas. O pior tipo possível de sequestrador para lidar, daqueles que podem entrar em pânico a qualquer momento. Seu bom senso havia fugido e ele agia com base nos nervos, não na razão.

"O que é?", pressionou Gamache.

Beauvoir sabia o que o chefe estava fazendo. Estava tentando se tornar um referencial de solidez, alguém em cuja direção um homem medroso se moveria. Algo firme, sólido, previsível. Forte.

"De fertilizante. Eu não queria, mas é o único jeito de você me deixar em paz."

A voz estava se tornando cada vez mais difícil de entender. Uma combinação do sotaque forte e palavras abafadas pelo desespero.

"Está programada para explodir em 24 horas. Às 11h18, amanhã de manhã."

Beauvoir anotou aquela informação, embora duvidasse que fosse se esquecer. E estava certo.

Ele ouviu o chefe inalar profundamente e então fazer uma pausa para tentar controlar a raiva.

"Isso é um erro", disse ele, com a voz firme. "Você precisa desmontar essa bomba. Está piorando a situação para si mesmo."

"Piorando? Como é possível piorar isso? Com aquele outro agente morto. Eu matei um agente da Sûreté."

"Nós não sabemos disso."

"Mas eu sei."

"Então você também sabe que vamos acabar te encontrando. Você não quer passar a vida inteira fugindo, quer? Imaginando onde estamos?"

O lavrador hesitou.

"Vá se entregar", disse Gamache, a voz profunda, calma e razoável. Um amigo inteligente com uma boa ideia. "Prometo que ninguém vai machucá-lo. Me diga onde eu posso encontrá-lo."

Beauvoir encarou o chefe, que encarava a parede, onde havia um enorme mapa do Quebec. Ambos desejando que o homem ouvisse a voz da razão.

"Não posso. Preciso ir embora. Adeus."

"Espere", gritou Gamache ao telefone, fazendo um grande esforço para se controlar. "Pare. Espere. Não faça isso. Se você fugir, vai se arrepender pelo resto da vida. Se você ferir Paul Morin, vai se arrepender."

Sua voz era pouco mais que um sussurro, mas até mesmo Beauvoir sentiu o corpo esfriar diante da ameaça na voz de Gamache.

"Eu não tenho escolha. E tem outra coisa."

"O quê?"

Lá fora, nos escritórios da Homicídios, equipamentos mais sofisticados estavam sendo utilizados. Beauvoir viu o superintendente-chefe Francoeur caminhando em direção à porta do chefe. Gamache também o viu e se virou, completamente focado na voz do outro lado da linha.

"Eu não quero que você venha atrás de mim."

A porta se abriu e o superintendente-chefe Francoeur entrou, com uma expressão determinada em seu rosto distinto e bonito. As costas de Gamache permaneceram voltadas para ele. O inspetor Beauvoir pegou Francoeur pelo braço.

"O senhor precisa sair."

"Não, preciso falar com o inspetor-chefe."

Eles estavam fora do escritório agora.

"O chefe está falando com o sequestrador."

"Com o assassino. O agente Bissonette morreu há cinco minutos devido aos ferimentos."

Ele enfiou a mão direita no bolso do casaco. Era um sinal que todos conheciam, um sinal de que o superintendente-chefe estava agitado, nervoso. A sala, antes fervendo de atividade, ficou em silêncio, exceto pelas duas vozes, altas e claras. O chefe e o assassino, nos alto-falantes.

"Assumo as coisas daqui para a frente", afirmou Francoeur, voltando para a porta, mas de novo bloqueado por Beauvoir.

"O senhor pode assumir, não posso impedi-lo, mas esta é a sala oficial do inspetor-chefe Gamache e ele precisa de privacidade."

Enquanto os dois se encaravam, ouviram a voz de Gamache.

"Você precisa parar", afirmou o chefe. "Se entregue."

"Não posso. Eu matei aquele policial."

A voz do homem agora beirava a histeria.

"Mais um motivo para você se entregar para mim. Posso garantir a sua integridade."

A voz do chefe era razoável e convincente.

"Eu preciso fugir."

"Então por que simplesmente não foi embora? Por que me ligou? Não entendo."

"Porque eu precisava."

Fez-se uma pausa. Beauvoir podia ver o perfil do chefe. Viu seus olhos se estreitarem, franzindo as sobrancelhas.

"O que você fez?", indagou Gamache, quase sussurrando.

GAMACHE EMPACOTOU OS DIÁRIOS E deixou um recibo rabiscado com seu endereço e número de telefone sobre a mesa de Renaud. Em seguida, caminhou de volta pelas ruas.

Já passava da meia-noite e os foliões continuavam animados. Ele podia ouvir buzinas de plástico e gritos ininteligíveis algumas ruas adiante.

Universitários bêbados e barulhentos.

Gamache sorriu. Alguns acabariam na cadeia até ficarem sóbrios. Isso daria uma grande história para contar, um dia, a netos incrédulos.

A turbulenta gangue de jovens virou a esquina e chegou à Rue Ste. Ursule. Um deles identificou Gamache e parou. Os outros, caindo de bêbados, trombaram nele e começaram a empurrá-lo. Um pequeno conflito começou, mas o líder afastou os rapazes e assentiu na direção de Gamache, que estava parado no meio da rua, diante deles.

Assistindo.

Eles se entreolharam, então Gamache sorriu.

– *Bonne nuit* – disse Gamache ao bando, colocando a grande mão enluvada no ombro do líder quando passou por ele.

– É MESMO? – DISSE Ruth. – Dá para fazer uma bomba com merda? – Ela pareceu interessada. – Não acredito.

– Fertilizantes químicos, não merda. E não precisa acreditar. Para mim, tanto faz – retrucou Beauvoir.

Na verdade, ele preferia assim. Houvera um tempo em que ele mesmo não acreditava. Bons tempos.

– Bruxa – murmurou ele.

– Bobalhão – disse Ruth, servindo a ele uma xícara de chá que parecia água rançosa. Ela se sentou e voltou a cruzar os braços sobre o peito. – Então, qual foi a outra coisa que o agricultor maluco disse que tinha feito?

Beauvoir ainda via o rosto de Gamache, veria para sempre o rosto dele. O olhar de descrença e surpresa. Não ainda de desânimo, não ainda de alarme. Isso viria em pouco tempo.

"O que você fez?", indagara Gamache.

"Acionei."

"Como?"

"Preciso te deixar ocupado, para me dar tempo."

De novo, a voz era queixosa, chorosa, como se pedisse permissão, ou compreensão, ou perdão.

Do lado de fora, na grande área comum do escritório da divisão, os agentes estavam debruçados sobre telas de computador, digitando, agarrados a fones de ouvido. Dando e recebendo ordens.

O superintendente-chefe Francoeur olhou para Beauvoir, depois se virou e saiu marchando para longe. Beauvoir respirou fundo, sem perceber que estivera prendendo o ar, então rapidamente voltou para a sala do chefe.

"Me conte", ordenou Gamache.

E o homem disse. Então ele entregou o telefone para o agente Paul Morin.

"Desculpa", repetiu o agente Morin. "Sinto muito."

"Não é culpa sua. Você está ferido?", perguntou Gamache.

"Não."

Ele parecia apavorado, mas tentava não demonstrar.

"Não se preocupe. Nós vamos te encontrar."

Fez-se uma pausa.

"Sim, senhor."

– Mas você ainda não respondeu à minha pergunta – disse Ruth, impaciente. – Você acha que eu tenho a noite inteira? O que mais o agricultor fez, além da bomba de merda?

Jean-Guy Beauvoir olhou para a mesa de plástico branco, passando a mão nas beiradas irregulares. Sem dúvida, a poeta maluca tinha encontrado a mesa à beira da estrada ou numa lixeira.

Algum lixo que ninguém mais queria. E ela o trouxera para casa.

Ele ficou olhando para a mesa durante um bom tempo, atordoado. Ninguém fora informado daquilo, não fora tornado público. E Beauvoir sabia que não deveria revelar nada naquele momento.

Mas ele tinha que contar a alguém, e quem melhor do que alguém que não se importava com nada? Ela não demonstrava simpatia, nem pena, nem uma verdadeira compreensão. Não haveria nenhum constrangimento quando eles se vissem de novo na vila porque, embora ele estivesse desnudando a própria alma, ela não se importava nem um pouco.

– A bomba estava ligada à linha telefônica – disse ele, finalmente, ainda olhando para as mãos e o pedaço branco de mesa. – Ela explodiria se a ligação fosse cortada.

– Entendi – falou ela.

– E seria cortada se houvesse silêncio. Se eles parassem de conversar por mais de alguns segundos.

Então houve silêncio.

– Vocês se revezaram para falar – concluiu Ruth.

Beauvoir respirou fundo e suspirou. Havia algo no canto, perto da cadeira de Ruth, que ele não conseguia entender direito. Um suéter que ela deixara cair ou um pano de prato embolado.

– Não funcionava assim. Ele precisava de Gamache preso a Morin, para não ir atrás dele.

– O que você quer dizer com "preso a Morin"?

– Havia reconhecimento de voz. Era preciso que fossem os dois. Morin e o chefe.

– Ah, não me venha com essa. – Ruth riu. – Não existe isso. Você está inventando.

Beauvoir ficou em silêncio.

– Certo, tudo bem, talvez você não esteja inventado, mas o sujeito com certeza estava. Está querendo me dizer que um caipira fez uma bomba com cronômetro, depois prendeu na linha telefônica com... Como você disse? Reconhecimento de voz?

– Você arriscaria? – rosnou ele, os olhos duros, desafiando-a a ir mais longe.

Ele a odiava, como sabia que aconteceria, por vê-lo tão vulnerável. Por não se importar, por zombar. Mas ele já a odiava, que diferença faria um pouco mais de bile?

Ele mordeu o lábio com tanta força que sentiu os dentes o cortando.

No escritório, ele observou quando Gamache percebeu o que aquilo significava.

"Desculpa, mil desculpas", disse a jovem voz ao telefone.

"Eu vou encontrar você", prometeu o chefe.

– Eles conversaram o tempo todo? – indagou Ruth.

– O tempo todo. Durante 24 horas. Até as 11h18 da manhã seguinte.

Beauvoir olhou para o canto e percebeu o que estava enrolado ali. Era um cobertor, um cobertor macio de flanela fazendo um ninho. Preparado. Por via das dúvidas.

Armand Gamache acordou, atordoado, e olhou para o relógio ao lado da cama.

Três e vinte da manhã.

Sentiu o frio do ar noturno no rosto e o calor do lençol e do edredom sobre o corpo. Deitado, torceu para que, quem sabe dessa vez, pegasse no sono de novo, mas, depois de algum tempo, acabou se levantando. Devagar, com o corpo rígido. Acendeu uma luz e se vestiu. Sentado na cama, recompondo-se, ele olhou para o pequeno frasco de comprimidos na mesa de cabeceira. Ao seu lado, Henri observava, o rabo balançando, os olhos brilhantes, uma bola de tênis amarela fluorescente na boca. Gamache pegou o frasco com sua mão grande, sentiu seu peso. Então o colocou no bolso e desceu silenciosamente as escadas, certificando-se de não acordar Émile. Vestiu sua parca, seu cachecol, gorro e luvas. Por fim, pegou o lançador de bolinhas e os dois saíram noite adentro.

Caminharam pela rua, os pés guinchando sobre a neve dura. Na Rue St. Louis, eles saíram pelo portão da cidade fortificada e congelada e passaram pelo palácio de gelo. O Bonhomme.

Então seguiram para as Planícies de Abraão para jogar a bola e contemplar os erros fatais de um general. Henri, o inspetor-chefe Gamache e o agente Morin.

TREZE

Armand Gamache deslizou o diário sobre a mesa de madeira na direção de Émile Comeau.

– Veja o que encontrei ontem.

Émile pôs os óculos de leitura. Enquanto ele examinava o pequeno livro, Gamache olhou pela janela e acariciou Henri, que dormia tranquilamente debaixo da mesa.

Eles estavam tomando o café da manhã no Le Petit Coin Latin, um minúsculo restaurante na Rue Ste. Ursule. O local, muito antigo, era o favorito de todos por ali, com seu interior de madeira escura, uma lareira, mesas simples. Distante o suficiente das ruas principais para não ser encontrado por acaso. As pessoas iam lá de propósito.

O proprietário colocou os bules de *café au lait* sobre a mesa e se retirou. Gamache tomou um gole e ficou observando a neve cair. Sempre caía neve na cidade de Quebec. Era como se o Novo Mundo fosse um globo de neve particularmente belo.

Por fim, Émile pôs o diário sobre a mesa e tirou os óculos.

– Pobre homem.

Gamache assentiu.

– Sem muitos amigos.

– Nenhum, pelo que percebi. O preço da grandeza.

– Grandeza? É o que você pensa de Augustin Renaud? Eu estava com a impressão de que você e os outros membros da Sociedade Champlain o consideravam maluco.

– E a maioria das pessoas grandiosas não é meio maluca? Na verdade, acho que boa parte delas é ao mesmo tempo brilhante e demente, quase sempre incapacitadas para a vida em sociedade. Diferente de nós.

Gamache mexeu o café e observou seu mentor.

Ele o considerava um grande homem, um dos poucos que havia conhecido. Grande não pela singularidade de seu propósito, mas por sua multiplicidade. Ele havia ensinado ao seu jovem protegido como ser um investigador de homicídios, mas tinha ensinado muito mais.

Gamache lembrou-se de quando entrou na sala do inspetor-chefe Comeau, em sua primeira semana de trabalho, certo de que estava prestes a ser demitido devido a alguma transgressão misteriosa. Em vez disso, aquele homem magro e contido o encarou por alguns segundos, depois o convidou a se sentar e lhe disse quatro frases sábias. Ele as pronunciou apenas uma vez e jamais as repetiu. E uma vez fora suficiente para Gamache. Mais do que suficiente.

Eu não sei. Me desculpe. Preciso de ajuda. Eu estava errado.

Gamache nunca se esquecera delas e, quando assumiu o cargo de inspetor-chefe, transmitiu-as para cada um de seus subordinados. Alguns as entenderam e seguiram, outros as esqueceram no mesmo instante.

A escolha era deles.

Mas aquelas quatro frases mudaram a vida de Armand Gamache. Émile Comeau mudara a sua vida.

Émile era um grande homem porque era um homem bom, não importava o que estivesse acontecendo ao seu redor. Gamache vira casos explodirem em volta de seu chefe, tinha visto acusações serem lançadas, tinha visto políticas fratricidas que fariam Maquiavel corar. Ele vira seu chefe enterrar sua amada esposa, cinco anos antes.

Forte o suficiente para sofrer.

E quando, havia algumas semanas, Gamache se viu marchando no doloroso e lento cortejo atrás do caixão envolto na bandeira, a cada passo hesitante ele se lembrava de seus agentes e a cada passo se lembrava de seu primeiro chefe. Seu superior no passado, seu superior agora e sempre.

E quando, finalmente, Gamache não pôde mais suportar a dor, ele e Reine-Marie foram para lá. Não para que ele fosse curado, mas para que fosse ajudado.

Eu preciso de ajuda.

O proprietário do bistrô trouxe o café da manhã com *omelettes*, frutas frescas e um croissant para cada um.

– Eu respeito as pessoas que possuem tal paixão – disse Émile. – Não sou assim. Tenho muitos interesses, sou apaixonado por alguns, mas não a ponto de excluir todo o resto. Às vezes eu me pergunto se isso é necessário para que os gênios realizem o que devem realizar, um propósito singular. Nós, meros mortais, só atrapalhamos. Relacionamentos são confusos, tiram o foco.

– "Viaja mais rápido quem viaja sozinho" – citou Gamache.

– Você soa como se não acreditasse nisso.

– Depende de para onde você vai, mas não, não acredito. Acho que você pode ir muito depressa, mas vai acabar parando. Precisamos das outras pessoas.

– Para quê?

– Ajuda. Não foi isso que Champlain encontrou? Todos os outros exploradores fracassaram em criar uma colônia, mas ele conseguiu. Por quê? Qual foi a diferença? Père Sébastien me contou. Champlain teve ajuda. A razão pela qual sua colônia prosperou, a razão pela qual estamos sentados aqui hoje, foi exatamente por ele não estar sozinho. Ele pediu ajuda aos nativos e conseguiu.

– Não pense que eles não se arrependeram.

Gamache assentiu. Foi uma perda terrível, um lapso de julgamento. Tarde demais, os huronianos, os algonquinos e os cris perceberam que o Novo Mundo de Champlain era o Velho Mundo deles.

– Sim – concordou Émile, assentindo devagar, os dedos delgados brincando com o saleiro e o pimenteiro. – Todos nós precisamos de ajuda.

Ele observava seu companheiro. Ficara animado por Gamache ter se envolvido naquele caso. Era algo em que pensar, algo além daquele ponto de dor. Mas então, bem cedo naquela manhã, enquanto todos dormiam, ele tinha ouvido Armand e Henri saírem, silenciosamente. Outra vez.

– Não foi sua culpa, você sabe. Muitas vidas foram salvas.

– E perdidas. Eu cometi erros demais, Émile. – Era a primeira vez que ele mencionava aqueles eventos para seu mentor. – Desde o começo.

– Como o quê?

A voz do lavrador, com seu sotaque rural, falou de novo na cabeça de Gamache. Todas as pistas estavam lá, desde o início.

– Eu não juntei as peças rápido o suficiente.

– Ninguém chegou nem perto. Meu Deus, Armand, quando eu penso no que poderia ter acontecido se você não tivesse feito o que fez...

Gamache inspirou profundamente e baixou os olhos para a mesa, os lábios apertados.

Émile fez uma pausa.

– Você quer conversar sobre isso?

Armand Gamache ergueu os olhos.

– Não consigo. Ainda não. Mas agradeço.

– Quando estiver pronto.

Émile sorriu, tomou um gole do café forte e cheiroso e pegou o diário de Renaud outra vez.

– Eu não li tudo, é claro, mas o que me chama a atenção de imediato é que parece haver muito pouco de novo nisso. Certamente nada que não tenhamos ouvido um milhão de vezes antes. Nós conhecemos todos os lugares que ele marcou como possível localização do túmulo de Champlain. O Café Buade, a Rue Trésor. Mas todos eles foram investigados e nada foi encontrado.

– Então por que ele acreditava que Champlain poderia estar lá?

– Ele também pensou que Champlain estivesse na Lit e His, não vamos nos esquecer disso. Ele via Champlain em toda parte.

Gamache pensou por um instante.

– Há corpos enterrados por toda Quebec, de séculos atrás. Como você teria certeza de ter encontrado Champlain?

– Essa é uma boa pergunta. Nós nos preocupamos com esse aspecto por muito tempo. O caixão teria o nome de Samuel de Champlain? Haveria uma data, uma insígnia, talvez? Ou por suas roupas. Ele aparentemente usava uma espécie de elmo bem característica e Renaud sempre achava que era assim que iria reconhecê-lo.

– Quando ele abrisse o caixão, veria um esqueleto usando um elmo e concluiria que era o pai do Quebec?

– Os gênios também têm suas limitações – admitiu Émile. – Mas os estudiosos acham que podem existir algumas pistas. Todos os caixões daqueles tempos eram feitos de madeira, com algumas exceções. Eles acreditam que Champlain seria uma exceção. Seu caixão quase certamente estaria revestido de chumbo. E hoje em dia é mais fácil datar restos mortais.

Gamache não se convenceu.

– Père Sébastien, na Basílica, disse que havia mistérios em torno de Champlain e a data de seu nascimento. Que ele poderia ser um huguenote ou um espião do rei da França ou até seu filho ilegítimo. Ele estava apenas romantizando ou há mais algo nessa história?

– É parcialmente romântica essa história do filho bastardo da nobreza. Mas algumas coisas alimentam esse boato. Uma é a própria discrição dele, quase maníaca. Por exemplo, ele era casado, mas só menciona a mulher que foi sua esposa por 25 anos umas duas vezes, e mesmo assim sem citar seu nome.

– Eles não tiveram filhos, tiveram?

Émile balançou a cabeça.

– Não. Mas outras pessoas também guardavam segredo sobre a vida de Champlain. Dois padres jesuítas e um irmão leigo Récollet o mencionam em seus diários, mesmo assim não dizem nada pessoal. Apenas a vida diária. Por que o segredo?

– Qual é a sua teoria? Você estudou sobre o homem durante a maior parte de sua vida.

– Acho que foi por causa da época, havia menos ênfase no que era individual. Não havia exatamente a cultura do "eu", como existe agora. Mas também acho que pode ter havido alguma coisa que ele tentava esconder, e isso o tornava um ser humano muito discreto.

– O filho não reconhecido de um rei?

Émile hesitou.

– Ele escreveu prolificamente, você sabe, milhares de páginas. E enterradas no meio de todas aquelas palavras, de todas aquelas páginas, havia uma frase.

Gamache estava ouvindo com atenção, imaginando Champlain debruçado sobre o papel, com a pena e a tinta, à luz de uma vela, em uma casa espartana, quatro centenas de anos antes e a algumas centenas de metros de onde estavam sentados.

– "Sou obrigado, por nascimento, ao rei" – disse Émile. – Os historiadores passaram séculos tentando descobrir o que ele queria dizer.

Gamache repetiu a frase mentalmente. *Sou obrigado, por nascimento, ao rei.* Certamente era sugestivo. Então algo lhe ocorreu.

– Se o corpo de Champlain fosse encontrado e soubéssemos, sem sombra de dúvida, que era ele, testes de DNA poderiam ser feitos.

Ele observava Émile enquanto falava. Seu mentor fitava a mesa. Seria deliberado? Não queria fazer contato visual? Seria isso possível?

– Mas isso teria importância? – ponderou Gamache. – Suponha que testes provassem que ele era filho de Henrique IV, quem se importaria com isso hoje?

Émile ergueu os olhos.

– Do ponto de vista prático, não significaria nada, mas em termos simbólicos? – Émile deu de ombros. – Seria um material muito forte, principalmente para os separatistas, que já veem Champlain como um poderoso símbolo da independência do Quebec. Isso só aumentaria seu esplendor e a visão romântica que se tem dele. Ele seria, ao mesmo tempo, heroico e trágico. Exatamente como os separatistas enxergam a si mesmos.

Gamache ficou quieto por um momento.

– Você é separatista, não é, Émile?

Eles nunca haviam falado sobre isso. Não que fosse um segredinho sórdido, mas apenas um assunto particular, que eles nunca abordavam. No Quebec, política era sempre um território perigoso.

Émile tirou os olhos de sua *omelette*.

– Sou.

Não houve contestação, apenas reconhecimento.

– Então você pode ter alguma ideia – disse Gamache. – O movimento separatista poderia usar esse assassinato?

Émile ficou em silêncio por alguns instantes, então pousou o garfo na mesa.

– É um pouco mais do que um "movimento", Armand. É uma força política. Mais da metade da população se diz "nacionalista do Quebec". Os separatistas integraram o governo muitas vezes.

– Eu não quis menosprezar. – Gamache sorriu. – Peço desculpas. E tenho consciência da situação política.

– É claro que tem, eu não quis insinuar o contrário.

O clima já estava pesando.

– Sou separatista desde que entrei na vida adulta – explicou Émile. – Do final dos anos 1960 até hoje. Isso não significa que eu não ame o Canadá. Eu amo. Quem poderia deixar de amar um país que permite tal diversidade de pensamento, de expressão? Mas eu quero ter meu próprio país.

– Como você disse, muitos concordam com essa ideia, mas há fanáticos em ambos os lados do debate. Federalistas ardentes, que temem e desconfiam das aspirações francesas...

– E separatistas dementes que usariam qualquer arma para se separar do Canadá. Inclusive a violência.

Os dois pensaram sobre a Crise de Outubro, décadas antes, quando bombas explodiram, francófonos se recusaram a falar inglês, um diplomata britânico foi sequestrado e um ministro de Estado do Quebec foi assassinado.

Tudo em nome da independência da província.

– Ninguém quer voltar àqueles dias – afirmou Émile, olhando bem nos olhos de seu amigo.

– Tem certeza? – perguntou o inspetor-chefe, suavemente mas com firmeza.

O ar ficou tenso entre eles por um momento, então Émile sorriu e pegou o garfo.

– Quem sabe o que está escondido sob a superfície? Mas eu acho que aqueles dias estão mortos e enterrados.

– *Je me souviens* – disse Gamache. – Como é que René Dallaire chamava o Quebec? Uma sociedade de barcos a remo? Movendo-se para a frente, mas olhando para trás? A visão do passado está de fato muito distante daqui?

Émile o encarou por um momento, então sorriu e voltou a comer, enquanto Gamache contemplava a janela embaçada, sua mente vagando.

Se Samuel de Champlain era um símbolo tão importante do nacionalismo quebequense, seriam todos os membros da Sociedade Champlain separatistas? Talvez. Mas isso importava? Como disse Émile, era mais comum no Quebec ser separatista do que não ser, especialmente entre a *intelligentsia*. Os separatistas do Quebec haviam formado o governo mais de uma vez.

Então outro pensamento lhe ocorreu. E se Samuel de Champlain fosse encontrado e descobrissem que ele não era filho do rei? Ele se tornaria um pouco menos romântico, um pouco menos heroico, um símbolo menos poderoso.

Talvez os separatistas preferissem um Champlain desaparecido a um encontrado e não tão nobre? Talvez eles também desejassem parar Augustin Renaud.

– Você percebeu a visita da semana passada?

Gamache decidiu mudar de assunto. Ele abriu o diário e apontou. Émile leu e olhou para o amigo.

– Sociedade Literária e Histórica? Então a sexta-feira passada não foi sua primeira visita lá. E aqui diz 1800. A hora da reunião?

– Eu estava me perguntando a mesma coisa, mas a biblioteca estaria fechada.

Émile olhou de novo para a página. Os quatro nomes, o número borrado e rabiscado. 18... Ele estreitou os olhos.

– Talvez isso não seja 1800.

– Talvez não. Eu não encontrei nenhum dos outros, mas encontrei um S. Patrick no 1.809 da Rue des Jardins.

– Aí está a sua resposta. – Émile pediu a conta e se levantou. – Vamos?

Gamache engoliu o resto de seu *café au lait* e se levantou.

– Eu liguei e deixei uma mensagem na secretária eletrônica de monsieur Patrick, dizendo que estaríamos lá por volta do meio-dia. Antes disso, preciso ir à Lit e His para perguntar a eles sobre aquela entrada no diário de Renaud. Você pode me fazer um favor enquanto eu vou lá?

– *Absolument*.

Gamache acenou com a cabeça para fora da janela.

– Está vendo aquele prédio?

– Rue Ste. Ursule, 9¾? – indagou Émile, estreitando os olhos em direção ao prédio. – É isso mesmo? Como serão três quartos de uma casa?

– Quer descobrir? É de Augustin Renaud.

Os dois pagaram e, junto com Henri, caminharam pela rua coberta de neve e entraram no apartamento.

– Santo Deus! – exclamou Émile. – Parece que uma bomba caiu aqui.

– O inspetor Langlois e eu passamos boa parte da noite pondo isso em ordem. Você devia ter visto como estava antes – comentou Gamache, serpenteando por entre as pilhas de pesquisas.

– Tudo sobre Champlain? – indagou Émile, pegando uma folha aleatória e a analisando.

– Tudo o que encontrei até agora é. Os diários de Renaud estavam enfiados no fundo da estante.

– Escondidos?

– Parece que sim, mas não tenho certeza de que isso seja importante. Ele era bem paranoico. Você pode dar uma olhada nos papéis enquanto eu vou até a Lit e His?

– Você está brincando?

Émile parecia uma criança solta em uma fábrica de brinquedos. Gamache deixou seu mentor sentado à mesa de jantar, mexendo em uma pilha de papéis.

Em poucos minutos o inspetor-chefe estava na velha biblioteca, parado no saguão de entrada deserto.

– *Je poison vous aider?* – perguntou Winnie, do topo da escadaria de carvalho.

– Eu gostaria de falar com a senhora e quem quer que esteja aqui.

Ele falou em inglês, na esperança de que a bibliotecária mudasse para sua língua materna.

– Encontrar nós talvez em livraria reunião?

Ela não tinha entendido a deixa.

– Boa ideia – concordou Gamache.

– *Oui, bon bidet* – concordou Winnie, e desapareceu.

Gamache encontrou o Sr. Blake na biblioteca, e em poucos minutos Winnie, Elizabeth e Porter se juntaram a eles.

– Eu tenho apenas duas perguntas – disse o chefe. – Encontramos evidências de que Augustin Renaud esteve aqui na semana anterior à sua morte.

Ele os observava enquanto falava. Para uma pessoa comum, eles pareciam surpresos, interessados, um pouco desconcertados, mas nenhum deles parecia culpado. Entretanto um deles estava mentindo. Um deles quase certamente vira, talvez até tivesse se encontrado com Renaud ali. Permitira a sua entrada.

Mas por quê? Por que Renaud desejara ir lá? Por que fizera outras quatro pessoas irem para lá?

– O que ele veio fazer aqui? – indagou Gamache, observando os quatro, que primeiro o encararam, depois se entreolharam.

– Augustin Renaud veio à biblioteca? – perguntou o Sr. Blake. – Mas eu não o vi.

– Nem eu – afirmou Winnie, surpresa, em inglês.

Elizabeth e Porter balançaram a cabeça.

– Ele pode ter vindo depois que a biblioteca fechou – observou Gamache. – Às seis horas.

– Então ele não teria entrado – afirmou Porter. – Teríamos trancado. O senhor sabe disso.

– Eu sei que todos vocês possuem chaves. Sei que seria fácil para um de vocês deixá-lo entrar.

– Mas por que faríamos isso? – perguntou o Sr. Blake.

– Os nomes Chin, JD, Patrick e O'Mara significam alguma coisa para vocês?

De novo eles pensaram e de novo balançaram a cabeça. Como a Hidra. Um corpo, muitas cabeças. Mas uma só resposta.

– Sócios, talvez? – pressionou Gamache.

– Eu não sei sobre JD, mas os outros não são – disse Winnie. – Temos tão poucos que sei os nomes deles de cor.

Pela primeira vez Gamache percebeu como aquela expressão era interessante na língua inglesa. Para se guardar algo na memória, era preciso saber no coração. As recordações eram mantidas no coração, não na cabeça. Pelo menos era ali que os ingleses guardavam suas lembranças.

– Posso ver a lista dos sócios? – pediu Gamache.

Winnie ficou tensa e Porter saltou da cadeira.

– A lista é confidencial.

– A lista de sócios de uma biblioteca? Um segredo?

– Não um segredo, inspetor-chefe. Confidencial.

– Mesmo assim, preciso vê-la.

Porter abriu a boca, mas Elizabeth interveio:

– Vamos mostrá-la. Winnie?

E Winnie, sem hesitar, fez o que Elizabeth pediu.

Antes de sair, com a lista de sócios dobrada e guardada no bolso do peito, Gamache parou no topo da escada para vestir as luvas grossas. Do outro lado, ele avistou a Igreja Presbiteriana de St. Andrew e a casa paroquial, voltadas para a antiga biblioteca.

Quem teria mais facilidade de deixar alguém entrar na Lit e His sem que ninguém visse? E, se luzes estivessem acesas na hora de fechar, quem teria mais possiblidade de ter percebido?

O pastor, Tom Hancock.

Gamache se dirigiu primeiro para a casa de pedra, mas encontrou o religioso em seu escritório na igreja, um cômodo nos fundos, desorganizado e confortável.

– Desculpe incomodá-lo, mas preciso saber se o senhor viu Augustin Renaud na Lit e His uma semana antes de ele morrer.

Se Tom Hancock fosse a pessoa que o deixara entrar, ele quase certamente negaria. Gamache não esperava a verdade, apenas torcia para surpreender um olhar fugaz de culpa.

Mas não viu nenhum.

– Renaud esteve lá uma semana antes de morrer? Eu não sabia. Como o senhor descobriu?

Ao contrário dos outros sócios, Hancock não tentou argumentar. Ele ficou, como o chefe, confuso.

– Pelo diário dele. Ele ia encontrar quatro homens lá, depois do horário de funcionamento, é o que achamos.

Gamache mencionou os nomes, mas o pastor balançou a cabeça.

– Desculpe, esses nomes não significam nada para mim, mas posso perguntar por aqui, se o senhor quiser. – Ele pausou e examinou Gamache de perto. – Há mais alguma coisa em que eu possa ajudá-lo?

Ajuda. Eu preciso de ajuda. Gamache balançou a cabeça, agradeceu e saiu.

Quando voltou ao número 9¾ da Rue Ste. Ursule, Émile ainda estava lendo.

– Deu sorte? – perguntou ele, olhando para Gamache.

Gamache balançou a cabeça e tirou o casaco, esfregando a neve acumulada nele.

– E você?

– Eu estava pensando nisso. Você percebeu isto aqui?

Gamache caminhou até a mesa e olhou para baixo. Émile apontou para a página do diário que mencionava o encontro na Lit e His com os quatro homens. Na parte inferior da página, bem pequenos porém legíveis, estavam escritos dois números.

9-8499 e 9-8572.

– Uma conta bancária? Uma placa de automóvel, talvez? Não são números de referência – observou Gamache. – Pelo menos não da classificação decimal de Dewey. Eu os notei também, mas o diário tem tantos números rabiscados em tantas partes... Está cheio deles.

Não pareciam ser números de telefone, ao menos não de Quebec. Coordenadas de um mapa? Não como outras que eu já vi.

Gamache olhou para o relógio.

– Acho que está na hora de visitar monsieur Patrick. Você vem comigo?

Émile fechou o diário e se levantou, se espreguiçando.

– É incrível, tanto documento e nenhuma novidade. Todas as pesquisas feitas antes dele. Depois de todos esses anos, imaginaria que Augustin Renaud teria descoberto algo novo.

– Talvez ele tenha descoberto. As pessoas não são assassinadas por nada. Algo aconteceu na vida dele.

Gamache trancou a casa, e eles seguiram pelas ruas estreitas com Henri.

– Tudo isso era floresta nos tempos de Champlain? – indagou Gamache, enquanto caminhavam pela Ste. Ursule.

Émile assentiu.

– O principal povoado acabava na altura da Rue des Jardins, mas foi só muito tempo depois da morte de Champlain que a colônia se expandiu. As Ursulinas construíram o convento, e mais colonos vieram quando perceberam que elas iam ficar lá.

– E que poderiam fazer fortunas – acrescentou Gamache.

– Verdade.

Eles pararam na Rue des Jardins. Como a maioria das ruas de Vieux Québec, ela fazia uma curva e desaparecia em uma esquina. Não havia nada que sequer parecesse planejamento urbano, apenas um emaranhado de minúsculas ruas calçadas e casas antigas.

– Por onde? – perguntou Émile.

Gamache congelou. Ele precisou de um momento para se lembrar de onde vinha aquilo. A última vez que alguém lhe fizera aquela pergunta. Jean-Guy. Olhando fixamente para o longo corredor, primeiro em uma direção, depois na outra, depois olhando para ele. Exigindo saber: por onde?

– Por aqui.

Fora um palpite naquele dia, e era um palpite agora. Gamache sentiu seu coração palpitar com tanta força que teve que lembrar a si mesmo que era apenas isso. Já era passado, acabado. Morto e enterrado.

– Você está certo – disse Émile, apontando para uma construção de pedra cinza com uma porta de madeira ornamentada e esculpida e o número acima: 1.809.

Gamache tocou a campainha e eles esperaram. Dois homens e um cachorro. A porta foi aberta por um senhor de meia-idade.

– *Oui?*

– Sr. Patrick – disse Gamache, em inglês. – Meu nome é Gamache. Deixei uma mensagem em sua secretária eletrônica esta manhã. Este é meu colega Émile Comeau. Eu poderia lhe fazer algumas perguntas?

– *Quoi?*

– Algumas perguntas – repetiu Gamache, mais alto, uma vez que o homem parecia não ter ouvido.

– *Je ne comprends pas* – retrucou o homem, irritado, e começou a fechar a porta.

– Não, espere – disse Gamache rapidamente, agora em francês. – *Désolé.* Pensei que o senhor fosse inglês.

– Todo mundo pensa isso – respondeu o homem, exasperado. – Meu nome é Sean Patrick. – Ele pronunciou Patrick com acento tônico na última sílaba. – Não falo uma única palavra em inglês. Desculpa.

Mais uma vez, ele fez menção de fechar a porta.

– Mas, monsieur, essa não era a minha pergunta – comentou Gamache, apressado. – Quero falar sobre a morte de Augustin Renaud.

A porta se abriu de novo, lentamente, e Gamache, Émile e Henri puderam entrar.

Monsieur Patrick apontou para a sala.

Gamache ordenou que Henri ficasse deitado perto da porta da frente, então eles tiraram as botas e seguiram monsieur Patrick até a sala de visitas, uma expressão antiquada, mas que se encaixava bem. Certamente não parecia ser uma sala de estar. Olhando para os sofás, Gamache não viu nenhum sinal de que um corpo tivesse tocado aquelas almofadas e nem iriam tocar agora. Monsieur Patrick não os convidou a se sentar. Em vez disso, eles se apertaram no meio do cômodo abafado.

– Linda mobília – elogiou Émile, olhando ao redor.

– Dos meus avós.

– Esses são eles? – indagou Gamache, notando as fotografias na parede.

– Sim. E aqueles são meus pais. Meus bisavós também moravam em Quebec. São eles naquela outra foto ali.

Ele indicou outro conjunto de fotografias, e Gamache viu duas pessoas sérias. Ele sempre se perguntava o que acontecia assim que a foto era tirada. Será que soltavam o ar, alegres por terem terminado? Será que olhavam uns para os outros e sorriam? Aquilo era quem eles realmente eram ou um mero efeito de uma tecnologia primitiva, que exigia que ficassem parados e olhassem sérios para a câmera?

No entanto...

Gamache foi atraído por outra foto na parede. Era um grupo de homens sujos, com pás à frente do corpo, diante de um enorme buraco. Atrás deles havia um edifício de pedra. A maioria dos trabalhadores parecia taciturna, mas dois estavam sorrindo.

– Que maravilha ter essa foto – comentou Gamache.

Mas Patrick não parecia achar nada maravilhoso, horrível ou qualquer opinião. Na verdade, Gamache achou que ele provavelmente não olhava para aquelas fotos em sépia havia décadas. Talvez nunca tivesse reparado nelas.

– O senhor conhecia bem Augustin Renaud? – perguntou o inspetor--chefe, voltando para a sala.

– Eu não o conhecia.

– Então por que foi se encontrar com ele?

– Está brincando? Me encontrar com ele? Quando?

– Uma semana antes de sua morte, ele havia marcado um encontro com o senhor, o Sr. O'Mara e duas outras pessoas. Um tal Chin e um tal JD.

– Nunca ouvi falar dessas pessoas.

– Mas o senhor conhece Augustin Renaud – insistiu Émile.

– Eu ouvi falar dele. Não o conheço.

– Está dizendo que Augustin Renaud nunca o contatou? – quis saber Gamache.

– Vocês são da polícia?

Uma suspeita crescia em Patrick.

– Estamos ajudando na investigação – explicou Gamache, sem entrar em detalhes.

Felizmente, monsieur Patrick não era muito observador ou curioso, caso contrário poderia perguntar por que Gamache estava lá com um idoso e um cachorro. Um cão policial, claro, mas ainda assim era incomum. Sean Patrick, no entanto, parecia não se importar. Como a maioria dos quebequenses, ele estava obcecado por Augustin Renaud.

– Ouvi dizer que os ingleses o mataram e o enterraram no porão daquele prédio.

– Quem lhe disse isso? – perguntou Émile.

198

– Aquilo ali.

Patrick acenou para o *Le Journaliste* sobre a mesa no saguão de entrada.

– Ainda não sabemos quem o matou – afirmou Gamache, com firmeza.

– Ora – insistiu Patrick. – Quem mais além dos anglos? Eles o mataram para manter seus segredos.

– Champlain? – perguntou Émile.

Patrick se virou para ele, assentindo.

– Exatamente. O arqueólogo-chefe disse que Champlain não está lá, mas tenho certeza de que está mentindo. Acobertando alguém.

– Por que ele faria isso?

– Os anglos o compraram – explicou Patrick, esfregando dois dedos um no outro.

– Eles não fizeram isso, monsieur – disse Gamache. – Acredite, Samuel de Champlain não está enterrado na Sociedade Literária e Histórica.

– Mas Augustin Renaud estava – retrucou Patrick. – Não venha me dizer que *les Anglais* não tiveram nada a ver com isso.

– Por que seu nome estava no diário de monsieur Renaud? – indagou Gamache. Viu um olhar de espanto no rosto de Patrick.

– Meu nome? – Patrick fez uma careta, algo entre desdém e impaciência. – Isso é uma piada? Posso ver suas identificações?

Gamache enfiou a mão no bolso e tirou de lá seu distintivo. O homem o pegou, leu o nome, encarou a foto e olhou bem para Gamache. Atordoado.

– Você é ele? Aquele policial da Sûreté? Meu Deus. A barba me confundiu. O senhor é o inspetor-chefe Gamache?

Gamache assentiu.

Patrick inclinou-se mais para perto. Gamache não se moveu, ficou ainda mais imóvel. Um homem mais atento teria entendido o aviso.

– Eu o vi na TV, é claro. Nos funerais.

Ele examinou Gamache como se o chefe fosse uma obra exposta.

– Monsieur – interrompeu Émile, tentando chamar a atenção de Patrick.

– Deve ter sido horrível.

E, ainda assim, os olhos do homem pareciam brilhar de excitação.

E Gamache permanecia calado.

– Eu guardei a revista, *L'Actualité*, com o senhor na capa. Aquela foto. Poderia autografá-la para mim?

– Eu não vou fazer uma coisa dessas.

A voz de Gamache era baixa, em tom de advertência, algo que, por fim, Sean Patrick não pôde deixar de perceber.

Patrick se virou para a porta, uma resposta raivosa nos lábios, e congelou. O inspetor-chefe Gamache estava olhando para ele. Duro. Os olhos cheios de desprezo.

Patrick hesitou, depois corou.

– Desculpa. Cometi um erro.

O silêncio encheu longamente a sala. Por fim, Gamache assentiu.

– Tenho mais algumas perguntas – disse ele, e Patrick, agora dócil, voltou. – Alguém mencionou Champlain ou quis saber a história de sua casa?

– As pessoas estão sempre interessadas nisso. Ela foi construída em 1751. Meus bisavós se mudaram para cá no final da década de 1800.

– O senhor sabe o que havia aqui antes? – perguntou Émile.

Patrick balançou a cabeça.

– E esses números... – Gamache mostrou os números da página do diário: 9-8499 e 9-8572. – Eles significam alguma coisa?

Mais uma vez, Patrick balançou a cabeça. Gamache o observava. Por que o nome dele estaria no diário de um homem morto? Ele poderia jurar que, embora não tivesse bom senso, Sean Patrick não estava mentindo. Ele parecera genuinamente perplexo quando ouvira que Augustin Renaud tinha um encontro marcado com ele.

– O que você achou? – perguntou Gamache a Émile quando foram embora. – Ele estava mentindo?

– Na verdade, acho que não. Ou Renaud se referia a outro S. Patrick ou planejava conhecê-lo mas nunca marcou o encontro.

– Mas ele parecia tão animado com isso. Por que não seguiu em frente?

Eles caminharam em silêncio por alguns minutos, então Émile parou.

– Vou encontrar alguns amigos para almoçar, você gostaria de vir?

– *Non, merci.* Acho que vou voltar para a Sociedade Literária e Histórica.

– Mais escavações?

– De certa forma, sim.

CATORZE

Alguns curiosos, do tipo mais macabro de turistas, ainda rondavam a Lit e His. O que eles esperavam ver?

Ao ouvi-los falar sobre Augustin Renaud, Champlain e *les Anglais* e reproduzir teorias da conspiração, Gamache constatou que a natureza humana não tinha mudado. Havia duzentos anos, uma multidão semelhante teria ficado exatamente onde eles estavam, amontoada no frio cortante. Esperando para ver o condenado ser conduzido a uma grande abertura acima da porta, colocado sobre uma pequena sacada, com um laço no pescoço, e atirado de lá. Para balançar, morto ou morrendo, diante da multidão que se juntara.

A única diferença hoje era que a morte já havia acontecido.

Seria aquilo também uma execução?

O inspetor-chefe Gamache sabia que a maioria dos assassinos não considerava seu ato um crime. De alguma forma eles se convenciam de que a vítima tinha que morrer, que a culpa era dela, que ela merecia a morte. Era uma execução particular.

Era nisso que o assassino de Renaud acreditava? Gamache sabia que o poder da mente não podia ser subestimado. Um assassinato nunca era questão de força. Ele começava e terminava no cérebro, e o cérebro podia justificar qualquer coisa.

Gamache observou as pessoas em volta. Homens e mulheres de todas as idades olhando para o prédio como se ele pudesse se levantar e fazer algo interessante.

Mas ele era melhor do que isso? Depois de deixar Émile, Gamache havia caminhado com Henri pelas ruas estreitas e nevadas, pensando sobre o caso.

Mas também se perguntava por que ainda estava envolvido nele. Certamente sua obrigação fora cumprida. O inspetor Langlois era um detetive competente e esperto. Ele resolveria o caso, Gamache tinha certeza disso, e se certificaria de que os ingleses não fossem acusados injustamente.

Então por que ainda estava se metendo no assassinato de Augustin Renaud?

Agora não haverá mais solidão.

"Suzanne e eu temos um cachorro, sabe?"

"É mesmo? De que raça?"

"Ah, um vira-lata", explicara o agente Morin.

Enquanto ele falava, e ouvia, o inspetor-chefe Gamache estava sentado à sua mesa, diante de seu computador, onde acompanhava o progresso de busca... ou a falta de progresso.

Já fazia seis horas e eles ainda não haviam rastreado a chamada. Equipamentos cada vez mais sofisticados eram usados, cada vez mais especialistas chegavam, e nada.

Uma equipe estava tentando rastrear a ligação, outra analisava a voz do agricultor, mais equipes vasculhavam as fazendas e seguiam pistas. Todos coordenados pelo superintendente Francoeur.

Embora os dois homens não morressem de amores um pelo outro, Gamache tinha que admitir que era grato ao superintendente. Alguém tinha que assumir o comando e ele não podia fazê-lo.

Ao falar com Morin, a voz de Gamache era calma, quase jovial, mas sua mente estava acelerada.

Algo estava muito errado. Não fazia sentido, nada daquilo fazia sentido. Enquanto Morin falava sobre seu cachorrinho, Gamache pensava, tentando juntar os fatos.

Então ele entendeu. Aproximou-se de seu computador e disparou uma mensagem.

O agricultor não é agricultor. Era uma encenação. Peçam ao analista de voz para verificar o sotaque.

Eles já o fizeram, veio a resposta da agente Isabelle Lacoste. *O sotaque é genuíno.*

Ela estava em Ste. Agathe, reunindo informações na cena do tiroteio.

Peça que analisem com mais atenção. Ele não é o caipira que deseja que a gente acredite que é. Não pode ser. Então, quem é ele? Ao ouvido, ele escutava Morin falando sobre comida de cachorro.

No que vocês estão pensando?, Beauvoir entrou. Ele estava fora, na sala de investigação, ajudando nas averiguações.

Suponha que não tenha sido um acidente, escreveu o chefe, seus dedos batendo no teclado, digitando rapidamente enquanto os pensamentos corriam. *Suponha que ele desejasse matar um agente e sequestrar outro. Suponha que esse tenha sido o plano desde o início.*

Por quê?, perguntou Beauvoir.

Houve uma pausa na linha telefônica.

"Como se chama o seu cachorro?", perguntou Gamache.

"Nós a chamamos de *Bois*, ou seja, madeira, porque ela parece um tronco." Morin riu, assim como o chefe.

"Me fale sobre ela."

Não sei, digitou Gamache, enquanto o agente Morin lhe contava como levara o cachorro do abrigo para Suzanne. *Mas digamos que tudo isso foi planejado, então isso inclui o horário: 11h18 amanhã de manhã. Eles nos querem ocupados até lá. Estão desviando nossa atenção. Querem que estejamos olhando para um lugar enquanto fazem algo em outro.*

Algo está planejado para acontecer amanhã às 11h18 da manhã?, digitaram ao mesmo tempo Beauvoir e Lacoste.

Ou, digitou o chefe, *algo vai terminar às 11h18 amanhã. Algo que está acontecendo neste momento.*

Houve uma pausa. O cursor latejava sobre a tela silenciosa de Gamache enquanto, em seus ouvidos, ele escutava Morin descrever o hábito de Bois de comer meias e expeli-las nas fezes.

Então o que vamos fazer?, perguntou Beauvoir.

Gamache olhou para seu cursor piscando. O que deveriam fazer?

Não façam nada, apareceu na tela.

Quem é?, Gamache digitou depressa.

Superintendente Francoeur, veio a resposta igualmente rápida. Gamache tirou os olhos do computador e viu o superintendente na sala de investigação, em outro computador, também olhando para ele pela janela. *Você, inspetor-chefe, continuará a falar com o seu agente. É sua primeira e única tarefa. O inspetor Beauvoir e a agente Lacoste continuarão a seguir minhas ordens.*

Só pode haver um líder nesta investigação, você sabe disso. Vamos trazer seu agente de volta, mas você precisa se concentrar e seguir a cadeia de comando. Não quebre essa cadeia. Os criminosos acabam se beneficiando disso.

Concordo, escreveu Gamache. *Mas precisamos considerar outras possibilidades. Inclusive que tudo isso pode fazer parte de um plano muito bem organizado.*

Um plano? Para alertar todos os policiais da América do Norte? Um agente foi morto, outro foi sequestrado. Um plano bem ruim, você não acha?

Gamache olhou para a tela e digitou. *Esse agricultor não é quem parece ser. Nós já o teríamos encontrado. Teríamos encontrado o agente Morin. Tem alguma coisa acontecendo.*

Seu pânico não vai ajudar, inspetor-chefe. Siga as ordens.

Ele não está em pânico, escreveu Beauvoir. *O que ele disse faz sentido.*

Chega. Inspetor-chefe Gamache, mantenha o foco. Vamos trazer o agente Morin de volta.

O inspetor-chefe Gamache observou o cursor piscando e olhou por cima de sua tela. Francoeur o observava. Não com raiva. Na verdade, parecia haver compaixão em seu olhar, como se tivesse alguma ideia do que Gamache estava sentindo.

E talvez tivesse. Gamache desejou que o superintendente soubesse o que ele estava pensando.

Aquilo estava errado. Tinham apenas dezoito horas para encontrar o agente Morin, mas continuavam perdidos. Um simples agricultor não seria capaz de enganar todos os recursos tecnológicos da Sûreté. Portanto não se tratava de um simples lavrador.

Gamache acenou com a cabeça para o superintendente, que deu ao inspetor-chefe um sorriso agradecido. Não era hora de dois líderes entrarem em choque e, embora o superintendente Francoeur fosse o superior hierárquico, o inspetor-chefe era mais respeitado.

Não, uma rixa naquele momento seria um desastre.

Mas ignorar o que Gamache considerava óbvio também o seria. Eles estavam sendo levados para longe da verdade. E a cada minuto que passava afastavam-se ainda mais. Da verdade, do agente Morin. De qualquer plano maior que estivesse em ação.

Gamache sorriu de volta e fez uma pausa. Deveria fazer isso? Se o fizesse, não haveria como voltar atrás. Carreiras e vidas poderiam ser destruídas. Ele olhou pela janela.

"O senhor tem um cachorro, não tem?"

"Sim. Henri. Também foi resgatado, como Bois."

"Engraçado como a gente se apaixona por eles. Acho que existe alguma coisa especial nos animais que adotamos dos abrigos."

"Verdade", concordou Gamache com firmeza.

Ele se endireitou na cadeira, rabiscou um bilhete à mão e fez contato visual com o inspetor Beauvoir, que se levantou, encheu um jarro com água fresca e entrou no escritório do chefe, sob o olhar do superintendente Francoeur.

Jean-Guy Beauvoir pegou o bilhete e o escondeu na mão.

Agora, os pés de Gamache estavam ficando dormentes de frio, mas ele não tirava os olhos da Sociedade Literária e Histórica. Ao seu lado, Henri levantava alternadamente as patas. A neve e o gelo eram tão gelados que, ironicamente, queimavam.

Por que ele ainda estava investigando o caso Renaud? Seria sua forma de desviar sua própria atenção? Estaria tentando afastar a mente de algo que, de outra forma, precisaria enfrentar? E ouvir? E sentir? Viveria para sempre daquele jeito? Substituindo um fantasma por outro, mais fresco? Correndo um passo à frente de suas lembranças?

Ele abriu a pesada porta de madeira e entrou na Sociedade Literária e Histórica, onde os anglófonos guardavam, arquivavam e numeravam todos os seus fantasmas.

Na biblioteca, o Sr. Blake estava se servindo de uma xícara de chá e pegando um biscoito de uma travessa de porcelana azul e branca sobre a longa mesa de madeira. Ele olhou para Gamache e indicou o bule. Gamache assentiu e, depois que tirou o casaco e esfregou as patas de Henri para esquentá-las e secá-las, uma xícara de chá e um biscoito esperavam por ele sobre a mesa.

O Sr. Blake voltou a ler, e Gamache decidiu que deveria fazer isso também. Por uma hora, ele buscou livros, tomou goles de chá, mordiscou o biscoito e leu, às vezes fazendo anotações.

– O que o senhor está lendo? – O Sr. Blake baixou seu livro, um pequeno volume sobre gramíneas nas Hébridas Exteriores. – É sobre o caso Renaud?

Armand Gamache marcou a página com um pedaço de papel e encarou o idoso impecavelmente vestido em calça de flanela cinza, camisa, gravata, suéter e paletó do outro lado da área de estar.

– Não, eu pensei em dar ao caso um descanso por uma hora ou algo assim. Isto – ele ergueu o livro – é apenas uma curiosidade que tenho. É sobre Bougainville.

O Sr. Blake se inclinou para a frente.

– Está se referindo à buganvília? O arbusto com flores?

– Isso mesmo.

Ambos imaginaram a exuberante e colorida planta, tão comum nos trópicos.

– O senhor se interessa por botânica também? – perguntou o Sr. Blake.

– Não, estou interessado nas Planícies de Abraão.

– Não há muitas buganvílias por lá.

Gamache sorriu.

– Isso é verdade. Mas Bougainville estava.

– Estava o quê?

– Lá – completou Gamache. – Na Batalha das Planícies de Abraão.

– Estamos falando sobre o mesmo homem? – indagou o Sr. Blake. – O navegador? O que trouxe as buganvílias de uma de suas viagens?

– Esse mesmo. A maioria das pessoas não sabe que ele era um dos *aides--de-camp* do *général* Montcalm.

– Espere um minuto – disse o Sr. Blake. – Um dos maiores cartógrafos e navegadores de seu tempo lutou nas Planícies de Abraão?

– Bem, há controvérsias em relação a lutar. É isso que estou investigando.

Mais fantasmas, pensou Gamache. Minha vida é cheia deles. O Sr. Blake estava olhando para Gamache, atônito. E tinha motivos para isso. Aquele era um fato histórico pouco conhecido e, curiosamente, pouco reconhecido.

– Tem mais. – Gamache inclinou-se para a frente. – Os franceses comandados por Montcalm perderam a Batalha das Planícies de Abraão. Sabe por quê?

– Porque os ingleses, sob o comando do general Wolfe, escalaram as falésias. Hoje essa é considerada uma tática brilhante. – O velho baixou a voz para que os fantasmas e a estátua de madeira acima deles não ouvissem. – Quer saber? Acho que Wolfe foi dopado e não sabia o que diabos estava fazendo.

Gamache sorriu, surpreso. O general Wolfe, o herói anglófono da batalha, de fato estivera doente nos dias que antecederam aquele evento.

– Não concorda que foi uma estratégia brilhante?

– Acho que ele estava demente e teve muita sorte.

Gamache fez uma pausa.

– Talvez. Há outro fator na vitória inglesa, como o senhor sabe.

– É mesmo? Montcalm também estava dopado?

– Ele cometeu alguns erros – afirmou Gamache. – Mas esse não foi um deles. Não, eu estava pensando em outra coisa. Quando Montcalm percebeu de onde o ataque real viria, ele fez duas coisas: correu ao encontro dos rivais e enviou uma mensagem para seu *aide-de-camp*, Bougainville, para ir imediatamente. Então Montcalm enfrentou os ingleses.

– Depressa demais, se me lembro direito. As pessoas afirmam que ele deveria ter esperado por reforços, não é mesmo?

– Sim. Foi um de seus erros. Ele correu para lutar sem ter homens suficientes.

Gamache fez uma pausa, recompondo as ideias. Observando-o, o Sr. Blake se perguntou por que aquela batalha perdida havia tantos anos afetava o outro com tanta força. Mas afetava.

– Isso custou a vida de Montcalm – observou Blake.

– Sim, ele morreu, embora não no campo de batalha. O general Wolfe morreu no campo, não Montcalm. Ele foi atingido diversas vezes e levado ao Convento das Ursulinas, não muito longe daqui, aliás. As freiras tentaram salvar a vida dele, mas Montcalm morreu na manhã seguinte e foi enterrado junto com alguns de seus homens no porão do convento.

O Sr. Blake refletiu por um momento.

– E quanto ao *aide-de-camp*? Bougainville. Onde ele estava?

– Pois é – disse Gamache. – Onde ele estava? Estava esperando pelos ingleses mais adiante, rio acima. Todos esperavam que a primeira investida viesse de lá. Mas quando Montcalm chamou Bougainville, desesperado por reforços, por que ele não foi?

– Por quê?

– Eu não sei. Ninguém sabe. Ele até foi, mas devagar, e, quando finalmente chegou, não se mexeu. Sua explicação oficial foi que, naquele momento, ele achou que a batalha já estava perdida. Não quis arriscar seu exército por uma causa perdida.

– Sensato.

– Concordo, mas isso é provável? Seu general tinha dado a ordem de que voltasse. Ele podia ver o massacre. Ele teria mesmo hesitado? Alguns historiadores dizem que, se tivesse enfrentado o inimigo, o coronel Bougainville teria quase certamente vencido. Os exércitos ingleses estavam desorganizados, a maioria de seus comandantes morta ou ferida.

– Qual é a sua teoria? O senhor tem alguma? – questionou o Sr. Blake, estreitando os olhos.

– Minha teoria provavelmente não será muito popular, tampouco muito precisa. Mas havia alguém do lado inglês que estava na batalha, alguém não mencionado com frequência nas histórias e, ainda assim, o mais famoso de todos os combatentes. Mundialmente famoso.

– Quem?

– James Cook.

– O capitão Cook?

– Ele mesmo. Ele mapeou a maior parte da América do Sul, a Austrália, a Nova Zelândia e o Pacífico. Era o mais famoso cartógrafo vivo, e ainda é famoso hoje. Mas, antes de tudo isso, ele comandava um navio que desembarcou os soldados que escalaram as falésias e tomaram o Quebec de uma vez por todas para os ingleses. O Quebec nunca mais voltou para as mãos dos franceses.

– Então qual é a sua teoria?

– No meu ramo de trabalho, a gente começa a suspeitar de coincidências. Elas acontecem, mas não muitas vezes. E quando você as vê, começa a questionar.

– E essa é uma grande questão – concordou o Sr. Blake. – Dois cartógrafos mundialmente famosos lutando em lados opostos da mesma batalha, numa colônia distante.

– E um deles hesita, talvez desastrosamente.

– O senhor acha que ele fez isso de propósito...

Não era uma pergunta.

– Acho que é possível que eles se conhecessem, que tivessem se comunicado. Acho que é possível que o capitão Cook, o mais velho dos dois, tivesse feito uma promessa a Bougainville em troca de um favor.

– Uma hesitação. Uma pausa – disse o Sr. Blake. – Não pareceria muito, mas custou a colônia.

– E muitas vidas, inclusive a do *général* Montcalm – acrescentou Gamache.

– E em troca? O que Bougainville ganharia?

– Talvez Cook lhe indicasse o caminho para as Índias Ocidentais. Talvez Cook fizesse vista grossa e deixasse Bougainville mapear e navegar por alguns lugares importantes. Eu não sei. É por isso que estou aqui. – Ele ergueu o livro. – Suspeito que estou enganado e que foi apenas uma coincidência.

– Mas ajuda a passar o tempo – comentou o Sr. Blake. – E algumas vezes isso é uma bênção.

Avec le temps, pensou Gamache.

– E o senhor? – perguntou ele.

O Sr. Blake lhe entregou o livro sobre gramíneas ancestrais escocesas.

– Ironicamente, agora que estou tão perto do fim da vida, parece que tenho todo o tempo do mundo.

Gamache olhou para o livro ressecado, tentando fingir interesse. Ler aquilo certamente faria uma hora parecer uma eternidade. Faria o tempo se estender ou ser desperdiçado. Ele o abriu. Uma primeira edição, ele percebeu, mas danificada pela água e tão esmaecida que não devia valer muita coisa. Fora impressa em 1845.

Havia algo mais, outro número parcialmente escondido sob o cartão da biblioteca.

– O senhor sabe o que é isso? – indagou ele, erguendo o livro e mostrando para o Sr. Blake, que deu de ombros.

– Esses não são importantes. Estes aqui são os que contam.

O Sr. Blake apontou para o número da classificação decimal de Dewey.

– Mesmo assim, eu gostaria de ver os números abaixo.

Gamache olhou em volta buscando alguma ajuda.

– Talvez devamos perguntar a Winnie – sugeriu o Sr. Blake.

– Boa ideia.

O Sr. Blake pegou o telefone e em poucos minutos a bibliotecária minúscula e desconfiada chegou. Depois que lhe explicaram a questão, ela se voltou para o inspetor-chefe.

– Muito bem, venha comigo.

Os três atravessaram os corredores, viraram, subiram algumas escadas, desceram outras e finalmente entraram no amplo escritório dos fundos. Porter Wilson estava lá, assim como Elizabeth MacWhirter.

– Olá, inspetor-chefe.

Elizabeth se aproximou e foi cumprimentar Gamache, assim como Porter.

Então, como um cirurgião, Winnie inclinou-se sobre o livro e, com um estilete, levantou a ponta do suporte do cartão que fora colado ali centenas de anos antes.

E abaixo dele estavam os números, sem danos, claros como no dia em que foram inscritos naquela melancólica primeira edição.

6-5923.

– O que esse número significa? – perguntou Gamache.

Fez-se silêncio enquanto eles se revezavam para ver o número. Por fim, Winnie respondeu:

– Acho que é o antigo sistema de catalogação. O que acha, Elizabeth?

– Acho que você tem razão – disse Porter, que claramente não fazia a menor ideia.

– Que antigo sistema é esse? – quis saber o inspetor-chefe.

– Do século XIX. Nós não o usamos mais – explicou Elizabeth –, mas naquela época, quando a Sociedade Literária e Histórica foi fundada, era assim que eles marcavam os itens.

– Continue.

Elizabeth deu um pequeno riso envergonhado.

– Não era, na verdade, um grande sistema. A Sociedade Literária e Histórica foi fundada mais ou menos em 1820...

– Em 1824, na verdade – corrigiu-a o Sr. Blake. – Existe um estatuto em algum lugar por aqui.

Ele procurou, enquanto Elizabeth falava.

– Foi feito um pedido à comunidade inglesa local naquela época para que enviassem relíquias, itens de colecionador, o que quer que as pessoas considerassem de importância histórica. – Ela riu. – Aparentemente, as pessoas usaram isso como desculpa para esvaziar seus sótãos, porões e celeiros. Elas mandaram lagartos empalhados, vestidos de baile, armários.

Cartas, listas de compras. Até que a Sociedade refez seu estatuto para que o local se tornasse principalmente uma biblioteca, mas mesmo assim tudo ficou entulhado.

Gamache podia imaginar montanhas de livros antigos, com capas de couro e até páginas soltas.

– À medida que os livros chegavam, eles anotavam o ano de entrada. – Ela pegou o volume sobre gramíneas escocesas e apontou. – Este aqui é o número 6, e o outro era o número do livro. Este foi o 5.923º.

Gamache estava mais do que perplexo.

– *Alors*, o primeiro número, o 6, significa o ano. Mas de qual década? E esse foi o quinto milésimo a chegar naquele ano ou desde o início? Acho que estou meio confuso.

– Um sistema ridículo – resmungou Winnie. – Chocante. É claro que não tinham a menor ideia do que estavam fazendo.

– Deviam estar sobrecarregados – argumentou Elizabeth.

– E isso só deve ter gerado mais confusão. – Winnie virou-se para o inspetor-chefe. – É preciso bastante esforço e alguma criatividade para desvendar o código. Como este livro foi publicado em 1845, podemos presumir que foi doado em 1846. Ou em 1856 ou em 1866, e daí em diante.

– Mas e o 5923? – perguntou Gamache.

– Isso é ainda pior – admitiu Winnie. – Eles começaram com o número 1 e foram apenas seguindo a sequência.

– Então esse foi o livro número 5.923?

– Isso faria sentido demais, inspetor-chefe, então provavelmente não. Quando chegaram ao 10.000, começaram de novo no número 1.

Ela suspirou. Aquilo parecia doloroso de admitir.

– Eles catalogaram tudo. Alguns foram para as prateleiras, outros acabaram recebendo a classificação decimal de Dewey, outros não – explicou Elizabeth. – Era, e continua sendo, uma bagunça.

– Encontrei! – exclamou o Sr. Blake, erguendo uma pasta desgastada. – Esta é a redação do estatuto original.

Blake leu o documento velho:

– *Descobrir e resgatar da implacável mão do tempo os registros que ainda permanecem dos primórdios da história do Canadá. Preservar, enquanto em nosso poder, tais documentos, que podem ser encontrados em meio à poeira de depósitos ainda inexplorados, e que podem ser importantes para a história geral e a história particular desta província.*

Gamache ouviu a velha voz lendo as velhas palavras e ficou profundamente comovido com a simplicidade e a nobreza delas. De repente, sentiu um desejo esmagador de ajudar aquelas pessoas, ajudar a salvá-las da implacável mão do tempo.

– O que isso pode significar?

Ele mostrou os números encontrados no diário de Augustin Renaud. 9-8499 e 9-8572.

– Havia também um número de chamada? – perguntou Winnie.

Ele teve a impressão de que, se ela pudesse cheirar a classificação decimal de Dewey, ficaria entorpecida. Mas ele teve que desapontá-la.

– Apenas esses. Eles lhe dizem alguma coisa?

– Podemos procurá-los no catálogo.

Gamache se virou e olhou para o Sr. Blake.

– Existe um catálogo? – perguntou ele.

– Ora, sim. É para isso que existem números de catálogo – disse o Sr. Blake, com um sorriso. – Ele está aqui.

O "ele" na verdade eram oito volumes enormes, escritos à mão por décadas. Cada um pegou um, e eles começaram a procurar. O primeiro a ser "achado" estava em 1839. Ali, Porter encontrou ambos: 9-8499 e 9-8572.

– O primeiro é um diário de viagem ao redor do Chifre da África, escrito por um tal coronel Ephram Hoskins, e o 9-8572 é um livro de sermões, doado por Kathleen Williams.

Não parecia promissor.

Gamache fechou um catálogo e pegou outro, passando o dedo de alto a baixo em cada página preenchida com uma grafia precisa.

– Achei um – avisou Elizabeth alguns minutos depois. – Vai de 9-8466 a 9-8594. Doado em 1899 por madame Claude Marchand, de Montreal.

– Nada mais específico? – perguntou Gamache, desanimando.

Aquelas eram as únicas entradas que poderiam indicar em que Augustin Renaud estava interessado, mas ele achava difícil de acreditar que uma viagem nos anos 1830 ao redor da África ou uma coleção de sermões fossem relevantes ao especialista em Champlain. Menos promissores ainda eram os mais de cem livros doados por uma mulher em Montreal. Entretanto, era a única pista.

– Esses livros ainda estão na biblioteca?

– Vamos ver – respondeu Winnie.

Ela buscou a informação de seu sistema "moderno": um catálogo de fichas. Depois de alguns minutos, ela olhou para Gamache.

– O livro de sermões está na biblioteca, embora ainda não tenha recebido um número de chamada. O Chifre da África ainda deve estar em alguma caixa, em algum lugar.

– E os de Montreal? – indagou Gamache.

– Não sei. Tudo o que temos é o número do lote. Aqui não diz o que aconteceu a esses livros especificamente.

– Posso ver o livro de sermões, por favor?

Winnie o encontrou na biblioteca e assinou sua saída. Gamache era o primeiro a retirá-lo. Ele agradeceu e saiu, caminhando com Henri de volta pela colina, seus passos marcados lado a lado sobre a neve fofa.

Uma vez em casa, Gamache abriu seu laptop e começou uma busca. Émile chegou e preparou um ensopado de frango com legumes para o jantar. Depois, Gamache voltou ao trabalho, tentando localizar o coronel Ephram Hoskins e Kathleen Williams. O coronel Hoskins morrera de malária e estava enterrado no Congo. Seu livro fora considerado importante na época, mas logo caíra na obscuridade.

Não havia absolutamente nenhuma conexão com Champlain, o Quebec ou Renaud.

Kathleen Williams era uma assídua benfeitora da Catedral Anglicana da Santíssima Trindade, em Vieux Québec. Seu marido era um próspero negociante de secos e molhados e seu filho tornou-se capitão de navio. Gamache estudou as escassas informações, desejando que algo saltasse aos olhos, alguma conexão que estivesse deixando passar.

Ainda sentado à mesa, ele examinou o livro de sermões, uma coleção de severas preleções vitorianas. Nada sobre Quebec, Champlain ou Deus, até onde Gamache podia ver.

Por fim, ele procurou madame Claude Marchand de Montreal. Demorou um pouco, mesmo com a tecnologia da Sûreté, mas conseguiu encontrá-la.

– Não vai dormir? – perguntou Émile.

Gamache ergueu os olhos. Era quase meia-noite.

– Ainda não. Daqui a pouco.

– Não force sua vista.

Gamache sorriu e lhe deu boa-noite, depois voltou à pesquisa.

Madame Marchand era casada com Claude Marchand. Ele morrera em 1925; ela, em 1937.

Então por que eles doaram mais de cem livros em 1899? Seria parte de uma herança? Teria um de seus pais morrido?

Mas por que enviar os livros para a cidade de Quebec se eles eram de Montreal? Certamente isso implicava uma série de problemas. E por que para aquela pequena biblioteca? Uma biblioteca inglesa, quando presumivelmente os Marchands eram franceses?

Era curioso, Gamache tinha que admitir.

Após mais buscas em registros genealógicos, ele descobriu que nem os pais de monsieur Marchand nem os de madame Marchand haviam morrido por volta de 1899. Então de onde vinham aqueles livros?

O inspetor-chefe não fazia pesquisas desse tipo havia muito tempo, pois costumava atribuir essas tarefas a agentes ou inspetores subordinados. Era o tipo de atividade em que o inspetor Beauvoir, em particular, se destacava. Ordem, informação.

Eles levavam os fatos para Gamache, fragmentados, com frequência desarticulados, e o chefe tentava dar sentido ao que recebia. Enxergava fios e conexões, colocava-os em ordem.

O inspetor-chefe quase havia esquecido a emoção da caça à informação, mas, enquanto tentava isso e aquilo, depois seguia outra pista, ele se viu perdido e todo o resto regrediu.

Como aquele casal conseguira os livros? E por que se dar ao trabalho de pagar para que fossem enviados para outra cidade, para Quebec?

Gamache recostou-se na cadeira e ficou olhando para a tela, pensando.

Os livros haviam sido doados por ela, não por ele, mas ele estava vivo na época. O que isso significava? Gamache esfregou a barba, com a qual ainda não estava totalmente acostumado, e ficou pensando.

O que tudo aquilo queria dizer?

Queria dizer que os livros eram dela, por isso ela podia doá-los. Não pertenciam ao casal, mas especificamente a ela. O censo a apresentava como uma criada doméstica, embora não listasse seus patrões. Mas revelava seu endereço.

Uma doméstica, pensou Gamache, no final da década de 1800. Não devia haver muitas alfabetizadas, muito menos que possuíssem cem livros ou mais.

Ele se inclinou para a frente outra vez e começou a digitar e clicar, indo daqui para ali, tentando obter informações de mais de um século antes sobre pessoas que quase certamente não haviam feito nada de extraordinário. Não havia razão para existir algum registro sobre elas.

Tentou um caminho, depois outro. O endereço não foi muito útil. Não havia listas telefônicas na época, não havia contas de luz. Quase nenhum rastro de papel, exceto, talvez...

Ele recomeçou a digitar. Registros de empresas de seguros. E lá estava, o proprietário da casa que madame Claude Marchand, criada doméstica, havia listado como seu endereço no formulário do censo.

Chiniquy. Charles Pascal Télesphore Chiniquy.

Que morrera em 1899.

Gamache se recostou de volta na cadeira e deu um largo sorriso.

Ele tinha o nome, tinha conseguido.

Mas o que isso queria dizer?

QUINZE

– Você ficou acordado até tarde ontem.

Émile Comeau encontrou Gamache pondo um bule de café sobre a mesa junto com uma travessa de croissants e geleias. Émile percebeu que ele parecia feliz. Estava nas nuvens.

– Fiquei.

– O que ficou fazendo?

Émile bebeu o café forte e aromático e pegou um croissant. Alguns farelos caíram na mesa de madeira quando ele o partiu em dois pedaços.

– Acho que descobri o que aqueles números do diário de Renaud significam.

– Verdade? O quê?

– Você tinha razão, ele não estava procurando o corpo de Champlain na Sociedade Literária e Histórica. Eu acho que ele estava atrás de alguns livros. Aqueles são números de catálogo. Eles se referem a livros doados para a Lit e His em 1899.

Émile abaixou o croissant, os olhos brilhando. Uma vez investigador, sempre investigador. A necessidade de saber nunca sumiria.

– Quais livros?

– Não sei. – Gamache tomou um gole de café. – Mas sei que foram doados para a Sociedade Literária e Histórica por madame Claude Marchand, criada da família Chiniquy. Charles Pascal Télesphore Chiniquy. Ele morreu em 1899. Parece provável que os livros pertencessem a ele.

– Chiniquy – repetiu Émile lentamente. – Um sobrenome incomum.

Gamache assentiu.

– Muito. Eu pesquisei. Não há mais Chiniquys aqui. Logo depois do café da manhã, vou pesquisar no censo para saber se havia Chiniquys em Quebec no passado.

– Havia, sim.

Émile parecia distraído. Não preocupado exatamente, mas perplexo.

– É mesmo? – perguntou Gamache, esperando enquanto Émile refletia.

– Isso não faz sentido – disse Émile, afinal. – Você diz que Renaud estava procurando por livros que pertenceram a Chiniquy?

– É o que eu acho. Ele anotou os números deles em seu diário.

Émile coçou o pescoço e seu olhar ficou distante, enquanto ele procurava por uma resposta acanhada.

– Não faz sentido – resmungou ele de novo.

– Você já ouviu esse nome? – perguntou, finalmente, Gamache.

– Sim, mas é estranho.

– O quê?

– Bem, que Augustin Renaud tivesse interesse em algo pertencente a Chiniquy.

Houve um momento de silêncio enquanto Émile pensava.

– Quem era esse Chiniquy? – pressionou Gamache. – Como você sabe dele? Ele também era membro da Sociedade Champlain?

– Não, não que eu saiba. Quase certamente não. Até onde sei, ele não tinha nada a ver com Champlain.

– Então quem era ele?

– Um sacerdote – respondeu Émile. – Um pontinho na história do Quebec, mas que fez algum barulho em algum momento do passado. Uma figura. Famoso por suas campanhas contra o álcool. Isso aconteceu na década de 1860 ou 1870. Ele odiava o álcool, achava que levava a todos os tipos de males sociais e espirituais. Pelo que me lembro, ele tinha apenas um interesse, fazer com que os trabalhadores pobres do Quebec parassem de beber. Ele foi bastante famoso por um tempo, mas se afastou da Igreja Católica. Não me lembro de detalhes, mas ele deixou a Igreja e se tornou um protestante fervoroso. Costumava frequentar bares e bordéis na Petit-Champlain, em Lower Town, tentando convencer os bêbados a parar. Ele teve até um sanatório fora da cidade.

– Renaud tinha fixação por Champlain, e Chiniquy era obcecado com a sobriedade – comentou Gamache, quase para si mesmo.

217

Então balançou a cabeça. Como seu mentor, ele também não estava conseguindo enxergar a conexão entre o Pai do Quebec, em 1635, um abstêmio do século XIX e um corpo encontrado havia três dias na Lit e His.

Exceto, talvez, os livros. Quais eram os livros?

– Por que um estudioso de Champlain iria querer os livros de um sacerdote caduco? – perguntou ele, mas não obteve resposta. – Chiniquy demonstrava algum interesse por Champlain?

Émile balançou a cabeça e deu de ombros, confuso.

– Mas eu não sei muito sobre o homem e o que acabei de lhe contar pode estar errado. Gostaria que eu investigasse isso?

Gamache se levantou.

– Sim, por favor. Mas primeiro vou voltar ao apartamento de Renaud. Talvez os livros estejam lá. Você gostaria de vir?

– *Absolument.*

Depois que vestiram suas pesadas parcas de inverno, Émile percebeu quanto era natural seguir aquele homem. O ex-inspetor-chefe Émile Comeau se lembrava de quando Gamache aparecera, um jovem e ansioso agente de homicídios. Tinha observado seu cabelo encaracolado ficar mais ralo e grisalho, seu corpo mais robusto, testemunhara seu casamento, o nascimento de seus filhos, sua ascensão profissional. Ele o promovera a inspetor, vira o jovem assumir o comando com naturalidade. Assistira a agentes mais velhos e mais experientes cederem seus lugares, buscando suas opiniões e sua liderança.

Mas Émile sabia algo mais. Gamache nem sempre estava certo. Ninguém estava.

Enquanto subiam a colina, a respiração pesada subindo no ar frio, Émile olhou para Armand, Henri caminhando ao seu lado. Ele parecia melhor? Estava melhorando? Émile achava que sim, mas também sabia que as feridas internas eram as maiores. O pior sempre ficava escondido.

Alguns minutos depois, eles estavam novamente no apartamento apertado e abafado, abrindo caminho entre pilhas de revistas, montanhas de correspondências e móveis cheios de livros e diários.

Começaram a trabalhar imediatamente, tirando os casacos e as botas, e cada um ocupando um quarto.

Duas horas depois, Émile entrou na sala de jantar, que quase certamente nunca tinha visto uma festa. As paredes eram forradas com prateleiras, com duas ou três fileiras de livros em cada. Gamache estava no meio da sala. Havia tirado cada livro da prateleira, examinado e colocado de volta no lugar.

Estava extenuado. Uma atividade que seria fácil para ele dois meses antes agora era exaustiva, e ele percebeu que Émile também estava cansado. Estava encostado no espaldar de uma cadeira, tentando não parecer esgotado.

– Pronto para um intervalo? – perguntou Gamache.

Émile voltou-se para ele com uma expressão de gratidão.

– Se você insiste. Eu poderia continuar o dia todo, mas, se você quiser parar, acho que está bem.

Gamache sorriu.

– *Merci*.

Entretanto, ele ficou surpreso ao perceber o quão fraco ainda se sentia. Tinha se enganado e acreditado que havia recuperado sua força total. E de fato tinha melhorado, sua energia estava melhor, as forças estavam voltando, até mesmo o tremor parecia ter diminuído.

Mas, quando pressionado, ele se cansava mais rápido do que esperava.

Eles encontraram uma mesa perto da janela no Le Petit Coin Latin e pediram cervejas e sanduíches.

– O que você achou? – indagou Gamache, mordendo uma baguete recheada com terrine de faisão, rúcula e molho de frutas vermelhas. À sua frente tinha uma cerveja artesanal, com uma pequena borda de espuma.

– Nada que eu não esperasse encontrar. Havia alguns livros raros sobre Champlain que a Sociedade adoraria ter em mãos, mas, como você estava lá, decidi não roubar.

– Muito sábio de sua parte.

Émile inclinou a cabeça e sorriu.

– E você?

– A mesma coisa. Não havia nada que não se relacionasse diretamente a Champlain ou ao início do século XVII. Não havia nada sobre Chiniquy, sobriedade ou qualquer assunto ligado ao século XIX. Ainda assim, precisamos continuar procurando. Fiquei me perguntando onde ele conseguiu todos aqueles livros.

– Provavelmente em sebos.

– Verdade. – Gamache tirou de sua maleta o diário de Renaud e o folheou. – Ele fazia visitas regulares a sebos locais e mercados de pulgas no verão.

– Onde mais você encontra livros antigos? – perguntou Émile. – O que foi?

Armand Gamache tinha inclinado a cabeça para o lado e semicerrado os olhos.

– Onde é que os sebos conseguem seus livros?

– De pessoas que estão se mudando ou limpando a casa. Compram no atacado quando esvaziam imóveis. Por quê?

– Eu acho que, quando terminarmos no apartamento, vamos precisar visitar algumas lojas.

– O que você está pensando? – quis saber Émile, tomando um longo gole de sua cerveja.

– Estou me lembrando de algo que Elizabeth MacWhirter me contou.

Mas agora era a vez de Gamache observar seu companheiro. Émile Comeau estava olhando para o diário. Estendendo a mão, ele o virou, fazendo com que ficasse de frente para o amigo. Seu dedo magro descansou sobre a página, abaixo das palavras bem claras de Augustin Renaud. Abaixo das palavras circuladas e sublinhadas, abaixo de um encontro que tivera com um Patrick, um O'Mara, um JD e...

– Chin – disse Gamache. – Não há Chins por aqui. Achei que poderia perguntar no restaurante na Rue de Buade e descobrir se é...

Gamache encarou os olhos radiantes de seu mentor. Ele fechou os seus, quase sentindo dor.

– Ah, não.

Ao abri-los, olhou para o diário.

– É isso? Chin? Chiniquy?

Émile Comeau estava sorrindo e assentindo.

– Quem mais?

Jean-Guy Beauvoir pegou um prato molhado da mão de Clara e o secou. Parado naquela ampla cozinha aberta, ele estava lavando a louça. Algo que raramente fazia em casa, embora tivesse ajudado o chefe Gamache e a sua esposa algumas vezes. Com eles, não parecia uma tarefa maçante. E, para sua surpresa, não parecia uma tarefa árdua ali. Era até relaxante, pacífica. Como a vila em si.

Depois de um almoço juntos, Peter Morrow voltou para seu estúdio para trabalhar em sua última pintura, deixando Clara e Jean-Guy para lavar a louça em que comeram sopa e sanduíches.

– Você teve tempo de ler o dossiê?

– Sim – disse Clara, entregando-lhe outro prato molhado. – Tenho que admitir que é uma acusação bem convincente contra Olivier. Mas, digamos que ele não tenha matado o Eremita, então mais alguém devia saber que o Eremita estava escondido na floresta. Como esse alguém iria encontrá-lo? Sabemos que foi ele quem abordou Olivier porque queria lhe vender objetos e também desejava companhia.

– E precisava de uma pessoa que se dispusesse a fazer suas pequenas tarefas, pegar as coisas de que precisava na cidade – acrescentou Beauvoir. – Ele usava Olivier e Olivier o usava.

– Uma boa relação.

– Pessoas tirando vantagem umas das outras parece bom para você?

– Depende de como se vê a situação. Olhe para nós dois. Peter tem me sustentado financeiramente em todos esses anos de casados, mas eu o apoio emocionalmente. Isso é tirar vantagem um do outro? Suponho que seja, mas funciona. Ambos somos felizes.

Beauvoir se perguntou se aquilo era verdade. Ele desconfiava de que Clara seria feliz em qualquer lugar, mas seu marido era um caso bem diferente.

– Não me parece igual – comentou Beauvoir. – Olivier levava mantimentos para o Eremita a cada duas semanas e, em troca, o Eremita entregava a Olivier antiguidades valiosas. Alguém estava sendo explorado.

Eles levaram seus cafés para a sala iluminada. A luz de inverno entrava pelas janelas enquanto eles se acomodavam em grandes poltronas perto da lareira.

Clara franziu a testa quando olhou para o fogo crepitante.

– Mas me parece que a grande questão, a única questão, é quem mais sabia que o Eremita morava ali. Ele estava se escondendo na floresta havia anos, por que seria assassinado de repente?

– Nossa teoria era que Olivier o matou porque a trilha dos cavalos estava se aproximando da cabana. O Eremita e seu tesouro logo seriam encontrados.

Clara assentiu.

– Olivier não queria que ninguém mais descobrisse e talvez roubasse o tesouro, então ele matou o Eremita. Foi algo impulsivo, não planejado. Ele pegou uma menorá e o atingiu com ela.

Clara tinha ouvido tudo no julgamento e lera tudo de novo na noite anterior.

Ela tentou imaginar seu amigo fazendo aquilo e, embora sua mente preferisse evitar aquela imagem, a verdade era que ela podia acreditar nisso. Não achava que Olivier planejaria matar alguém, mas podia vê-lo agindo com violência em um ataque de raiva e ganância.

Olivier pegou a menorá. Tirou o objeto ensanguentado do lado do homem morto. Ele disse que o fez porque suas impressões digitais estavam no objeto todo. Teve medo. Mas também admitiu que a menorá tinha um valor inestimável. Ambição e medo combinados o levaram a cometer um ato imensamente tolo. Um ato de ganância, não de culpa.

Nem o juiz nem o júri acreditaram nele. Agora, porém, Beauvoir tinha que pelo menos considerar a possibilidade de Olivier ser um idiota, mas estar falando a verdade.

– O que mudou? – ponderou Beauvoir. – Alguém deve ter encontrado o Eremita.

– Alguém que poderia estar à procura dele há anos, alguém de quem o Eremita roubou.

– Mas como ele o encontrou?

– Ou ele seguiu Olivier ou seguiu a nova trilha para cavalos – disse Clara.

– Isso nos leva a um dos Parras – concluiu Beauvoir. – Roar ou Havoc.

– Velho Mundin poderia ter feito isto. Afinal, ele é carpinteiro e escultor. Ele poderia ter seguido Olivier uma noite, depois de coletar a mobília quebrada, e ter entalhado aquela palavra, Woo, na madeira.

– Mas – retrucou Beauvoir – Velho Mundin é um carpinteiro profissional. Eu já vi peças que ele construiu. Woo foi entalhado por um amador, alguém sem muita habilidade.

Clara pensou.

– Talvez tenha sido alguém desconhecido da comunidade, talvez tenha sido essa a novidade. O assassino se mudou há pouco tempo para Three Pines.

– Os Gilberts – lembrou-se Beauvoir. – Eles são os únicos novos moradores.

Marc e Dominique Gilbert, a mãe de Marc, Carole, e o pai desaparecido, Vincent. O Santo Babaca, o médico famoso que agora, curiosamente, vivia na cabana do Eremita. Beauvoir não queria mais que o assassino fosse o Dr. Vincent Gilbert, mas no fundo temia que pudesse ser.

– Acho que preciso conversar de novo com os suspeitos – disse Beauvoir. – Pensei em dar uma passadinha na casa dos Mundins esta tarde, fingir que quero comprar algum móvel.

– Ótimo, e eu vou tentar falar com alguns dos outros. – Ela hesitou. – Existe outra maneira pela qual o assassino pode ter encontrado o Eremita.

– Como?

– Talvez ele tenha reconhecido os tesouros quando Olivier foi vendê-los. Diz aqui – ela deu um tapinha na pasta de papel pardo – que Olivier vendeu muitas das peças no eBay. Gente do mundo inteiro pode tê-las visto, inclusive na Europa Oriental. Suponha que alguém reconheceu um dos itens e chegou até Olivier.

– E o seguiu até o Eremita – prosseguiu Beauvoir. – Vou investigar isso.

Ele estava começando a entender por que o inspetor-chefe se misturava às comunidades que investigava. Isso deixava Beauvoir perplexo havia muito tempo, e no fundo era algo que não aprovava. Achava que não impunha limites entre investigador e investigado.

Mas agora se perguntava se era mesmo algo ruim.

Quando saiu da pequena casa, o sol brilhava sobre a neve, ofuscando-o. Beauvoir pôs os óculos escuros.

Ray-Ban. Das antigas. Gostava deles, pois achava que o faziam parecer descolado nos dias frios.

Entrando no carro, ele esperou que esquentasse, sentindo os assentos aquecidos expulsarem o frio sob seu corpo. Em um dia de inverno amargamente frio, era quase tão bom quanto sexo. Então ele colocou o carro em marcha e subiu a colina, deixando a cidade.

Cinco minutos depois, chegou à velha fazenda. A equipe da Sûreté estivera lá pela última vez no final do verão, quando tudo estava florido. Mais do que florido. Era época de produzir sementes, as folhas estavam mudando de cor e as vespas se alimentavam à vontade das frutas excessivamente maduras.

Mas agora estava tudo morto ou adormecido, e a fazenda, antes fervilhante de vida, parecia deserta.

Porém, enquanto ele dirigia lentamente até a casa, a porta se abriu e lá estava A Esposa, segurando a mão do pequeno Charlie Mundin.

Quando ele saiu do carro, ela acenou, e Beauvoir viu Velho Mundin aproximando-se da porta aberta, enxugando suas grandes e expressivas mãos em uma toalha.

– Bem-vindo – disse A Esposa, sorrindo e beijando-o nas faces.

Ele não costumava ser cumprimentado dessa forma quando estava em um caso, então se lembrou de que não estava em nenhum caso.

Como Velho Mundin, A Esposa era jovem, e como o Velho, ela era deslumbrante. Não no estilo *Vogue*, mas sua beleza vinha de sua boa saúde e seu humor evidentes. Seu cabelo escuro era bem curto e seus olhos eram de um castanho profundo, grandes e afetuosos. Ela sorria com facilidade e prontidão, assim como Velho, assim como Charlie.

– Entre antes que você congele – disse Velho, fechando a porta. – Aceita um chocolate quente? Charlie e eu acabamos de brincar de tobogã e bem que precisamos de um.

Charlie, o rosto redondo e vermelho da atividade ao ar livre, os olhos brilhantes, olhou para Jean-Guy como se eles se conhecessem a vida inteira.

– Eu adoraria – aceitou Beauvoir, seguindo-os pelo interior da casa.

– Perdoe a bagunça, inspetor – pediu A Esposa, seguindo à frente até a cozinha aquecida. – Ainda estamos em obras.

E o lugar certamente mostrava isso. Alguns cômodos ainda não tinham paredes, outros tinham gesso pronto, mas sem pintura. A cozinha parecia algo saído da década de 1950, mas não de uma forma positiva. Brega, não retrô-chic.

– Parece muito bom para mim – mentiu ele.

O que de fato o local transmitia era conforto. A sensação de um verdadeiro lar.

– Não dá para notar – disse Velho, ajudando A Esposa com o chocolate quente –, mas na verdade já fizemos muito trabalho por aqui. Você devia ver lá em cima. Está uma beleza.

– Velho, eu acho que o inspetor não se deu ao trabalho de vir até aqui para ver a reforma.

A Esposa riu e voltou para a mesa da cozinha, pegando canecas fumegantes de chocolate quente, cada uma com um grande marshmallow derretido.

– Nós o vimos no bistrô na outra noite – disse Velho. – Gabri comentou que veio passar as férias. Muito legal.

Eles o encararam com simpatia. Um olhar acolhedor, encorajador, mas Jean-Guy desejou que parassem, embora soubesse que aquele jovem casal queria apenas ser gentil.

Felizmente, toda aquela simpatia também deu a ele a abertura de que precisava.

– Sim, nunca mais voltei depois do caso do Eremita. Um grande golpe para a comunidade.

– A prisão de Olivier? – indagou A Esposa. – Nós ainda não conseguimos acreditar.

– Você o conhecia muito bem, pelo que me lembro – afirmou Beauvoir para Velho. – Ele lhe deu seu primeiro trabalho.

– É verdade. Restaurando e consertando móveis.

– Show, show, show! – exclamou Charlie.

– Isso mesmo – disse A Esposa. – *Chaud. Chocolat chaud.* Ele não falava seis meses atrás, mas o Dr. Gilbert tem vindo uma vez por semana para jantar e trabalhar com ele.

– É mesmo? Vincent Gilbert?

– Sim. Você sabia que ele costumava trabalhar com crianças com síndrome de Down?

– *Oui.*

– Boo – disse Charlie para Beauvoir, que sorriu e tentou ignorá-lo. – Boo – repetiu.

– Boo! – exclamou Beauvoir, empurrando a cabeça para a frente de uma maneira que esperava que fosse engraçada, e não aterrorizante.

– Ele quer dizer "*bois*" – explicou Velho. – Sim, Charlie, meu velho amigo, nós vamos daqui a pouco. Esculpimos juntos todas as tardes.

– Havoc Parra não costumava esculpir brinquedos para Charlie? – lembrou-se Beauvoir.

– Sim – respondeu Velho. – Temo que ele seja maravilhoso para derrubar árvores, mas não tão bom em entalhar na madeira, mas ele gosta. Ele vem aqui às vezes para me ajudar com os móveis. Eu pago uns trocados a ele.

– O que ele faz? Restauração?

– Não, isso exige muita especialização. Ele ajuda quando tenho que fazer algum móvel. Em geral, na hora de envernizar.

Eles conversaram sobre eventos locais, projetos de reforma e as antiguidades à espera de restauração. Beauvoir fingiu interesse em ver o mobiliário do Velho Mundin e quase comprou uma estante pensando que poderia dizer que ele próprio fizera. Mas ele sabia que nem Enid acreditaria.

– Gostaria de ficar para jantar? – convidou A Esposa quando Beauvoir disse que precisava ir embora.

– *Merci*, mas não. Eu só quis dar uma passada para conhecer seu mobiliário.

O casal ficou na porta dos fundos, acenando para o inspetor. Ele se sentira tentado a aceitar o convite para se juntar àquela pequena família. Enquanto se afastava, pensou novamente sobre o que Velho dissera tão inocentemente a respeito de Havoc e sua habilidade como escultor, que rivalizava com a de Charlie. Ao chegar a Three Pines, ele foi para o bistrô e pediu uma *tarte au sucre* e um cappuccino. Myrna se juntou a ele com seu *éclair* e seu *café au lait*. Conversaram por alguns minutos, então Beauvoir fez algumas anotações e Myrna leu a *Sunday Times Travel Magazine* sobre Londres, murmurando ocasionalmente sobre o *éclair* e sobre as descrições de temporadas em spas.

– Você acha que vale a pena um voo de doze horas para ir aqui? – perguntou ela, virando a revista para ele e mostrando praias de areia branca e fofa, cabanas de palha, jovens rapazes sem camisa carregando bebidas com frutas.

– Onde é isso?

– Ilhas Maurício.

– Quanto?

Myrna verificou.

– Cinco mil e duzentos.

– Dólares? – indagou Beauvoir, quase se engasgando.

– Libras. Mas com o voo incluído. Meu orçamento hoje é de cinco mil libras, então é só um pouquinho mais.

– O negócio de livros deve ser bom.

Myrna riu.

– Mesmo que eu vendesse todos os livros do meu estoque ainda não poderia pagar por isso.

Ela colocou a mão grande sobre a foto brilhante. Do outro lado da janela congelada, crianças estavam chegando da escola. Pais esperavam que elas descessem para a rua coberta de neve, onde o ônibus as deixava, todas de rosto vermelho, encasacadas, identificáveis apenas pela cor de suas bulbosas roupas de neve. Pareciam bolas gigantes e coloridas caindo em cascata pela colina.

– É um dinheiro de fantasia para uma viagem fictícia. Barato e divertido.

– Alguém disse barato e divertido? – Gabri juntou-se a eles, e Beauvoir fechou seu caderno. – Aonde nós vamos esta semana?

– Ele também é dado a ficções, você sabe – comentou Myrna, indicando Gabri com a cabeça.

– Às vezes eu invento mesmo – admitiu Gabri.

– Estou considerando as Ilhas Maurício.

Ela entregou a revista para Gabri e ofereceu uma para Beauvoir. Ele hesitou, então notou os pingentes de gelo pendurados nas casas, a neve acumulada sobre os telhados, as pessoas dobrando o corpo contra o vento e correndo para se aquecer.

Ele pegou uma.

– Pornografia de férias – sussurrou Gabri. – Completa, incluindo roupas de borracha.

Ele mostrou a imagem de um homem musculoso vestindo uma roupa apertada de mergulho.

Beauvoir deu a si mesmo um orçamento fictício de cinco mil dólares e se perdeu em Bali, em Bora-Bora, em Santa Lúcia.

– Você já fez algum cruzeiro? – perguntou ele a Myrna.

– Eu fiz um no início da semana. Resolvi ficar na Suíte Princesa. Na próxima vez, acho que vou reservar uma cabine ainda melhor.

– Estou pensando na Suíte Master.

– Você pode pagar?

– É verdade que vou à falência imaginária, mas acho que vai valer a pena.

– Meu Deus, eu bem que precisava de um cruzeiro – disse Gabri, abaixando sua revista.

– Cansado? – indagou Myrna.

Gabri parecia exausto.

– *Très fatigué.*

227

– É verdade. – Ruth desabou na quarta cadeira, batendo em todos com sua bengala. – Ele é um gay balofo.

Os outros dois a ignoraram, mas Beauvoir não conseguiu esconder uma risadinha. Em pouco tempo os outros dois foram embora, Myrna para sua silenciosa livraria, Gabri para atender alguns clientes.

– Então me diga, por que você veio? – quis saber Ruth, inclinando-se para a frente.

– Pela sua agradável companhia, sua bruxa velha.

– Fora isso, seu lesado. Você nunca gostou desse lugar. Gamache gosta, dá para ver. Mas você? Você nos despreza.

Todas as horas de todos os dias, Jean-Guy Beauvoir procurava não apenas fatos, mas a verdade. Entretanto, ele não tinha se dado conta de quanto era aterrorizante estar com alguém que dizia a verdade o tempo todo. Pelo menos a verdade dela.

– Eu não – retrucou ele.

– Mentira. Você odeia o campo, odeia a natureza, acha que somos caipiras, idiotas. Reprimidos, passivo-agressivos e ingleses.

– Eu sei que você é inglesa.

Ele riu. Ela não.

– Não venha mexer comigo. Não tenho tanto tempo de sobra e me recuso a desperdiçá-lo.

– Então vá embora, já que acha que estou desperdiçando seu tempo.

Eles se entreolharam. Ele se abrira com ela na outra noite, contara a ela fatos que poucas pessoas sabiam. Ficara temeroso de que isso criasse algum constrangimento, mas, quando eles se encontraram na manhã seguinte, ela o olhou como se ele fosse um estranho.

– Eu sei por que *você* está aqui – disse ele, finalmente. – Pelo resto da história. Está louca para ouvir todos os detalhes sórdidos. Você se alimenta deles, não é? Medo e dor. Você não se importa comigo, com o chefe ou com Morin, ou com quem quer que seja. Tudo o que quer de mim é o resto da história, sua velha maluca.

– E o que você quer?

O que eu quero?, pensou ele.

Eu quero contá-la.

DEZESSEIS

Jean-Guy olhou ao redor. O bistrô estava em silêncio. Apoiando as mãos nos braços da poltrona, ele se jogou para a frente. O assento estava quente devido ao fogo. Sobre a grade, os grandes pedaços de lenha estalavam, enviando brasas que quicavam na tela e brilhavam sobre a pedra da lareira até morrerem devagar.

Os pedaços de bordo tinham um cheiro doce, o café era forte e perfumado, os aromas da cozinha, familiares.

Não de sua casa, mas dali.

Ele se inclinou para a frente e encarou os frios olhos azuis à sua frente. Olhos de inverno em um rosto de geleira. Desafiadores, duros, impenetráveis.

Perfeitos.

Ele fez uma pausa, e num instante estava de volta lá, uma vez que "lá" não era tão distante.

"Minha estação favorita é o outono, eu acho", estava dizendo Gamache.

"Eu sempre adorei o inverno", veio a voz jovem nos monitores. "Acho que é porque posso usar roupas grossas e casacos, e ninguém percebe quanto sou magrelo."

Morin riu. Gamache riu.

Mas isso foi tudo o que o inspetor Beauvoir ouviu. Ele estava do outro lado da porta, atravessando a sala de investigação até a escadaria. Ali, ele parou por um instante. Abrindo o punho, leu o bilhete que Gamache havia escrito depressa.

Encontre a agente Yvette Nichol. Dê isso a ela.

Havia outro bilhete dobrado, com o nome de Nichol escrito. Ele o abriu e gemeu. O chefe estava louco? Porque Yvette Nichol quase certamente era maluca. Ela era a agente que ninguém queria. A agente que não era despedida porque não era incompetente e insubordinada o bastante. Mas estava sempre na corda bamba. E finalmente o chefe a designara para a área de telecomunicações. Cercada por objetos, não por pessoas. Sem interação. Nada importante que ela pudesse estragar. Ninguém para enfurecer. Apenas ouvindo, monitorando, gravando.

Qualquer pessoa normal teria desistido. Qualquer policial decente teria ido embora. Como nos julgamentos das bruxas de antigamente. Se afundasse, era inocente; se sobrevivesse, era uma bruxa.

A agente Nichol sobrevivera.

Mesmo assim, ele não hesitou. Desceu as escadas correndo, dois degraus por vez, até chegar, por fim, ao subsolo. Abrindo a porta com um puxão, ele olhou para dentro. A sala estava escura, e ele levou um momento para distinguir a silhueta de alguém sentado diante de luzes verdes. Em telas ovais, linhas explodiam num frenesi quando palavras eram ditas.

Então um rosto se voltou para ele. Um rosto verde, os olhos com um brilho também verde. A agente Yvette Nichol. Ele não a via fazia anos, e agora sentia um formigamento sob a pele. Um aviso. Para não entrar. Naquela sala. Na vida daquela pessoa.

Mas o inspetor-chefe Gamache queria que ele o fizesse. Então ele o fez. No alto-falante, ele ficou surpreso ao ouvir a voz do chefe, agora conversando sobre brinquedos de cachorro.

"O senhor já usou um Chuckit?", perguntou o agente Morin.

"Nunca ouvi falar. O que é isso?"

"Um bastão com uma espécie de copo na ponta. Ajuda a lançar bolinhas de tênis. Henri gosta de bolinhas?"

"É o que ele mais gosta."

Gamache riu.

"Conversa idiota", veio a voz feminina. A voz verde. Jovem, madura, amarga. "O que você quer?"

"Você está monitorando a conversa?", quis saber o inspetor Beauvoir. "Mas está num canal seguro. Ninguém deveria ter acesso."

"No entanto, você estava prestes a me pedir que começasse a monitorar, não é? Não fique tão surpreso, inspetor. Não é preciso ser um gênio para descobrir isso. Ninguém vem aqui a menos que queira alguma coisa. O que você quer?"

"O inspetor-chefe Gamache quer a sua ajuda", explicou ele, as palavras saindo atropeladas.

"E o que o inspetor-chefe quer, o inspetor-chefe consegue. Certo?"

Mas ela já se virara para a sala. Beauvoir passou a mão pela parede e encontrou o interruptor. Ele o ligou e a sala se encheu de intensas luzes fluorescentes. A mesma pessoa que havia pouco parecera tão ameaçadora, tão sobrenatural, de repente tornou-se humana.

Agora, olhando fixamente para ele, estava uma mulher jovem, baixa, um pouco atarracada, com a pele amarelada marcada por manchas antigas. Seu cabelo era castanho e sem brilho, os olhos semicerrados para se adaptarem à claridade repentina.

"Por que você fez isso?", perguntou ela, zangada.

"Senhor", corrigiu ele. "Você é uma vergonha, mas ainda é uma agente da Sûreté. Você vai me chamar de 'senhor', e o inspetor-chefe pelo seu posto completo. E você vai fazer o que lhe foi ordenado. Aqui está."

Ele empurrou o bilhete para a agente, que agora parecia muito jovem e muito zangada. Como uma criança petulante. Beauvoir sorriu, lembrando-se de sua própria inquietação inicial. Ela era patética. Uma pessoa pequena. Nada além disso.

Então ele se lembrou do motivo que o levara até lá.

Ela podia ser uma pessoa pequena e lamentável, mas o inspetor-chefe Gamache estava arriscando toda a sua carreira ao incluí-la secretamente na investigação.

Por quê?

"Me diga tudo o que sabe." Ela pegou o bilhete e encarou Beauvoir com seriedade. "Senhor."

Era um olhar desconcertante. Muito mais inteligente, muito mais vivo do que ele esperava. Um olhar penetrante, profundo e, ainda assim, um clarão verde.

Ele se irritou com as palavras que ela usava. Com aquela frase em particular. "Me diga tudo o que sabe." Era o que o chefe sempre falava quando chegava pela primeira vez à cena de um crime. Gamache então ouvia com cuidado, respeitosamente. Com ponderação.

A antítese daquela agente teimosa e abusada.

Era óbvio que ela estava zombando do chefe. Mas havia coisas mais importantes do que questionar sua atitude.

Ele contou a ela tudo o que sabia.

O tiroteio, o sequestro, a bomba que o agricultor alegara ter armado. Para explodir na manhã seguinte, às 11h18.

Instintivamente, ambos olharam para o relógio: 18h10. Faltavam dezessete horas.

"O superintendente Francoeur acredita que o sequestrador é um homem assustado, provavelmente com uma pequena plantação de maconha, que entrou em pânico. Eles acham que não há nenhuma bomba nem outro plano."

"Mas o inspetor-chefe Gamache não concorda", disse a agente Nichol, lendo o bilhete. "Ele quer que eu monitore de perto." Ela ergueu os olhos, depois de digerir as instruções do chefe. "Eles estão monitorando lá em cima, eu presumo."

Ela não conseguia, ou não queria, remover o azedume da própria voz. Era um tom irritante e irritado.

A um breve aceno de cabeça de Beauvoir, ela sorriu e dobrou cuidadosamente o bilhete.

"Bem, imagino que o inspetor-chefe ache que eu trabalho melhor que eles."

A agente Nichol encarou Beauvoir, desafiando-o a contradizê-la. Ele a encarou.

"Provavelmente", ele finalmente conseguiu dizer.

"Bem, ele vai ter que fazer mais do que falar sobre brinquedos para cachorros. Diga a ele para parar."

"Você não me ouviu? Uma pausa e a bomba explode."

"Alguém acredita mesmo que existe uma bomba?"

"E você correria o risco para descobrir?"

"Ei, eu estou segura e aquecida aqui. Por que não?"

Diante do olhar fixo de Beauvoir, ela prosseguiu:

"Veja, eu não estou pedindo que ele saia e vá preparar um café. Só um segundo aqui e ali. Para que eu possa gravar o som do ambiente. Entendeu? Senhor?"

A agente Yvette Nichol começara na Divisão de Homicídios. Fora escolhida pelo inspetor-chefe Gamache. Orientada por ele. E fora um fracasso quase total. Beauvoir tinha implorado ao chefe que a despedisse. Em vez disso, depois de muitas chances, ele a transferira. Para fazer algo que ela precisava aprender a fazer.

A única coisa que ela claramente não era capaz de fazer.

Ouvir.

Aquela era a função dela agora. A única função. E, naquele momento, o inspetor-chefe estava colocando toda a sua carreira, e talvez a vida do agente Morin, nas mãos daquela incompetente.

"Por que eles ainda não conseguiram rastrear a chamada?", perguntou a agente Nichol, arrastando sua cadeira de volta para os monitores e pressionando algumas teclas.

A voz do chefe era mais nítida agora, mais clara. Como se ele estivesse ali com eles.

"Eles não conseguem determinar um lugar fixo", explicou Beauvoir, recostando-se em sua cadeira, olhando, quase hipnotizado, para a dança das ondas sobre a tela. "Quando conseguem, percebem que Morin está em lugares diferentes, como se estivesse em movimento."

"Talvez ele esteja."

"Num instante ele está na fronteira dos Estados Unidos, no seguinte, está no Ártico. Não, ele não está em movimento. O sinal, sim."

Nichol fez uma careta.

"Acho que o inspetor-chefe poder estar certo. Isso não parece montado por um agricultor em pânico." Ela se virou para Beauvoir. "O que o chefe acha que é?"

"Ele não sabe."

"Teria que ser algo grande", murmurou Nichol, concentrada na tela e nas vozes. "Matar um agente e sequestrar outro, e depois ligar para o inspetor--chefe..."

"Ele precisa se comunicar conosco sem que o superintendente Francoeur perceba", explicou o inspetor Beauvoir. "Neste momento, todas as mensagens estão sendo monitoradas."

"Sem problema. Me dê o código do computador dele e eu posso estabelecer um canal seguro."

Beauvoir hesitou, examinando-a.

"O que foi?", perguntou ela, depois sorriu.

Ela não era nada atraente, mas Beauvoir sentiu de novo um formigamento de advertência.

"Você veio até mim, lembra? Quer minha ajuda ou não? Senhor?"

"... Zora tem dado muito trabalho, aparentemente", veio a voz de Gamache. "Os dentes estão nascendo. Ela ama o cobertor que você e Suzanne mandaram."

"Fico feliz", disse Morin. "Eu queria mandar um tambor, mas Suzanne disse que talvez mais tarde."

"Maravilha. Talvez você também possa enviar cafeína e um filhotinho de cachorro", disse Gamache, com uma risada.

"O senhor deve sentir falta deles. Seu filho e seus netos."

"E de nossa nora", acrescentou Gamache. "Sim, mas eles estão gostando de Paris. Não dava para pedir que ficassem."

"Droga! Ele precisa ir mais devagar", reclamou Nichol, incomodada. "Ele tem que me dar algumas pausas."

"Vou dizer isso a ele."

"Então corra", disse Nichol. "E pegue aquele código."

Ela deu as costas ao inspetor Beauvoir enquanto ele se dirigia à porta.

"Senhor", resmungou ele, subindo de novo a escada. "Senhor, seu monte de merda."

No oitavo andar ele parou, ofegante, retomando o fôlego. Abrindo a porta um pouquinho, viu o superintendente Francoeur não muito distante. Pelos monitores vinham as vozes familiares.

"Alguém avisou os meus pais?", perguntou o jovem agente.

"Estamos dando a eles atualizações regulares. Enviei um agente para ficar com a sua família e com Suzanne."

Houve uma pausa mais longa.

"Você está bem?", perguntou Gamache, de repente.

"Sim", veio a voz, mas agora era fina e parecia falhar. "Eu não me importo com o que pode acontecer comigo. Sei que vou ficar bem. Mas minha mãe..."

Mais um silêncio, porém curto, e o inspetor-chefe falou, tranquilizando o jovem agente.

O superintendente Francoeur trocou olhares com o inspetor ao seu lado.

No outro canto da sala, Beauvoir podia ver o relógio.

Restavam dezesseis horas e catorze minutos. Ele ouvia Morin e o inspetor-

-chefe discutirem coisas que desejavam que tivessem sido diferentes em suas vidas.

Nenhum deles mencionou aquela situação.

RUTH EXALOU.

– Essa história que você acabou de me contar, nada disso estava nos noticiários.

Ela se referia a "história" como se fosse um conto de fadas, uma brincadeira infantil de faz de conta.

– Não – concordou Beauvoir. – Poucas pessoas sabem disso.

– Então por que está me contando?

– Quem vai acreditar se você disser qualquer coisa? Todos pensariam que você está bêbada.

– E estariam certos.

Ruth gargalhou e Beauvoir deu um pequeno sorriso.

Do outro lado do bistrô, Gabri e Clara observavam.

– Devemos salvá-lo? – indagou Clara.

– Tarde demais – ponderou Gabri. – Ele fez um pacto com o diabo.

Eles se voltaram de novo para o bar e suas bebidas.

– Então a escolha está entre as Ilhas Maurício e as Ilhas Gregas, no *Queen Mary* – resumiu Gabri.

Eles passaram a meia hora seguinte debatendo férias imaginárias, enquanto, a alguns metros de distância, Jean-Guy Beauvoir contava a Ruth o que realmente tinha acontecido.

ARMAND GAMACHE E HENRI SE depararam com a terceira e última loja de sua lista, a lista de Augustin Renaud. O homem que, enquanto vivo, assombrava os sebos do Quebec, comprando qualquer coisa que tivesse alguma remota referência a Samuel de Champlain.

O pequeno sino acima da porta tilintou quando eles entraram, e Gamache rapidamente a fechou antes que o frio se infiltrasse para o interior junto com eles. Não era preciso muito. Um espaço mínimo e o frio entrava como se fosse um fantasma.

Estava escuro lá dentro, a maioria das vitrines tampada por livros. Pilhas de volumes empoeirados haviam sido colocadas nas vitrines, que não eram usadas para propaganda, mas para armazenamento.

Alguém que sofresse de claustrofobia jamais daria três passos dentro da loja. Os corredores já estreitos tinham ainda mais prateleiras, tão entupidas que ameaçavam cair, e mais livros estavam empilhados no chão. Henri caminhou com cuidado logo atrás de Gamache. Os ombros do chefe esbarravam nos livros, e ele resolveu que era melhor tirar a parca antes de derrubar todas as prateleiras.

Tirar o casaco acabou sendo um grande exercício de contorcionismo.

– Posso ajudá-lo?

A voz veio de algum lugar na loja. Gamache olhou ao redor, assim como Henri, as orelhas do cachorro se movimentando em todas as direções.

– Eu gostaria de conversar sobre Augustin Renaud – disse Gamache ao teto.

– Por quê?

– Porque sim – respondeu Gamache.

Aquilo poderia ser um jogo para dois. Houve uma pausa, e então passos na escada.

– O que você quer? – perguntou o livreiro, vindo de trás de uma das estantes a passos pequenos e ligeiros.

Ele era baixo e magrelo e usava um suéter esfiapado e manchado de tipo irlandês. Uma camiseta quase branca saía pelo colarinho. Seu cabelo era grisalho e seboso, e suas mãos eram escuras devido ao pó. Ele as limpou na calça imunda e ficou encarando Gamache, então percebeu a presença de Henri olhando para ele atrás das pernas do homem grande.

Escondido.

Embora Gamache jamais dissesse isso na cara de Henri, os dois sabiam que ele não era o mais corajoso dos cães. E, era preciso confessar, nem o mais esperto. Mas Henri era leal além da medida e sabia o que era de fato importante. Sons, passeios, bolas. E, acima de tudo, sua família. Seu coração preenchia todo o seu peito e ia até a cauda e a ponta de suas enormes orelhas. Ele preenchia sua cabeça e apertava seu cérebro. Henri, o enjeitado, era um humanista e, embora não fosse particularmente inteligente, a criatura mais esperta que Gamache conhecia. Tudo o que ele sabia, sabia pelo coração.

– *Bonjour.*

O livreiro se ajoelhou em um movimento totalmente involuntário e estendeu a mão para Henri. Gamache reconheceu aquilo. Ele próprio fazia aquele gesto, assim como Reine-Marie, quando na presença de um cão. A necessidade de se ajoelhar, o ato da genuflexão.

– Posso? – perguntou ele.

O fato de sempre perguntar era sinal de um dono de cachorros experiente. Não era apenas respeitoso, mas também prudente. Nunca se sabe quando um cachorro pode não querer ser abordado.

– O senhor corre o risco de ele nunca mais ir embora – disse Gamache, sorrindo, quando o livreiro pegou um biscoito.

– Para mim, sem problemas.

Ele ofereceu o biscoito a Henri e esfregou suas orelhas, fazendo o cachorro grunhir.

Foi então que Gamache notou as almofadas no chão e o nome "Maggie" estampando uma tigela de comida. Mas nenhum cão.

– Faz quanto tempo? – perguntou Gamache.

– Três dias – respondeu o homem, levantando-se e se virando.

Gamache esperou. Ele reconhecia aquele movimento também.

– Bem – disse o homem, por fim, virando-se para Gamache e Henri. – Você disse que queria falar sobre Augustin Renaud. É um repórter?

Gamache até parecia, mas não um repórter de televisão ou rádio, nem mesmo de um jornal diário. Talvez de uma revista mensal para intelectuais. Uma daquelas publicações acadêmicas obscuras, especializadas em ideias que estão morrendo e nos mortos que as defendiam.

Ele usava uma camisa e uma gravata sob um casaco caramelo. Sua calça era de veludo cotelê cinza-escuro. Se o livreiro percebeu a cicatriz acima da têmpora esquerda de Gamache, não a mencionou.

– *Non*, não sou repórter, estou ajudando a polícia, mas a título privado.

Henri agora estava encostado no pequeno sujeito, cuja mão esticada acariciava a cabeça do cachorro.

– O senhor é Alain Doucet? – indagou Gamache.

– O senhor é Armand Gamache? – perguntou Doucet.

Os dois assentiram.

– Chá? – ofereceu monsieur Doucet.

Em poucos minutos, os dois estavam sentados na parte de trás da pequena loja, em uma caverna de livros, palavras, ideias e histórias. E monsieur Doucet, depois de servir xícaras de chá perfumado e oferecer a seu convidado um biscoito, estava contando sua história.

– Augustin vinha quinzenalmente pelo menos, às vezes com mais frequência. De vez em quando eu ligava para ele, se chegasse algum livro que eu sabia que seria de seu interesse.

– Quais eram os interesses dele?

– Champlain, é claro. Qualquer coisa a ver com as primeiras colônias, outros exploradores, mapas. Ele adorava mapas.

– Ele encontrou algo aqui que o deixou particularmente animado?

– Bem, isso é difícil de dizer. Tudo parecia empolgá-lo, embora ele não demonstrasse. Eu o conhecia havia quarenta anos, mas nós nunca nos sentamos assim, para ter uma conversa. Ele comprava livros e ficava animado, entusiasmado, mas, quando eu tentava puxar assunto, ele ficava quieto, na defensiva. Era um homem bem singular.

– De fato – concordou Gamache, dando uma mordida em seu biscoito. – O senhor gostava dele?

– Era um bom cliente. Nunca discutiu o preço, mas eu também nunca tentei levar vantagem.

– Mas o senhor gostava dele?

Era engraçado, Gamache tinha feito essa pergunta a todos os donos de sebos, e todos foram evasivos.

– Eu não o conhecia bem, mas vou lhe confessar uma coisa: eu não tinha nenhuma vontade de conhecê-lo melhor.

– Por que não?

– Ele era fanático, e fanáticos me assustam. Acho que ele faria praticamente qualquer coisa que o levasse um milímetro mais para perto do corpo de Champlain. Então eu era educado, mas mantinha certa distância.

– Tem alguma ideia de quem pode tê-lo matado?

– Ele tinha o dom de irritar as pessoas, mas não se mata alguém apenas porque a pessoa é chata. O mundo estaria repleto de cadáveres.

Gamache sorriu e bebericou seu chá forte, pensando.

– Sabe se Renaud teve alguma ideia? Alguma nova teoria sobre onde Champlain poderia ter sido enterrado?

– Está se referindo à Sociedade Literária e Histórica?

– Estou me referindo a qualquer lugar.

Monsieur Doucet pensou, então balançou a cabeça.

– O senhor já comprou livros deles? – indagou Gamache.

– Da Lit e His? Claro. No último verão. Eles fizeram um grande bazar. Comprei três ou quatro lotes.

Gamache colocou a xícara sobre a mesa.

– O que havia neles?

– Sinceramente? Eu não sei. Em geral, eu dou uma olhada, mas era verão, e eu estava muito ocupado com o mercado de pulgas. Muitos turistas, muitos colecionadores de livros. Não tive tempo de vasculhar os lotes, então só os deixei no meu depósito. Renaud apareceu e comprou dois.

– Dois livros?

– Lotes.

– Ele deu uma olhada neles antes de comprar?

– Não, só foi comprando. As pessoas são assim, especialmente colecionadores. Querem analisar os livros sozinhos. Acho que faz parte da diversão. Comprei outros lotes da Lit e His mais tarde, em algum momento do outono, antes que eles decidissem interromper as vendas. Liguei para Renaud e perguntei se ele estava interessado. Primeiro ele disse que não, então veio aqui há três semanas e me perguntou se eu ainda os tinha.

– Hum. – O inspetor-chefe bebeu e pensou. – O que isso lhe diz?

Alain Doucet ficou surpreso. Estava claro que ele não tinha pensado sobre o assunto, mas agora estava refletindo.

– Bem, acho que pode significar que ele encontrou algo naquele primeiro lote e pensou que poderia haver mais.

– Mas por que a demora? Se ele comprou as primeiras duas caixas no verão, por que esperou até depois do Natal para entrar em contato outra vez?

– Ele provavelmente é como a maioria dos colecionadores. Compram montes de livros com a intenção de analisá-los, mas acabam os deixando de lado durante meses até finalmente mexer neles.

Gamache assentiu, lembrando-se da confusão de livros que era a casa de Renaud.

– Esses números significam algo para o senhor?

Ele mostrou a Doucet os números de catalogação encontrados nos diários de Renaud: 9-8499 e 9-8572.

– Não, mas livros usados vêm com todos os tipos de coisas estranhas. Alguns são codificados por cores, outros têm números, alguns têm assinaturas. Isso diminui seu valor, a menos que o autógrafo seja de Baudelaire ou Proust.

– Como ele lhe pareceu quando veio em busca do outro lote?

– Renaud? Como sempre. Brusco, ansioso. Ele era como um viciado antes de uma dose. Os malucos por livros são assim, e não apenas os idosos. Pense nas crianças fazendo fila para o último volume de sua série predileta. Histórias são viciantes.

Gamache sabia que isso era verdade. Mas que história Augustin Renaud havia descoberto? E onde estavam os dois livros? Não em seu apartamento, não em seu corpo. E o que acontecera com os outros livros do lote? Também não estavam no apartamento.

– Ele devolveu algum?

Doucet balançou a cabeça.

– Mas o senhor pode perguntar nos outros sebos. Sei que ele frequentava todos.

– Eu perguntei. O senhor é o último, e o único que comprava livros da Sociedade Literária e Histórica.

– Um tolo que tenta vender livros em inglês em Vieux Québec.

O celular do chefe vibrou e ele o pegou. Era uma chamada de Émile.

– O senhor se incomoda? – perguntou ele, e Doucet balançou a cabeça. – *Salut*, Émile. Está em casa?

– Não, estou na Lit e His. Que lugar incrível. Não posso acreditar que demorei tanto a conhecer. Você pode vir aqui?

– Você encontrou alguma coisa?

– Encontrei Chiniquy.

– Chego daqui a pouco.

Gamache se levantou e Henri se levantou com ele, pronto para ir aonde quer que Gamache fosse.

– O nome Chiniquy significa alguma coisa para o senhor? – perguntou Gamache, enquanto caminhavam para a frente da loja.

Eram quase quatro da tarde e o sol havia se posto. Agora a loja estava aconchegante, com lâmpadas acesas e os livros parecendo meras sugestões nas sombras.

Doucet pensou.

– Não, desculpe.

O tempo, pensou Gamache quando mergulhou mais uma vez na escuridão, acabava cobrindo tudo. Eventos, pessoas, lembranças. Chiniquy desaparecera sob o tempo. Quanto tempo levaria até que Augustin Renaud tivesse o mesmo destino?

Entretanto, Champlain permanecera na memória, e crescera.

Não o homem, Gamache sabia, mas o mistério. Champlain desaparecido era muito mais potente do que Champlain encontrado.

Acelerando o ritmo, ele e Henri passaram por foliões carregando suas bengalas ocas de plástico cheias de *caribou*, suas parcas repletas de alfinetes com representações de bonecos de neve de Carnaval. Estavam sorrindo, usavam enormes luvas e gorros extravagantemente fofos e quentes, como pontos de exclamação em suas cabeças. À distância, ele ouviu o som quase assombroso de uma corneta de plástico. Um chamado para as armas, um chamado para as festas, um chamado para a juventude.

Gamache ouviu o som, mas o chamado não era para ele. O dele era outro.

Em poucos minutos, ele e Henri estavam diante da bem-iluminada Sociedade Literária e Histórica. A pequena multidão de curiosos havia desistido, talvez atraída pelo som das cornetas ou por algo mais interessante. Atraída pela vida, não pela morte.

Gamache entrou e encontrou seu antigo mentor na biblioteca, cercado por pequenas pilhas de livros. O Sr. Blake havia emigrado de sua poltrona para o sofá, e os dois homens mais velhos estavam conversando. Eles viram quando o inspetor-chefe entrou e acenaram.

O Sr. Blake se levantou e indicou um lugar.

– Não, por favor – disse Gamache, mas já era tarde.

O homem cortês já estava de pé, ao lado de sua poltrona habitual.

– Tivemos uma conversa fantástica – comentou o Sr. Blake. – Sobre Charles Chiniquy. Um homem notável. Mas, afinal, já era esperado que pensássemos assim – completou ele, com uma risada.

– Encontrei outro, monsieur Comeau – disse Elizabeth MacWhirter no balcão, vendo Gamache e acenando.

O inspetor-chefe notou o olhar de Émile e sorriu. Ele tinha feito algumas conquistas ali.

Logo os quatro estavam sentados em volta da mesa de centro.

– Então – disse Gamache, olhando para os três rostos idosos e ansiosos. – Me digam o que sabem.

– A primeira coisa que fiz foi ligar para Jean – explicou Émile. – Você se lembra dele? Ele almoçou conosco alguns dias atrás no Château Frontenac.

Gamache se lembrava. O Magro que fazia par com o Gordo de René Dallaire.

– Membro da Sociedade Champlain.

– Também, mas ele é pesquisador da história geral do Quebec. A maioria dos membros também é. Ele sabia sobre Chiniquy, mas não muito mais do que eu mesmo já ouvira falar. Chiniquy era um sujeito fanático pela sobriedade, que desistiu da Igreja Católica e se juntou aos protestantes. É considerado um pouco maluco. Fez um bom trabalho naquela época, depois se atrapalhou e perdeu as estribeiras.

Émile fez uma pausa e continuou:

– Eu estava indo para casa e passando pela Lit e His quando, de repente, achei que eles poderiam saber algo sobre Chiniquy aqui. Afinal, é a Sociedade Literária e Histórica e presumivelmente tem ligações com o Protestantismo. Então resolvi entrar.

Elizabeth prosseguiu:

– Ele perguntou sobre Chiniquy. Não é um nome que eu conheça, mas consegui encontrar alguns livros em nosso acervo. Ele escreveu bastante. Então o Sr. Blake chegou e eu apresentei monsieur Comeau a ele.

O Sr. Blake inclinou-se para a frente.

– Charles Chiniquy foi um grande homem, inspetor-chefe. Muito caluniado e mal interpretado. Ele deveria ser considerado um dos grandes heróis do Quebec, e não estar esquecido ou ser lembrado apenas por suas excentricidades.

– Excentricidades?

– Ele era, devo admitir, um pouco exibicionista. Bastante extravagante em seu estilo de vida e seus discursos. Carismático. Mas salvou muitas vidas, construiu um hospital. No auge de sua popularidade, dezenas de milhares pararam de beber depois de ouvi-lo falar. Ele era incansável. – O Sr. Blake hesitou um pouco antes de prosseguir. – Então ele foi um pouco longe demais para a comodidade da Igreja Católica. Para ser justo, eles lhe deram muitos avisos, mas acabaram expulsando-o. Ele saiu com muita raiva e se juntou aos presbiterianos.

– Não foi ele quem afirmou que Roma estava conspirando para tomar a América do Norte e que enviara os jesuítas para matar Lincoln? – perguntou Émile.

– Ele pode ter mencionado algo assim – explicou o Sr. Blake. – Entretanto, ele também fez muitas coisas boas.

– O que aconteceu com ele? – quis saber Gamache.

– Mudou-se para Illinois, mas irritou tantas pessoas que logo partiu e terminou seus dias em Montreal. Casou-se e teve duas meninas, se não me engano. Morreu aos 90 anos.

– Em 1899 – acrescentou Gamache, e, diante da surpresa de Elizabeth, explicou: – Pesquisei ontem à noite, mas o arquivo tinha apenas datas, nenhuma informação real sobre o homem.

– Publicaram um obituário enorme no *New York Times* – contou o Sr. Blake. – Ele foi considerado um herói por muitas pessoas.

– E um maluco por muitas outras – admitiu Elizabeth.

– Por que Augustin Renaud teria interesse em Chiniquy?

Os três balançaram a cabeça. Gamache pensou um pouco mais.

– A grande igreja presbiteriana fica bem ao lado daqui, e a Lit e His tem vários de seus livros, então é justo presumir que pode ter havido uma conexão? Uma relação?

– Entre Charles Chiniquy e a Lit e His? – perguntou Elizabeth.

– Bem, havia James Douglas, ele seria uma conexão – comentou o Sr. Blake.

– E quem é esse? – indagou Gamache.

Elizabeth e o Sr. Blake se viraram em seus assentos e olharam pela janela. Gamache e Émile também olharam, mas, no escuro, só viram seus próprios reflexos.

– Aquele é James Douglas – disse o Sr. Blake.

Eles continuaram olhando fixamente e continuaram a ver apenas seus próprios rostos perplexos.

– A janela? – perguntou Gamache por fim, depois de esperar um longo tempo que Émile fizesse a pergunta sem sentido.

– Não a janela, o busto – disse Elizabeth, com um sorriso. – Aquele é James Douglas.

De fato, no parapeito fundo da janela havia um busto branco de alabastro de um cavaleiro vitoriano. Eles sempre pareciam perturbadores para Gamache. Talvez fosse o branco ou os olhos vazios, como se o artista tivesse esculpido um fantasma.

– Ele foi um dos fundadores da Sociedade Literária e Histórica – afirmou o Sr. Blake.

Elizabeth inclinou-se para a frente e disse para Émile, ao lado dela:

– E também foi um ladrão de túmulos. Colecionava múmias, entende?

Nem Gamache nem Émile entenderam. Mas queriam muito.

DEZESSETE

– Receio que terá que se explicar, madame – disse Émile, com um sorriso. – Múmias?

– Bem, havia uma original – interveio o Sr. Blake, introduzindo a questão. – James Douglas era médico, e dos bons. Era capaz de amputar um membro em menos de dez segundos.

Ao ver a expressão no rosto dos presentes, ele prosseguiu, torturando-os um pouco mais:

– Isso era importante naquela época. Não havia anestésicos. Cada segundo devia ser uma agonia. O Dr. Douglas poupou muitas pessoas de um sofrimento enorme. Ele também foi um professor brilhante.

– É aqui que os corpos entram – comentou Elizabeth, com um prazer que os surpreendeu. – Ele começou em alguma parte dos Estados Unidos...

– Pittsburgh – esclareceu o Sr. Blake.

– Mas foi expulso da cidade depois que foi pego roubando sepulturas.

– Não era como é hoje – disse o Sr. Blake. – Os médicos precisavam de corpos para dissecação. Era uma prática comum pegá-los nas covas de indigentes.

– Mas provavelmente não era uma prática comum que os próprios médicos abrissem as covas – comentou Gamache, provocando um riso abafado em Elizabeth.

O Sr. Blake fez uma pausa para refletir.

– Isso provavelmente é verdade – concordou ele. – Ainda assim, nunca foi para ganho pessoal. Ele nunca os vendia, apenas usava os cadáveres para ensinar seus alunos, muitos dos quais desenvolveram carreiras de sucesso.

– Mas ele foi pego? – perguntou Émile a Elizabeth.

– Ele cometeu um erro. Cavou a sepultura de um cidadão proeminente e o homem foi reconhecido por um dos alunos.

Todos fizeram uma careta.

– Então ele veio para o Quebec? – perguntou Gamache.

– Começou a ensinar aqui – contou o Sr. Blake. – Ele também abriu um hospital psiquiátrico fora da cidade. Era um visionário. Isso foi numa época em que os loucos eram enfiados em lugares piores do que prisões, onde ficavam pelo resto da vida.

– Hospícios – disse Elizabeth.

O Sr. Blake assentiu.

– James Douglas era considerado mais do que um pouco esquisito porque acreditava que os doentes mentais graves deviam ser tratados com respeito. Seu hospital ajudou centenas, talvez milhares de pessoas. Indivíduos que ninguém mais queria.

– Ele deve ter sido um homem extraordinário – comentou Émile.

– Segundo a maioria dos relatos – disse o Sr. Blake –, era um homem horrível, teimoso e arrogante. Deplorável. Exceto quando tratava dos pobres e desabrigados. Aí ele demonstrava notável compaixão. Estranho, não é?

Gamache assentiu. Isso era o que fazia de seu trabalho algo tão fascinante e, ao mesmo tempo, difícil. Como a mesma pessoa podia ser amável e cruel, compassiva e deplorável. Desvendar um assassinato dependia mais de conhecer as pessoas do que de encontrar evidências. Pessoas que eram perversas e contraditórias e que muitas vezes nem conheciam a si mesmas.

– Mas onde é que as múmias entram na história? – quis saber Émile.

– Bem, ele aparentemente continuou a extrair corpos de sepulturas dentro e ao redor do Quebec – revelou Elizabeth. – Mais uma vez, apenas para ensinar. Ele se absteve de escavar túmulos de primeiros-ministros ou arcebispos, mas tudo indica que sua fascinação por corpos ultrapassou os limites do ensino.

– Ele era curioso – disse o Sr. Blake, num tom que traía uma posição defensiva.

– Ele era – concordou Elizabeth. – O Dr. Douglas estava de férias no Egito e trouxe de lá um par de múmias. Ele as guardava em casa e dava palestras nesta mesma sala sobre elas. Prendia-as na parede – explicou ela, indicando a parede mais distante.

– Bem – disse Gamache, devagar, tentando imaginar a cena –, muitas pessoas roubavam sepulturas naquela época. Roubar pode ser uma palavra forte demais – acrescentou rapidamente, para amenizar a agitação do Sr. Blake. – Era a época em que estavam descobrindo todos aqueles túmulos. Rei Tut, Nefertiti... – Ele não tinha mais nenhuma referência egípcia. – E outros.

Émile lançou a ele um olhar divertido.

– É só mencionar um museu – desafiou o Sr. Blake – que eu posso indicar quais tesouros foram tirados de sepulturas. O Museu Britânico está cheio de túmulos, mas onde estaríamos sem ele? Graças a Deus eles pegaram esses objetos, caso contrário, seriam simplesmente saqueados ou destruídos.

Gamache ficou em silêncio. O que para uma civilização era uma ação corajosa, para outra era um ato de violação. Assim era a história, e a arrogância. Nesse caso, o famoso ego vitoriano que ousou muito, descobriu muito e profanou muito.

– Como quer que fosse chamado – disse Elizabeth –, era estranho. Meus avós foram ao Egito e voltaram com tapetes. Não trouxeram um único corpo.

Émile sorriu.

– Uma múmia acabou sendo enviada para um museu em Ontário e depois voltou, há alguns anos, para o Egito – prosseguiu Elizabeth – quando eles descobriram que era o rei Ramsés.

– *Pardon*? – exclamou Gamache. – O Dr. Douglas trouxe o corpo de um faraó egípcio?

– É o que parece – respondeu o Sr. Blake, travando uma luta entre constrangimento e orgulho.

Gamache balançou a cabeça.

– Mas afinal, o que esse incrível Dr. Douglas tem a ver com Chiniquy?

– Ah, ainda não falamos? Eles eram bons amigos – explicou o Sr. Blake. – Enquanto ainda era padre, Chiniquy ia ao hospital do Dr. Douglas para ministrar para os católicos. Foi Douglas quem instigou Chiniquy a agir. Entre os doentes, havia muitos que bebiam. O Dr. Douglas descobriu que, se eles fossem trancados, se lhes dessem boa comida e nenhum álcool, eles tinham grandes chances de voltar a um estado de sanidade. Mas eles tinham que permanecer sóbrios ou, melhor ainda, não deveriam nunca mais beber em excesso. Ele falou com Chiniquy sobre isso e o padre imediatamente se apegou à ideia. Isso se tornou seu objetivo de vida, sua forma de salvar almas antes que fossem condenadas ao inferno.

– Sobriedade – disse Gamache.

– A promessa – concordou o Sr. Blake. – Fazer com que parassem de beber ou que nunca começassem. E dezenas de milhares seguiram o conselho, graças ao padre Chiniquy. Seus comícios públicos tornaram-se famosos. Ele era o Billy Graham de sua época, atraindo pessoas de todo o Quebec e do leste dos Estados Unidos. As pessoas faziam de tudo para se inscrever e fazer a promessa.

– Tudo isso inspirado por James Douglas – acrescentou Émile.

– Eles foram amigos por toda a vida – contou Elizabeth.

Um movimento nas sombras capturou a visão periférica de Gamache. Ele olhou para cima, para a galeria, mas só viu a estátua de madeira do general Wolfe os observando, ouvindo. Teve, porém, a sensação de que o general não estivera sozinho. Outra pessoa se colocara ali, nas sombras. Escondido entre os livros, as histórias. Ouvindo. A história de dois loucos inspirados, dois velhos amigos.

Mas havia outro louco na história. Augustin Renaud, que também era obcecado pelos mortos.

– A venda de livros no ano passado... – começou Gamache, sentindo imediatamente a mudança de humor. Elizabeth MacWhirter e o Sr. Blake ficaram cautelosos. – Pelo que entendi, não foi muito bem-sucedida.

– Não, dentro da comunidade inglesa foi um grande fracasso – admitiu Elizabeth. – Depois de pouco tempo, tivemos que interromper.

– Por quê?

– Reacionários – disse Blake. – Talvez não seja nenhuma surpresa que a oposição mais forte tenha vindo de pessoas que nunca estiveram na Lit e His. Elas simplesmente odiaram a ideia por princípio.

– E que princípio seria esse? – indagou Émile.

– Que a Lit e His foi criada para preservar a história inglesa – respondeu Elizabeth. – E todo pedaço de papel com escrita em inglês, toda lista de compras, todo diário, toda carta, tudo era sagrado. Ao vendê-los, estávamos traindo a nossa herança. Apenas não parecia certo.

Sentimentos. Por mais que as pessoas tentassem racionalizar, testassem justificar, tentassem explicar, no final, tudo se resumia a sentimentos.

– Alguém examinou os livros? Como vocês decidiram quais vender? – perguntou Gamache.

– Começamos pelo porão, onde estavam os que foram considerados sem importância quando chegaram e ficaram nas caixas. Havia tantos que acho que ficamos sobrecarregados e os vendemos por lotes, felizes por nos livrarmos deles.

– Vocês fizeram duas vendas? – perguntou o chefe.

– Sim. A primeira foi no verão, depois houve uma menor, menos divulgada. Quem apareceu foram majoritariamente os sebos e pessoas que pareciam simpatizar com o que estávamos fazendo.

– Os livros doados pela Sra. Claude Marchand em 1899 estavam entre os que vocês venderam – afirmou Gamache.

– Estavam? – disse Elizabeth.

– Isso é importante? – perguntou o Sr. Blake.

– Achamos que sim. A Sra. Marchand era a criada da casa de Charles Chiniquy, em Montreal. Depois da morte dele, devem ter dividido seus pertences e doado a ela alguns dos livros ou talvez pedido que fossem enviados para cá. De qualquer maneira, ela devia saber que ele tinha alguma relação com a Sociedade Literária e Histórica e decidiu enviá-los. Quando chegaram, eles foram mantidos em caixas e provavelmente guardados no porão. Ou as pessoas não se preocuparam em ver o que eram ou não se deram conta de seu valor.

– O senhor está dizendo que tínhamos uma coleção de livros de Chiniquy e nunca soubemos disso? – perguntou o Sr. Blake, bastante agitado. – Era exatamente disso que as pessoas tinham medo. De que, em nossa pressa, acabássemos vendendo tesouros. Que livros eram?

– Não sabemos – admitiu Gamache. – Mas alguns foram comprados por Augustin Renaud, e dois em especial despertaram o interesse dele.

– Quais?

– De novo, não sabemos. Temos o número de catalogação, só isso. Nenhum título, nenhuma ideia de seu conteúdo.

– O que o padre Chiniquy poderia ter que interessasse a Augustin Renaud? – perguntou-se Elizabeth. – Chiniquy não se interessava por Champlain, pelo menos nunca soubemos disso.

Na verdade, havia duas perguntas, pensou Gamache. O que eram aqueles livros? E por que não conseguimos encontrá-los?

Émile e Gamache pararam em frente à Lit e His.

– Então, o que você acha? – questionou Émile, colocando as luvas e o chapéu.

– Acho que, se "Chin" é mesmo Chiniquy no diário de Augustin Renaud, então JD deve ser James Douglas.

– E Patrick e O'Mara já morreram há tempos também – concluiu Émile, sua respiração subindo no ar gelado e a boca ficando dormente de frio.

Mesmo assim, os dois ficaram ali conversando.

Gamache assentiu.

– Renaud não estava planejando se encontrar com aqueles quatro homens, ele estava fazendo uma anotação sobre uma reunião que os quatro tiveram. Há mais de cem anos.

Os homens olharam para o prédio que se erguia atrás deles.

– E 18 alguma coisa? O número no diário – indagou Émile. – Um horário? Uma data?

Gamache sorriu.

– Vamos descobrir.

– Vamos – concordou Émile. Era bom trabalharem juntos de novo. – Você vem?

– Preciso fazer uma parada rápida primeiro. Você pode levar Henri para casa?

Gamache observou Henri e Émile caminharem devagar pela Rue St. Stanislas, tomando cuidado para não escorregar no gelo ou na neve.

O inspetor-chefe caminhou os poucos metros até a Igreja Presbiteriana de St. Andrews. Tentou abrir a porta e ficou um tanto surpreso ao encontrá-la destrancada. Enfiou a cabeça e olhou para dentro do adro. O teto azul estava levemente iluminado, mas todo o resto estava escuro.

– Olá – chamou ele, e sua voz reverberou e até desaparecer.

Sua intenção era falar com o jovem pastor, mas se viu atraído pela calma do espaço. Tirando o casaco, ficou sentado em silêncio por alguns minutos, de vez em quando respirando fundo e expirando.

Agora não há mais solidão.

Fechando os olhos, deixou a voz solta, para se movimentar. Para correr em sua mente, rir e contar a ele, mais uma vez, como quebrou seu primeiro violino, um pequenino que fora emprestado pela escola. Valia mais do que todo o dinheiro que possuíam, e sua mãe o consertou e o devolveu para o menino desesperado, acalmando-o.

As coisas são mais fortes no ponto em que estão quebradas. Não se preocupe.

"Que coisa gentil de se dizer", comentou Gamache, com toda a sinceridade.

"Para um menino desajeitado", concordou Morin. "Eu quebrava tudo. Violinos, aspiradores, copos, pratos, qualquer coisa. Uma vez quebrei um martelo. Se não quebrasse, eu perdia."

Morin riu.

Gamache percebeu que estava quase cochilando no calor e na paz e com a risada suave em sua mente e, quando abriu os olhos, ficou surpreso ao perceber que não estava mais sozinho. O jovem pastor estava sentado na outra extremidade do banco, lendo.

– O senhor parecia estar se divertindo alguns minutos atrás – comentou Tom Hancock.

– É mesmo? Lembrei-me de uma coisa. O que está lendo? – perguntou Gamache, sua voz não mais que um sussurro.

Tom Hancock olhou para o livro em sua mão.

– "Dirija na direção do terceiro carvalho alto da ponta de Fischer's Point" – leu ele. – "Uma vez a meio caminho, você deve ajustar seu curso, levando em conta a corrente, os ventos, o gelo. E sempre dirija para o gelo flutuante, nunca para as águas abertas."

– Um Evangelho pouco conhecido – comentou Gamache.

– Bem, depois das reformas, eles ficaram mais difíceis de ser reconhecidos – disse o reverendo Sr. Hancock.

Ele colocou um marcador naquela página, fechou o livro e entregou o velho volume para Gamache, que leu o título.

ENTREGANDO A CORRESPONDÊNCIA PELO PODEROSO SAINT LAURENCE, NO INVERNO.
UM MANUAL.

Virando a capa, ele examinou a folha de rosto e encontrou a data: 1854.

– Um livro obscuro. – Ele o devolveu. – Onde encontrou isso?

– Uma das vantagens de se estar tão perto da Lit e His. Você pode mexer nas prateleiras. Acho que sou a segunda pessoa a retirar este livro em 150 anos.

– O senhor encontrou outros livros interessantes lá?

– Alguns, a maioria igualmente obscura. Quando cheguei, eu sempre procurava os livros de sermões antigos, na esperança de que alguns de meus paroquianos ficassem impressionados, mas nenhum pareceu perceber as referências, então parei. – Ele riu. – Mas este é bem útil. Fala de estratégias para a travessia do rio no inverno.

– A corrida de canoas no gelo? Deve haver passatempos mais fáceis.

– Está brincando? Canoagem em rios congelados é moleza comparado ao que faço normalmente.

Gamache se ajeitou no banco duro, de maneira a ficar de frente para Tom Hancock.

– Tão difícil assim?

O jovem pastor ficou sério.

– Às vezes.

– O senhor já ouviu falar do padre Chiniquy?

Tom Hancock pensou e balançou a cabeça.

– Quem é?

– Era. Viveu há mais de cem anos. Um famoso padre católico que deixou a Igreja Católica e se tornou presbiteriano.

– É mesmo? Chiniquy? – Ele pensou no nome, então balançou de novo a cabeça. – Desculpa. Provavelmente eu deveria saber quem foi, mas não sou daqui.

– Não se preocupe, muitos não o conhecem hoje em dia. Eu mesmo nunca tinha ouvido falar dele.

– E ele é importante para o caso?

– Não consigo enxergar como seria, mas o nome dele apareceu no diário de Augustin Renaud. Parece que Renaud comprou alguns dos livros de Chiniquy nas vendas da Lit e His.

O reverendo Hancock fez uma careta.

– Aquelas vendas nos assombram.

– O senhor era a favor?

– Parecia óbvio. O lugar estava em ruínas, íamos abrir mão de alguns livros não utilizados para salvar muitos outros. Não era para ser uma decisão muito difícil.

Gamache assentiu.

Aquela era, muitas vezes, a equação: abrir mão de alguns para salvar muitos. De longe, parecia tão simples, tão claro... Entretanto, de longe é possível enxergar a situação como um todo, mas não toda a situação. Faltam os detalhes. Não se enxerga tudo a distância.

– A oposição o surpreendeu? – perguntou Gamache.

Tom Hancock hesitou.

– Fiquei mais desapontado do que surpreso. A comunidade inglesa está encolhendo, mas não precisa desaparecer. Está no limite. Ela pode ir para qualquer lado. Neste exato momento, é crucial manter as instituições vivas. Elas são as âncoras da comunidade. – Ele hesitou um instante, não aprovando a escolha de suas próprias palavras. – Não, não as âncoras. Os portos. Um lugar aonde as pessoas vão porque sabem que estarão seguras.

Seguras, pensou Gamache. Quão primal era isso, quão poderoso. O que as pessoas fariam para preservar um porto seguro? Fariam o que fizeram por séculos. O que os franceses fizeram para salvar o Quebec, o que os ingleses fizeram para tomá-lo. O que os países fazem para proteger suas fronteiras, o que indivíduos fazem para proteger suas casas.

Elas matam. Para se sentirem seguras. Quase nunca dá certo.

Mas Tom Hancock estava falando de novo:

– É vital ouvir sua própria língua, vê-la escrita, vê-la valorizada. Essa é uma das razões pelas quais fiquei tão feliz por ser convidado a fazer parte do Conselho da Sociedade Literária e Histórica. Para tentar salvar a instituição.

– Eles também têm essa preocupação?

– Ah, sim, todos eles sabem como a situação é precária. O debate, na verdade, é sobre qual é a melhor forma de manter as instituições funcionando. A Lit e His, a catedral anglicana, esta igreja, o colégio e o asilo. A CBC. Os jornais. Todos estão sob ameaça.

O jovem pastor virou seu olhar fervoroso para Gamache. Não o olhar flamejante de um fanático, não um olhar como os de Renaud ou Champlain, mas de alguém com uma grande vocação, maior do que ele mesmo. Um simples desejo de ajudar.

– Todos são sinceros, é só uma questão de estratégia. Alguns acham que o inimigo é a mudança, outros que a mudança os salvará, mas todos sabem que estão de costas para um penhasco.

– Repetindo as Planícies de Abraão?

– Não, não repetindo. Aquilo nunca terminou. Os ingleses venceram apenas a primeira batalha, mas os franceses venceram a guerra. O plano de longo prazo.

– Decrescimento? – perguntou Gamache. – A "vingança do berço"?

Era um argumento familiar e uma estratégia familiar. Por gerações, a Igreja Católica e os políticos exigiram que os quebequenses tivessem famílias enormes para povoar o imenso território e sufocar os anglófonos, que ficariam em menor número.

Mas, no final, o que venceu os anglófonos não foi apenas o tamanho da população francesa, mas sua arrogância e sua recusa em compartilhar o poder, a riqueza e a influência com a maioria francesa.

Se as costas deles estavam voltadas para um penhasco, aquele era um abismo que eles próprios construíram, um inimigo de sua própria criação.

– Se a comunidade inglesa quiser sobreviver – disse Tom Hancock –, terá que fazer alguns sacrifícios. Tomar algumas atitudes. Adaptar-se.

Ele fez uma pausa e olhou para o livro que tinha nas mãos.

– Mudar de curso? – perguntou Gamache, também olhando para o livro na mão do pastor. – Eles estão navegando para águas abertas? Tentando primeiro o caminho mais fácil?

Tom Hancock olhou para Gamache e a tensão se quebrou. Ele até riu um pouco.

– *Touché*. Acho que todos nós estamos fazendo isso. Acho que as pessoas me enxergam como um jovem forte e musculoso. Incrivelmente bonito, até. – Ele lançou um olhar para Gamache, que achou graça. – Mas a verdade é que não sou nada forte. Cada dia me assusta. É por isso que pratico a corrida de canoa. Na verdade, é uma coisa ridícula, remar e correr por um rio semicongelado, numa temperatura de 30 graus negativos. Sabe por que faço isso?

Gamache balançou a cabeça e o homem mais jovem continuou:

– Para que as pessoas pensem que sou forte. – Sua voz baixou, assim como seus olhos. – Não sou forte em nenhum sentido. Em nenhum que seja importante. A verdade é que prefiro estar suando e empurrando uma canoa sobre lama e gelo a ter que me sentar cara a cara com um paroquiano à beira da morte. Isso me aterroriza.

Gamache se inclinou para a frente, sua voz suave como a luz:

– O que o assusta em relação a isso?

– Que eu não saiba o que dizer, que eu os decepcione. Que eu não seja suficiente.

Eu vou encontrar você. Não vou deixar que nada aconteça com você.

Sim, senhor. Eu acredito, senhor.

Os dois olharam para o nada, perdidos em seus próprios pensamentos.

– A dúvida – disse Gamache, finalmente, e a palavra preencheu o enorme vazio ao redor deles.

Gamache olhou à sua frente, para a porta fechada. A porta errada.

Tom Hancock observou o inspetor-chefe, permitindo que ele ficasse em silêncio por alguns instantes.

– A dúvida é natural, inspetor-chefe. Ela pode nos fazer mais fortes.

– E as coisas são mais fortes onde estão quebradas? – perguntou o chefe, com um sorriso.

– Espero que seja assim. Eu conto com isso – disse o reverendo Hancock.

Gamache assentiu, pensando.

– E mesmo assim o senhor o faz – concluiu ele depois de alguns segundos. – Senta-se com os paroquianos que estão doentes e morrendo. Isso o aterroriza, mas o senhor o faz todos os dias. Não foge.

– Não tenho escolha. Preciso mirar no gelo, não nas águas abertas, se pretendo chegar aonde quero. E o senhor também.

– Aonde quer chegar?

Hancock fez uma pausa, refletindo.

– Eu quero chegar à costa.

Gamache respirou fundo e expirou longamente. Hancock o observava.

– Nem todos chegam ao outro lado do rio – comentou Gamache em voz baixa.

– Nem todo mundo deve.

Gamache assentiu.

Eu acredito, senhor, sussurrou a jovem voz.

Gamache inclinou-se para a frente no banco, apoiando os cotovelos nos joelhos e entrelaçando os dedos fortes, uma mão apertando a outra, tremendo só um pouquinho. Então descansou o queixo sobre elas.

– Eu cometi alguns erros terríveis – confessou ele, os olhos perdidos na meia-luz. – Não enxerguei o cenário completo, no entanto todas as pistas estavam lá. Não percebi todas elas até que fosse quase tarde demais, e mesmo nesse momento cometi um erro terrível.

O corredor, a porta fechada. A porta errada, o caminho errado. Os segundos se passando. A corrida de volta para a outra porta, o coração batendo com força.

Não se preocupe, meu filho. Vai dar tudo certo.

Arrombando a porta, vendo-o sentado lá, suas costas magras voltadas para eles, de frente para a parede. De frente para o relógio. Que continuava batendo.

Sim, senhor. Eu acredito, senhor.

Até o zero.

Transportando-se de volta para a silenciosa igreja, Gamache olhou para Tom Hancock.

– Às vezes a vida segue numa direção que não é de nossa escolha – murmurou o pastor. – É por isso que precisamos nos adaptar. Nunca é tarde demais para mudar de direção.

Gamache permaneceu em silêncio. Ele sabia que o jovem pastor estava enganado e que muitas vezes era tarde demais. O *général* Montcalm sabia disso. Ele *sabia* disso.

– Eles deviam ter vendido todas aquelas caixas de livros – afirmou Tom Hancock depois de algum tempo, perdido nos próprios devaneios. – Agora, tornaram-se um símbolo para vocês. A Lit e His entulhada de palavras em inglês indesejadas. Carregando o peso do passado.

– *Je me souviens* – sussurrou Gamache.

– Vai afundar a todos – disse o reverendo Sr. Hancock, com tristeza.

Gamache estava começando a compreender aquela comunidade e aquele caso.

E a si mesmo.

DEZOITO

– Mais dez.

Clara gemeu e ergueu as duas pernas ao mesmo tempo.

– Costas retas!

Clara ignorou a ordem. Aquilo não era bonito. E certamente não estava perfeito, mas ela ia conseguir de um jeito ou de outro.

– Um, grunhido, dois, gemido, três...

– Já lhe contei sobre meu dia esquiando em Mont Saint Rémy?

Pina, a professora de ginástica, aparentemente não precisava respirar. Suas pernas e braços pareciam independentes do resto do corpo, movendo-se com precisão militar enquanto ela estava deitada no colchonete, conversando como se estivesse em uma festa do pijama.

Myrna xingava e suava abundantemente, algumas vezes fazendo outros barulhos, enquanto Ricky Martin cantava "Livin' la Vida Loca". Clara gostava de se exercitar perto de Myrna, pois todos os palavrões e barulhos pareceriam vir dela.

Myrna virou-se para Clara.

– Se você a segurar, eu a mato.

– Mas como? Nós nunca conseguiríamos nos safar.

Clara vinha pensando nisso. Até aquele momento, ela havia feito doze levantamentos de perna dos dez que Pina ordenara, e agora Pina estava reclamando amargamente dos praticantes de snowboard, enquanto suas pernas pneumáticas subiam a desciam.

– Ninguém contaria nada – retrucou Myrna, elevando as pernas um milímetro. – E, se elas ameaçarem dizer, nós as matamos também.

Era um plano bem razoável.

– Em que número estamos no exercício de pernas? – perguntou Pina. – Três, quatro...

– Eu topo – bufou Clara.

– Eu também – disse Dominique Gilbert, do outro lado de Clara, com uma voz quase tão irreconhecível quanto seu rosto roxo.

– Santo Deus – disse A Esposa, do outro lado da sala –, façam isso logo.

– Façam o quê? – indagou Pina, começando a pedalar no ar.

– Assassinar você, é claro – retrucou Myrna.

– Ah, tá.

Pina riu, sem imaginar quanto isso ficava perto de acontecer a cada aula.

Vinte minutos depois, a aula acabou, após um último movimento de tai chi, durante o qual Clara meditou sobre assassinato. Ainda bem que ela adorava Pina e precisava da aula.

Depois de secar o corpo e enrolar seu tapete, Clara foi até o ajuntamento de mulheres que se formara no meio da sala. Depois de cerca de um minuto, conseguiu levar a conversa para onde desejava.

– Vocês viram que o inspetor Beauvoir está de volta à vila? – perguntou ela, fingindo indiferença e secando um fio de suor que descia do pescoço.

– Coitado – disse Hanna Parra. – Mas ele parece melhor.

– Eu acho ele bem bonito – elogiou A Esposa.

Seus olhos eram grandes, expressivos e ingênuos. Uma mãe e dona de casa, casada com um carpinteiro.

– Você acha? – retrucou Myrna, com uma risada. – Ele é muito magrelo.

– Eu ia fazer com que engordasse uns quilinhos – disse A Esposa.

– Há algo naquele inspetor. Fico querendo salvá-lo – disse Hanna. – Curá-lo, fazê-lo sorrir.

– O Sr. Spock – comentou Clara, embora a conversa não estivesse indo exatamente como ela esperava e ela mesma não estivesse ajudando ao lançar o tema para o espaço sideral. – O cara de Vulcano – explicou, depois que algumas das mulheres a olharam com perplexidade. – Ah, gente, pelo amor de Deus, não me digam que não conhecem *Jornada nas estrelas*? Todo mundo tinha uma queda pelo Sr. Spock porque ele era legal e distante. Queriam ser a mulher que quebraria seu gelo e entraria em seu coração.

– Não é no coração dele que queremos entrar – disse Hanna, e todas riram.

Elas vestiram seus casacos, atravessaram a rua cheia de neve e entraram no hotel-spa para o chá com *scones* que sempre tomavam depois do exercício.

Clara ainda se espantava toda vez que entrava no hotel-spa, lembrando-se de que o local costumava ser a casa dos Hadleys antes que Dominique e seu marido Marc a comprassem. Agora sua anfitriã estava sentada, relaxada e elegante, sorrindo e servindo chá.

Teria Dominique assassinado o Eremita? Clara não conseguia imaginar algo assim. Não, se Clara quisesse ser bem honesta, o suspeito mais provável meses antes, e que continuava sendo, era Marc Gilbert. O marido de Dominique.

Clara levantou de novo o assunto do assassinato.

– É difícil acreditar que Olivier foi preso há quase seis meses – disse ela, aceitando a perfumada xícara de chá de Dominique.

Pela janela, ela viu o dia claro e azul, como eram sempre os dias mais frios. A neve presa em um redemoinho rodou pela janela, fazendo um pequeno som de aspersão, como areia contra o vidro.

Dentro do hotel-spa havia tranquilidade. A sala era cheia de antiguidades, não aquelas pesadas, feitas de carvalho vitoriano, mas peças simples de pinho e cerejeira. As paredes eram pintadas em tons pastel e davam uma sensação repousante, serena. O fogo estava aceso e o lugar cheirava delicadamente a madeira de bordo, fumaça, hidratantes e tisanas. Camomila, lavanda, canela.

A jovem mulher chegou com uma travessa de *scones* quentes, creme de leite, coalhada e geleia caseira de morango. Para Clara, aquele era o momento predileto da aula de ginástica.

– Como está Olivier? – perguntou A Esposa.

– Está tentando se acostumar – respondeu Myrna. – Eu o vi algumas semanas atrás.

– Ele ainda insiste que não matou o Eremita – disse Clara, observando a reação de todas.

Ela se sentiu uma impostora, fingindo ser uma investigadora de homicídios, atuando. Ainda assim, havia momentos piores. Clara passou coalhada em seu *scone* quente, depois geleia de morango.

– Bem, se não foi ele, quem foi? – indagou Hanna Parra.

Hanna era um sustentáculo firme e atraente. Clara a conhecia havia décadas. Poderia ela participar de um assassinato? Era melhor perguntar.

– Você mataria alguém?

Hanna olhou para a amiga com alguma surpresa, mas sem raiva ou suspeita.

– Essa é uma pergunta bem interessante. Tenho certeza de que sim.

– Como pode ter tanta certeza? – indagou Dominique.

– Se alguém invadisse a nossa casa e ameaçasse Havoc ou Roar? Eu mataria essa pessoa na mesma hora.

– Mate as mulheres primeiro – comentou A Esposa.

– Como é que é? – perguntou Dominique, sentando-se mais para a frente e colocando sua delicada xícara de chá sobre o pires.

– Isso está em um guia de treinamento do Mossad – disse A Esposa.

Até as terapeutas que estavam fazendo massagem nos pés de Myrna e Hanna pararam e olharam fixamente para aquela adorável e jovem mulher que acabara de dizer uma coisa horrorosa.

– Como você sabe disso? – questionou Myrna.

A Esposa deu um sorriso largo.

– Assustei vocês, hein?

Elas todas riram, mas na verdade ficaram um pouco confusas. A Esposa as deixou em suspense por um momento e então sorriu.

– Eu ouvi isso na Rádio CBC. Um programa sobre terrorismo. A teoria é que as mulheres quase nunca matam. É preciso um grande esforço para fazer uma mulher matar, mas, uma vez que ela decide, não para enquanto não termina.

Houve silêncio enquanto elas pensavam no assunto.

– Faz sentido para mim – disse Myrna, finalmente. – Quando uma mulher se compromete com alguma coisa, ela faz com o coração e a cabeça. É algo muito poderoso.

– Era esse o tema da entrevista – explicou A Esposa. – As mulheres raramente se juntam a células terroristas, mas agentes do Mossad contam que, quando atacam uma dessas células e há uma mulher terrorista, é melhor matá-la primeiro porque ela nunca se rende. É sempre a mais cruel do grupo. Impiedosa.

– Odiei essa ideia – disse Dominique.

– Eu também – admitiu A Esposa. – Mas acho que pode ser verdade. Quase nada me faria machucar alguém, física ou emocionalmente, mas percebo que, se fosse preciso, eu conseguiria. E seria horrível.

A última frase foi dita com tristeza, e Clara sabia que era sincera.

Teria uma daquelas mulheres assassinado o Eremita? Mas por quê? O que poderia levá-las a fazer uma coisa dessas? E o que ela realmente sabia sobre elas?

– Vocês sabiam que Charlie agora está falando? – comentou A Esposa, mudando de assunto. – Graças ao Dr. Gilbert. Ele vem uma vez por semana e trabalha com ele.

– Quanta gentileza.

Uma voz masculina veio da entrada. Elas olharam.

Marc Gilbert estava ali, alto, esguio, o cabelo louro bem curto e os olhos azuis intensos.

– Charlie agora consegue dizer "boo" e "show" – explicou A Esposa, com entusiasmo.

– Parabéns – disse Marc, sorrindo.

Havia sarcasmo ali, e divertimento.

Clara sentiu as costas se arrepiarem. Como era fácil desgostar daquele homem sorridente.

Tentara gostar dele, pelo bem de Dominique, mas era uma batalha perdida.

– Eu me lembro, minha primeira palavra foi "caca" – disse ela à Esposa, que estava olhando para Marc, perplexa.

– Caca? – perguntou Myrna, quebrando aquele silêncio constrangedor. – Devo perguntar?

Clara sorriu.

– Eu estava tentando dizer "casa". E disse "caca". Acabou que esse virou meu apelido, todos me chamaram assim durante anos. Meu pai ainda o faz, às vezes. Seu pai deu algum apelido para você quando era pequeno? – perguntou Clara a Marc, tentando quebrar um pouco da tensão.

– Ele nunca estava por perto. Até que foi embora e pronto. Então, não.

A tensão na sala aumentou.

– E agora parece que ele encontrou outra família – disse Marc, encarando A Esposa.

Então era isso, pensou Clara. Ciúme.

A Esposa olhou para Marc, e Clara percebeu um rubor subindo pelo pescoço dela. Marc sorriu, virou-se e foi embora.

– Desculpa... – Dominique começou a dizer para A Esposa.

– Não foi nada. Na verdade, ele tem razão. Velho adora o seu sogro. Acho que ele o vê como um avô adotivo para Charles.

– O pai dele nunca aparece para visitar?

– Não. Ele morreu quando Velho era adolescente.

– Devia ser ainda bem jovem quando morreu – comentou Myrna. – Acidente?

– Ele foi até o rio numa primavera. O gelo não estava tão sólido quanto ele imaginava.

Ela parou por ali, e já falara o suficiente. Todas na sala sabiam o que devia ter ocorrido. O gelo rachando sob os pés, a teia de linhas, o homem olhando para baixo. Parando. Imóvel.

A margem deve parecer muito distante quando se está sobre gelo fino.

– Eles o encontraram? – quis saber Myrna.

A Esposa balançou a cabeça.

– Acho que essa é a pior parte. A mãe de Velho continua esperando por ele.

– Meu Deus – gemeu Clara.

– E Velho? – indagou Myrna.

– Se ele pensa que o pai ainda está vivo? Não, graças a Deus, mas ele não acha que foi um acidente.

Nem Clara. Aquilo lhe pareceu algo deliberado. Todo mundo sabia que andar sobre o gelo na primavera era perigoso.

E, de fato, o gelo se quebrara sob os pés do pai, como ele sabia que aconteceria, mas seu filho também havia perdido o chão naquele dia. E Vincent Gilbert o consertara. O Santo Babaca havia chegado e estava ajudando Charlie, e ajudando Velho. Mas a que custo?

O que foi que ela ouvira alguns minutos antes na voz de Marc Gilbert? Não era sarcasmo, mas uma leve falha?

– E quanto a você, Clara? – perguntou Dominique, servindo mais chá. – Seus pais ainda estão vivos?

– Meu pai, sim. Minha mãe morreu há alguns anos.

– Você sente falta dela?

Era uma boa pergunta, pensou Clara. Eu sinto falta dela?

– Às vezes. Ela teve Alzheimer no final. – Vendo o rosto das amigas, ela se apressou em tranquilizá-las: – Não, não. Curiosamente, os últimos anos foram alguns de nossos melhores tempos.

– Quando ela teve demência? – perguntou Dominique. – Estou começando a entender por que eles a chamavam de Caca.

Clara sorriu.

– Na verdade, foi quase um milagre. Ela esqueceu tudo, o endereço, as irmãs. Ela se esqueceu de papai, se esqueceu até de nós. Mas também se esqueceu de ficar zangada. Foi maravilhoso. – Clara sorriu. – Um alívio. Ela não se lembrava de sua longa lista de queixas. E se tornou uma pessoa adorável.

Ela se esquecera de amar, mas também de odiar. Era uma compensação que Clara aceitou com felicidade.

As mulheres na sala conversaram sobre amor, infância, perda dos pais, o Sr. Spock, bons livros que tinham lido.

Elas cuidavam umas das outras. E, na hora do almoço, estavam prontas para enfrentar o dia de inverno. Enquanto Clara caminhava para casa, com farelos de *scone* no cabelo, gosto de camomila na boca, ela pensou no pai de Velho, congelado no tempo. E na expressão de Marc Gilbert quando a falha surgira em sua voz.

ARMAND GAMACHE ESTAVA SENTADO NA padaria Paillard, na Rue St. Jean, olhando para o diário de Augustin Renaud. Henri estava enrolado sob a mesa, enquanto lá fora as pessoas caminhavam com dificuldade, as cabeças baixas devido à neve e ao frio.

Como poderiam o padre caído Chiniquy e o arqueólogo amador Renaud estarem conectados? Gamache observou as excitadas marcações de Renaud, os pontos de exclamação, os redemoinhos em torno dos nomes dos quatro homens. Chin, JD, Patrick, O'Mara. Redemoinhos de tinta tão forte que a caneta quase rasgara o papel. E, abaixo da anotação, os números de catalogação.

9-8499.

9-8572.

Quase certamente os números se referiam aos livros vendidos pela

Sociedade Literária e Histórica e também quase certamente eram do lote doado pela criada de Chiniquy. Haviam sido deixados em caixas no porão por mais de um século.

Até que Augustin Renaud os comprou do sebo de Alain Doucet. Em dois lotes. Primeiro no verão, depois poucas semanas antes de morrer.

O que havia naqueles livros?

O que Chiniquy possuíra que deixara Augustin Renaud tão agitado?

Gamache bebeu um gole de chocolate quente.

Devia estar relacionado com Champlain e, no entanto, o padre não demonstrava absolutamente nenhum interesse no fundador do Quebec.

Chin, Patrick, O'Mara, JD. 18 e alguma coisa.

Se Chiniquy tinha 90 anos quando morreu, em 1899, isso significava que ele nascera em 1809. Poderia o número ser 1809? Ou 1899? Talvez. Mas aonde isso o levava?

A lugar nenhum.

Ele estreitou os olhos.

Olhou de perto para 1809, depois fechou o caderno bruscamente, bebeu o resto do chocolate, deixou um dinheiro sobre a mesa, e ele e Henri correram para o frio. Caminhando a passos largos, ele viu a Basílica ficando cada vez maior à medida que se aproximava.

Ele parou na esquina, em seu próprio mundo, onde neve e frio cortante não poderiam tocá-lo. Um mundo onde Champlain morrera e fora enterrado havia pouco tempo, depois enterrado de novo.

Um mundo de pistas de vários séculos, tão enterradas quanto o corpo.

Ele se virou e caminhou rapidamente pela Des Jardins, parando em frente a uma linda porta antiga, com os números em ferro forjado.

1.809.

Bateu e esperou. Agora sentia frio, e, ao seu lado, Henri encostou-se em suas pernas para se aquecer e se sentir mais confortável. Gamache estava prestes a se virar quando a porta se abriu um pouco e, em seguida, completamente.

– *Entrez* – disse Sean Patrick, recuando rapidamente para evitar o vento cortante que invadiu seu lar.

– Peço desculpas por incomodá-lo de novo, Sr. Patrick – disse o inspetor-chefe, enquanto os dois permaneciam na entrada escura e apertada. – Mas tenho algumas perguntas. Posso? – indagou ele, apontando para o interior da casa.

– Está bem – disse Patrick, andando relutantemente à frente dele. – Onde?

– Na sala de estar, por favor.

Eles se viram naquela sala familiar, cercada pelo passado severo de Patrick.

– Esses são seus bisavós, certo?

Gamache olhou para o casal posando na frente daquela mesma casa. Era uma fotografia maravilhosa, duas pessoas sérias, em sépia, no que pareciam ser suas melhores roupas de domingo.

– Certo. Tirada no ano em que compraram este lugar.

– No final do século XIX, o senhor disse na última vez que conversamos.

– Isso mesmo.

– Posso? – indagou Gamache, tirando a fotografia da parede.

– Fique à vontade.

Ficou claro que Patrick estava curioso.

Virando a foto, Gamache viu que ela estava selada no verso com papel pardo. Havia um adesivo do estúdio de fotografia, mas nenhuma data. E nenhum nome.

Gamache colocou os óculos de leitura e olhou bem de perto para a fotografia. E ali, saindo por baixo da moldura, no canto inferior direito, estava o que ele procurava.

Uma data: 1870.

Recolocando a foto no lugar, ele observou a parede e parou em frente à outra foto do bisavô de Patrick. Nessa, ele estava com um grupo de trabalhadores, de pé, em frente a um grande buraco. O prédio atrás era quase invisível.

O bisavô de Patrick estava sorridente, assim como outro homem, de pé ao lado dele. Mas todas as outras pessoas pareciam tristes. E por que não? Suas vidas, como as de seus pais antes deles, deviam ser miseráveis.

Imigrantes irlandeses, eles vieram para o Canadá em busca de uma vida melhor, apenas para morrer de doenças dentro dos navios superlotados. Os que sobreviveram passaram a vida fazendo trabalhos braçais. Vivendo na miséria em Basse-Ville, a parte baixa da cidade, à sombra dos penhascos, abaixo do grandioso Château Frontenac.

Era uma vida de quase desespero. Então, por que aqueles dois homens estavam sorrindo? Gamache virou a foto. Também estava selada.

– Eu gostaria de tirar esse forro. O senhor se importa?

– Por quê?

– Acho que pode nos ajudar com o caso.

– Como?

– Não posso lhe dizer, mas prometo que não vou estragar a foto.

– Isso vai me meter em algum problema? – perguntou Patrick, os olhos escrutinando o rosto de Gamache até pousarem em seus olhos gentis.

– De jeito nenhum. Na verdade, vou considerar um favor.

Depois da mais breve das pausas, Patrick assentiu.

– *Bon, merci*. O senhor pode acender todas as luzes e pegar sua faca mais afiada?

Patrick fez tudo o que lhe foi pedido, e os dois homens e o cachorro se inclinaram sobre a mesa, a faca na mão de Gamache. A mão tremeu um pouco, e Gamache segurou a faca com mais força. Patrick olhou para o inspetor-chefe, mas não disse nada. Gamache abaixou a faca e, cuidadosamente, levantou o frágil e quebradiço papel da moldura. Pouco a pouco, ele foi saindo.

Resistindo à tentação de arrancá-lo de uma só vez, ele foi puxando devagar até que o papel de soltasse e as costas da fotografia ficassem expostas à luz do sol pela primeira vez desde que fora selada, mais de um século antes. E ali, em letras precisas e cuidadosas, estavam os nomes dos homens, inclusive dos dois que sorriam.

Sean Patrick e Francis O'Mara.

1869.

Gamache ficou olhando.

A anotação no diário de Augustin Renaud não dizia 1809. Dizia 1869.

Chiniquy estivera com aquele Patrick, aquele O'Mara e James Douglas em 1869.

Por quê?

Gamache olhou para a parede de antepassados, todos de pé, do lado de fora daquela mesma casa. Bem longe de Basse-Ville, um universo distante dali. Muito mais longe do que a distância entre a Irlanda e o Canadá, aquele era o espaço intransponível entre Nós e Eles.

Um rude operário irlandês em uma bela casa na Cidade Alta, em 1870. Não fazia sentido que tivesse acontecido. Entretanto, acontecera.

Gamache olhou de novo para os homens sorridentes na fotografia, de pé na frente de um prédio. O'Mara e Patrick. O que os deixara tão felizes?

Gamache conseguia imaginar.

DEZENOVE

– Dr. Croix?

Gamache viu as costas do homem se enrijecerem. Foi um movimento sutil mas eloquente, involuntário e habitual. Ali estava um homem absorto no que fazia, insatisfeito com a interrupção. Aquilo, Gamache sabia, era compreensível. Quem não se sentia assim de vez em quando?

Entretanto, o mais revelador foi a longa pausa. Gamache quase podia ver a armadura surgindo, a couraça descendo pelas costas do arqueólogo, os espinhos, as esporas e as correntes encaixando em seus devidos lugares. E, depois da armadura, a arma.

Raiva.

– O que o senhor quer? – exigiram saber as costas rígidas.

– Gostaria de falar com o senhor, por gentileza.

– Marque um horário.

– Não tenho tempo.

– Nem eu. Tenha um bom dia.

Serge Croix inclinou-se sobre a mesa, examinando algo.

Havia uma razão, Gamache sabia, para o arqueólogo-chefe do Quebec ter escolhido trabalhar com argila e cacos de cerâmica, com pontas de flecha e velhas muralhas de pedra. Podia fazer-lhes perguntas e, embora eles o contradissessem ocasionalmente, nada era complicado, nada era emocional, nada era pessoal.

– Meu nome é Armand Gamache. Estou ajudando a investigar o assassinato de Augustin Renaud.

– O senhor trabalha na Sûreté. Não tem jurisdição aqui. Não venha se meter.

As costas rijas ainda se negavam a se mexer.

Gamache o contemplou por um momento.

– O senhor não quer ajudar?

– Eu já ajudei. – Serge Croix virou o corpo e encarou Gamache. – Passei uma tarde inteira com o inspetor Langlois escavando no porão da Sociedade Literária e Histórica. Desisti do meu domingo por isso, e sabe o que encontramos?

– Batatas?

– Batatas. Que é mais do que Augustin Renaud encontrou quando escavou em busca de Champlain. Agora, sem querer ser rude, peço que vá embora. Tenho um trabalho a fazer.

– Que trabalho?

Gamache se aproximou.

Eles estavam no porão da capela do Convento das Ursulinas. O local era iluminado por lâmpadas industriais, e longas mesas de exame haviam sido colocadas no centro da sala principal. O Dr. Serge Croix trabalhava à mesa mais comprida.

– Uma escavação em andamento.

Gamache olhou para um buraco ao lado de uma parede de pedras.

– Foi aqui que o *général* Montcalm e seus homens foram enterrados?

– Não, eles foram encontrados ali – disse Croix, indicando outra parte do porão e voltando ao que estava fazendo.

Gamache deu alguns passos e olhou para dentro. Ele nunca estivera naquele porão, mas tinha lido sobre ele desde que era estudante. O heroico *général* cavalgando para cima e para baixo em seu magnífico cavalo, inspirando as tropas. Então a fuzilaria, e o *général* foi atingido, mas ele se agarrou ao animal. Quando ficou claro que a batalha estava perdida, quando era óbvio que Bougainville não ia chegar, as forças francesas recuaram para a cidade velha. Montcalm havia cavalgado até lá, apoiado dos dois lados por soldados a pé. Fora levado para o local onde estavam, para morrer em paz.

Ele aguentou, surpreendentemente, até o dia seguinte, quando enfim sucumbiu.

Temendo que os ingleses profanassem o corpo, com medo de represálias, as freiras enterraram o *général* onde ele havia morrido. Então, em algum momento posterior, as irmãs retiraram seu crânio e um osso da perna e os colocaram em uma cripta na capela, para ficarem protegidos e para que as pessoas pudessem orar por Montcalm de maneira privada.

Uma relíquia.

Essas coisas tinham poder no Quebec.

Fazia pouco tempo que o *général* Montcalm se reunira com os homens com quem havia morrido. Alguns anos antes, seus restos mortais foram enterrados de novo, em um túmulo lotado, uma cova que continha os corpos de todos os homens que morreram em um momento terrível nos campos que pertenciam a um agricultor chamado Abraão.

Franceses e ingleses, juntos, pela eternidade. Por tempo suficiente para que fizessem as pazes.

Gamache observou o arqueólogo-chefe dobrar o corpo sobre um pedaço de metal e escovar o pó. Seria aquilo roubo de sepultura? Será que nunca deixariam os mortos em paz? Por que fazer a exumação do *général* e enterrá--lo de novo, com grandes cerimônias e um enorme monumento a algumas centenas de metros de distância? Para que isso serviria?

Mas Gamache sabia para quê. Todos sabiam.

Para que ninguém se esquecesse das mortes e do sacrifício. De quem morreu e de quem matou. A cidade podia ter sido construída sobre fé e pelos, sobre pele e ossos, mas ela era abastecida por símbolos. E lembranças.

Gamache se virou e viu que o Dr. Croix estava olhando na mesma direção, o lugar onde o *général* tinha sido enterrado e de onde fora depois desenterrado.

– *Dulce et decorum est* – disse o arqueólogo.

– *Pro patria mori* – finalizou Gamache.

– O senhor conhece Horácio? – perguntou Croix.

– Conheço a citação.

– "É doce e certo morrer pelo seu país." Esplêndido – comentou Croix, olhando Gamache sem realmente vê-lo.

– O senhor acha?

– E o senhor não?

Croix lançou um olhar de suspeita para o inspetor-chefe.

– Não. É uma mentira velha e perigosa. Pode ser necessário, mas nunca é doce e raramente é certo. É uma tragédia.

Os dois se encararam acima do chão poeirento.

– O que o senhor quer?

Croix era alto e magro, duro e incisivo. Como uma machadinha. E estava apontada para Gamache.

– Por que Augustin Renaud teria interesse em alguns livros pertencentes a Charles Chiniquy?

Não surpreendentemente, o Dr. Croix olhou para Gamache como se ele fosse louco.

– O que isso quer dizer? Nem entendi a sua pergunta.

– Pouco antes de ser assassinado, Renaud encontrou dois livros que o entusiasmaram. Livros que vieram da Sociedade Literária e Histórica, mas que um dia pertenceram ao padre Chiniquy. O senhor sabe a quem me refiro?

– É claro que sei. Quem não sabe?

O mundo inteiro lá fora, pensou Gamache. Era engraçado como as pessoas obcecadas acreditavam que os outros também fossem ou que pelo menos se interessassem. E para arqueólogos e historiadores, que viviam agarrados ao passado, era inconcebível que os outros não se importassem.

Para eles, o passado era vivo como o presente. E, embora esquecer o passado pudesse condenar as pessoas a repeti-lo, lembrar-se dele tão vividamente as condenava a nunca o abandonar. Ali estava um homem que se lembrava vividamente.

– Que conexão poderia haver entre Charles Chiniquy e Champlain? – perguntou Gamache.

– Nenhuma.

– Pense, por favor. – A voz de Gamache, embora ainda gentil, agora era um pouco incisiva. – Chiniquy possuiu algo que entusiasmou Augustin Renaud. Sabemos que Renaud tinha apenas uma paixão na vida: Champlain. Portanto, no final do século XIX, Charles Chiniquy deve ter encontrado algo, alguns livros, sobre Champlain e, quando Renaud os descobriu, sentiu que eles o levariam ao local onde Champlain está enterrado.

– Está brincando? Os pássaros o levaram lá. Pequenas vozes em sua cabecinha o levaram lá, qualquer besteira o levou lá. Ele via pistas e certezas em toda parte. O homem era maluco.

– Não estou dizendo que os livros de Chiniquy responderam aos mistérios em torno de Champlain – explicou Gamache. – Mas Renaud acreditava que sim.

Croix estreitou os olhos, mas Gamache percebeu que ele não achava mais a pergunta absurda. Por fim, ele balançou a cabeça.

– Eu tenho outra pergunta – disse o inspetor-chefe. – Chiniquy e James Douglas eram amigos, certo?

Croix assentiu, interessado no rumo da conversa.

– Por que se encontrariam com dois operários, imigrantes irlandeses, em 1869?

– Ou os operários eram bêbados ou eram loucos, ou ambos. Não existe nenhum grande mistério aí.

– Existe, sim. Eles se encontraram na Sociedade Literária e Histórica.

A informação fez Croix parar o que estava fazendo.

– Agora, sim, é um mistério – admitiu ele. – Os irlandeses odiavam os ingleses. Eles jamais iriam à Sociedade Literária e Histórica voluntariamente.

– O senhor quer dizer que pode não ter sido ideia deles?

– Francamente, duvido que eles soubessem ler e escrever. Talvez não soubessem da existência da Sociedade Literária e Histórica e, se sabiam, o último lugar aonde gostariam de ir seria o coração de um estabelecimento inglês.

– No entanto, eles foram lá. Para se encontrar com o padre Chiniquy e o Dr. James Douglas. Por quê?

Não houve resposta, então Gamache procurou no bolso do peito e tirou dali uma velha fotografia.

– Esses são os operários, os que estão sorrindo. Pouco depois, este homem – Gamache apontou para Sean Patrick – comprou uma casa na Cidade Alta, pertinho daqui, na Des Jardins.

– Impossível.

– Fato.

Croix examinou o rosto de Gamache e voltou os olhos para a fotografia.

– O senhor sabe qual trabalho de escavação estavam fazendo na época? – quis saber o inspetor-chefe.

– Em 1869? Muitos, imagino.

– Seria verão, a julgar pelo que estão vestindo, e provavelmente em Vieux Québec. Olhe para a cantaria.

Croix examinou a foto granulada e assentiu.

– Posso tentar descobrir.

– *Bon* – disse Gamache, estendendo a mão para pegar de volta a foto.

Croix pareceu relutante em entregá-la, mas acabou soltando-a.

– Como o senhor soube desse encontro entre Chiniquy, Douglas e os operários? – indagou Croix.

– Pelo diário de Renaud. Não tenho ideia de como ele descobriu isso. Presumo que tenha lido num dos livros que encontrou. Ele comprou a coleção de Chiniquy da Sociedade Literária e Histórica. Havia algo neles, mas não conseguimos achar os livros. Renaud deve tê-los escondido. O que haveria em livros centenários que levasse alguém a matar por eles? – perguntou Gamache.

– O senhor ficaria surpreso. Nem tudo o que está enterrado está morto de verdade – afirmou o arqueólogo. – Para muitos, o passado está vivo.

Que parte putrefata da história estaria andando entre eles?, perguntou Gamache a si mesmo. O que havia perturbado tanto Augustin Renaud?

Ele se lembrou de uma entrada no diário de Renaud. Não a que estava circulada e com pontos de exclamação, mas uma entrada mais silenciosa, uma reunião que acabaria nunca acontecendo. Com um tal SC.

O inspetor-chefe recolocou a fotografia no bolso lentamente, observando Croix, que estava voltando para sua mesa de trabalho.

– O senhor ia se encontrar com Augustin Renaud?

Croix parou, então se virou e olhou.

– O quê?

– Quinta-feira, à uma hora. Augustin Renaud tinha um encontro com um SC.

– SC? Pode ser qualquer um.

– Com as iniciais SC, sim. Era o senhor?

– Eu almoçando com Renaud? Não seria visto nem na mesma sala em que estivesse aquele homem, se pudesse evitar. Não. Ele estava sempre pedindo, exigindo se encontrar comigo, mas nunca concordei. Era um sujeitinho insuportável, que achava que sabia mais do que todo mundo. Vingativo, manipulador e idiota.

– E talvez, finalmente, ele estivesse certo – observou Gamache. – Talvez ele tivesse encontrado Champlain. Era disso que o senhor tinha medo? Que ele pudesse de fato obter sucesso? Era por isso que tentava pará-lo a cada passo?

– Eu tentei pará-lo porque ele era um trapalhão idiota, que estava arruinando, com seus devaneios, escavações arqueológicas perfeitamente boas e valiosas. Ele era uma ameaça.

A voz de Serge Croix estava tão alta que as palavras severas saltaram e rebateram nas duras paredes de pedra, voltando para os dois homens. Preenchendo o espaço com uma raiva que ecoava e crescia.

Mas a última frase saiu rouca. Muito pouco audível, ela arranhou o chão de poeira e fez Gamache se arrepiar.

– O senhor tentou detê-lo. Finalmente conseguiu?

– Está perguntando se eu o matei?

Eles se encararam.

– Não marquei de me encontrar com ele e certamente não o matei.

– Sabe onde Champlain está enterrado? – questionou Gamache.

– O que foi que disse?

– O senhor sabe onde Samuel de Champlain está enterrado?

– O que está querendo dizer com isso?

A voz de Croix era baixa, seu olhar era de asco.

– O senhor sabe o que estou querendo dizer. A pergunta é clara.

– Acha que sei onde Champlain está enterrado e mantenho isso em segredo?

Croix revestiu cada palavra, cada sílaba, com desprezo.

– Eu acho que é quase inconcebível que saibamos onde clérigos menores, heróis de guerra, lavradores estão enterrados – disse Gamache, sem tirar os olhos do arqueólogo –, mas não o fundador deste país, o Pai do Quebec. Acho que o senhor e os outros arqueólogos alimentaram um escárnio contra Augustin Renaud não porque ele fosse ridículo, mas porque não era. Ele estava se aproximando? Ele havia encontrado Champlain?

– Está louco? Por que eu esconderia o mais importante achado arqueológico da nação? Seria o grande feito da minha carreira, me tornaria famoso. Eu seria para sempre lembrado como o homem que deu aos quebequenses a peça que faltava de sua história.

– Essa parte não está faltando, monsieur, apenas o corpo. Por quê?

– Houve um incêndio, a igreja original foi destruída, documentos foram queimados...

– Eu conheço a história oficial, mas ela não explica o fato, e o senhor sabe disso. Por que o corpo dele não foi encontrado? Não faz sentido. Então eu me faço outra pergunta: supondo que ele tivesse sido encontrado, por que o achado foi encoberto?

Gamache ia se aproximando do arqueólogo-chefe a cada palavra, até que ficaram quase nariz contra nariz.

– A ponto de matarem – sussurrou Gamache.

Eles se encararam e finalmente Croix se inclinou para trás.

– Por que alguém ia querer fazer isso? – perguntou Croix.

– Só há uma razão, não é? – afirmou Gamache. – Champlain não era o que parecia. Ele não era o herói, a figura paterna, o grande homem. Champlain se tornou um símbolo da grandeza dos quebequenses, um potente símbolo para os separatistas do que o povoado podia ter sido se os ingleses não tivessem tomado o poder. Champlain odiava os ingleses, considerava-os brutos. Em todos os aspectos, Champlain é o instrumento perfeito para os separatistas do Quebec. Mas suponha que isso não fosse verdadeiro.

– O que está insinuando?

– Muito do que conhecemos como história não é verdadeiro – explicou Gamache. – O senhor sabe disso, eu sei disso. A história serve a um propósito. Eventos são exagerados, heróis são fabricados, objetivos são reescritos para parecerem mais nobres do que eram na realidade. Tudo para manipular a opinião pública, para criar um propósito ou um inimigo comum. E qual é o pilar de um movimento genuinamente grandioso? Um símbolo poderoso. Destrua ou manche esse símbolo e tudo começa a desabar, tudo começa a ser questionado. Isso não pode acontecer.

– Mas o que pode haver de tão ruim a respeito de Champlain? – perguntou Croix.

– Quando ele nasceu?

– Não sabemos.

– Como era a aparência dele?

Croix abriu a boca, então a fechou de novo.

– Quem era o pai dele?

Agora, Croix estava em silêncio. Nem tentava responder.

– Ele foi um espião? Era um cartógrafo habilidoso, entretanto muitos de seus mapas mostravam criaturas ridículas e registravam eventos claramente falsos.

– Era o estilo daquela época.

– Mentir? Isso é um estilo? Nós sabemos quem desejava que ele fosse encontrado, Dr. Croix, mas quem deseja que ele permanecesse enterrado?

ENQUANTO IA EMBORA, GAMACHE PENSOU que preferia que o encontro com o arqueólogo-chefe tivesse sido mais cordial, se é que isso era possível com Serge Croix. Ele teria adorado bisbilhotar aquele porão histórico, adoraria perguntar sobre a Batalha das Planícies de Abraão, sobre as balas de canhão que ainda eram encontradas em árvores em Vieux Québec.

Teria amado perguntar a Croix sobre a estranha coincidência de o capitão Cook e Bougainville terem lutado na mesma batalha, em lados opostos, e sobre a decisão quase inconcebível de Bougainville de não ajudar seu *général*.

Mas essas eram questões que teriam que esperar, e para as quais talvez não houvesse resposta.

Um pouco antes de mergulhar de novo no inverno do Quebec, ele ligou para Langlois e marcou um encontro. Dez minutos depois, estava atravessando os corredores do quartel-general da polícia, procurando a sala do inspetor Langlois, parecendo um professor visitante, talvez um acadêmico chamado para uma consulta.

– Inspetor-chefe.

Langlois estendeu a mão. Outros na grande sala se levantaram quando Gamache entrou. Ele cumprimentou a todos com um aceno de cabeça e um sorriso breve, então Langlois o conduziu a seu escritório privado.

– O senhor já deve estar acostumado com isso – comentou Langlois.

– Com as pessoas me olhando? Faz parte do pacote, então, sim, estou acostumado. – Gamache entregou seu casaco a Langlois. – Mas mudou, é claro, desde o sequestro e o que aconteceu depois.

Não adiantava fingir que não era verdade.

O inspetor Langlois pendurou a parca do chefe.

– Tenho acompanhado as repercussões de tudo isso, é claro. A questão principal parece ser por que não percebemos que o ataque estava próximo.

Langlois examinou o rosto de Gamache, ansioso por uma resposta. Mas não encontrou nenhuma.

– As pessoas que fizeram isso foram pacientes. O plano foi construído com calma – disse o chefe, finalmente. – Tudo muito devagar, para se tornar invisível.

– Mas uma coisa tão grande...

A pergunta do inspetor Langlois era a mesma de todos os outros: como eles não enxergaram?

Desinformação. E astúcia. E a habilidade dos atacantes de se adaptar. Fora assim, pensou Gamache.

Ele aceitou a cadeira indicada, mas não disse nada.

Langlois sentou-se na frente dele.

– Quando o senhor se deu conta de que era mais do que um simples sequestro?

Gamache ficou calado. Ele se lembrou do inspetor Beauvoir voltando, depois de ter conversado com a agente Nichol no porão da sede da Sûreté. Onde o inspetor-chefe Gamache a havia colocado um ano antes. Um trabalho que ele sabia que ela ia odiar, mas que era necessário aprender. Ouvir as pessoas. E sem poder interagir.

Ela precisava aprender a ficar calada.

Beauvoir não ficou feliz por colocar a agente Nichol no caso. Nem Gamache. Mas ele não tinha escolha. O superintendente Francoeur estava procurando os sequestradores por caminhos que, Gamache estava cada vez mais convencido, estavam sendo abertos pelos próprios sequestradores. Levando a Sûreté de um lado para outro. As transmissões de Morin aparecendo por toda a enorme província. O rastreamento era uma farsa.

Não. Eles precisavam de ajuda. E a amarga jovem agente no porão era a única que poderia colaborar.

O superintendente Francoeur jamais pensaria nela. Ninguém pensaria. Por isso, Gamache poderia operar silenciosamente por meio dela.

Ela diz que precisa da senha do seu computador, Beauvoir rabiscou à mão. *Para que ninguém mais veja nossas mensagens. Ela também quer que o senhor faça pausas, o mais longas possível, ao falar com Morin, para que ela possa captar algum som ambiente.*

Gamache assentiu e, sem hesitação, entregou sua senha pessoal. Ele sabia que estava dando a ela acesso a tudo. Mas também sabia que não tinha escolha. Estavam no escuro. Nem mesmo Morin poderia ajudá-los. Ele estava amarrado de frente para uma parede onde havia um relógio. Ele tinha dado seu melhor descrevendo os arredores. O piso de concreto, a poeira, a impressão de que, onde quer que estivesse, era um local abandonado. Paul Morin descrevera o silêncio.

Mas ele estava errado. O local não era abandonado. E nem silencioso. Não exatamente. Ele fora enganado pelo fone de ouvido, que deixava a voz de Gamache clara a quilômetros de distância mas abafava todo o som a poucos metros dali.

A agente Nichol, porém, havia encontrado. Leves sons em meio ao silêncio.

– O *premier* parece aliviado que isso ainda não tenha alcançado o nível político – afirmou Langlois, cruzando as pernas. – O dano foi contido.

Notando o rosto inexpressivo de Gamache, ele imediatamente se arrependeu do comentário.

– *Désolé*, não foi o que quis dizer. Eu estive na procissão do funeral. Muito atrás do senhor, é claro.

Gamache sorriu levemente.

– Tudo bem, é difícil saber o que dizer. Acho que não existe uma palavra certa. Não se preocupe.

Langlois assentiu e então, tomando uma decisão, inclinou-se para a frente.

– Quando o senhor percebeu o que estava acontecendo?

– Você não espera mesmo que eu responda a essa pergunta, espera? – retrucou Gamache, com uma pequena dose de humor, apenas o suficiente para amenizar as palavras.

– Acho que não. Me perdoe. Sei que o senhor deu seus depoimentos como policial, mas eu apenas fiquei curioso. Como nenhum de nós percebeu? Era bem óbvio, não? O ataque planejado foi tão...

Langlois procurou pela palavra certa.

– Primitivo? – sugeriu Gamache, depois de alguns segundos.

Langlois assentiu.

– Tão simples.

– E foi isso que o tornou tão eficaz – afirmou Gamache. – Nós passamos anos pensando na ameaça da alta tecnologia. A bomba mais moderna. Bioindustrial, genética, nuclear. Procuramos na internet, usamos telecomunicações. Satélites.

– Mas a resposta estava bem debaixo do nosso nariz o tempo todo – completou Langlois, balançando a cabeça, espantado. – E não enxergamos.

Eu vou encontrar você. Não vou deixar que nada aconteça com você.
Sim, senhor. Eu acredito, senhor.

Nas breves pausas que Gamache fizera em sua conversa com Paul Morin, eles haviam captado sons distantes, como sussurros de fantasmas ao fundo.

Morin não estava sozinho. O "agricultor" não o abandonara. Outros estavam lá, falando bem baixinho. Andando com suavidade. Sem fazer quase nenhum barulho. Mas algum. O suficiente para o delicado equipamento e ouvidos surpreendentemente sensíveis descobrirem.

E as palavras que diziam? Eles levaram horas, preciosas horas, mas Nichol finalmente isolou uma expressão crucial.

La Grande.

Ela tocou muitas e muitas vezes para Beauvoir ouvir, examinando cada sílaba, cada letra. O tom, a respiração. Até chegarem a uma conclusão.

La Grande. A barragem hidrelétrica que retinha trilhões de toneladas de água. A represa gigante que era dez vezes maior do que qualquer outra na América do Norte. Que fornecia eletricidade para milhões, centenas de milhões de pessoas.

Sem ela, grande parte do Canadá e dos Estados Unidos mergulharia na era das trevas.

A represa La Grande ficava no meio do nada, quase impossível de se alcançar sem permissão oficial.

Gamache olhou para o relógio naquele momento, assim que Beauvoir e Nichol escreveram para ele do porão. Eles lhe enviaram um recorte da fala extraído do áudio, para que ele ouvisse o que haviam descoberto.

Eram três horas da manhã. Oito horas para a explosão. Ele e Morin estavam discutindo sobre amostras e nomes de tintas. Creme Banbury. Marina de Nantucket. Pelo de Rato.

Com poucos passos largos, Gamache se viu diante de um enorme mapa comum do Quebec, pregado em sua parede. Seu dedo rapidamente encontrou o rio La Grande e o corte que o desviara e represara seu fluxo, matando milhares de hectares de antigas florestas, rebanhos de caribus, cervos e alces. Que aumentara a concentração de mercúrio e envenenara comunidades nativas.

Mas que também fora um milagre da engenharia e continuava a fornecer energia décadas depois. E se a represa fosse suprimida de repente?

O dedo do inspetor-chefe Gamache fez um terrível caminho para o sul, traçando a torrente que seria criada quando toda aquela água fosse repentinamente liberada, toda aquela energia liberada de repente. Seria como bombas nucleares caindo e destruindo a província.

Seu dedo chegou às aldeias cris, depois a cidades cada vez maiores. Val--d'Or. Rouyn-Noranda.

Até onde a água chegaria antes de diminuir seu fluxo, antes de se dispersar? Antes que toda a sua energia fosse gasta? Quantos corpos seriam varridos junto com ela?

Agora, Paul Morin estava falando sobre o gato da família urinando na impressora de seu pai.

Teria Morin sido levado para lá? Estaria preso na barragem?

Eu vou encontrar você.

Eu acredito, senhor.

– Senhor?

Gamache olhou para cima, para o rosto do inspetor Langlois.

– Está tudo bem?

Gamache sorriu.

– Tudo bem. Desculpa.

– O que posso fazer pelo senhor?

– É sobre o caso Renaud. Você por acaso encontrou alguma caixa com livros que poderia ter pertencido a Renaud mas que não estava em seu apartamento?

– A ex-mulher dele tem algumas. Ele levou as caixas para o porão dela algumas semanas atrás. Por quê?

Gamache pegou seu caderno.

– Pode me dar o endereço dela, por favor?

– É claro. – Ele anotou o endereço e o entregou ao inspetor-chefe. – Mais alguma coisa?

– Não, isso já está perfeito. *Merci.*

Gamache dobrou o papel, vestiu seu casaco, agradeceu ao inspetor e saiu, suas botas ecoando com força pelo longo corredor até a porta da rua.

Entrando em um táxi, ele ligou para Émile e pediu ao motorista que passasse na casa do amigo. Juntos, eles atravessaram os antigos portões e seguiram pela Grande Allée, com seus bares e restaurantes alegremente iluminados. O táxi virou à direita, na Avenue Cartier, depois de novo à direita, em uma pequena rua lateral. Rue Aberdeen.

De dentro do táxi, Gamache havia ligado para madame Renaud, para ter certeza de que ela estava em casa. Um momento mais tarde, ela abriu a porta e os dois homens entraram. Era um apartamento no térreo, em uma graciosa fileira de casas antigas, cada uma com escadas de ferro forjado do lado de fora, levando para os apartamentos acima.

No interior, o piso era de madeira escura, e os quartos, espaçosos e harmoniosamente dimensionados. Sancas largas originais marcavam o encontro das paredes com o teto alto. Cada lustre tinha uma roseta de gesso. Eram casas refinadas, em um *quartier* muito procurado da cidade. Nem todos queriam viver dentro das muralhas, onde a vida tendia a ser apertada e ditada por urbanistas mortos havia muito tempo. Ali, as ruas eram mais amplas, ladeadas por altas árvores antigas e cada casa tinha um pequeno jardim na entrada quando não estava enterrado sob montanhas de neve.

Madame Renaud era baixinha e animada. Ela pegou os casacos dos dois e lhes ofereceu uma xícara de café, que ambos recusaram.

– Nossos sentimentos pela sua perda, madame – disse Gamache, sentando-se na convidativa sala de estar.

– *Merci*. Ele era insuportável, é claro. Cabeça-dura, totalmente egocêntrico. Entretanto...

Gamache e Émile esperaram enquanto ela se recompunha.

– Entretanto, agora que se foi, a vida parece mais vazia, menos vibrante. Eu invejava a paixão que ele tinha. Acho que nunca nutri um sentimento tão forte por algo neste mundo. E ele não era nenhum idiota, sabia o preço que pagava, mas estava disposto a pagar.

– E qual era o preço? – indagou Émile.

– Ele era caçoado e ridicularizado, mas, pior do que isso, ninguém gostava dele.

– Exceto a senhora – disse Gamache.

Ela não se manifestou.

– No final, ele ficou solitário. Mas ainda assim não conseguia parar, não conseguia trocar um explorador morto por amigos vivos.

– Quando ele trouxe esses livros para cá? – quis saber Gamache.

– Há cerca de três semanas. São quatro caixas. Ele disse que o apartamento dele estava superlotado.

Émile e Gamache trocaram um rápido olhar. O apartamento de Renaud estava mesmo superlotado, mas já era um desastre, portanto quatro caixas não teriam feito diferença.

Não. Ele havia levado os livros para a casa da ex-mulher por outra razão. Por segurança.

– Ele trouxe mais alguma coisa? – indagou Émile.

– Não. Ele era sigiloso por natureza, alguns diriam paranoico.

Ela sorriu. Era uma mulher bem-humorada, e Gamache se perguntou como Augustin Renaud a escolhera como esposa. Por alguns belos anos, teria ele conhecido a felicidade? Teria o casamento sido uma tentativa de mudar de rumo? E encontrar um lugar para viver com aquela mulher jovial e gentil? Mas ele não conseguiria, é claro.

Gamache observou madame Renaud conversando com Émile. Ela ainda o amava, apesar de tudo, pensou Gamache. Seria uma bênção ou uma maldição?

E ele se perguntou se, com o passar do tempo, tudo iria embora. A voz desapareceria, os traços ficariam borrados? Será que as lembranças recuariam, misturadas a outros eventos prazerosos mas neutros do passado?

*Avec le temp*s. Nós amamos menos com o passar do tempo?

– A senhora se importa se examinarmos as caixas? – perguntou Gamache.

– De jeito nenhum. Os outros policiais deram uma olhada, mas não pareceram muito interessados. O que estão procurando especificamente?

– Dois livros – respondeu Gamache.

Eles foram até os fundos do apartamento, onde ficava a ampla e antiquada cozinha.

– Infelizmente, não sabemos quais são – completou o inspetor-chefe.

– Bem, espero que os encontrem aqui.

Ela abriu a porta e acendeu a luz.

Gamache e Émile viram degraus de madeira indo direto para um porão escuro, com chão de terra. Um aroma ligeiramente almiscarado os encontrou e, enquanto desciam as escadas, tiveram a sensação de caminhar em direção a água. Gamache sentiu o ar gelado subir por suas pernas até chegar ao peito e à cabeça e ficou submerso na umidade e no frio.

– Cuidado com a cabeça – alertou ela, mas os dois homens estavam familiarizados com aquelas residências antigas e já haviam se abaixado. – As caixas estão lá no fundo, perto da parede.

A visão de Gamache precisou de um tempo para se ajustar, mas finalmente conseguiu, e ele viu as quatro caixas de papelão. Aproximando-se, ele se ajoelhou ao lado de uma, enquanto Émile ficou com outra.

A caixa de Gamache continha uma variedade de livros de diferentes tamanhos. Primeiro, ele verificou seus números de catalogação. Todos eram da Sociedade Literária e Histórica, alguns até tinham o nome de Charles Chiniquy escrito, mas nenhum coincidia com os números do diário. Ele passou para outra caixa.

A segunda estava repleta de sermões encadernados, livros de referência e velhas Bíblias de família, algumas católicas, outras presbiterianas. Abriu o primeiro livro e verificou o número: 9-8495. Seu coração se acelerou. Aquela era a caixa. Abrindo o livro seguinte e o terceiro, os números vinham em sequência: 9-8496, 8497, 8498. Gamache pegou o livro seguinte, uma coleção de sermões encapada de couro preto, e o abriu: 9-8500.

Ele ficou olhando para o papel, desejando que os números mudassem, então, com cuidado, abriu o livro de novo e recolocou cada um dos vinte itens na caixa. Faltava um.

9-8499.

Devia estar entre aquele livro de sermões e a Bíblia para crismas de Chiniquy.

– *Maudits* – blasfemou Gamache baixinho.

Por que não estava lá?

– Achou alguma coisa? – perguntou ele a Émile.

– Nada. O maldito livro devia estar bem aqui. – Émile enfiou o dedo entre dois volumes. – Mas não está. O 9-8572. Você acha que alguém chegou primeiro?

– Madame Renaud disse que apenas a equipe de Langlois olhou as caixas.

– Mesmo assim, o que está aqui pode ser útil – observou Émile.

Gamache espiou dentro da caixa. Ela continha uma série de volumes encadernados em couro preto, as lombadas para cima, todos do mesmo tamanho. Gamache pegou um e o examinou. Era uma agenda. A caixa de Émile continha a agenda e diários de Charles Pascal Télesphore Chiniquy.

– Cada livro é um ano – disse Émile. – O que falta é o de 1869.

Gamache se sentou de novo no chão e encarou seu mentor, que estava sorrindo.

Até à luz fraca do porão, Gamache podia perceber que os olhos de Émile estavam brilhando.

– E então, chefe? – perguntou Émile, levantando-se. – E agora?

– Só há uma coisa a fazer, chefe. – Gamache sorriu e pegou a caixa com os diários de Chiniquy. – Vamos beber alguma coisa.

Os dois voltaram para cima e, com a permissão de madame Renaud, foram embora levando a caixa. Logo ao virar a esquina ficava o Café Krieghoff, e, um gelado minuto depois, estavam sentados a uma mesa de canto perto da janela, distante dos outros clientes. Eram seis da tarde e as pessoas estavam começando a chegar do trabalho. Funcionários públicos, políticos dos escritórios governamentais próximos, professores, escritores e artistas. Era um ponto de encontro boêmio, um reduto separatista, e era assim havia décadas.

A garçonete, de jeans e suéter, trouxe uma tigela de castanhas variadas e dois uísques. Eles beberam, beliscaram as castanhas e leram os diários de Chiniquy. Eram fascinantes, como espiar uma mente ao mesmo tempo nobre e louca. Uma mente sem absolutamente nenhum insight sobre si mesma, uma mente repleta de propósito e ilusão.

Ele salvaria almas e ferraria com seus superiores.

O celular de Gamache vibrou e ele o pegou.

– Chefe?

– *Salut*, Jean-Guy. Tudo bem com você?

A pergunta não era uma simples demonstração de *politesse*; fora feita com sinceridade.

– Sim, estou bem. Melhor.

E sua voz demonstrava isso. Havia uma energia na voz dele que Gamache não ouvia fazia meses.

– E o senhor? Onde está? Estou ouvindo muito barulho.

– Café Krieghoff.

A risada de Beauvoir surgiu ao telefone.

– Está mergulhado num caso, imagino.

– *Bien sûr*. E você?

Ele também ouvia sons.

– No bistrô. Pesquisando.

– É claro. Coitado.

– Preciso da sua ajuda – disse Beauvoir. – Sobre o assassinato do Eremita.

VINTE

O inspetor-chefe Gamache precisou de um momento para se afastar dos anos 1860, do Quebec dos diários de Charles Chiniquy, e voltar para a pitoresca vila de Three Pines no presente.

E não era um salto tão grande assim. Ele suspeitava que Three Pines provavelmente não tinha mudado muito nos últimos 150 anos. Se o padre Chiniquy tivesse escolhido visitar o pequeno vilarejo, teria visto as mesmas velhas casas de pedra, as casas de madeira com águas-furtadas e chaminés fumegantes. Teria atravessado o gramado central até as lojas de paredes de tijolo rosa desbotado, parando talvez para admirar a trindade de árvores bem no centro da comunidade.

A única coisa que mudara em Three Pines nos últimos 150 anos foram as pessoas, com a possível exceção de Ruth Zardo. Gamache podia imaginar como Ruth teria cumprimentado o padre Chiniquy. Ele sorriu diante da ideia da poeta louca e bêbada se reunindo com o sacerdote louco e abstêmio.

Ruth escrevera:

Bem, tome isso, então,
Coma mais cadáver.
Beba e coma.
Você vai ficar doente. Mais doente.
Não será curado.

Teria Chiniquy conseguido curá-la? De quê? De seu alcoolismo, sua poesia? Suas feridas? Suas palavras?

– Como posso ajudá-lo? – perguntou ele a Beauvoir, imaginando seu segundo em comando sentado no bistrô em frente ao fogo com uma cerveja artesanal e uma tigela de petiscos.

– Se Olivier não matou o Eremita, restam cinco outros suspeitos – explicou Beauvoir. – Havoc Parra e seu pai, Roar. Vincent Gilbert e seu filho Marc. Ou Velho Mundin.

– Prossiga.

Gamache olhou pela janela do Café Krieghoff, para os carros deslizando na rua coberta de neve e as alegres luzes do feriado ainda acesas. A cidade nunca estivera tão bonita.

– São duas questões. Quem teve a oportunidade e quem teve a motivação? Pelo que posso ver, Roar, Havoc e Marc tiveram a oportunidade. Roar estava abrindo as trilhas que levavam ao Eremita. A cabana estava nas terras de Marc, e ele poderia tê-la encontrado a qualquer momento em uma caminhada.

– *C'est vrai* – disse o chefe, assentindo, como se Beauvoir pudesse vê-lo.

– Havoc trabalhava até tarde todos os sábados e poderia ter seguido Olivier até a cabana.

Gamache fez uma pausa, lembrando-se do caso, lembrando-se da noite em que o Eremita fora assassinado.

– Mas não era apenas Havoc que estava no bistrô, Velho Mundin também ia todo sábado à noite, perto da hora de fechar, para pegar os móveis para consertar. Ele estava lá na noite do assassinato.

– É verdade – concordou Beauvoir. – Embora ele quase sempre fosse direto para casa antes de o bistrô ser trancado. Mas, sim, ele é uma possibilidade.

– Então temos Roar e Havoc Parra, Velho Mundin e Marc Gilbert. Todos poderiam ter encontrado a cabana e matado o Eremita. Então por que Vincent Gilbert ainda é suspeito? Como você disse, ele não parece ter tido a oportunidade de encontrar a cabana.

Beauvoir fez uma pausa.

– O problema é que tudo soa encaixado demais. O filho dele compra uma velha casa abandonada que ninguém queria. Eles se mudam para cá, então o Eremita é assassinado e o pai desaparecido de Marc ressurge quase no mesmo instante.

– Mas você não tem provas – lembrou Gamache, pressionando um pouco. – Apenas sua intuição.

Ele podia sentir seu segundo em comando se irritar. Jean-Guy Beauvoir não acreditava em "sensações" e "intuições". Já Gamache, sim.

– Mas você pode estar certo – disse o chefe. – E quanto à motivação?

– Isso é mais difícil. Nós sabemos por que Olivier talvez quisesse matar o Eremita, mas por que outra pessoa iria querer? Se fosse por roubo, o assassino teria feito um péssimo trabalho. Pelo que investigamos, nada foi roubado.

– Que outros motivos existiriam? – indagou Gamache.

– Vingança. O Eremita fez algo terrível e o assassino o encontrou e o matou por isso. Poderia estar procurando por ele havia anos. Isso também explicaria por que o Eremita era um eremita. Ele estava se escondendo. Aqueles tesouros vieram de algum lugar. Ele quase certamente os roubou.

– Então por que o assassino não levou tudo depois de matá-lo? Por que deixou tudo lá?

Gamache viu de novo a cabana escondida na floresta. De fora, parecia rústica, com jardineiras de flores e ervas nas janelas, uma horta e um riacho nos fundos. Mas por dentro? Primeiras edições autografadas, cerâmica antiga, tapeçarias, um painel da famosa Câmara de Âmbar, cristal de chumbo e castiçais de ouro e prata. E o violino.

E ele viu o jovem agente Morin parado na cabana, tão desajeitado, como uma marionete de madeira, braços e pernas desengonçados. Mas, assim que ele tocou aquele valiosíssimo violino, seu corpo mudou.

As inquietantes primeiras notas de "Colm Quigley" voltaram à mente de Gamache.

– Há outra possibilidade – disse Beauvoir. – O assassinato não foi motivado pelo tesouro, mas por algo que o Eremita fez no passado.

– Sua teoria, então, é que o tesouro nos distraiu. Me distraiu.

– Ninguém que entrou na cabana imaginou outra motivação além do tesouro. Parecia óbvio.

Mas Gamache sabia que Beauvoir estava sendo incomumente diplomático. Ele, Gamache, tinha sido encarregado da investigação. Ele tinha designado os agentes e investigadores, tinha seguido seus instintos, muitas vezes diante de fortes protestos do inspetor Beauvoir, que insistia o tempo todo que o assassino e a motivação estavam em Three Pines.

Gamache agora acreditava que Beauvoir estivera certo, e ele, errado. E que talvez tivesse colocado um homem inocente na cadeia.

– Certo, vamos supor que o tesouro não tenha nada a ver com o assassinato – sugeriu o inspetor-chefe. – Suponhamos que a única coisa de valor que o assassino queria fosse a vida do Eremita e, depois que a tirou, foi embora.

– Então – disse Beauvoir, pondo a perna por cima do braço da poltrona e afundando nela.

Ele ficou escondido do resto do bistrô, apenas sua perna visível. Ninguém podia vê-lo, mas ele também não podia ver ninguém.

– Mesmo sem o tesouro na jogada, temos outras pistas. A repetição da palavra "Woo" talhada naquele pedaço de cedro vermelho e entrelaçado na teia. Deve significar alguma coisa. E Charlotte. Esse nome surgia o tempo todo, lembra?

Gamache se lembrava. Aquele nome o fizera pegar um avião até um arquipélago coberto de névoa no norte da Colúmbia Britânica, algo que agora parecia ter sido uma missão inglória.

– Há um problema na sua lista de suspeitos – comentou Gamache, depois de analisar cada um em sua mente.

– *Oui?*

– São todos homens.

– Está com medo de que a Agência da Igualdade de Oportunidades reclame? – indagou Beauvoir, rindo.

– Apenas me pergunto se não deveríamos considerar algumas das mulheres – explicou Gamache. – As mulheres são pacientes. Alguns dos crimes mais perversos que já vi foram cometidos por mulheres. Criminosas são mais raras do que criminosos, mas as mulheres são mais propensas a esperar pelo momento certo.

– Que engraçado, Clara disse a mesma coisa hoje.

– Como assim?

Gamache inclinou-se para a frente. Tudo que Clara Morrow tivesse a dizer era, na opinião do chefe, digno de ser ouvido com atenção.

– Ela passou a manhã com um grupo de mulheres do vilarejo. Aparentemente, a mulher do Velho Mundin disse uma coisa estranha. Ela citou um manual de instruções que aconselhava os esquadrões antiterrorismo a matar primeiro as mulheres.

– O Mossad – disse Gamache. – Eu li isso também.

288

Beauvoir ficou em silêncio. O inspetor-chefe o surpreendia com frequência. Às vezes era com incompreensíveis citações da poesia de Ruth, mas quase sempre era com coisas daquele tipo, fatos de seu conhecimento.

– Então o senhor sabe a que se refere – disse Beauvoir. – A capacidade feminina de matar.

– Sim, mas tem a ver sobretudo com a dedicação delas. Uma vez comprometidas, algumas mulheres nunca desistem; são impiedosas, incontroláveis. – Gamache fez silêncio por um momento, olhando pela janela, mas sem ver o fluxo de pessoas agrupadas contra o frio cortante. – Em que contexto elas estavam conversando sobre isso? Por que A Esposa disse isso?

– Elas estavam conversando sobre o caso. Clara tinha perguntado a Hanna Parra se ela seria capaz de matar.

– Clara precisa ser mais cuidadosa – alertou o chefe. – Alguém respondeu à pergunta?

– Clara disse que todas responderam, mas, depois de uma breve discussão e com relutância, elas concordaram que o Mossad podia estar certo.

Gamache franziu a testa.

– Sobre o que mais as mulheres falaram?

Beauvoir procurou em suas anotações e contou a Gamache sobre o restante da conversa. Falaram de pais e mães, de Alzheimer, de Charlie Mundin e do Dr. Gilbert.

– Tem mais uma coisa. Clara acha que Marc Gilbert tem muito ciúme do Velho Mundin.

– Por quê?

– Parece que o pai dele tem passado um bocado de tempo na casa dos Mundins. A Esposa admitiu que Velho criou um laço com o Dr. Gilbert. Como um pai substituto.

– O ciúme é uma emoção poderosa. Poderosa o suficiente para matar.

– Só se foi a vítima errada. Velho Mundin não está morto.

– Então o que isso tem a ver com a morte do Eremita? – perguntou o chefe, antes de uma longa pausa.

Finalmente Beauvoir admitiu que não via ligação nenhuma.

– Tanto Carole Gilbert quanto Velho Mundin são originalmente do Quebec. O senhor poderia se informar um pouco sobre eles? – Depois que o chefe concordou, Beauvoir fez sua última pergunta: – Como o senhor está?

Ele odiava perguntar, temendo que o chefe um dia lhe dissesse a verdade.

– Estou no Café Krieghoff com Émile Comeau, uma tigela de castanhas e um uísque. Tem como eu estar mal? – respondeu Gamache, a voz amigável e acolhedora.

Mas Jean-Guy Beauvoir sabia exatamente que sim.

De repente, uma imagem lhe veio à cabeça, sem ser convidada, inesperada, indesejada.

A imagem do chefe, arma na mão, sendo levantado de repente do chão, retorcendo-se, virando-se. Caindo. No chão frio de cimento.

GAMACHE E ÉMILE CHAMARAM UM táxi e levaram os diários para casa. Enquanto Émile preparava um jantar simples, apenas esquentando um ensopado, Gamache alimentou Henri e o levou para um passeio até a padaria para comprar uma baguete fresca.

De volta à casa, os dois se sentaram na sala de estar, uma cesta de pão crocante sobre a mesa, tigelas de carne bovina ensopada e, entre eles, empilhados sobre o sofá, os diários de Chiniquy.

Passaram a noite comendo e lendo, fazendo anotações, de vez em quando lendo um para o outro passagens interessantes, comoventes ou involuntariamente engraçadas.

Mais ou menos às onze horas, Armand Gamache tirou os óculos de leitura e esfregou os olhos cansados. Até então, embora historicamente fascinantes, os diários de Chiniquy não tinham revelado nada de importante para o caso. Não havia menção aos operários irlandeses Patrick e O'Mara. E, apesar de James Douglas aparecer nos primeiros diários, os últimos o mencionavam apenas por alto. Até que surgiu uma entrada, que Émile leu para Gamache, sobre Douglas embalando suas três múmias e indo para Pittsburgh a fim de morar com o filho.

Gamache ouviu e sorriu. Chiniquy fizera aquilo soar como algo mesquinho, como uma criança que levava sua bola embora e acabava com a brincadeira. Teria o padre Chiniquy feito isso de propósito, para diminuir o Dr. Douglas? Teria havido alguma briga? Isso era importante?

Uma hora depois, ele olhou para Émile e notou que o amigo tinha adormecido, um diário aberto sobre o peito. Erguendo com cuidado a mão de

Émile, ele retirou o livro, pôs um travesseiro macio sob a cabeça de seu mentor e o cobriu com um edredom.

Depois de colocar silenciosamente uma grande tora de cerejeira no fogo, Gamache e Henri foram deitar.

No dia seguinte, antes do café da manhã, ele recebeu um e-mail do arqueólogo-chefe.

– Alguma coisa interessante? – perguntou Émile.

Gamache ergueu os olhos de sua mensagem com um sorriso.

– Muito. Dormiu bem?

– Gostaria de poder dizer que foi a primeira vez que pequei no sono em frente ao fogo – respondeu Émile, rindo.

– Então não foi por causa da minha conversa estimulante?

– Não. Eu nunca presto atenção em você, como bem sabe.

– Minhas suspeitas se confirmaram. Mas ouça isto. – Gamache olhou de volta para o e-mail. – É de Serge Croix. Eu pedi a ele que descobrisse quais eram os trabalhos de escavação em andamento em Vieux Québec no verão de 1869.

Émile foi até a mesa.

– O ano em que Chiniquy e Douglas se reuniram com os operários irlandeses.

– Exatamente, e o ano citado no diário que está faltando. O Dr. Croix escreveu para dizer que havia três grandes escavações: uma na Citadelle, para reforçar as paredes; uma para expandir o hospital Hôtel-Dieu... e sabe qual era a terceira? Para escavar um porão sob um restaurante local. O Old Homestead.

Émile sentou-se, inclinou-se para trás na cadeira e levou a mão ao rosto, pensando. Gamache se levantou.

– Acho que vou lhe pagar um café da manhã, Émile.

Émile levantou-se, com os olhos também radiantes.

– Acho que já sei onde.

Vinte minutos depois, eles tinham subido a íngreme e escorregadia ladeira de Côte de la Fabrique, parando para tomar fôlego e encarar a imponente Basílica de Notre-Dame. O local onde se erguera a igrejinha original, construída pelos padres e frades jesuítas com apoio de Champlain. Uma modesta capela no Novo Mundo, dedicada à Virgem Maria, para celebrar o retorno do Quebec das mãos dos ingleses, naquela gangorra de batalhas pela posse da colônia estratégica.

Fora ali que o funeral do grande homem havia acontecido e onde ele fora sepultado, embora tivesse permanecido por pouco tempo. Em algum momento, Augustin Renaud se convencera de que ele ainda estava lá, na pequena capela de St. Joseph, onde o arqueólogo amador encontrara um caixão forrado de chumbo e algumas moedas antigas. E começara a cavar sem permissão, dando início a uma confusão que envolveu até mesmo a Igreja. Père Sébastien tinha ficado do lado de Renaud, para a fúria do arqueólogo-chefe.

Mesmo assim, nada fora encontrado. Nada de Champlain.

No entanto, estranhamente, aquele caixão não fora aberto. Todos concordaram que não poderia ser Champlain. Era uma rara demonstração de respeito por um morto, ainda mais vindo dos arqueólogos, de Renaud e de uma igreja mais do que feliz em desenterrar o *général* Montcalm, mas não aquele cadáver anônimo.

Então, pensou Gamache, enquanto continuava a caminhar, suponhamos que Champlain não tivesse sido originalmente enterrado na capela, mas no cemitério da capela. Os registros mostrando o local exato de descanso do Pai do Quebec tinham se perdido no incêndio, até a posição exata do cemitério era apenas um palpite. Mas, se fosse ao lado da capela, o cemitério teria sido bem...

Aqui.

Gamache parou. Acima dele pairava o Château Frontenac e ao seu lado o próprio Champlain, imponente e incrivelmente heroico, olhando fixamente para toda a cidade.

E em frente ao chefe? O Old Homestead, agora um restaurante.

Tirando as luvas, ele enfiou a mão no paletó e pegou a foto em sépia tirada em 1869.

O inspetor-chefe recuou alguns passos, foi um pouco para a direita, então parou. Olhava da fotografia para a realidade e de volta para a foto. Seus dedos nus estavam vermelhos e queimando de frio, mas ele continuava segurando a foto, para ter certeza.

Sim.

Era ali, o ponto exato onde Patrick e O'Mara estiveram 150 anos antes, em um dia sufocante de verão.

Eles estavam cavando debaixo do Old Homestead, e algo que descobriram fez os homens, normalmente mal-humorados, sorrirem. Antes de ser um restaurante, o Homestead tinha sido, ao que parecia, uma casa particular. E antes disso? Uma floresta ou um campo.

Ou, talvez, um cemitério.

O OLD HOMESTEAD ERA AGORA uma espelunca. O lugar já vira dias melhores. Se tivesse sido bombardeado por canhões ingleses estaria melhor do que aquilo que se tornara nos últimos anos.

Garçonetes, corajosamente vestindo roupas de época, serviam um café aguado em canecas brancas produzidas em massa. Em cadeiras duras, desconfortáveis, feitas de madeira para parecerem antigas, sentavam-se turistas que torciam para que o charmoso exterior fosse uma promessa de um charmoso interior.

Não era.

Canecas com café transbordando foram colocadas diante de Émile e Gamache. Eles tinham conseguido se sentar em duas banquetas forradas de courino vermelho gasto, os rasgos consertados com fita adesiva prateada.

Gamache e Émile se entreolharam. Ambos se sentiram mal quando viram o que se tornara aquele marco histórico. Vieux Québec havia sido disputada, os franceses valentemente defendendo sua herança, seu *patrimoine*. Eles a arrancaram das mãos dos ingleses várias vezes, para destruí-la eles mesmos séculos depois.

Entretanto, o que importava para eles no momento não era o que estava lá dentro. Tampouco o que estava do lado de fora. O que importava era o que estava embaixo. Depois de pedir um café da manhã simples, com bacon e ovos, os dois discutiram as várias teorias. O café da manhã chegou, acompanhado de batatas fritas caseiras e feijão ao molho adocicado. Para surpresa deles, os ovos estavam perfeitamente cozidos, o bacon estava crocante e o *pain de ménage* era, de fato, feito em casa, quente e saboroso. Assim que terminaram e pagaram a conta, Gamache chamou a garçonete de novo.

– Eu tenho mais um pedido.

– Pois não.

Ela estava impaciente. Já recebera sua gorjeta e precisava servir outra mesa, depois outra, para conseguir o suficiente para colocar um teto modesto sobre a própria cabeça e alimentar os filhos. E aqueles senhores abastados a estavam atrasando, com suas belas roupas, cheirando a sabonete e algo mais.

Sândalo, ela reconheceu. Era uma fragrância agradável, e o homem mais alto tinha olhos gentis e atenciosos e estava sorrindo para ela. Ainda assim, ela não podia pagar o senhorio com sorrisos, embora Deus soubesse que ela tentara. Não dava para alimentar os filhos com a gentileza de estranhos. Ela precisava daqueles homens fora dali e de novos traseiros naqueles assentos.

– Poderíamos falar com o gerente, por favor? – Gamache percebeu que ela ficou alarmada e se apressou em tranquilizá-la. – Não temos nenhuma reclamação, de jeito algum. Gostaríamos de pedir um favor. Na verdade, talvez você também possa nos ajudar. Você conheceu Augustin Renaud?

– O cara do Champlain, o que mataram? Claro.

– Mas você o conhecia pessoalmente?

– O que isso quer dizer?

– Ele já veio a este restaurante?

– Sim, algumas vezes. Todo mundo conhecia esse homem. Eu o servi uma vez, algumas semanas atrás.

– Ele estava sozinho ou havia alguém com ele?

– Sempre sozinho.

– Você se lembra de todos os seus clientes? – indagou Émile, e ela o analisou de cima a baixo.

– Nem todos – respondeu ela, com desdém. – Apenas os mais memoráveis. Augustin Renaud era memorável. Uma celebridade local.

– Mas ele só começou a vir recentemente? – perguntou Gamache.

– Nas últimas semanas, acho. Por quê?

– Ele alguma vez falou com o gerente?

– O senhor mesmo pode perguntar a ela – respondeu a garçonete, apontando com o bule de café para uma jovem mulher atrás da caixa registradora.

Gamache deu a ela uma gorjeta de 20 dólares e então os dois foram se apresentar à gerente. Era uma moça gentil, que respondeu a todas as perguntas que fizeram. Sim, ela se lembrava de Augustin Renaud. Sim, ele lhe pedira para ver o porão. Ela ficou com medo de que ele quisesse cavar lá embaixo.

– Você mostrou o porão a ele? – indagou Émile.

– Sim.

Os olhos da moça eram cautelosos, uma jovem ingênua, com medo de

fazer a coisa errada e, aos poucos, percebendo que alguém sempre iria re-
clamar e não dava para agradar todo mundo.

– Quando foi isso? – questionou Émile, sua voz relaxada, desarmada.

– Algumas semanas atrás. Vocês são da polícia?

– Estamos ajudando na investigação – disse Gamache. – Podemos ver o
porão, por favor?

Ela hesitou, mas concordou. Ele ficou feliz por não precisar obter um
mandado de busca nem pedir a Émile que fingisse um derrame enquanto
ele se esgueirava despercebido.

O teto do porão era baixo e, mais uma vez, eles tiveram que se encolher.
As paredes eram feitas de blocos de cimento e o piso, de concreto. Caixas de
vinho e engradados de cerveja estavam empilhados nos cantos mais frios e
móveis quebrados se amontoavam nos fundos.

Como esqueletos, mas não esqueletos. Não havia sinal de que o local
tivesse algum dia sido outra coisa além do porão de um restaurante melan-
cólico. Gamache agradeceu e, quando ela desapareceu no andar de cima e
Émile já estava no meio do caminho, ele parou.

– O que foi? – perguntou Émile.

Gamache ficou parado, em silêncio. Em meio a toda aquela luz fluorescente, ao cheiro de cerveja e de papelão e teias de aranha, em meio à sensação
de cansaço que o lugar transmitia, Gamache ficou pensativo.

Poderia ter sido ali? Teria Champlain sido enterrado ali?

Émile voltou a descer a escada.

– O que foi? – repetiu.

– Eu posso falar com a sua Sociedade Champlain?

– É claro que pode. Vamos nos encontrar hoje à uma e meia.

– Excelente – disse Gamache, e dirigiu-se para a escada, energizado.

No topo dos degraus, antes de apagar as luzes, ele olhou para baixo de
novo, observando o porão.

– Vamos nos encontrar na sala ao lado do St. Laurent Bar, no Château
– avisou Émile.

– Eu não sabia que existia essa sala.

– Poucas pessoas sabem. Nós conhecemos todos os segredos.

Talvez não todos, pensou Gamache quando apagou as luzes.

VINTE E UM

Os homens se separaram assim que saíram do Old Homestead. Émile tinha algumas tarefas para fazer e Gamache virou à direita, na direção da igreja presbiteriana. Ele se sentiu tentado a entrar, aproveitar aquele espaço calmo e conversar com o jovem pastor, que tinha mais a oferecer do que percebia.

Gamache gostava de Tom Hancock. Na verdade, pensando bem enquanto caminhava, ele gostava de todos naquele caso. Todos os membros do Conselho da Sociedade Literária e Histórica, assim como os membros da Sociedade Champlain. Ele gostava até do arqueólogo-chefe, ou pelo menos o entendia.

E, no entanto, um deles era quase certamente um assassino. Um deles havia batido com uma pá na nuca de Augustin Renaud, enterrando-o no porão na esperança, ou quase com a certeza, de que o corpo fosse cimentado. Se a linha telefônica não tivesse sido cortada, Augustin Renaud teria desaparecido completamente, como Champlain.

Gamache parou por um momento para contemplar a fachada da Lit e His e pensar no caso.

Motivação e oportunidade, dissera Beauvoir. Claro, ele tinha razão. Um assassino tinha que ter uma motivação para matar e uma oportunidade para agir.

Ele havia cometido um erro no caso do Eremita, havia se deixado cegar pelo tesouro, tinha visto apenas a fachada do caso e deixara de enxergar o que estava escondido debaixo dele.

Estaria cometendo o mesmo erro no caso atual? Seria o túmulo de Champlain uma motivação tão grande, reluzente e óbvia que, no entanto, estava errada? Talvez o crime não tivesse nada a ver com a busca pelo fundador do Quebec. Mas, se não fosse isso, o que mais haveria ali? A vida de Renaud fora consumida por apenas uma obsessão, certamente sua morte também.

Subindo os degraus, ele tentou abrir a porta da Lit e His, mas descobriu que estava trancada. Olhou para o relógio. Ainda não eram nove da manhã, é claro que estaria fechada. Ficou confuso e, perversamente, sentiu a vontade de entrar crescer ainda mais.

Pegou seu telefone e digitou. Depois do segundo toque, uma mulher atendeu, sua voz forte e clara.

– *Oui allô?*

– Madame MacWhirter, é Armand Gamache. *Désolé*. Espero não a estar perturbando.

– De forma alguma, eu estava me sentando para tomar o café da manhã. O que posso fazer pelo senhor?

Gamache hesitou.

– Bem, isso é um pouco constrangedor, mas temo que fui excessivamente ambicioso com o tempo. Estou do lado de fora da Sociedade Literária e Histórica, mas, é claro, ela está trancada.

Ela riu.

– Nunca tivemos alguém tão ansioso para entrar. É uma experiência inédita. Eu tenho a chave...

– Não quero atrapalhar seu café da manhã.

– Ora, o senhor não pode ficar parado na soleira esperando. Vai morrer congelado.

E Gamache sabia que não era apenas força de expressão. A cada inverno, muitas pessoas faziam exatamente isso. Ficavam no frio por muito tempo, se expunham demais. E isso as matava.

– Venha até aqui, tome um café e voltaremos juntos em poucos minutos.

Gamache reconhecia uma ordem quando a ouvia. Ela lhe deu seu endereço, uma casa que ficava logo depois da esquina, na Rue d'Auteuil.

Quando ele chegou, alguns minutos depois, ficou maravilhado. Era tão magnífico quanto ele esperava. Em Vieux Québec, "magnífico" não era medido em metros quadrados, mas em detalhes. Os blocos de pedra cinza, os entalhes sobre as portas e as janelas, as linhas simples e puras. Era uma graciosa e elegante fileira de casas.

Ele havia caminhado por toda a Rue d'Auteuil muitas vezes no passado. Era uma rua particularmente linda, em uma cidade cheia delas. Seguia a linha das antigas muralhas de pedra que defendiam a capital, mas eram recuadas, com uma faixa de área verde entre a rua e os muros. E, do outro lado da rua, aquelas casas.

Ali viveram as primeiras famílias do Quebec, francesas e inglesas. Os *premiers ministres,* os industriais, os generais e arcebispos, todos viveram naquela fileira de casas elegantes, de frente para as muralhas, como se desafiassem os inimigos a atacar.

Gamache já estivera em algumas daquelas casas, em coquetéis, recepções e pelo menos um jantar oficial. Mas nunca estivera no interior daquela ali, diante de si. As pedras eram perfeitamente assentadas, a madeira pintada, o trabalho de ferro cuidado e reparado.

Enquanto esperava no alpendre, a porta foi aberta. O inspetor-chefe entrou depressa, levando consigo o inverno. O gelo parecia ter-se agarrado a ele enquanto estava parado na entrada de madeira escura, mas lentamente, como um manto, foi escorregando.

Elizabeth pegou seu casaco, e ele tirou as botas. Uma fileira organizada de chinelos de veludo, alguns para homens, outros para mulheres, estava alinhada na entrada.

– Pegue qualquer um que caiba no senhor, se quiser.

Ele encontrou um par e se perguntou quantos pés, ao longo de quantas gerações, haviam usado aqueles chinelos. Pareciam eduardianos e eram muito confortáveis.

As paredes eram forradas com um papel de parede sofisticado, ornamentado, lindo. Painéis de mogno reluzente tomavam um terço das paredes.

Sobre o belo piso de madeira, tapetes indianos haviam sido espalhados.

– Siga-me. Estou comendo na sala matinal.

Ele a seguiu até um cômodo arejado e claro, um fogo aceso na lareira, estantes ao longo da parede, *jardinières* repletas de samambaias saudáveis e cactos de Natal. E uma bandeja de café da manhã sobre o pufe em frente ao fogo. Torradas, geleia e duas xícaras de porcelana branca.

– Posso? – perguntou ela.

– Por favor.

Ela o serviu e adicionou um toque de leite e açúcar. Quando Gamache se sentou na confortável poltrona de frente para o sofá onde ela estava, percebeu que havia livros no chão e três jornais: *Le Devoir*, *Le Soleil* e a *Gazette*.

– O que o levou à Lit e His tão cedo, inspetor-chefe?

– Estamos chegando mais perto de descobrir quais eram os livros que Augustin Renaud comprou na venda da biblioteca.

– Isso é um pouco desconfortável. – Ela deu um leve sorriso. – Nossos críticos tinham razão. Foi muito constrangedor. Vendemos livros que nunca deveriam ter nos deixado?

Gamache a olhou nos olhos. Eles estavam firmes, inabaláveis, temendo a resposta, talvez, mas querendo ouvi-la de qualquer maneira. Enquanto a observava, ele notou algumas coisas, detalhes que lhe chamavam a atenção. O estofamento desbotado e até mesmo puído do sofá e de sua própria poltrona. Algumas tábuas do assoalho estavam ligeiramente soltas, um pouco desalinhadas. Elas poderiam ser facilmente presas de novo no lugar. Faltava um puxador em uma das portas de um armário.

– Temo que sim. Eram diários e agendas pessoais do padre Chiniquy.

Ela fechou os olhos, mas não abaixou a cabeça. Quando voltou a abri-los, poucos segundos depois, eles continuavam firmes, mas talvez um pouco tristes.

– Ah, meu Deus, isso não é uma boa notícia. O Conselho terá que ser avisado.

– Eles agora são evidências, mas suspeito que, se a senhora conversar com a viúva de monsieur Renaud, ela vai se interessar em vendê-los a um preço razoável.

Ela se mostrou aliviada.

– Seria maravilhoso. Obrigada.

– Mas falta um. O de 1869.

– É mesmo?

– Era um dos livros que estávamos procurando, um dos que Augustin Renaud cita em seus diários.

– Por que 1869?

– Não sei.

E, até certo ponto, era verdade. Ele fazia uma boa ideia do motivo, mas não ia comentar com ela por enquanto.

– E o outro livro?

– Faltando também. Encontramos o lote no qual ele foi comprado, mas poderia ser qualquer coisa. – Ele pousou a xícara com cuidado na bandeja. – A senhora já ouviu falar de um encontro na Sociedade Literária e Histórica entre o padre Chiniquy, James Douglas e dois operários irlandeses?

– No final do século XIX? – Ela ficou surpresa. – Não. O senhor disse operários irlandeses?

Gamache assentiu. Ela não disse nada, mas franziu a testa.

– O que foi?

– É bem improvável que os irlandeses tivessem ido à Lit e His naquela época. Hoje em dia, sim, temos muitos membros irlandeses. Não existe essa distinção, graças a Deus. Mas naquela época havia muita animosidade entre irlandeses e ingleses.

Aquele era o ponto fraco, Gamache sabia, dos Novos Mundos. As pessoas traziam consigo seus velhos conflitos.

– Mas os sentimentos não são mais tão ruins hoje – comentou ele.

– Não, com o passar do tempo as coisas melhoraram. Além disso, somos muito poucos, não podemos nos dar ao luxo de lutar.

– O bote salva-vidas?

Ele sorriu, pegando seu café.

– O senhor se lembra da analogia? Sim, é exatamente isso. Quem seria tolo o bastante para balançar um bote salva-vidas?

E o que os passageiros fariam para manter a paz?, perguntou-se o inspetor-chefe. Ele bebeu um pouco do café e observou a sala. Era confortável, com sua luz indireta, um lugar onde ele escolheria ficar. Entretanto, será que ela não percebia o tecido gasto, a tinta lascada? A necessidade de pequenos reparos se acumulando? Ele sabia que, quando moravam na mesma casa por muito tempo, uma vida inteira, as pessoas deixavam de enxergá-la como realmente era e passavam a vê-la como um dia fora.

Entretanto, o exterior da casa estava bem cuidado. Pintado, conservado.

– Por falar em comunidades pequenas, a senhora conhece a família Mundin?

– Os Mundins? Sim, claro. Ele teve uma loja de antiguidades bem-sucedida na Petit-Champlain durante anos. Tinha coisas lindas. Eu mesma levei algumas para lá.

Gamache a olhou interrogativamente.

– Para vender, inspetor-chefe.

Isso foi dito sem hesitação, sem rubor, sem desculpas. A declaração de um fato.

E ele obteve a resposta. Ela percebia tudo, mas usava sua modesta renda para reparar apenas o lado de fora. A fachada, a face pública. A famosa fortuna MacWhirter havia desaparecido, tornara-se uma ficção: ficção que ela escolhera manter.

Aquela era uma mulher para quem as aparências importavam, as fachadas importavam. O que ela estaria disposta a fazer para manter tudo no lugar?

– Ouvi dizer que aconteceu uma tragédia – disse ele. – Com a família Mundin.

– Sim, muito triste. Ele se matou numa primavera. Caminhou até o rio e caiu. Disseram que foi um acidente, mas nós todos entendemos.

– Gelo fino.

Ela deu um leve sorriso.

– Isso aí.

– E por que imagina que ele faria isso?

Elizabeth pensou, então balançou a cabeça.

– Não tenho a menor ideia. Ele parecia feliz, mas as coisas não são sempre como parecem.

Como a tinta cintilante, as pedras assentadas, o exterior perfeito daquela casa.

– Mas ele tinha um casal de filhos, embora eu só tenha conhecido um. O filho. Adorável, com cabelos louros encaracolados. Costumava seguir o pai para todo lado. Ele o chamava por um apelido. Não me lembro qual agora.

– Velho?

– O quê?

– O apelido era "Velho".

– Isso mesmo. "Meu velho amigo", dizia o pai. Eu me pergunto por onde anda o rapaz.

– Ele mora numa vila chamada Three Pines, fabricando e restaurando móveis.

– As coisas que aprendemos com nossos pais – observou Elizabeth, com um sorriso.

"Meu pai me ensinou a tocar violino", dissera o agente Morin. "Seu pai lhe ensinou algum instrumento?"

"Não, embora ele amasse cantar. Meu pai me ensinou poesia. Nós fazíamos longas caminhadas juntos por Outremont e para Mont Royal, e ele recitava poesia. Eu repetia. Não muito bem, a maioria das palavras não significava nada para mim, mas eu me lembro de tudo, de cada palavra. Só mais tarde entendi seu significado."

"E qual era?"

"Significava o mundo", disse Gamache. "Meu pai morreu quando eu tinha 9 anos."

Morin ficou em silêncio.

"Sinto muito. Não posso imaginar perder meu pai, até hoje. Deve ter sido horrível."

"Foi, sim."

"E sua mãe? Deve ter sido muito difícil para ela."

"Ela morreu também. Um acidente de automóvel."

"Sinto muito", disse a voz, agora baixinho, sofrendo pelo homem grande sentado confortavelmente em seu escritório, enquanto o jovem agente estava sozinho, amarrado a uma cadeira dura, preso a uma bomba, de frente para um relógio.

Em contagem regressiva. Faltavam seis horas e 23 minutos.

E, no computador de Gamache, surgiam as rápidas mensagens de sua equipe, que seguia pistas em segredo.

Agora estava claro que o jovem agente não estava amarrado na barragem La Grande. A agente Nichol e o inspetor Beauvoir não conseguiam captar os sons das gigantescas turbinas. Mas conseguiam captar outros sons. Trens. Alguns de carga, de acordo com Nichol. Alguns de passageiros. Aviões sobrevoando.

A agente Nichol extraíra camada por camada do som. Isolando alguns fragmentos.

Não podemos rastrear a chamada porque está embutida, dissera a mensagem dela.

O que isso quer dizer?, escrevera Gamache.

É como alguém que vaga de modo errante. Aparecendo aqui e ali. É por isso que ele parece estar em todos os lugares ao mesmo tempo.

Você consegue descobrir qual linha?

Não dá tempo, respondera Nichol.

Só faltavam seis horas. Então, duas coisas aconteceriam ao mesmo tempo. Uma bomba destruiria a maior barragem da América do Norte. E o agente Paul Morin seria executado.

Como o tempo ia passando, o inspetor-chefe Armand Gamache sabia que uma decisão terrível deveria ser tomada. Uma escolha.

– O filho de Mundin é feliz? – perguntou Elizabeth.

Gamache levou um momento para voltar.

– Acho que sim. Ele já tem um filho. Charlie.

– Charlie. – Ela sorriu. – Sempre acho bonito quando a criança recebe o nome de um dos avós.

Elizabeth se levantou, retirando a louça do café da manhã. Gamache carregou a bandeja para a velha cozinha.

– Tem mais alguém sobre quem eu queria lhe perguntar – disse Gamache, secando os pratos. – A senhora conhece Carole Gilbert?

– De Vincent Gilbert?

– *Oui* – respondeu ele, embora não acreditasse que madame Gilbert iria gostar de ser reconhecida pelo sobrenome de seu marido desertor.

– Eu a conheci superficialmente, éramos do mesmo clube de bridge. Mas acho que ela se mudou. A cidade de Quebec é muito pequena, inspetor-chefe. E Vieux Québec é ainda menor, dentro das muralhas.

– E os círculos sociais menores ainda? – comentou Gamache, com um sorriso.

– Exatamente. Alguns definidos pela língua, outros pela posição social, alguns por interesses comuns. E muitas vezes eles se sobrepõem, e a maioria das pessoas pertence a mais de um círculo de amigos e conhecidos. Carole Gilbert era uma conhecida, do grupo de bridge.

Ela sorriu para ele com carinho enquanto se dirigiam ao saguão de entrada.

– Mas por que o senhor está perguntando?

Eles vestiram seus pesados casacos de inverno, botas, chapéus e cachecóis, e quando terminaram não havia muito que diferenciasse o inspetor-chefe da Sûreté du Québec e uma mulher de 75 anos.

– Houve um caso alguns meses atrás, numa vila chamada Three Pines. Carole Gilbert mora lá agora. Assim como Velho Mundin.

– É mesmo?

Mas ela não parecia nem um pouco interessada. Gentil, mas não curiosa. Saindo para o sol, eles caminharam lado a lado no meio da rua estreita. À frente, viram jovens montanhistas amarrados 10 metros acima do solo. Eles trabalhavam durante todo o inverno removendo a neve dos telhados íngremes de metal. Era angustiante vê-los balançar seus machados e picaretas, quebrando o gelo e a neve que se acumulavam, ameaçando fazer os telhados desabarem.

Todo inverno, alguns telhados de fato desabavam, e a neve e o gelo deslizavam para a calçada, esmagando pedestres infelizes. O gelo deslizante provocava um som diferente de tudo o mais, algo entre um gemido lento e profundo e um grito agudo. Todo quebequense o conhecia, como o zumbido de bombas numa blitzkrieg.

Mas ouvi-lo e ser capaz de tomar qualquer atitude eram duas coisas diferentes. O som ecoava nos antigos edifícios de pedra, disfarçando a localização. Podia estar bem em cima da sua cabeça ou muitas ruas adiante.

Os verdadeiros quebequenses caminhavam no meio da rua. Os turistas muitas vezes achavam que eles eram gentis porque estavam cedendo a calçada para os visitantes, até o som começar.

– Será que eles se conheceram aqui? – questionou ele.

– É possível. Ela pode ter comprado algumas antiguidades do Sr. Mundin ou vendido algumas, imagino. Ela possuía coisas maravilhosas. Uma família antiga de Quebec, sabe como é.

– Os Gilberts?

– Não, a família de madame Gilbert. Os Woloshyns.

Eles estavam perto da Sociedade Literária e Histórica.

– Eu sempre gostei de Carole. Muito sensata – comentou Elizabeth, enquanto pegava a chave quente porque a carregava dentro da luva. – Era muito agradável jogar bridge com ela. Nunca fazia nenhuma jogada ruim. Muito paciente, muito calma, ótima estrategista.

Uma vez lá dentro, Gamache ajudou Elizabeth a acender as luzes e aumentar a temperatura, então ela foi para sua sala, deixando o inspetor-chefe sozinho na magnífica biblioteca. Ele ficou parado por um instante, como um avarento num banco. Em seguida, caminhando até a escada circular de ferro, subiu. No topo, parou novamente. Havia silêncio, como somente uma velha biblioteca poderia oferecer, e ele ficou sozinho com os próprios pensamentos.

"La Grande? Isso parece nome de circo. Você está brincando comigo?", zangara-se o superintendente Francoeur.

O inspetor Beauvoir entrara na sala do inspetor-chefe trazendo as evidências que coletara com a agente Nichol. Eram escassas, mas suficientes. Eles achavam que sim. Esperavam que sim. Beauvoir havia subido a escadaria de novo, dois degraus de cada vez, preferindo chegar discretamente pelos fundos. Da porta da escada, ele viu de novo o superintendente comandando as operações de busca. Monitorando. Dando ordens. Dando toda a impressão de estar fazendo o seu melhor.

E ele provavelmente estava fazendo. Mas o seu melhor, Beauvoir sabia, não era suficiente.

Ouviu a voz de Gamache pelos alto-falantes, contando sobre seus dias na Universidade de Cambridge. Como ele tinha chegado quase sem saber inglês. Apenas as frases que ouvia nos programas de televisão ingleses transmitidos para o Quebec na década de 1960.

"Como assim?", perguntou Paul Morin, a voz arrastada, cada palavra saindo com dificuldade.

"Atirem nos Klingons", citou o inspetor-chefe.

O agente Morin riu, animando-se um pouco.

"O senhor chegou a dizer essa frase para alguém?

"Infelizmente, sim. Era isso ou 'Meu Deus, almirante, isso é terrível.'"

Agora o agente Morin riu bem alto, e Beauvoir viu um sorriso no rosto dos homens e das mulheres na sala de investigação, inclusive do superintendente Francoeur. Também sorrindo, Beauvoir voltou sua atenção para o inspetor-chefe.

Através do vidro, ele o viu. Os olhos fechados, a barba grisalha por fazer. Então Gamache fez algo que era inédito para Beauvoir. Em todos aqueles anos, em todos os casos, diante de todas as mortes, todo o desespero e a exaustão dos casos do passado.

O inspetor-chefe Gamache baixou a cabeça entre as mãos.

Só por um momento, mas um momento do qual o inspetor Beauvoir jamais se esqueceria. Enquanto o jovem Paul Morin ria, o inspetor-chefe Gamache cobria o rosto.

Então ele ergueu os olhos e encontrou os do inspetor Beauvoir. E a máscara reapareceu. Confiante. Enérgico. No comando.

Jean-Guy Beauvoir entrou no escritório do chefe com as evidências. E, a pedido de Gamache, convidou o superintendente e tocou a fita para ele.

"Você está brincando?"

"Parece que eu estou brincando?"

O chefe estava de pé. Ele havia pedido a Paul Morin que continuasse a conversa, que continuasse falando. E tirou o fone de ouvido, cobrindo o microfone com a mão.

"Onde você conseguiu essa gravação?", exigiu saber Francoeur.

Ao fundo, Paul Morin falava sobre a horta de seu pai e quanto tempo levava para cultivar aspargos.

"É um som de fundo, de onde Morin está", disse Gamache.

"Mas de onde você tirou isso?", questionou Francoeur, irritado.

"Não faz diferença. Você está ouvindo?" Gamache repetiu o fragmento que a agente Nichol gravara. "Eles a mencionam duas ou três vezes."

"La Grande, sim, eu ouvi, mas pode significar qualquer coisa. Pode ser como eles se referem a quem está por trás do sequestro."

Gamache respirou fundo e tentou controlar a frustração.

Nos alto-falantes, eles ouviam Morin, que recitava um monólogo sobre determinado tipo de tomate.

"Minha opinião é a seguinte", disse Gamache. "O sequestro não foi executado por um agricultor assustado porque plantou maconha. Foi tudo planejado desde o início..."

"Sim, você já mencionou isso, mas não há provas."

"Essas são as provas." Com grande esforço, Gamache impediu-se de gritar e, em vez disso, baixou a voz para um rosnado. "O lavrador não deixou Morin sozinho, como ele disse que faria. Na verdade, está claro que Morin não está sozinho, que há pelo menos outros dois, talvez três, com ele."

"E daí? Você acha que ele está preso na barragem?"

"Primeiro foi o que pensei, mas não há som de turbinas ao fundo."

"Então qual é a sua teoria, inspetor-chefe?"

"Acho que eles estão planejando explodir a barragem e sequestraram o agente Morin para nos manter ocupados em outro lugar."

O superintendente Francoeur encarou Gamache. Era um cenário que a Sûreté já havia ensaiado, para o qual tinha protocolos. Uma ameaça contra aquela poderosa barragem.

"Você está delirando. Baseado em quê? Em duas palavras que mal se consegue ouvir ao fundo. Pode até ser linha cruzada. Você acha que em..." Francoeur virou-se e consultou o relógio. "Você acha que em seis horas alguém vai destruir a barragem La Grande? Sendo que eles nem estão lá? Estão sentados com seu jovem agente em algum outro lugar?"

"Isso é desinformação. Eles querem..."

"Chega", retrucou o superintendente Francoeur. "Se há alguma desinformação, você é quem está caindo nela. Eles querem que você corra atrás de uma pista ridícula. Pensei que você fosse mais inteligente. E quem são esses misteriosos 'eles'? Quem iria querer destruir a represa? Não, é absurdo."

"Pelo amor de Deus, Francoeur", implorou Gamache, a voz baixa e rouca pela fadiga, "suponha que eu esteja certo."

Essas palavras fizeram o superintendente parar, quase à porta. Ele se virou e encarou o inspetor-chefe Gamache. No longo silêncio que se instalou, eles ouviram uma pequena aula sobre estrume de vaca versus estrume de cavalo.

"Preciso de mais provas."

"A agente Lacoste está tentando coletar."

"Onde ela está?"

O inspetor-chefe Gamache olhou rapidamente para Beauvoir. Eles haviam despachado a agente Lacoste duas horas antes. Para uma comunidade cri remota. Para os assentamentos próximos à grande barragem. Os mais afetados quando a barragem fora construída. E os mais afetados se, de repente, catastroficamente, a represa fosse pelos ares. Ela fora instruída a visitar uma cri idosa, que Gamache conhecera anos antes. Sentada em um banco. Em frente ao Château Frontenac.

Eles esperavam ter alguma evidência em pouco tempo. Para convencer o superintendente Francoeur a desistir de usar alta tecnologia na investigação e procurar algo menos substancial. Mudar de rumo. Parar de olhar para o presente e olhar para o passado.

Mas, até aquele momento, nenhuma notícia da agente Lacoste.

"Estou implorando, senhor", pediu Gamache. "Pelo menos mande algumas pessoas para verificar. Alerte a segurança da represa sem alarde. Veja o que consegue obter de outras forças."

"E parecer um idiota?"

"E parecer um comandante minucioso."

O superintendente Francoeur encarou Gamache.

"Está bem, posso fazer isso."

Ele saiu. Gamache o viu falando com seu próprio segundo em comando. Embora suspeitasse de Francoeur em relação a muitas coisas, permitir a morte de dezenas de milhares de quebequenses não era uma delas.

Gamache recolocou os fones de ouvido e retomou a conversa com o agente Morin, que descrevia uma discussão entre ele e sua irmã que terminara com eles atirando ervilhas frescas um no outro. Sua voz estava de novo lenta, exausta.

Gamache retomou a conversa, contando a Morin sobre as discussões entre ele e os próprios filhos, Daniel e Annie, quando eram pequenos. Como Daniel era o mais sensível, mais comedido. Como Annie, jovem e brilhante, sempre superava o irmão. E como a competição entre eles havia se transformado, com o tempo, em um profundo afeto.

Porém, enquanto falava, ele pensava em duas coisas.

Em menos de seis horas, às 11h18, a barragem hidrelétrica de La Grande seria explodida. E o agente Paul Morin seria executado. E o inspetor-chefe Gamache sabia de algo mais. Se fosse possível impedir somente um desses acontecimentos, ele sabia qual teria que ser.

– Como está seu amigo?

– Amigo?

Gamache virou-se e viu Elizabeth trazendo alguns livros da biblioteca e os colocando no carrinho de "devoluções".

– Monsieur Comeau – disse ela. – Émile.

Ela se inclinou sobre o carrinho, organizando os livros sem olhar para Gamache.

– Ah, ele está bem. Vou encontrá-lo em algumas horas no Château. Vai haver uma reunião da Sociedade Champlain.

– Um homem interessante – disse ela, e saiu, deixando Gamache sozinho na biblioteca mais uma vez.

Ele esperou até ouvir os passos dela desaparecerem, em seguida olhou em volta, para os hectares de livros. Por onde começar?

"Vocês estão perto? Vão conseguir chegar?"

A fadiga finalmente havia desgastado Morin, de modo que seu medo, reprimido por tanto tempo, começou a verter através dos nervos esgarçados e penetrar na linha telefônica.

"Nós vamos conseguir. Confie em mim."

Houve uma pausa.

"Tem certeza?", perguntou Morin, a voz tensa, quase estridente.

"Tenho certeza. Você está com medo?"

Não houve resposta, apenas silêncio, e então um lamento.

"Agente Morin", chamou Gamache, levantando-se da cadeira.

Ele esperou, mas não ouviu nenhuma resposta, exceto o som que dizia tudo.

Gamache falou por alguns minutos, palavras tranquilizadoras sobre nada em particular. Sobre as flores da primavera, os presentes para os netos, almoços no Leméac Bistro na Rue Laurier e a canção favorita de seu pai. E ao fundo havia um lamento, soluço e tosse, e um uivo quando o agente Morin por fim perdeu o controle. Gamache ficou surpreso por ele ter sido capaz de controlar o terror por tanto tempo.

Mas agora o medo havia escapado.

O inspetor-chefe Gamache falou sobre esquiar no Mont Saint Rémy, sobre a arte de Clara Morrow, a poesia de Ruth Zardo, e lentamente, ao fundo, o uivo se transformou em soluço, e o soluço virou uma respiração estremecida, e a respiração virou um suspiro.

Gamache parou.

"Você está com medo?", perguntou ele de novo.

Do lado de fora do escritório, através da grande janela de vidro, o inspetor--chefe viu agentes, analistas, investigadores especiais e o superintendente Francoeur pararem e o encararem, ouvindo a voz do agente que fora tão valente e agora estava desabando.

Lá embaixo, em seu estúdio escuro, a agente Yvette Nichol gravou tudo e, imersa no verde brilhante, continuou a ouvir.

"Está me escutando, agente Morin?"

"Sim, senhor."

Mas a voz era baixa, incerta.

"Vou encontrar você a tempo." Cada palavra foi dita devagar, deliberadamente. Palavras feitas de rochas e pedras, palavras firmes. "Pare de pensar no pior."

"Mas..."

"Ouça o que estou dizendo", ordenou o chefe. "Eu sei o que você está fazendo. É natural, mas você precisa parar. Você está imaginando o relógio chegando ao zero, imaginando a bomba explodindo. Estou certo?"

"Mais ou menos."

Ouviam uma respiração ofegante, como se Morin estivesse correndo.

"Pare com isso. Se você tiver que olhar para a frente, pense que vai ver Suzanne novamente, vai ver sua mãe e seu pai, pense nas grandes histórias que vai contar e deixar seus filhos entediados. Controle seus pensamentos e você poderá controlar suas emoções. Você confia em mim?"

"Sim, senhor."

A voz ficou mais forte.

"Você confia em mim, agente Morin?", insistiu o chefe.

"Sim, senhor."

A voz era mais confiante.

"Você acha que eu mentiria para você?"

"Não, senhor, nunca."

"Vou encontrar você a tempo. Você acredita em mim?"

"Sim, senhor."

"O que eu vou fazer?"

"O senhor vai me encontrar a tempo."

"Nunca, jamais se esqueça disso."

"Sim, senhor." A voz do agente Morin era forte, tão determinada quanto a do inspetor-chefe. "Eu acredito no senhor."

"Ótimo."

Gamache falou e deixou seu jovem agente descansar. Falou sobre seu primeiro trabalho, raspar chiclete das plataformas do metrô de Montreal, e de como conhecera madame Gamache. Ele falou como foi se apaixonar.

Agora não há mais solidão.

Enquanto narrava, ele acompanhava todas as mensagens instantâneas. As informações. Do inspetor Beauvoir e da agente Nichol, que isolavam as

310

gravações e relatavam suas descobertas. Sons escondidos ao fundo. Aviões, pássaros, trens. Ecos. E coisas não ouvidas. Carros e caminhões.

A agente Lacoste finalmente trouxe um relato da comunidade cri. Pistas que ela estava seguindo no local. Aproximando-se da verdade.

Ele olhou para o relógio. Faltavam quatro horas e dezessete minutos.

Em seu ouvido, em sua cabeça, Paul Morin falava sobre o Les Canadiens e a temporada de hóquei.

"Acho que nesta temporada finalmente temos alguma chance."

"Sim", concordou Gamache. "Acho que finalmente temos."

Na galeria da Sociedade Literária e Histórica, Armand Gamache pegou o primeiro livro. Nas horas seguintes, a biblioteca abriu, os voluntários chegaram e começaram a fazer seu trabalho. O Sr. Blake apareceu e se sentou. Alguns outros usuários chegaram, pegaram seus livros, leram periódicos e saíram.

Durante todo o tempo que passou na galeria, o inspetor-chefe retirou livros, examinando-os um por um. Por fim, pouco depois do meio-dia, ele se sentou em frente ao Sr. Blake. Eles se cumprimentaram e ambos retomaram suas leituras.

À uma hora, Armand Gamache se levantou, meneou a cabeça para o Sr. Blake e saiu, levando dois livros escondidos em sua maleta.

VINTE E DOIS

Myrna entregou um livro a Clara.
– Acho que você vai gostar. É um dos meus preferidos.
Clara o virou. Mordecai Richler, *Salomon Gursky esteve aqui*.
– É bom?
– Não, uma porcaria. Só vendo porcarias aqui, e as recomendo, é claro.
– Então Ruth tinha razão – comentou Clara. Ela virou a capa do livro na direção de Myrna. – Obrigada.
– Muito bem – disse Myrna, sentando-se em frente à amiga. – Desembucha.
O fogão a lenha aquecia a livraria, mantendo o perpétuo bule de chá quente. Clara bebeu de sua caneca favorita e leu a contracapa, como se não tivesse ouvido a amiga.
– O que está acontecendo? – insistiu Myrna.
Clara ergueu olhos inocentes.
– Com o quê?
Myrna lhe lançou um olhar fulminante.
– Algo está acontecendo. Eu te conheço, o que foi aquilo na casa de Dominique ontem, depois da aula de ginástica?
– Uma conversa animada.
– Não foi nada disso.
Myrna observou Clara. Queria perguntar aquilo havia vários dias, mas o episódio no hotel-spa confirmara tudo.
Clara tinha algum segredo.
– Foi tão óbvio? – indagou Clara, preocupada, largando o livro e encarando Myrna.

– De jeito nenhum. Duvido que alguém tenha percebido.

– Você percebeu.

– É verdade, mas eu sou muito esperta. – O sorriso desapareceu, e ela se inclinou para a frente. – Não se preocupe, tenho certeza de que ninguém mais achou estranho. Mas você fez umas perguntas bem incomuns. Por que você falou de Jean-Guy, Olivier e tudo aquilo?

Clara hesitou. Ela não esperava que lhe perguntassem aquilo e não tinha inventado nenhuma desculpa. Uma grande tolice. Quais eram suas mentiras mais comuns?

Estou ocupada à noite. O mundo da arte é conservador demais para apreciar meu trabalho. A culpa é do cachorro, ou, para variar, a culpa é da Ruth. Isso cobria tudo, desde cheiros, falta de comida, sujeira pela casa. Até, às vezes, sua arte.

No entanto, nada disso parecia servir naquela situação.

– Acho que a visita do inspetor apenas me fez lembrar de Olivier, só isso.

– Mentira.

Clara suspirou. Ela havia se atrapalhado toda. A única promessa que fizera a Beauvoir estava prestes a ser quebrada.

– Você não pode contar a ninguém.

– Não vou contar.

E Clara acreditava em Myrna, mas Beauvoir acreditara nela. Bem, o erro fora dele.

– O inspetor Beauvoir não está aqui para se recuperar de seus ferimentos. Ele veio, extraoficialmente, reabrir o caso de Olivier.

Myrna sorriu.

– Eu torcia para que fosse isso. A única outra explicação seria que você ficou maluca.

– E você não tinha certeza de qual era?

– É difícil saber. – Os olhos de Myrna brilharam. – Essa é a melhor das notícias. Eles acham que talvez Olivier não tenha matado o Eremita? Mas então quem matou?

– Essa é a questão. Parece que pode ter sido Roar, Havoc, Marc, Vincent ou Velho Mundin. E eu preciso admitir que aquilo que A Esposa falou sobre matar foi bem esquisito.

– Verdade – concordou Myrna. – Mas...

– Mas se ela ou Velho estivessem realmente envolvidos, A Esposa nunca teria mencionado o assunto. Teria ficado quieta.

– Aí estão vocês.

As duas ergueram os olhos com um sobressalto de culpa. O inspetor Beauvoir estava parado à porta que ligava a livraria ao bistrô.

– Estava te procurando. – Ele franziu a testa de repente. – Sobre o que vocês estavam conversando?

Ao contrário de Gamache, que podia fazer um interrogatório soar como uma conversa agradável, Beauvoir fazia amabilidades soarem como acusações.

Naquele momento, porém, ambas as mulheres sabiam que ele tinha um bom motivo.

– Chá? – ofereceu Myrna, e ocupou-se em servir a si mesma outra xícara, colocando mais água quente e outro sachê no bule sobre o fogão a lenha.

Enquanto isso, Clara tentava não encarar Beauvoir. Ele se sentou ao lado dela sem desviar o olhar dela.

A culpa é do cachorro, a culpa é do cachorro.

– Eu contei tudo para Myrna. – Clara fez uma pausa. – A culpa é da Ruth.

– Tudo? – perguntou Beauvoir, baixando a voz.

– Fiquei sabendo que ainda há um assassino entre nós – disse Myrna, entregando a caneca a Beauvoir e se sentando.

– Quase tudo – disse Clara.

Beauvoir balançou a cabeça. Entretanto, aquilo não era de todo inesperado, e nem era necessariamente ruim. Myrna tinha ajudado o chefe no passado e, embora Beauvoir, pelo menos até o momento, nunca houvesse pedido ajuda aos habitantes da vila, suspeitava que eles tinham como ajudar. E agora ele não tinha escolha.

– Então, o que você acha? – questionou ele.

– Eu gostaria de ouvir mais. Há alguma novidade?

Ele contou sua conversa com Gamache e o que o chefe descobrira em Quebec sobre a família de Velho Mundin e Carole Gilbert.

– Woloshyn? – repetiu Clara. – Woo?

– Talvez.

Beauvoir assentiu.

– O hotel-spa tem muitas antiguidades – observou Myrna. – Será que eles as encontraram na Rue Notre-Dame?

– Na mesma loja onde Olivier vendeu as peças do Eremita? – disse Beauvoir. – Você acha que, se eles entraram, reconheceram alguns objetos de Olivier?

– Exatamente – disse Myrna. – Tudo o que Carole Gilbert teria que fazer seria perguntar casualmente como o proprietário tinha conseguido aquelas peças. Ele teria mencionado Olivier e Three Pines e *voilà*.

– Não, não pode ter sido assim – discordou Beauvoir.

– É claro que pode. É perfeito – disse Clara.

– Pense nisto. – Beauvoir virou-se para ela. – Olivier vendeu aqueles objetos para a loja de antiguidades há alguns anos. Se Carole Gilbert os tivesse encontrado, por que esperariam quase dez anos para comprar a antiga casa dos Hadleys?

Os três ficaram sentados pensando. Finalmente, Clara e Myrna começaram a debater outras teorias, mas Beauvoir continuou perdido em seus pensamentos.

Nomes. Famílias. E paciência.

ARMAND GAMACHE DOBROU A MANGA da parca para poder ver seu relógio.

Uma e quinze. Um pouco cedo para a reunião. Ele colocou o braço sobre a maleta, protegendo-a.

Em vez de ir direto para o Château Frontenac, ele decidiu passear um pouco pelo Dufferin Terrace, a longa calçada de madeira que passava em frente ao hotel e tinha vista para o rio St. Lawrence. No verão, ela ficava repleta de carrinhos de sorvete, músicos e pessoas relaxando nas pérgulas. No inverno, um vento cortante e úmido soprava sobre o rio e chicoteava os pedestres, tirando-lhes o fôlego e praticamente descascando a pele de seu rosto. Mas ainda assim as pessoas caminhavam ao longo do *terrasse* ao ar livre, pois a vista era memorável.

E havia outra atração. *La glissade.* O tobogã de gelo. Construído em todos os invernos, ele era mais alto do que a alameda. Ao virar a esquina do Château, o vento bateu no rosto de Gamache. Lágrimas rolaram e congelaram. À frente, no meio do caminho do *terrasse*, ele viu o tobogã, com suas três pistas e escadas largas esculpidas na neve.

Até naquele dia instável havia crianças puxando seus trenós alugados e subindo os degraus. Na verdade, quanto mais frio o dia, melhor. O gelo ficava mais escorregadio e os trenós desciam velozes pela encosta íngreme, parando no final. Alguns iam tão depressa e tão longe que os pedestres no *terrasse* tinham que saltar para sair do caminho.

Enquanto observava, ele percebeu que não havia apenas crianças subindo até o topo, mas também adultos, inclusive alguns casais jovens. Era tão eficaz para fazer os casais se abraçarem quanto um filme de terror, e ele se lembrou com clareza de ir ao tobogã com Reine-Marie no início do relacionamento. Escalando até o topo, puxando um longo trenó, esperando a sua vez. Gamache, que morria de medo de altura, ainda tentava fingir naturalidade, ao lado daquela garota que roubara seu coração tão completamente.

"Você quer que eu me sente na frente?", sussurrara ela, enquanto as pessoas diante deles se empurravam e despencavam no tobogã.

Ele a olhou, um protesto em seus lábios, quando se deu conta de que ali estava uma pessoa para quem não precisava mentir nem fingir. Podia ser ele mesmo.

O trenó disparou em direção ao Dufferin Terrace logo abaixo, embora a sensação fosse de estarem indo direto para o rio. Armand Gamache gritou e agarrou Reine-Marie. No fim da pista, riram tanto que ele achou que havia rompido algum órgão. Nunca mais repetiram aquele feito. Quando levaram Daniel e Annie, a mãe desceu com eles enquanto o pai esperava lá embaixo com a câmera.

Agora o inspetor-chefe Gamache estava parado observando as crianças, os casais, um idoso e uma senhora subirem os estreitos degraus de neve e descer pela pista.

Ele se sentiu um pouco mais reconfortado ao perceber que eles também gritavam. E riam.

Enquanto observava, ouviu outro grito, mas esse não veio do tobogã de gelo. Veio da lateral da calçada, veio do rio.

Ele não foi o único a perceber. Algumas pessoas foram até o corrimão. Gamache se aproximou e não se surpreendeu ao ver times de canoístas praticando no gelo. A corrida era no domingo, dali a dois dias.

– Rema, rema – vinha o comando.

Embora houvesse três barcos ali, somente uma voz era ouvida, alta e clara.

– Esquerda, rema, direita, rema.

Uma voz inglesa.

Gamache esticou o corpo, mas não conseguiu identificar qual era o barco nem de quem era a voz. Não era de Tom Hancock. Tampouco achava que pudesse ser de Ken Haslam. Havia uma luneta livre e, embora estivesse quase congelada como ele, Gamache colocou algum dinheiro e a virou para o rio.

Não era o primeiro barco.

Nem o segundo, embora ele pudesse ver a boca do líder se mexendo, mas sem ouvir as palavras.

Ele apontou a luneta para o barco mais distante. Certamente não. Não de tão longe. Seria possível que a voz penetrante viajasse por tamanha distância?

O barco estava bem longe, no meio do rio, seis homens sentados remando. Os barcos podem ser movidos com pás ou remos, podem deslizar na água ou se arrastar sobre o gelo. Aquela equipe estava atravessando as águas abertas e indo rio acima, na direção um bloco de gelo.

– Rema, rema – veio o comando de novo.

E agora, como os corredores estavam andando para a frente, mas virados para trás, Gamache pôde ver quem era.

Ele olhou através da lente, sem ousar tocar a testa no visor de metal, para que ela não ficasse congelada ali.

A voz clara e estrondosa pertencia a Ken Haslam!

Andando de volta para o Château, Gamache pensou no que vira. Por que um homem passaria a vida inteira sussurrando em todas as situações, embora fosse capaz de berrar?

Mais alto do que qualquer outra pessoa ali. A voz dele era penetrante.

Estaria Haslam tão surpreso quanto Gamache? Teria Haslam, aos 68 anos, descoberto a própria voz no gelo de Quebec, fazendo algo que poucos tentariam?

Era sempre um alívio entrar em algum cômodo, ainda mais maravilhoso quando o tal lugar era o Château Frontenac. No magnífico saguão de entrada, Gamache tirou luvas, casaco, chapéu e cachecol e os entregou na chapelaria. Então, ainda protegendo a maleta com o braço, atravessou o longo e largo corredor até as portas duplas de vidro na outra ponta, de onde saíam luzes.

Dentro do St. Laurent Bar, ele parou. À sua frente estava o balcão circular de madeira e, ao redor, mesas e enormes janelas. O fogo crepitava em duas lareiras.

Mas o lugar não era como ele esperava.

Olhando para a direita, Gamache ficou surpreso ao ver uma porta, que ele nunca tinha notado. Abrindo-a, ele entrou em uma sala lateral bem iluminada e arejada, quase um solário, com sua própria lareira acesa.

Quem quer que estivesse falando parou quando ele entrou. Uma dúzia de rostos se virou para ele. Todos idosos, todos brancos, todos homens. Estavam sentados nos confortáveis sofás forrados de padrões florais e em poltronas e cadeiras com braços. Ele esperava algo mais formal, uma sala de reuniões, uma mesa comprida, um púlpito.

Também esperava que a reunião não tivesse começado. Eram 13h25. Émile lhe informara que começava à uma e meia, mas estava claro que a reunião já estava bem adiantada.

Gamache olhou para Émile, que sorriu e logo interrompeu o contato visual.

– *Bonjour* – disse o inspetor-chefe. – Espero não estar atrapalhando.

– De forma alguma.

René Dallaire, grande e afável como na última vez em que se encontraram, o cumprimentou. Outros também se levantaram. Gamache apertou as mãos de cada um, sorrindo.

Todos foram cordiais e agradáveis e, no entanto, ele tinha a impressão de haver certa tensão na sala, como se ele tivesse interrompido uma discussão.

– O senhor queria falar conosco? – indagou monsieur Dallaire, indicando uma cadeira grande.

– Sim. Não será nenhuma surpresa que se trate da morte de Augustin Renaud – comentou Gamache, sentando-se.

Alguns homens assentiram, demonstrando compreender, enquanto outros apenas o encararam, cautelosos. Embora não fosse exatamente uma sociedade secreta, eles pareciam ter seus segredos.

– Na verdade, gostaria de começar falando sobre Charles Chiniquy.

A reação foi a que ele já esperava. Alguns se ajeitaram em seus assentos, outros se entreolharam e depois se voltaram para Gamache com uma expressão de aborrecimento.

Mais uma vez, René Dallaire assumiu a liderança.

– Perdoe-me, monsieur Gamache, mas deve saber que não somos uma sociedade de história geral.

– *Oui, merci*, sei que fazem parte da Sociedade Champlain. – Quando ele disse isso, algo ficou claro. A Sociedade Champlain. – Minha história não começa nem com Samuel de Champlain nem com Augustin Renaud, mas em algum ponto entre eles. Em 1869, para ser exato, com o padre Chiniquy.

– Ele era um maluco – comentou um idoso sentado no fundo.

– Então o senhor sabe quem foi – disse Gamache. – Sim, ele era um maluco para alguns, um herói para outros. Na nossa história, ele não foi nem uma coisa nem outra.

Gamache observou Émile, que estava olhando para fora da janela. Distanciando-se do que estava prestes a acontecer?, pensou Gamache.

– O padre Chiniquy era conhecido por um fato – informou o chefe. – Ele tinha o desejo de salvar alcoólicos. Para fazer isso, ele foi aonde podia encontrá-los. Na Quebec da década de 1860, era a Rue du Petit-Champlain, que fica bem abaixo de nós.

Na verdade, se ele pudesse se jogar pela janela com força suficiente, passaria sobre o Dufferin Terrace e cairia na Rue du Petit-Champlain logo abaixo. Agora, era uma rua calçada encantadora, repleta de lojas de rendas, cafés e lojas para turistas, mas, naquela época, era a famosa Basse-Ville. Cheia de bêbados, patifes, prostitutas, esgoto e doenças.

Cheia de pobres trabalhadores franceses e imigrantes irlandeses. E um padre decaído determinado a salvá-los, e talvez a si mesmo.

– Numa noite de verão, Chiniquy estava em um bar salvando almas quando ouviu uma conversa entre dois irlandeses: Patrick e O'Mara. Eles haviam sido contratados como escavadores na Cidade Alta, para abrir um porão sob um velho prédio. Havia mais de vinte trabalhadores no local, mas foram Patrick e O'Mara que fizeram a descoberta. Eles encontraram algo que acreditavam ser valioso.

Apesar da má vontade, a conversa despertou um interesse crescente nos membros da Sociedade Champlain. Alguns poucos continuavam aborrecidos e impacientes, mas até estes ouviam com atenção. Somente Émile continuava olhando fixamente pela janela.

Em que ele estaria pensando?, Gamache se perguntou. Previa o que estava para acontecer, sabia o que estava para acontecer?

Mas não importava. Era tarde demais.

– Chiniquy ouviu os dois homens e, enquanto ouvia, ficou cada vez mais interessado. Finalmente, ele se juntou aos dois. Sabendo quem Chiniquy era, os homens não o receberam muito bem no início, mas, quando o padre se ofereceu para lhes comprar bebidas, eles se mostraram mais receptivos. E, depois de mais algumas doses, revelaram o que haviam encontrado.

Gamache fez uma pausa antes da revelação.

– Era um caixão. Primeiro, Chiniquy ficou desapontado. A velha cidade de Quebec fora praticamente construída sobre caixões, sobre ossos. Não encontrar nenhum é que teria sido uma raridade. Certamente aqueles operários sabiam disso. Mas aquele era diferente, disseram, mais pesado. Os dois homens entenderam que aquele não era apenas incomum, mas talvez valioso. Então eles o arrastaram até a casa de Patrick. Sua esposa se recusou a deixar que aquilo entrasse em casa. Ele insistiu, mas sabia que não poderia mantê-lo ali por muito tempo. A casa era pouco mais que um barraco e já estava superlotada com Patrick, a esposa e os seis filhos. Agora havia também um homem morto.

Gamache examinou os ouvintes. Todos estavam atentos agora, inclusive Émile. Eles imaginavam a cena, assim como Gamache. A mulher irlandesa irritada e desesperançosa. Depois de sobreviver à angustiante viagem até o Novo Mundo, como se a vida já não fosse difícil o suficiente, seu marido ainda levara um cadáver do trabalho para casa, o que era ainda pior do que a humilhação e a fome das quais fugira.

– Os homens começaram a abrir o caixão com cuidado, erguendo a tampa selada – continuou Gamache. – Perguntando-se por que era tão pesado. Achavam que devia estar cheio de ouro, joias e prata. Devia ser o caixão de uma pessoa muito rica. Porém, quando aberto, eles ficaram dolorosamente desapontados. Não havia nada dentro, exceto uma Bíblia muito velha e alguns restos mortais. Ossos e farrapos. Ele era pesado porque era revestido de chumbo.

Houve alguma agitação na sala. Será que eles já sabiam aonde aquela história ia chegar?

– Patrick e O'Mara estavam no bar discutindo qual seria a melhor maneira de retirar o chumbo, vendê-lo e jogar o corpo no rio, junto com a Bíblia. Eles eram analfabetos, então o livro era inútil. Chiniquy pediu para ver a Bíblia. Naquele momento, os homens ficaram cautelosos. Então o padre tentou outra abordagem. Se eles levassem o caixão e a Bíblia para a Sociedade Literária e Histórica na noite seguinte, Chiniquy lhes daria uma pequena recompensa.

"Por quê?", perguntaram os homens.

"Porque eles colecionam tudo o que é histórico, especialmente livros. Esse caixão pode ser bem velho", explicou Chiniquy.

– Patrick e O'Mara já estavam meio bêbados e realmente não se importaram. Se havia dinheiro, eles iam atrás. Na noite seguinte, foram até lá e foram recebidos pelo padre Chiniquy e por outro homem: James Douglas.

– Essa história tem fim? – indagou um dos membros da Sociedade Champlain.

– Por favor, Benoît. – René Dallaire parecia aflito. – Civilidade.

– Serei educado quando ele parar de desperdiçar meu tempo.

– A história tem fim, monsieur, e estamos quase lá – afirmou Gamache.

Ele sentiu seu telefone vibrar, mas não podia ver quem era naquele momento.

– Tenho certeza de que os senhores ouviram falar do Dr. Douglas.

Os ouvintes assentiram.

– Ele abriu o caixão e examinou o conteúdo, enquanto o padre Chiniquy analisava a Bíblia. Então James Douglas cometeu um erro. Ele ofereceu a Patrick e O'Mara 500 dólares para cada. Chiniquy ficou furioso, mas não disse nada. Os operários imediatamente entenderam que havia algo mais. Aquilo era uma pequena fortuna, muito dinheiro por uma ossada e uma velha Bíblia surrada.

Gamache fez uma nova pausa antes de continuar:

– Eles recusaram, insistindo em mil dólares para cada um, e conseguiram, mas somente depois que Douglas os fez jurar segredo e descobriu onde eles moravam. Os irlandeses, que odiavam os ingleses, também os temiam. Eles sabiam o que havia por trás daquele verniz civilizado. Sabiam do que um inglês era capaz se ficasse irritado. Patrick e O'Mara concordaram, depois carregaram o caixão para o porão e foram embora.

O celular de Gamache tocou de novo. Ele o ignorou outra vez.

– Como o senhor sabe de tudo isso? – perguntou alguém.

– Porque encontrei isto.

Gamache pegou sua maleta e tirou de dentro dela um livro com capa de couro preto. Enquanto o segurava, ele olhou para Émile, cujo rosto estampava surpresa e algo mais. Seria aquilo um pequeno sorriso? Um sorriso ou uma careta?

– Este é o diário do padre Chiniquy para o ano de 1869. August Renaud o encontrou e, sabendo de seu valor, o escondeu.

– Onde estava? – perguntou Émile.

– Na biblioteca da Sociedade Literária e Histórica – respondeu Gamache, encarando seu mentor.

– Augustin Renaud escondeu o diário na biblioteca? – questionou René Dallaire.

– Não – esclareceu Gamache. – Seu assassino o escondeu.

– Por que está nos contando tudo isso? – indagou Jean Hamel, magro e contido, sentado, como sempre, ao lado de René Dallaire.

– Acho que todos sabem o porquê – respondeu Gamache, olhando o homem diretamente nos olhos, até Hamel baixar os dele.

– Onde o senhor disse que os operários irlandeses estavam escavando? – indagou um dos membros.

– Eu não disse, mas posso lhes contar. Era debaixo do Old Homestead.

A sala ficou em silêncio. Todos encararam Gamache.

– Você encontrou o outro livro, não foi? – perguntou Émile, quebrando o silêncio.

– Encontrei.

Gamache pegou sua maleta, agora em seu colo. A maleta que ele passara as últimas horas protegendo.

– No ano passado, a Sociedade Literária e Histórica vendeu lotes de livros que ninguém se deu ao trabalho de examinar. Augustin Renaud comprou alguns. Quando viu o que tinha, descobriu que eram da coleção do padre Charles Chiniquy. Nada muito promissor, para um estudioso de Champlain...

O uso da palavra "estudioso" produziu alguns ruídos de desprezo.

– Então ele não se apressou em lê-los. Mas por fim, quando os examinou, se deparou com algo extraordinário. Ele mencionou isso em seu próprio diário, mas, fiel ao seu estilo, ele foi... – Gamache procurou a melhor palavra – ... reservado.

– O senhor não quer dizer demente? – perguntou Jean Hamel. – Nada do que ele disse ou escreveu é confiável.

– Não, eu quis dizer reservado. E ele estava certo. O que ele tinha encontrado era impressionante.

Gamache retirou da maleta outro livro de couro preto. Esse era maior, mais grosso que o primeiro. Gasto e frágil, mas em bom estado. Não tinha visto o sol por séculos e então, desenterrado, ficara ignoto nas estantes da casa do padre Chiniquy por trinta anos, até sua morte.

– Este – Gamache levantou o livro – era o segredo do padre Chiniquy, segredo que acabou morrendo com ele. Quando sua governanta embalou seus livros e os enviou para a Lit e His, há mais de um século, ninguém sabia que tesouros eles continham.

Gamache continuou seu relato:

– Ao ler os diários de Chiniquy, Augustin Renaud descobriu o relato de um fatídico encontro numa noite de julho, em 1869. E, na caixa de livros usados, entre os muitos livros religiosos, os hinários, os sermões, as Bíblias de família, ele encontrou este aqui.

Gamache pôs a mão grande na capa de couro liso, que não dizia o que havia dentro.

Mais uma vez, seu telefone tocou. Era sua linha privada. Poucos conheciam o número, mas não parara de tocar nos últimos dez minutos.

– Se me permite... – ofereceu-se Émile.

– *Oui.*

Gamache levantou-se e entregou o livro ao seu mentor e observou quando Émile fez exatamente o que ele havia feito uma hora mais cedo. Exatamente o que ele imaginava que Augustin Renaud tinha feito um mês antes. O que padre Chiniquy fizera um século antes.

Émile abriu o livro de couro, talhado com simplicidade, na página da dedicatória.

Todos inspiraram lentamente, e então Émile suspirou, e com o suspiro duas palavras escaparam.

– *Bon Dieu.*

– Sim – concordou o chefe. – Meu bom Deus.

– O que é? – perguntou Jean Hamel, saindo da conveniente sombra de seu amigo René.

Naquele instante, ficou claro quem era o verdadeiro líder da Sociedade Champlain.

– Eles haviam encontrado Champlain – disse Émile, olhando fixamente para Gamache. Não era uma dúvida, estava além de toda dúvida. – Era o túmulo de Champlain o que os operários irlandeses encontraram no Old Homestead.

– Isso é ridículo! – exclamou o irascível membro. – O que Champlain estaria fazendo enterrado sob o Old Homestead? Todos sabem que ele foi enterrado na capela que pegou fogo, ou no cemitério, não num campo a centenas de metros dali.

– Champlain era huguenote – afirmou Émile, sua voz quase inaudível. – Protestante.

Ele ergueu o livro: uma Bíblia.

– Isso é impossível – retrucou Jean.

Houve um burburinho de concordância. Braços se esticaram para pegar a Bíblia e o alvoroço diminuía à medida que ela ia sendo passada adiante e os homens viam a prova.

Samuel de Champlain, inscrito em tinta. A data, *1578*.

Era uma Bíblia huguenote original, um achado raro. A maioria fora destruída nas várias inquisições, queimada junto com seus proprietários. Era um livro perigoso, para a Igreja e para quem quer que o possuísse.

Champlain devia ter sido um devoto de verdade para ter guardado sua Bíblia e ter sido enterrado com ela.

Um silêncio tomou conta da sala. Só se ouviam murmúrios e o crepitar do fogo. Gamache pegou a Bíblia de volta e, recolocando-a em sua pasta, junto com o diário de Chiniquy, pediu licença, enquanto o grupo permanecia perdido em seus pensamentos, e saiu da sala.

Do lado de fora, ele atendeu à ligação e notou que havia 27 chamadas de várias pessoas: Reine-Marie, seu filho Daniel e sua filha Annie; os superintendentes Brunel e Francoeur; a agente Isabelle Lacoste; vários amigos e colegas; e Jean-Guy Beauvoir, cuja chamada estava entrando naquele momento.

– *Bonjour*, Jean-Guy. O que aconteceu?

– Chefe, onde o senhor estava?

– Numa reunião, o que está acontecendo?

– Um vídeo viralizou na internet. Acabei de saber disso por Peter Morrow, então Lacoste ligou, depois alguns amigos. Mais chamadas estão chegando. Eu ainda não o vi.

– Do que se trata?

Mas, enquanto perguntava, ele já podia adivinhar, e sentiu o estômago se contrair de repugnância.

– É algo tirado daquelas fitas, as que gravaram a operação.

Todos usaram pequenas câmeras acopladas a seus fones de ouvido, para registrar o que acontecia. Havia tempos os investigadores perceberam que um depoimento verbal não era suficiente. Até policiais bem-intencionados acabariam esquecendo detalhes, especialmente no calor do momento, e, se as coisas corressem mal, como muitas vezes acontecia, os policiais deixavam de ser "bem-intencionados" e começavam a mentir.

Isso fazia com que mentir fosse mais difícil, embora não impossível.

Cada câmera mostrava o que cada policial via, o que cada um fazia e o que cada um dizia. E, como todo filme, esse também podia ser editado.

– Chefe? – perguntou Beauvoir.

– Entendi.

Ele se sentia como Beauvoir. Chateado, subitamente exausto, perplexo que alguém pudesse fazer isso e que alguém se interessasse em ver algo assim. Era uma violação, especialmente para as famílias. As famílias de seus oficiais.

– Eu vou ligar – disse ele.

– Posso ligar, se o senhor quiser.

– Não, *merci*. Eu mesmo ligo.

– Quem faria isso? – perguntou Beauvoir. – Quem tem acesso às fitas?

Gamache abaixou a cabeça. Seria possível?

Ele tinha sido avisado de que havia três atiradores. Mas havia mais, muitos mais. Gamache percebeu que o número estava errado. Terrível, mas não intencional.

Ele dobrou o número de suspeitos e presumiu que, em vez de três, haveria seis.

Sabendo que assim estariam precavidos.

Mas ele estava errado.

Ele levou seis agentes. Ele os escolheu. A dedo. E levou o inspetor Beauvoir. Mas não a agente Yvette Nichol. Ela permanecera lá, embora já tivesse vestido seu colete tático. A pistola já estava no cinto. Os olhos aguçados. Ela iria com eles para a fábrica. O lugar que ela havia localizado seguindo os sons. Ouvindo mais atentamente do que jamais ouvira em toda a sua vida.

Os trens. Sua frequência. Sua cadência. Trens de carga. Um trem de passageiros. Um avião acima. Um apito ao fundo. Uma fábrica.

E sussurros. Fantasmas ao fundo.

Três, dissera ela.

Com a ajuda irritada do inspetor Beauvoir, eles estreitavam as possibilidades cada vez mais. Peneirando, diminuindo. Debruçaram-se sobre horários de trem, rotas de voo, fábricas antigas o suficiente para ainda usarem apitos.

Até descobrirem onde o agente Paul Morin estava preso.

Mas havia outra meta. A represa La Grande. Salvar o jovem agente seria um alerta para os suspeitos de que seus planos contra a barragem haviam sido descobertos. E, se eles percebessem isso, poderiam destruí-la imediatamente, antes de o esquadrão tático chegar lá.

Não. Uma escolha tinha que ser feita. Uma decisão tinha que ser tomada.

Gamache viu a agente Nichol parada ao lado da porta. Pronta. E a raiva que ela sentiu quando ele lhe relatou sua decisão.

– O senhor vai assistir? – indagou Beauvoir.

Gamache pensou.

– Sim. E você?

– Talvez. – Ele também fez uma pausa. – Sim.

Fez-se silêncio enquanto os dois homens pesavam o que isso significava.

– Ah, meu Deus – suspirou Beauvoir.

– Quando fizer isso, não esteja sozinho – aconselhou Gamache.

– Eu queria...

– Eu também – disse Gamache.

Ambos desejavam a mesma coisa. Que, se tivessem que reviver a situação, pelo menos estivessem juntos.

Sentado pesadamente em uma das poltronas de couro do St. Laurent Bar, o inspetor-chefe Gamache pediu um copo d'água e ligou para Reine-Marie.

– Eu estava tentando falar com você – ralhou ela, parecendo estressada, chateada.

– Eu sei, desculpa, estava em uma reunião. Jean-Guy acabou de me contar. Como você ficou sabendo?

– Daniel ligou de Paris. Um colega contou a ele. Depois Annie telefonou. Aparentemente, o vídeo apareceu por volta do meio-dia e está viralizando cada vez mais. Jornalistas têm me ligado na última meia hora. Armand, eu sinto tanto...

Ele percebeu a tensão na voz da esposa. Mataria com prazer quem tinha feito aquilo. Forçando Reine-Marie a reviver o sofrimento, forçando Annie, Daniel e Enid Beauvoir. E pior. As famílias dos que morreram.

Desejou entrar pelo telefone e segurar Reine-Marie, abraçá-la com força. Acalmá-la e dizer que ia ficar tudo bem, que era apenas um fantasma do passado. O pior ficara para trás.

Mas seria verdade?

– Quando você vai voltar para casa?

– Até amanhã.

– Quem faria isso, Armand?

– Não sei. Eu preciso assistir, mas você não. Pode esperar até eu voltar para casa? Se ainda quiser, podemos ver juntos.

– Vou esperar – concordou ela.

Poderia esperar.

Ela se lembrava de fragmentos daquele dia. Armand não estava em casa. Isabelle Lacoste entrara em contato com ela, explicando que o chefe estava trabalhando em um caso e não poderia falar com ela. Por um dia inteiro.

Nunca ficara 24 horas sem ouvir a voz o marido. Nunca, em mais de trinta anos juntos. Então, na manhã seguinte, logo após o meio-dia, um colega da Biblioteca Nacional chegou ao trabalho, o rosto assustado.

Um boletim da Rádio Canadá. Um tiroteio. Oficiais da Sûreté entre os mortos, inclusive um oficial sênior da Homicídios. A corrida para o hospital, sem ouvir as reportagens. O medo era grande demais. O mundo havia desmoronado diante da urgência. Chegar lá. Chegar lá. Chegar lá. Encontrou Annie na sala de emergência, acabando de chegar.

O rádio disse que papai...

Eu não quero ouvir isso.

Reconfortando uma à outra. Reconfortando Enid Beauvoir, a esposa de Jean-Guy, na sala de espera. E outros que ela não conhecia também chegando.

A pantomima grotesca, estranhos confortando uns aos outros, enquanto, em segredo, desesperadamente, rezavam para que fosse o outro a receber a má notícia.

Um paramédico surgiu pelas portas de vaivém da sala de emergência, olhando para eles, desviando o olhar. Sangue em seu uniforme. Annie agarrando a mão dela.

Entre os mortos.

O médico levando-as para o lado, separando-as do restante. E Reine-Marie, atordoada, preparando-se para ouvir o insuportável. E, então, aquelas palavras.

"Ele está vivo."

Ela não absorveu o resto da conversa. Ferido no peito. Ferido na cabeça. Pneumotórax. Hemorragia.

O fato de ele estar vivo era tudo o que ela precisava saber. Mas havia outro.

"E Jean Guy?", perguntou ela. "Jean-Guy Beauvoir?"

O médico hesitou.

"O senhor precisa nos contar", disse Anne, de modo muito mais enfático do que Reine-Marie esperava.

"Tiro no abdômen. Está em cirurgia agora."

"Mas ele vai ficar bem?", insistiu Annie.

"Não sabemos."

"Meu pai, o senhor falou de uma hemorragia. O que isso quer dizer?"

"Da ferida na cabeça, hemorragia dentro do crânio", explicou o médico. "Um derrame."

Reine-Marie não se importava. Ele está vivo. E ela repetia isso para si mesma agora, como fazia a cada hora de cada dia desde então. Não importava o que o maldito vídeo mostrasse. Ele está vivo.

– Eu não sei o que ele pode conter – dizia Gamache.

E essa era a verdade. Ele se esforçara para se lembrar, para ajudar na investigação, mas só ficaram impressões, caos, barulho, gritos. E homens armados, por toda parte. Muito mais do que o esperado.

Os tiros rápidos. Concreto, madeira, tudo explodindo devido às balas por todo canto. Disparo de armas automáticas. A sensação desconhecida de seu colete tático. Uma arma de assalto nas mãos. As pessoas em sua mira. O relatório sobre como ele atirou. Visando matar.

Procurando os atiradores, emitindo ordens. Mantendo a ordem mesmo em meio à tempestade.

Vendo Jean-Guy cair. Vendo outros caírem.

Ele acordava à noite com aquelas imagens, aqueles sons. E aquela voz.

"Eu vou encontrar você. Confie em mim."

"Eu acredito, senhor."

– Estarei em casa amanhã – disse Gamache a Reine-Marie.

– Tome cuidado.

Isso também era algo que ela nunca dizia. Antes que tudo aquilo acontecesse. Era algo em que ela pensava, ele sabia, cada vez que ele saía para o trabalho, mas nunca falava. Mas agora ela dizia todos os dias.

– Pode deixar. Eu te amo.

Ele desligou, dando um tempo para se recompor. No bolso, sentiu o frasco de remédios. Sua mão foi até ele, agarrando-o com força.

Fechou os olhos.

Então, tirando a mão vazia do bolso, começou a ligar para os oficiais que haviam sobrevivido e as famílias dos que não conseguiram.

Ele conversou com mães, pais, esposas e um marido. Ao fundo, ouviu a voz de uma criança pequena pedindo leite. Muitas e muitas vezes, ao atenderem, ouviu a raiva, a dor, pelo fato de alguém publicar um vídeo daquele acontecimento. Em nenhum momento eles o culparam. No entanto, Armand Gamache sabia que tinham o direito de fazê-lo.

– Você está bem?

Gamache olhou e viu Émile Comeau abaixando-se para se sentar na poltrona diante dele.

– O que aconteceu? – perguntou Émile, vendo a expressão no rosto de Gamache.

Gamache hesitou. Pela primeira vez na vida sentiu-se tentado a mentir para aquele homem, que tinha mentido para ele.

– Por que você disse que a Sociedade Champlain se reúne à uma e meia quando acontece à uma hora?

Émile não respondeu de imediato. Ele mentiria de novo, Gamache imaginou. Mas, em vez disso, o homem balançou a cabeça.

– Sinto muito por isso, Armand. Havia coisas que precisávamos discutir antes da sua chegada. Achei que seria melhor.

– Você mentiu para mim – acusou Gamache.

– Foi só meia hora.

– Foi mais do que isso, e você sabe. Você fez uma escolha, optou por um dos lados.

– Lado? Você está dizendo que a Sociedade Champlain está num lado diferente do seu?

– Estou dizendo que todos nós sabemos a que somos leais. Você deixou bem claro qual é a sua lealdade.

Émile o encarou.

– Desculpa, não devia ter mentido para você. Isso não vai acontecer de novo.

– Você já mentiu – retrucou Gamache, levantando-se e colocando na mesa uma nota de 100 dólares pela água e pelo uso da mesa tranquila junto à lareira. – O que Augustin Renaud disse a você?

Émile também se levantou.

– O que você quer dizer?

– SC nos diários de Renaud. Presumi que fosse uma reunião marcada com alguém, talvez Serge Croix. Uma reunião que nunca chegou a acontecer porque ele foi assassinado. Mas eu estava errado. SC era a Sociedade Champlain, e a reunião era para hoje, à uma hora. Por que ele queria se encontrar com vocês?

Émile o encarou, aflito, mas não respondeu.

Gamache virou-se e caminhou pelo longo corredor, seu celular tocando de novo e seu coração batendo forte.

– Espere, Armand.

Ele ouviu a voz, mas continuou a andar, ignorando o chamado.

Então ele se lembrou do que Émile significara para ele e ainda significava. Será que essa única atitude errada valia mais do que todas as outras?

Esse era o perigo. Não que traições ocorressem, não que coisas cruéis ocorressem, mas que elas pudessem superar as boas. Que nos esquecêssemos do bem e nos lembrássemos apenas do mal.

Mas não hoje. Gamache parou.

– Você tem razão. Renaud desejava nos encontrar – confessou Émile, conseguindo se aproximar de Gamache quando ele foi buscar sua parca.

– Ele disse que tinha encontrado uma coisa. Algo de que não iríamos gostar, mas que ele estava disposto a enterrar, se nós lhe déssemos o que ele queria.

– E o que ele queria?

– Tornar-se membro da Sociedade e ter toda a credibilidade que a posição oferece. E, quando o caixão fosse encontrado, ele queria que nós admitíssemos que ele estivera certo o tempo todo.

– Só isso?

– Só.

– E vocês deram isso a ele?

Émile balançou a cabeça.

– Decidimos não o encontrar. Ninguém acreditava que ele tivesse de fato localizado Champlain, nem que ele tivesse descoberto algo comprometedor. Achamos que ter Augustin Renaud na Sociedade seria diminuí-la. Ele foi rejeitado.

– Um homem velho vem até vocês querendo aceitação, apenas aceitação, e vocês lhe dão as costas?

– Não sinto nenhum orgulho dessa atitude. Era isso que precisávamos discutir em particular. Eu queria que eles lhe contassem tudo e disse que, caso se recusassem, eu mesmo contaria. Desculpa, Armand. Cometi um erro. Foi porque eu sabia que não faria diferença na investigação. Ninguém acreditava em Renaud. Ninguém.

– Alguém acreditou. Ele foi assassinado.

A reunião da Sociedade Champlain era formada por velhos quebequenses. E o que os mantinha juntos, como um clube? Certamente seu fascínio por Champlain e pela colônia primitiva, mas isso explicaria uma vida inteira de lealdade? Haveria algo mais?

Samuel de Champlain não era simplesmente mais um explorador, ele era o Pai do Quebec e, como tal, tornara-se um símbolo da grandeza dos quebequenses. E da liberdade. De Novos Mundos e novos países.

De soberania. Da sonhada independência da província em relação ao Canadá.

Gamache se lembrou do radicalismo do final dos anos 1960. As bombas, os sequestros, os assassinatos. Tudo promovido por jovens separatistas. Mas os jovens separatistas dos anos 1960 tornaram-se velhos separatistas, que ingressavam em sociedades e bebericavam drinques em salões elegantes.

E conspiravam?

Samuel de Champlain fora encontrado e revelado protestante. O que a Igreja acharia disso? O que os separatistas achariam disso?

– Como você encontrou os livros? – indagou Émile, olhando para a maleta ao lado de Gamache.

– Esta maleta era de Renaud. Por que carregar uma maleta só para guardar um pequeno mapa? Devia haver mais alguma coisa dentro dela. Então, como não conseguimos encontrar os livros, percebi que ele provavelmente os levava aonde quer que fosse. Augustin Renaud não os deixaria longe de seus olhos nem por um instante. Os livros deviam estar na maleta quando ele foi à Sociedade Literária e Histórica e encontrou seu assassino. Mas não estavam junto com o corpo. Isso quer dizer que o assassino os levou. E fez o quê?

Émile estreitou os olhos, sua mente acompanhando o caminho que Armand havia traçado. Então ele sorriu.

– O assassino não poderia levá-los para casa. Se fossem encontrados em sua posse, ele seria incriminado.

Gamache observou seu mentor.

– Imagino que poderia tê-los destruído – continuou Émile, refletindo. – Poderia ter jogado os livros na lareira e queimado. Mas não teve coragem de fazer isso. Então, o que ele fez?

Os dois se encararam no saguão superlotado do hotel. Pessoas passavam por eles como um grande rio, algumas empacotadas contra o frio, outras com roupas formais, dirigindo-se a uma festa. Algumas com coloridas e tradicionais faixas de Carnaval, *les ceintures fléchées*. Todas ignorando os dois homens parados como rochas, imóveis no meio da corrente.

– Ele os escondeu na biblioteca – concluiu Émile, triunfante. – Onde mais? Escondidos entre milhares de volumes encapados em couro, velhos, não lidos, desvalorizados. Tão simples.

– Passei a manhã inteira procurando e finalmente os encontrei – contou Gamache.

Os dois saíram do Château, ofegando quando o frio atingiu seus rostos.

– Você encontrou os livros, mas o que aconteceu com Champlain? – questionou Émile, piscando contra o frio congelante. – O que James Douglas e Chiniquy fizeram com ele?

– Estamos prestes a descobrir.

– A Lit e His? – perguntou Émile quando viraram à esquerda, passando pelos velhos edifícios de pedras, pelas árvores com balas de canhão ainda alojadas nelas, pelo passado que ambos amavam. – Mas por que o arqueólogo-chefe não encontrou Champlain quando procurou, alguns dias atrás?

– Como você sabe que ele não o encontrou?

VINTE E TRÊS

Quando o inspetor-chefe e Émile Comeau chegaram à Sociedade Literária e Histórica, Elizabeth, Porter Wilson, a minúscula bibliotecária Winnie e o Sr. Blake estavam reunidos no saguão de entrada, esperando.

– O que está acontecendo? – quis saber Porter imediatamente, antes que Gamache e Émile tivessem fechado a porta. – O arqueólogo-chefe voltou com alguns técnicos e o inspetor Langlois também está lá. Ele ordenou que ficássemos longe do nosso próprio porão.

– Vocês planejavam ir lá? – perguntou Gamache, tirando o casaco.

– Bem, não.

– Vocês precisam ir lá embaixo?

– Não, não precisamos.

Os dois homens se encararam.

– Ora, pelo amor de Deus, isso é muito constrangedor – objetou Elizabeth. – Deixe os homens fazerem o trabalho deles. Mas – ela se virou para Armand Gamache – agradeceríamos se nos dessem alguma informação. Qualquer informação.

Gamache e Émile trocaram olhares.

– Achamos que Augustin Renaud talvez estivesse certo – revelou o inspetor-chefe.

– Sobre o quê? – retrucou Porter.

– Não seja tolo – disse o Sr. Blake. – Sobre Champlain, o que mais seria?

Gamache assentiu e o Sr. Blake franziu a testa.

– Vocês acreditam que Samuel de Champlain está em nosso porão e esteve lá todo esse tempo?

– Pelo menos nos últimos 140 anos, sim. *Pardon*.

Os dois homens se espremeram entre os membros e atravessaram as salas, agora familiares, até a porta do alçapão que levava ao primeiro porão, em seguida desceram outra escada íngreme de metal para o nível mais baixo.

Através das tábuas do assoalho, viram a luz brilhante, como se o sol estivesse aprisionado lá no porão. Entretanto, assim que desceram, reconheceram a luz pelo que ela era, uma série de fortes lâmpadas industriais focadas, mais uma vez, no porão de pedra e terra.

O arqueólogo-chefe estava de pé no meio do cômodo, seus longos braços cruzados no peito, talvez tentando conter a raiva, sem sucesso. Os dois técnicos que o haviam acompanhado antes estavam lá de novo, assim como o inspetor Langlois, que imediatamente puxou Gamache de lado.

– Eu posso explicar – começou a dizer Gamache antes de ser interrompido.

– Sei que pode, não é nada disso. Deixe Croix cozinhar por um tempo, ele é um idiota mesmo. O senhor já está sabendo?

Langlois examinou o rosto do inspetor-chefe.

– Sobre o vídeo? *Oui*. Mas ainda não assisti. – Agora era a vez de Gamache analisar o outro policial. – Você já?

– Sim. Todos já assistiram.

Era, é claro, um exagero, mas quase verdade. Ele continuou a examinar o rosto de Langlois em busca de pistas. Haveria ali algum sinal de piedade?

– Sinto muito que isso tenha acontecido, senhor.

– Obrigado. Vou assistir mais tarde, ainda hoje.

Langlois parou, como se quisesse dizer algo, mas se calou. Virou-se rapidamente e olhou de novo para o arqueólogo-chefe.

– Por que estamos aqui, *patron*?

– Vou explicar.

Gamache sorriu e tocou o homem no braço, guiando-o de volta para a sala maior, onde as pessoas estavam reunidas. Ele falou com Serge Croix.

– Eu sei que o senhor esteve aqui praticamente uma semana atrás, para ver se o corpo de Augustin Renaud, afinal, não estava sozinho neste porão. Para ver se o homem que o senhor considerava uma ameaça poderia, na verdade, estar certo e Champlain pudesse estar, de fato, enterrado aqui. Para surpresa de nenhum de nós, nada foi encontrado.

– Encontramos tubérculos – disse Croix, para divertimento dos técnicos atrás dele.

– Eu gostaria que procurasse de novo – pediu o chefe, sorrindo também, e olhando fixamente para o arqueólogo. – Por Champlain.

– Não, aqui eu não vou procurar. É perda de tempo.

– Se o senhor não vai procurar, eu procuro. – Gamache pegou uma pá. – E lembre-se: eu sou ainda menos arqueólogo do que Renaud.

Ele tirou o casaco e o entregou a Émile. Arregaçando as mangas, olhou ao redor do porão. Estava todo esburacado, com terra recém-revirada onde tinham cavado buracos, que foram preenchidos de volta.

– Talvez eu comece por aqui.

Ele enfiou a pá na terra e pousou o pé sobre ela.

– Espere – disse Croix. – Isso é absurdo. Nós procuramos neste porão. O que faz o senhor achar que Champlain estaria aqui?

– Aquilo ali.

Gamache acenou com a cabeça para Émile, que abriu a maleta e entregou a velha Bíblia para Serge Croix. Eles viram que a vida do arqueólogo-chefe mudou naquele exato momento. Começou com o menor dos movimentos. Seus olhos se arregalaram ligeiramente, então ele piscou, depois exalou.

– *Merde* – sussurrou ele. – Ah, *merde*.

Croix ergueu os olhos da Bíblia para Gamache.

– Onde o senhor encontrou isso?

– Lá em cima, escondido onde um indivíduo esconderia um precioso livro antigo. Entre outros livros velhos, numa biblioteca que ninguém usa. Quase com certeza foi colocado lá pelo assassino. Ele não queria destruí-lo, mas também não podia mantê-lo consigo, então o escondeu. Mas, antes disso, o livro estava em posse de Renaud e, antes disso, pertenceu a Charles Chiniquy.

Gamache podia ver a mente do homem se acelerando. Fazendo conexões, através dos anos, através dos séculos. Conectando movimentos, eventos, personalidades.

– Como Chiniquy encontrou isso?

– Patrick e O'Mara, aqueles dois operários irlandeses sobre os quais já lhe falei, encontraram a Bíblia e a venderam para Chiniquy.

– O senhor me pediu que procurasse locais onde havia escavações em 1869, era disso que se tratava? Eles estavam trabalhando em um dos locais?

Gamache assentiu e esperou que Croix fizesse a conexão final.

– O Old Homestead? – perguntou, finalmente, o arqueólogo-chefe, depois levou a mão à testa e inclinou a cabeça para trás. – É claro. O Old Homestead. Sempre o desconsideramos porque ficava fora do perímetro que achávamos lógico como localização do cemitério original. Mas Champlain não teria sido enterrado em solo sagrado. Não se ele fosse huguenote.

Croix agarrou a Bíblia e parecia estar tomado por algo, uma enorme excitação, uma espécie de fuga.

– Havia rumores, é claro, mas esse é o problema com Champlain, muito pouco se sabe sobre o sujeito, então havia todo tipo de rumor. Esse era apenas um dos muitos, e não muito provável, segundo pensamos. Será que o rei poria um protestante, um huguenote, no comando do Novo Mundo? Suponha, porém, que o rei não soubesse. Mas não, é mais provável que ele soubesse, e isso explicaria muitas coisas.

O arqueólogo-chefe parecia um adolescente apaixonado pela primeira vez, com uma sensação vertiginosa, comendo as palavras.

– Isso explicaria por que Champlain nunca recebeu o título real, por que ele nunca foi oficialmente reconhecido como governador do Quebec. Por que nunca foi celebrado por suas realizações, enquanto outros foram homenageados por muito menos. Isso sempre foi um mistério. E talvez explique por que ele foi enviado para cá. Isso era considerado quase uma missão suicida, e talvez Champlain, sendo um huguenote, fosse dispensável.

– Os jesuítas sabiam disso? – indagou um dos técnicos.

Era uma pergunta que também intrigara Gamache. A Igreja Católica desempenhara um papel poderoso no estabelecimento da Colônia, convertendo os nativos e mantendo os colonos na linha.

E os jesuítas não eram famosos pela tolerância.

– Não sei – confessou Croix, refletindo. – Provavelmente, sim. Caso contrário, eles o teriam enterrado no cemitério católico.

– Mas certamente os jesuítas nunca teriam permitido que ele fosse enterrado com isto – disse Gamache, apontando para a Bíblia huguenote ainda nas mãos de Croix.

– É verdade. Mas alguém devia saber – observou Croix. – Há muitos relatos de testemunhas oculares sobre Champlain ter sido enterrado na capela, a capela que ele mesmo apoiava. Ele deixou metade de sua fortuna para essa instituição.

O arqueólogo-chefe parou, mas quase dava para ver seu cérebro acelerando.

– Poderia ter sido isso? O dinheiro seria um tipo de propina? Ele deixaria metade de sua fortuna para a Igreja, e a instituição lhe daria um enterro público na capela e, mais tarde, permitiria que fosse enterrado fora do cemitério católico, no campo? Com isto? – refletiu ele, erguendo a Bíblia.

Gamache imaginou aquele grande líder sendo desenterrado na calada da noite, seus restos mortais arrastados para além do cemitério, passando pelo campo sagrado, até algum lugar fora dele.

Por quê? Porque ele era protestante. Todos os seus feitos, toda a sua coragem, toda a sua visão, sua determinação, suas conquistas, no final, não valeram nada. Na morte, ele passou a ser apenas uma coisa.

Um huguenote. Um forasteiro no país que ele havia criado, um mundo que ele havia construído. Samuel de Champlain, o humanista, fora enterrado no Novo Mundo, em solo não consagrado, mas também imaculado.

Teria Champlain ido para lá na esperança de que seria diferente?, perguntou-se Gamache. Apenas para descobrir que o Novo Mundo era exatamente como o Velho, apenas mais frio?

Samuel de Champlain ficara sepultado em seu caixão revestido de chumbo, com sua Bíblia, até que dois operários irlandeses, vivendo na miséria e no desespero, o desenterraram. Ele os fez ricos. O'Mara deixou a cidade. O outro, Patrick, saiu da parte pobre de Quebec e comprou uma casa na Des Jardins, misturando-se aos ricos.

Será que ele fora mais feliz ali?

– E agora o senhor acredita que ele está aqui? – perguntou Serge Croix para Gamache.

– Sim.

E Gamache contou a eles o resto da história. Contou sobre o encontro com James Douglas, sobre o pagamento.

– Então Chiniquy e Douglas o enterraram aqui? – quis saber Croix.

– É o que suspeito. Champlain era poderoso demais, um símbolo para o Quebec francês, um ponto de união. Seria melhor que nunca fosse encontrado. A Confederação do Canadá ocorrera dois anos antes, em 1867. Muitos franceses do Quebec não ficaram felizes por se juntarem ao Canadá, já havia protestos pela separação naquela época. Encontrar Champlain não faria nenhum bem à causa canadense, além de trazer muitos problemas. Chiniquy provavelmente não se importava muito, mas suspeito que o Dr. Douglas, sim. Ele tinha consciência das forças políticas e era um conservador por natureza. Para ele, quanto menos alvoroço, melhor.

– E os restos de Champlain com certeza causariam um tremendo alvoroço – afirmou o inspetor Langlois, assentindo. – Melhor enterrar os mortos e deixá-los em paz.

– Mas os mortos têm o hábito de sair da cova – observou Croix. – Especialmente ao redor de James Douglas. Vocês ouviram falar de suas atividades?

– Como ladrão de túmulos? – indagou Gamache. – Sim.

– E as múmias – acrescentou Croix.

– Múmias? – questionou Langlois.

– Outra hora – disse o inspetor-chefe. – Vou lhe contar tudo sobre isso. Agora temos outro corpo para encontrar.

Durante a hora seguinte, o arqueólogo e seus técnicos vasculharam de novo o porão, encontrando mais caixas feitas de lata, mais vegetais.

Porém, debaixo da escada, exatamente onde os degraus de metal terminavam, eles encontraram algo diferente. Algo que não perceberam em sua primeira varredura, no início da semana, achando que fosse apenas parte da própria escada, mas que, depois de ser examinado mais de perto, mostrava-se outra coisa.

Cavando com cuidado, mas sem entusiasmo ou convicção, os técnicos bateram em algo maior do que caixas de lata. Não era algo de metal, mas de madeira.

Escavando com mais cuidado agora, tirando fotografias e registrando o evento, eles descobriram, lenta e esmeradamente, um caixão. Os homens se reuniram em volta e, por hábito, fizeram o sinal da cruz.

O inspetor chamou sua equipe forense e em poucos minutos os investigadores chegaram. Amostras foram coletadas, mais fotos, mais impressões digitais.

Com as câmeras gravando, o caixão foi erguido, e o arqueólogo-chefe e seu principal técnico tiraram os pregos, longos e avermelhados pela ferrugem. Com um gemido lento, eles se soltaram da madeira, relutantes em partir, relutantes em revelar o que escondiam havia tanto tempo.

Finalmente livre dos pregos, a tampa estava pronta para ser levantada. Serge Croix se aproximou, mas hesitou um instante. Olhando para Gamache, ele fez um sinal para que o inspetor-chefe se aproximasse. Gamache se recusou, mas, como o arqueólogo-chefe insistiu, acabou obedecendo.

Armand Gamache ficou de frente para o caixão comido por vermes. Apenas madeira de bordo, tirada da antiga floresta que fora derrubada para a construção do Quebec quatrocentos anos antes. Gamache podia sentir o tremor na mão direita e sabia que era visível.

Ele esticou o braço, tocou no caixão e o tremor parou. Repousando a mão ali, pensou no que estava prestes a acontecer. Depois de séculos de tentativas, depois de vidas inteiras dedicadas apenas à busca pelo Pai do Quebec, depois de passar a própria infância lendo sobre isso, sonhando com isso, reencenando o acontecimento com amigos. Com um pedaço de pau nas mãos, ele havia montado em rochas no Parc Mont Royal, comandado o imponente navio, lutado nobres batalhas, sobrevivido a terríveis tempestades. Destemido. Assim como todas as outras crianças em idade escolar do Quebec, seu maior herói sempre fora Samuel de Champlain.

Explorando, mapeando. Criando. O Quebec.

Gamache olhou para suas mãos grandes, descansando suavemente sobre a velha madeira.

Samuel de Champlain.

Gamache deu um passo para o lado e gesticulou para Émile tomar seu lugar. O homem mais velho balançou a cabeça, mas Gamache se aproximou dele e o levou até o caixão, em seguida recuou e sorriu para seu mentor.

– *Merci* – sussurrou Émile.

Juntos, ele e o arqueólogo-chefe, devagar, com cuidado, levantaram a pesada tampa revestida de chumbo.

Um esqueleto estava ali. Finalmente, encontrado.

Depois de um longo silêncio, o arqueólogo-chefe, contemplando o caixão, disse:

– A menos que Champlain tivesse outro grande segredo, esse aqui não é ele.

– O que isso quer dizer? – perguntou Gamache.

– É uma mulher.

Algo havia mudado. Jean-Guy Beauvoir podia sentir. Era o modo como as pessoas o olhavam. Era como se estivesse nu. Como se o tivessem visto em uma posição tão vulnerável, tão exposta, que só conseguiam enxergá-lo assim agora.

Não o homem que ele realmente era. Um homem editado.

Eles tinham visto o vídeo, todos eles. Isso era muito evidente. Ele era o único em Three Pines que não vira, ele e talvez Ruth, que mal saíra da Idade da Pedra.

Mas, embora os habitantes de Three Pines soubessem algo sobre ele, ele também sabia algo sobre eles, algo que ninguém sabia: quem tinha assassinado o Eremita.

Era um fim de tarde de sexta-feira. O sol já se pusera havia tempos e o bistrô estava ficando vazio, as pessoas voltando para casa, para jantar depois de uma bebida.

Beauvoir olhou em volta. Clara, Peter e Myrna estavam sentados com Velho Mundin e A Esposa, que segurava Charles no colo, dormindo. Na outra mesa, Marc e Dominique Gilbert bebiam cerveja, enquanto a mãe de Marc, Carole, tomava vinho branco. Os Parras estavam lá, Roar e Hanna. Seu filho, Havoc, servia as mesas.

Ruth estava sentada sozinha, e Gabri permanecia atrás do bar.

A porta se abriu e alguém entrou, batendo o chapéu para livrá-lo da neve e pisando com força na soleira. Vincent Gilbert, o Santo Babaca, o médico que fora tão gentil com Beauvoir e tão cruel com outros.

– Estou atrasado? – indagou ele.

– Atrasado? – exclamou Carole. – Para quê?

– Bem, eu fui convidado. Não foram vocês?

Todos se viraram para Beauvoir, depois para Clara e Myrna. Velho e A Esposa haviam sido convidados pelas duas mulheres para tomar uns drinques, assim como os Parras. Os Gilberts tinham ido a convite de Beauvoir, e Ruth era apenas parte da decoração.

– *Patron* – disse Beauvoir, e Gabri trancou a porta da frente e fechou as entradas laterais que davam para as outras lojas.

– De que se trata tudo isso? – perguntou Roar Parra, parecendo perplexo mas não alarmado.

Ele era baixo, forte e poderoso, e Beauvoir ficou feliz por ele não estar assustado. Ainda.

Eles encararam Beauvoir.

Mais cedo, ele havia conversado em segredo com Gabri e pedido a ele que solicitasse aos outros clientes que saíssem discretamente, de modo que apenas aqueles permanecessem. Do lado de fora, a neve caía e o vento começava a soprar, visível contra o brilho das casas. As alegres luzes de Natal nos três pinheiros no gramado da praça balançavam ao vento. Elas teriam que lutar contra uma pequena nevasca quando partissem.

Dentro, o ambiente era aquecido e confortável e, embora o vento e a neve batessem nas janelas, isso só fazia aumentar a sensação de segurança no interior. O fogo foi aceso nas lareiras e, apesar de ouvirem o vento lá fora, a resistente edificação nem estremecia.

Como o resto de Three Pines e seus moradores, ela recebia tudo que chegava e permanecia de pé. E agora, juntos, eles olharam para Beauvoir.

Com um leve toque de piedade?

– Certo, turma de imbecis, o que está acontecendo aqui? – perguntou Ruth.

ARMAND GAMACHE SENTOU-SE NA BIBLIOTECA da Sociedade Literária e Histórica, maravilhado pelo fato de que uma semana antes ele mal conhecia aquelas pessoas, mas agora sentia que as conhecia bem.

O Conselho havia se reunido mais uma vez.

O tenso e desconfiado Porter Wilson na cabeceira, mesmo que não fosse um líder natural. O verdadeiro líder estava sentado ao lado dele, como fizera durante toda a sua vida, organizando tudo em silêncio, recolhendo pedaços caídos e quebrados por Porter. Elizabeth MacWhirter, herdeira da fortuna dos estaleiros MacWhirter, bens que havia muito tinham desaparecido até que só sobrassem as aparências.

Mas as aparências importavam, Gamache sabia, especialmente para Elizabeth MacWhirter. Especialmente para a comunidade inglesa. E a verdade era que eles eram ao mesmo tempo mais fortes e mais fracos do que aparentavam.

A comunidade inglesa sem dúvida era pequena, e diminuía cada vez mais. Uma realidade perdida em meio à maioria francófona que, apesar de todas as evidências, ainda enxergava os anglófonos como ameaças, se é que os enxergavam.

E por que não? Muitos anglófonos ainda viam a si mesmos como detentores e merecedores do poder. Um destino manifesto, um direito conferido a eles por nascimento e destino. Pelo general Wolfe, dois séculos antes, no campo pertencente ao agricultor Abraão.

Como os brancos na África do Sul ou nos estados americanos do Sul, que sabiam que as coisas haviam mudado, que até aceitavam as mudanças, mas não conseguiam abandonar uma certeza profunda, diplomaticamente oculta, de que ainda deveriam estar no comando.

Havia Winnie, a pequena bibliotecária que amava a biblioteca, amava Elizabeth e amava trabalhar entre objetos e ideias que não tinham mais relevância.

O Sr. Blake estava lá, de terno e gravata. Um senhor afável e cavalheiro, cujo lar fora encolhido de uma cidade inteira para uma casa e, finalmente, para aquele magnífico salão. E o que, Gamache se perguntou, alguém faria para defender seu lar?

Tom Hancock estava sentado em silêncio, observando. Jovem, com vitalidade, sábio, mas não realmente um deles. Um estranho. Isso, porém, lhe dava clareza. Ele era capaz de enxergar o que só era visível de longe.

E, finalmente, Ken Haslam. Cuja voz ou era inaudível ou era um grito.

Sem meio-termo, um homem de extremos que ou se sentava quieto em sua cadeira ou lutava contra um rio congelado.

Um homem cuja esposa e filha foram enterradas no Quebec, mas que não era considerado quebequense, como se esperassem ainda mais alguma coisa dele.

Depois que o caixão foi removido, eles se reuniram na biblioteca e os outros foram embora, deixando ali Émile, Gamache e os membros do Conselho.

Gamache olhou para eles, até pousar os olhos em Porter Wilson. Esperando uma explosão, esperando uma demanda por informações, tingida talvez por uma leve acusação de injustiça.

Em vez disso, todos simplesmente encararam educadamente o inspetor-chefe. Algo havia mudado, e Gamache sabia o que era.

Era o maldito vídeo. Eles tinham visto, e ele não. Ainda não. Eles sabiam de algo que ele desconhecia, algo sobre ele. Mas ele sabia de algo que eles não sabiam, algo que queriam saber.

Bem, eles teriam que esperar.

– Você estava treinando hoje à tarde, acredito – afirmou Gamache para o reverendo Tom Hancock.

– Nós estávamos – concordou ele, surpreso com o assunto.

– Eu o vi – disse o chefe, virando-se para Ken Haslam.

Haslam sorriu e murmurou algo que Gamache não conseguiu entender. Muitos assentiram. O chefe voltou-se para os outros:

– O que o Sr. Haslam acabou de dizer?

Diversos rostos coraram. Ele esperou.

– Porque – disse ele, finalmente – eu não ouvi uma única palavra e acho que os outros também não. – Ele se voltou novamente para o homem ereto e distinto. – Por que o senhor sussurra? Na verdade, nem sei se isso pode ser chamado de sussurro.

Gamache falara respeitosamente, baixinho, sem raiva ou acusação, apenas com curiosidade.

Os lábios de Haslam se mexeram e novamente ninguém ouviu nada.

– Ele fala… – começou Tom Hancock, antes de Gamache erguer a mão e o interromper.

– Acho que é hora de o Sr. Haslam falar por si mesmo, certo? E o senhor talvez seja o único que sabe que ele pode.

Agora foi a vez de o reverendo Hancock corar. Ele olhou para Gamache, mas não disse nada.

Gamache se inclinou para a frente, em direção a Haslam.

– Ouvi o senhor lá no rio gelado, coordenando as remadas. Ninguém mais da equipe podia ser ouvido, só o senhor.

Agora, Ken Haslam parecia assustado. Ele abriu a boca e, em seguida, balançou a cabeça, praticamente em lágrimas.

– Não posso – disse ele, a voz quase inaudível. – Durante toda a minha vida, me mandaram ficar em silêncio.

– Quem?

– Mãe, pai, irmãos. Meus professores, todos. Até minha esposa, que Deus a tenha, me pedia para falar baixo.

– Por quê?

– Porque sim.

Cada palavra foi dita claramente, até demais. Não era tão penetrante, mas envolvente, preenchendo o espaço. Era uma voz que se propagava, ressoava e carregava tudo para o lugar de onde emanava. Nenhuma outra poderia existir, somente aquela. Uma voz inglesa, abafando todas as outras.

– Então o senhor aprendeu a ficar em silêncio? – perguntou Gamache.

– Se eu quisesse ter amigos – disse Haslam, suas palavras açoitando os ouvintes. Seria alguma peculiaridade do palato, do crânio e da laringe que ampliavam as ondas sonoras? – Para formar laços com as pessoas, sim, eu aprendi a nunca levantar a voz.

– Mas isso significava que o senhor nunca podia falar, nunca seria ouvido – concluiu Gamache.

– E o que o senhor escolheria? – indagou Haslam, sua voz alta transformando uma pergunta racional em um ataque. – Falar e afastar as pessoas ou ficar em silêncio porém acompanhado?

Armand Gamache ficou em silêncio, olhando para os rostos solenes ao redor da longa mesa, sabendo que Ken Haslam não era o único que enfrentara essa questão e fizera a mesma escolha.

Ficar em silêncio. Na esperança de não ofender, na esperança de ser aceito.

Mas o que acontecia com as pessoas que nunca falavam, nunca levantavam a voz? Guardavam tudo para si?

Gamache sabia o que acontecia. Tudo o que elas engoliam, cada palavra, pensamento, sentimento, se agitava dentro delas e as esvaziavam. E, dentro daquele abismo, elas enfiavam suas palavras, sua fúria.

– Talvez o senhor possa nos explicar o caixão em nosso porão – interveio Elizabeth, quebrando o silêncio.

Era um pedido razoável.

– Como vocês sabem, eu vim aqui para me recuperar de meus ferimentos.

Beauvoir não os deixaria pensar que ele não sabia o que eles sabiam. Alguns ouvintes baixaram os olhos, outros coraram, como se a calça de Beauvoir tivesse caído, mas a maioria continuou a prestar atenção nele com interesse.

– Mas havia outra razão. O inspetor-chefe Gamache me pediu que investigasse o assassinato do Eremita.

Houve uma agitação. Eles se entreolharam. Gabri foi o único que se levantou.

– Ele enviou você? Ele acreditou em mim?

– Esse caso já não foi resolvido? – questionou Hanna. – Vocês já não causaram sofrimento suficiente?

– O chefe não estava satisfeito – justificou Beauvoir. – No início, achei que ele estava enganado, que talvez tivesse sido influenciado pelo desejo de Gabri, que todos os dias, desde que Olivier foi preso, lhe enviava uma carta contendo a mesma pergunta: Por que Olivier moveria o corpo?

Gabri voltou-se para Clara.

– Era a minha carta questionadora.

– E todo mundo aqui sabe que você é abelhudo – disse Ruth.

Gabri estava radiante, explodindo de alegria. Ninguém mais estava.

– Quanto mais eu investigava, mais me convencia de que Olivier não era o assassino do Eremita. Mas, se não foi Olivier, então quem foi?

Ele permaneceu com as mãos no encosto da cadeira para se apoiar. Quase lá.

– Acreditávamos que a motivação tinha a ver com o tesouro. Parecia óbvio. Entretanto, se foi esse o motivo, por que o assassino não o levou? Então decidi tomar um rumo diferente. Suponhamos que o tesouro tivesse muito pouco a ver com o assassinato do Eremita. Pouco, mas ainda assim tivesse a ver em um detalhe crucial: o tesouro trouxe o assassino até aqui, a Three Pines.

Todos o encararam, inclusive Clara e Myrna. Ele não havia compartilhado suas conclusões com as duas. Tão perto de prender o assassino, ele não podia correr o risco.

– Se todos aqueles objetos estavam escondidos na cabana, como poderiam atrair alguém para Three Pines? – perguntou Velho Mundin, sentado nos fundos da sala.

– Não ficaram escondidos – explicou Beauvoir. – Não todos. O Eremita começou a entregar alguns para Olivier em troca de comida e companhia, e Olivier, sabendo o que tinha em mãos, os vendeu. Pelo eBay, mas também para uma loja de antiguidades em Montreal, na Rue Notre-Dame.

Ele se virou para os Gilberts.

– Sei que vocês compraram algumas coisas na Rue Notre-Dame.

– É uma rua muito longa, inspetor – disse Dominique. – Muitas lojas.

– É verdade, mas, como acontece com açougueiros e padeiros, a maioria das pessoas é leal a uma loja de antiguidades específica e costuma voltar para mais negócios. Estou certo?

Ele olhou ao redor. Todos, exceto Gabri, baixaram os olhos.

– Bem, não se preocupem. Tenho certeza de que o proprietário reconhecerá suas fotos.

– Tudo bem, nós íamos mesmo à Le Temps Perdu – admitiu Carole.

– Le Temps Perdu. Um local bem conhecido. Que também é a loja para a qual Olivier vendeu os objetos do Eremita.

Beauvoir não ficou surpreso. Ele já havia falado com o dono sobre os Gilberts.

– Não sabíamos que ele também ia lá – comentou Dominique, a voz esganiçada e dura. – Acontece que ele tinha coisas boas. Muitas pessoas vão lá.

– Além do mais – disse Marc –, só compramos uma casa aqui no ano passado. Não precisávamos de antiguidades antes.

– Vocês podem ter entrado para olhar. É um passeio comum, andar pela Rue Notre-Dame olhando as vitrines.

– Mas – retrucou Hanna Parra – você disse que o Eremita não foi morto por causa do tesouro. Então foi por quê?

– Exatamente – disse Beauvoir. – Por quê? Assim que deixei o tesouro de lado, outros pontos ganharam mais importância, principalmente duas coisas: a palavra "Woo" e a repetição de outra, "Charlotte". Havia *A teia de Charlotte*, Charlotte Brontë, a Sala de Âmbar foi feita para uma Charlotte, e ainda havia o fabricante do violino, cuja esposa e musa se chamava Charlotte. É claro que eu podia estar procurando pelo em ovo, mas esse fato merecia, no mínimo, alguma investigação.

– E o que você encontrou? – quis saber A Esposa.

– Encontrei o assassino – respondeu Beauvoir.

ARMAND GAMACHE ESTAVA CANSADO. QUERIA ir para casa, para Reine-Marie. Mas agora não era hora de mostrar fragilidade, não era hora de enfraquecer. Não quando estava tão perto.

Ele tinha contado a eles sobre Chiniquy, tinha contado sobre James Douglas. Sobre Patrick e O'Mara. E lhes mostrara os livros, aqueles que tinham sido vendidos sem ninguém se dar conta do que realmente eram.

Incluindo o que poderia ser o livro mais valioso do Canadá atual.

Uma Bíblia huguenote original pertencente a Samuel de Champlain.

Ao descobrirem isso, houve gemidos entre os membros do Conselho, mas não recriminações. Eles estavam começando a se unir, a deixar de lado suas diferenças.

As coisas são mais fortes no ponto em que estão quebradas, dissera o agente Morin, e Armand Gamache sabia que era verdade. E ele sabia que estava testemunhando uma comunidade quebrada, fraturada por tempos e eventos cruéis e dotada de um temperamento talvez não muito adequado às mudanças.

Mas eles estavam se unindo, remendando as fraturas, e ficariam muito fortes exatamente por estarem tão quebrados. Como Ken Haslam fora quebrado por anos de um silêncio imposto. Como Elizabeth MacWhirter fora quebrada por passar anos polindo a fachada. Como Porter Wilson, Winnie e o Sr. Blake haviam sido quebrados testemunhando famílias, amigos, influência e instituições desaparecerem.

Apenas o jovem Tom Hancock saíra ileso, por enquanto.

– Então, quando Augustin Renaud veio falar conosco uma semana atrás, ele queria escavar? – indagou o Sr. Blake.

– Acredito que sim. Ele estava convencido de que Champlain estava no porão, enterrado lá por James Douglas e pelo padre Chiniquy.

– E ele estava certo – comentou Porter, agora sem a arrogância habitual. – O que vão fazer conosco quando descobrirem que escondemos Champlain todos esses anos?

– Nós não o escondemos – corrigiu Winnie. – Nem sabíamos que ele estava aqui.

– Tente convencer os tabloides disso – observou Porter. – E, mesmo que a maioria de nós acredite, ainda assim foi uma conspiração de anglófonos.

– Uma conspiração de dois anglófonos – disse o Sr. Blake. – Mais de cem anos atrás. Não de toda a comunidade.

– E você acha que, se James Douglas tivesse perguntado à comunidade, ela teria discordado? – retrucou Porter, levantando um argumento mais coerente do que Gamache achava que ele era capaz.

Uma coisa era certa: ele conhecia a própria comunidade, assim como o Sr. Blake, que acabou concordando que Porter tinha razão.

– Isso é um desastre – comentou Winnie.

E ninguém a contradisse, exceto Gamache:

– Bem, não inteiramente. O caixão era de Champlain, mas o corpo dentro dele não.

Todos ficaram boquiabertos. Como náufragos que receberam uma boia, um fio de esperança.

Eles ficaram calados. Então Ken Haslam falou, sua voz preenchendo a sala, intimidando a todos:

– Quem era ele?

– Ela. O corpo no caixão parece ser de uma mulher.

– Mulher? O que ela estava fazendo no caixão de Champlain? – gritou Haslam.

– Ainda não sabemos, mas vamos descobrir.

Ao lado de Gamache, os olhos de Émile se desviaram de Haslam para Elizabeth MacWhirter. Ela parecia triste e assustada. Seu verniz se rachando. Émile sorriu levemente para ela. Um olhar encorajador, de alguém que conhecia a sensação de ser despedaçado.

"As coisas são mais fortes no ponto em que estão quebradas." O agente Morin sorriu. "Isso é bom, já que estou sempre derrubando tudo. Suzanne é muito desajeitada também. Vamos ter que enrolar nossos bebês em plástico bolha. Bebês quicam, certo?"

"Não duas vezes", comentou Gamache, e Morin riu de novo.

"Ah, bem, vamos ter filhos bem fortes."

"Sem dúvida."

– PARTI DA SUPOSIÇÃO DE que o assassino tivesse encontrado um dos tesouros do Eremita na loja de antiguidades – explicou Beauvoir – e o ras-treado até aqui, até Three Pines.

O único som que se ouvia agora no bistrô eram o fogo crepitando na lareira e a neve batendo nas janelas.

A lareira lançava sombras esquisitas nas paredes, mas nenhuma delas ameaçadora. Não para Beauvoir, mas ele suspeitava de que pelo menos uma pessoa naquela sala estava começando a achá-la fechada, apertada, claustrofóbica.

– Mas quem poderia ser? Os Gilberts compraram muitas antiguidades daquela mesma loja. Os Parras? Eles herdaram muitas coisas de sua família na República Tcheca e conseguiram trazê-las quando o muro caiu. Eles próprios admitiram que venderam a maior parte para comprar a nova casa. Talvez as tivessem vendido para a Le Temps Perdu. Velho Mundin? Bem, ele restaura antiguidades. Quem sabe não foi atraído pelas lojas fantásticas da Rue Notre-Dame?

Beauvoir deixou a pergunta no ar antes de prosseguir:

– Isso não limitava muito o número de suspeitos, então resolvi me concentrar em outra pista. Woo. Olivier disse ter presenciado o Eremita sussurrando essa palavra quando estava muito nervoso. Era algo que o perturbava. Mas o que "Woo" queria dizer? Seria um nome, um apelido?

Ele olhou para a mesa dos Gilberts. Como os outros, eles o encaravam fixamente, em transe e cautelosos.

– Seria "Woo" a forma abreviada de um nome difícil de pronunciar, especialmente, digamos, para uma criança? É nesse momento que, em geral, os apelidos são criados, não é? Na infância. Eu estava na casa dos Mundins e ouvi o pequeno Charlie falando "show" em vez de *chaud*. As crianças fazem isso, tentando pronunciar as palavras mais difíceis. Como Woloshyn. Woo.

Clara inclinou-se para Myrna e sussurrou:

– Era esse o meu medo. Assim que ouvi que o nome de solteira dela era Woloshyn.

Myrna ergueu as sobrancelhas e se virou, como o resto deles, para Carole Gilbert.

Carole não se moveu, mas Vincent Gilbert, sim. Ele se levantou com toda a sua altura, sua personalidade imponente preenchendo a sala.

– Chega dessas insinuações. Se tiver algo a dizer, diga logo.

– E o senhor... – atacou-o diretamente Beauvoir. – O senhor. O maravilhoso Dr. Gilbert. O grande homem, o grande curador.

Quando as palavras saíram de sua boca, ele pensou que o inspetor-chefe lidaria com a situação de maneira diferente, jamais empregando o sarcasmo, raramente perdendo a paciência, como Beauvoir sentia que estava fazendo. Com esforço, ele se controlou.

– Um dos grandes mistérios desde sempre foi: por que o assassino não roubou o tesouro? Quem poderia resistir? Mesmo que não fosse a motivação para o assassinato, o tesouro estava exposto ali. Quem não escolheria alguma peça? Um livro raro? Um castiçal de ouro?

– E qual foi a sua brilhante conclusão? – perguntou o Dr. Gilbert, a voz carregada de desprezo.

– Parecia haver apenas uma. O assassino não precisava de nada daquilo. Isso se aplica a Olivier? Não. Ele era muito ambicioso. Marc, seu filho? A mesma coisa. Ambicioso, mesquinho. Ele teria esvaziado a cabana.

Ele podia ver Marc Gilbert dividido, desejando defender a si mesmo, mas reconhecendo que aqueles insultos, na verdade, ajudavam a inocentá-lo.

– Os Parras? Um paisagista, um garçom? Não estão exatamente nadando em dinheiro. Até mesmo uma pequena peça do Eremita faria uma enorme diferença em suas vidas. Não, se um deles o tivesse matado, teria roubado alguma coisa. Isso também vale para Velho Mundin. Os rendimentos de um carpinteiro bastam agora, mas o que acontecerá quando Charlie ficar mais velho? Ele vai precisar de ajuda. Os Mundins teriam levado o tesouro, se não para si mesmos, para seu filho.

Ele se virou para Vincent Gilbert.

– Mas uma pessoa não precisava do tesouro. O senhor. O senhor já é próspero. Além do mais, não acho que o dinheiro seja importante na sua vida. Sua motivação é outra, obedece a outro senhor. O dinheiro nunca foi a moeda mais importante. Não. O senhor coleciona elogios. Respeito, admiração. Coleciona a certeza de que é melhor do que qualquer um. Um santo. É o seu ego, a sua autoestima, que precisam ser alimentados, não a sua conta bancária. O senhor, entre todos os suspeitos, é o único que teria deixado o tesouro, porque ele não significava nada em sua vida.

Se o Dr. Gilbert fosse capaz de arrancar a vida de Beauvoir com um olhar, o jovem inspetor teria caído morto ali mesmo. Mas, em vez de morrer, Beauvoir sorriu e continuou sua narrativa, a voz de repente calma, racional:

– Mas havia outro mistério. Quem era o Eremita. Olivier contou que ele era tcheco e que se chamava Jakob, mas depois admitiu que estava mentindo. Na verdade, Olivier não tinha a mínima ideia de quem o homem era, exceto que ele não era tcheco. Mais provável que fosse francês ou inglês. Ele falava um francês perfeito, mas parecia preferir ler em inglês.

Beauvoir percebeu Roar e Hanna trocarem olhares aliviados.

– A única pista que tínhamos nos levou de volta às antiguidades e às relíquias na cabana do Eremita. Eu não entendo nada disso, mas as pessoas que entendem disseram que as peças eram incríveis. Ele devia ter um bom olho para essas coisas. Não escolhia peças no mercado de pulgas ou em brechós.

Beauvoir fez uma pausa. Ele tinha visto Gamache fazer isso muitas vezes. Atrair a atenção do suspeito, deixá-lo relaxar e depois cercá-lo mais um pouco. Mas fazer isso sutilmente, com cuidado, com delicadeza, sem que o suspeito percebesse. Com firmeza, sem hesitação.

Seria aterrorizante para o assassino quando percebesse o que estava acontecendo. E era com esse terror que o chefe contava. Enfraquecer o indivíduo, deixá-lo exaurido. Mas isso demandava estômago forte e paciência.

Beauvoir nunca avaliara como era difícil agir assim. Apresentar os fatos de tal maneira que o assassino acabasse percebendo o rumo que aquilo estava tomando. Mas não muito cedo, para não lhe dar a chance de fugir, e não muito tarde, para não dar tempo de ele revidar.

Não, o objetivo era corroer os nervos do assassino. Então, lhe dar a impressão de que ele não era suspeito, mas outra pessoa. Deixá-lo respirar, e atacar de novo quando ele baixasse a guarda.

E refazer o processo muitas e muitas vezes. Implacavelmente.

Era exaustivo. Como puxar um grande peixe para o barco, mas um peixe capaz de engoli-lo.

E agora Beauvoir atacou de novo, pela última vez. Para dar o golpe final.

– A verdade, pois agora a conhecemos, é que o tesouro teve alguma importância. Ele foi o catalisador. Mas o que deu o impulso fatal não foi a ambição pelo tesouro, mas por algo mais que fora perdido. Algo mais pessoal, mais valioso do que o próprio tesouro. Não tinha nada a ver com heranças de família, mas com a própria família. Estou certo?

E Beauvoir se virou para o assassino.

O assassino se levantou e todos na sala o encararam, atônitos.

– Ele matou meu pai – afirmou Velho Mundin.

VINTE E QUATRO

A Esposa se afastou da mesa e ficou boquiaberta.
– Velho? – sussurrou ela.
Era como se o vento amargo tivesse conseguido entrar no bistrô e congelar todos em seus lugares. Se Beauvoir tivesse acusado a lareira de ter cometido um assassinato, eles ficariam menos atônitos.
– Meu Deus, Velho, por favor – implorou A Esposa.
Mas um sinal de desespero surgira nos olhos dela, substituindo aos poucos a descrença. Como uma mulher saudável a quem dissessem que tinha um câncer terminal, A Esposa estava atordoada. Podia ver o fim de sua vida, de sua vida simples com um carpinteiro, fabricando e restaurando móveis, morando no campo, em uma casa modesta. Criando Charles ao lado do único homem com quem desejara estar, o homem a quem amava.
Tudo acabado.
Velho virou-se para ela e o filho. Ele era inacreditavelmente lindo, e nem mesmo aquela vil acusação podia macular essa constatação.
– Ele matou meu pai – repetiu Velho. – Eu vim para Three Pines para encontrá-lo. Ele tem razão. – Velho acenou a cabeça na direção de Beauvoir. – Eu estava trabalhando na Le Temps Perdu, restaurando móveis, quando chegou uma bengala. Era muito antiga, feita à mão. Exclusiva. Eu a reconheci no mesmo instante. Meu pai havia me mostrado a peça, chamando a atenção para a marchetaria, como o marceneiro tinha projetado o desenho ao redor do nó da madeira. Parecia apenas uma bengala simples e rústica, mas era uma obra de arte. Pertencera a meu pai e fora roubada depois que ele morreu. Tinha sido roubada pelo assassino.

– Você descobriu, pelos registros da loja, quem tinha vendido a bengala para a Le Temps Perdu – disse Beauvoir.

Era apenas uma suposição agora, mas ele precisava que parecesse uma certeza.

– Era de um tal Olivier Brulé, que morava em Three Pines. – Velho Mundin respirou fundo, preparado para se atirar no abismo. – Eu me mudei para cá. Consegui um emprego consertando e restaurando móveis para Olivier. Precisava me aproximar dele, vigiá-lo. Precisava de provas de que ele tinha matado o meu pai.

– Mas Olivier jamais poderia ter feito isso – disse Gabri, a voz baixa mas firme. – Ele não seria capaz de matar.

– Eu sei – concordou Velho. – Percebi isso à medida que o conhecia. Ele era um homem ambicioso. Muitas vezes, um tanto dissimulado. Mas um homem bom. Ele nunca teria matado meu pai. Só que alguém o matou. Olivier estava obtendo as peças do meu pai de alguém. Passei anos seguindo esse homem por todo canto enquanto comprava suas antiguidades. Ele visitou casas, fazendas e outras lojas. Comprou antiguidades de muitos lugares. Mas nunca o vi escolher nada que fosse do meu pai. E, ainda assim, elas continuavam a surgir. E a ser vendidas.

Talvez fosse a atmosfera, o bistrô quente e confortável. A tempestade lá fora. O vinho e o chocolate quente, o fogo aceso, mas aquilo tudo parecia irreal. Como se o amigo deles estivesse falando de outra pessoa. Contando uma história. Uma fábula.

– Com o passar dos anos, conheci Michelle e me apaixonei.

Ele sorriu para ela. Não mais A Esposa, e sim a mulher que ele amava. Michelle.

– Nós tivemos Charles. Minha vida estava completa. Eu tinha até me esquecido da razão para ter me mudado para cá. Mas, um sábado à noite, eu estava sentado na caminhonete depois de pegar uns móveis e vi Olivier fechar o bistrô e sair. Em vez de ir para casa, ele fez algo estranho. Foi para a floresta. Eu não o segui. Estava muito surpreso. Pensei muito sobre isso e, no sábado seguinte, esperei por ele, mas ele foi para casa. Na semana seguinte, ele foi para a floresta de novo. Carregando uma sacola.

– Mantimentos – disse Gabri.

Ninguém falou nada. Eles podiam enxergar o que ia acontecer. Velho

Mundin em sua caminhonete. Observando e esperando. Paciente. E vendo Olivier desaparecer na floresta. Velho, silenciosamente, saindo do veículo, seguindo Olivier. E encontrando a cabana.

– Olhei pela janela e vi... – A voz de Velho hesitou.

Michelle se aproximou dele e, sem dizer nada, pôs a mão sobre a do marido. Ele lentamente se recuperou, sua respiração ficando mais calma, mais comedida, até que conseguiu continuar o relato:

– Eu vi os pertences do meu pai. Tudo o que ele guardava na sala dos fundos. O lugar especial para suas coisas especiais, como ele dizia. Coisas que somente ele e eu conhecíamos. Os copos coloridos, as travessas, os castiçais, os móveis. Estava tudo lá.

Os olhos de Velho brilharam. Ele olhou para longe. Não estava mais no bistrô; agora, tinha voltado à cabana. Do lado de fora, olhando para dentro.

– Olivier deu a sacola para o velho e eles se sentaram. Beberam na porcelana que meu pai me deixava tocar e comeram em pratos que ele me dissera que vieram de uma rainha.

– Charlotte – disse Beauvoir. – Rainha Charlotte.

– Sim. Como minha mãe. Meu pai dizia que eles eram especiais porque sempre o fariam se lembrar de minha mãe. Charlotte.

– Foi por isso que você batizou seu filho de Charles – concluiu Beauvoir. – Pensávamos que era uma homenagem a seu pai, mas era o nome de sua mãe. Charlotte.

Mundin assentiu, mas não olhou para o filho. Não podia encarar o menino agora, nem sua esposa.

– O que você fez em seguida? – perguntou Beauvoir.

Ele sabia o suficiente agora para manter a voz suave, quase hipnótica. Para não quebrar o encanto. Deixar Velho Mundin contar sua história.

– Soube naquele momento que estava olhando para o homem que matara meu pai quinze anos antes. Nunca acreditei que fosse um acidente. Não sou burro. Sei que muita gente acha que foi suicídio, que ele se matou andando sobre o rio congelado. Mas eu o conhecia. Ele jamais teria feito aquilo. Eu sabia que, se ele morrera, era porque alguém o tinha matado. Mas foi só bem mais tarde que percebi que seus objetos mais preciosos haviam sido levados. Conversei com minha mãe sobre isso, mas acho que ela não acreditou em mim. Ele nunca tinha mostrado a ela as peças. Só a mim.

Ele prosseguiu depois de um instante:

– Meu pai tinha sido assassinado, e suas valiosas antiguidades, roubadas. E agora, finalmente, eu tinha encontrado o homem que fez isso.

– O que você fez, Patrick? – perguntou Michelle.

Era a primeira vez que aquelas pessoas ouviam o nome verdadeiro dele. O nome que ela reservava para seus momentos mais íntimos. Quando eles não eram Velho e A Esposa, mas Patrick e Michelle. Um jovem casal apaixonado.

– Eu quis atormentar o homem. Queria que ele soubesse que alguém o encontrara. Um de nossos livros favoritos era *A teia de Charlotte*, então eu fiz uma teia usando linha de pescaria e entrei sorrateiramente na cabana, quando ele estava trabalhando na horta. Eu a coloquei nas vigas. Para que ele a encontrasse lá.

– E pôs a palavra "Woo" nela – disse Beauvoir. – Por quê?

– Era como meu pai me chamava. Nosso nome secreto. Ele me ensinou tudo sobre madeira e, quando eu era pequeno, tentei dizer a palavra *"wood"*, madeira, mas só consegui dizer "woo". Então ele começou a me chamar assim. Não com frequência. Só às vezes, quando ele me carregava no colo. Ele me abraçava com força e sussurrava "Woo".

Ninguém conseguia olhar para o belo rapaz agora. Eles baixaram os olhos daquela imagem que parecia queimar. Do eclipse. Quando todo aquele amor se transformou em ódio.

– Eu fiquei observando da floresta, mas o Eremita parecia não ter visto a teia. Então peguei o que eu tinha de mais precioso. Eu o guardava em um saco, em minha oficina. Não via o objeto havia anos. Mas o peguei naquela noite e o levei comigo para a cabana.

Fez-se silêncio. Em sua mente, eles enxergavam o vulto andando pela floresta. Na direção daquilo que ele tanto procurara e agora, finalmente, conseguira encontrar.

– Eu vi Olivier sair e esperei alguns minutos. Então deixei o objeto diante da porta e bati. Eu me escondi nas sombras e fiquei observando. O velho abriu a porta e olhou para fora, esperando ver Olivier. Primeiro ele pareceu achar graça, depois ficou intrigado. E então, um pouco amedrontado.

O fogo estalava na grade. Soltou algumas brasas, que morreram devagar. E Velho contou o que aconteceu em seguida.

O Eremita olhou bem para a floresta e estava prestes a fechar a porta quando viu algo no chão da varanda. Um pequeno visitante. Ele se abaixou e pegou o objeto. Era uma palavra de madeira. Woo.

Então Velho viu. O olhar com que sonhara, com que fantasiara. Havia empenhado sua vida para vê-lo. O terror no rosto do homem que matara seu pai. O mesmo terror que seu pai devia ter sentido quando o gelo se quebrou sob seus pés.

O fim. Naquele instante, o Eremita soube que o monstro do qual vinha se escondendo finalmente o havia encontrado.

E era verdade.

Velho saiu da floresta escura e se aproximou da cabana. Aproximou-se. O Eremita entrou na cabana e disse apenas uma palavra.

"Woo", sussurrou ele. "Woo."

Velho pegou a menorá de prata e golpeou o homem. Uma vez. E naquele golpe ele depositou sua infância, sua dor, sua perda. Depositou a tristeza de sua mãe e a saudade de sua irmã. A menorá, pesada com a carga de todo aquele passado, esmagou o crânio do Eremita. E ele caiu, apertando o Woo de madeira.

Velho não se importou. Ninguém iria encontrar o corpo, exceto Olivier, e ele suspeitava que o sujeito não diria nada. Ele gostava muito de Olivier, mas sabia muito bem como ele era.

Ganancioso.

Olivier pegaria o tesouro e deixaria o corpo ali e todos seriam felizes. Um homem que já se perdera do mundo seria engolido lentamente pela floresta. Olivier teria o seu tesouro e Velho teria sua vida de volta.

Livre da obrigação para com seu pai.

– Foi a primeira peça que eu fiz em toda a minha vida – prosseguiu Velho. – Entalhei a palavra Woo e dei para meu pai. Depois que ele morreu, não suportava mais olhar para ela, então eu a guardei no saco. Mas a levei comigo naquela noite. Pela última vez.

Velho Mundin virou-se para sua família. Toda a sua energia e seu brilho haviam se exaurido. Ele pôs a mão nas costas do filho adormecido e falou:

– Sinto muito. Meu pai me ensinou tudo, me deu tudo. Aquele homem o matou, empurrou-o para o rio na primavera.

Clara fez uma careta, imaginando uma morte assim, imaginando o horror quando o gelo começou a se quebrar. Como acontecia agora, sob os pés da Esposa.

Jean-Guy Beauvoir foi até a porta do bistrô e a abriu. Junto com o redemoinho de neve, dois grandes oficiais da Sûreté entraram.

– Poderiam nos deixar sozinhos, por favor? – pediu Beauvoir aos moradores da vila, e, devagar, atordoados, eles vestiram seus casacos de inverno e partiram.

Clara e Peter levaram A Esposa e Charles para casa, enquanto o inspetor Beauvoir terminava de interrogar Velho Mundin.

Uma hora depois, os carros da polícia se afastaram, levando Velho. Michelle o acompanhou, mas não antes de parar no hotel-spa para deixar Charles com a única outra pessoa que ele amava.

O santo babaca. Dr. Gilbert. Que ternamente pegou o menino nos braços e o segurou por algumas horas, protegendo-o contra o mundo frio e amargo que batia à porta.

– Chocolate quente?

Peter entregou uma xícara para Beauvoir, que se acomodou em uma poltrona funda e confortável na sala de estar. Aturdido, Gabri estava sentado no sofá. Clara e Myrna também estavam lá, bebidas entre as mãos, em frente à lareira.

– O que eu não entendo – disse Peter, sentando-se em um dos braços do sofá – é de onde vieram todas aquelas antiguidades incríveis, para começo de conversa. O Eremita as roubou e as levou para a floresta, mas de onde o pai de Velho as tirou?

Beauvoir suspirou. Ele estava exausto. Sempre preferia os exercícios físicos e nunca deixava de se surpreender ao constatar quanto a atividade intelectual também podia ser cansativa.

– Por mais que amasse o pai, Velho Mundin não o conhecia bem – explicou Beauvoir. – Que criança conhece? Acho que vamos descobrir que Mundin fez algumas viagens ao Bloco Oriental quando o comunismo estava desmoronando. Ele convenceu várias pessoas a confiarem a ele os tesouros de família. Mas, em vez de guardá-los num lugar seguro ou enviar o dinheiro aos donos, ele simplesmente desapareceu com os objetos.

358

– Ele os roubou? – indagou Clara.

Beauvoir assentiu.

– A motivação do assassinato do Eremita nunca foi o tesouro – explicou Beauvoir. – Velho Mundin não se importava com nada daquilo. Na verdade, ele passou a odiar aquelas peças. Por isso elas foram deixadas na cabana. Ele não queria o tesouro. A única coisa que ele queria era tirar a vida do Eremita.

Beauvoir olhou para o fogo e lembrou-se de seu interrogatório com Velho, no bistrô deserto, onde tudo começara, meses antes. Ele ouviu sobre a morte do pai de Mundin. Como o coração de Velho se partiu naquele dia. Naquela fenda, o jovem Velho enfiou sua raiva, sua dor, sua perda, mas nada daquilo foi suficiente. Entretanto, quando ele depositou ali seu objetivo, seu coração voltou a bater. Com um propósito.

Quando Olivier foi preso, Velho Mundin lutou contra sua consciência, mas acabou se convencendo de que era obra do destino, que aquele era o castigo de Olivier por sua ganância, por ajudar um homem que ele sabia muito bem que era, na melhor das hipóteses, um ladrão e, na pior, algo ainda mais cruel.

"Você toca violino?", perguntara Beauvoir a Velho quando ficaram sozinhos no bistrô, depois que os outros foram embora. "Pelo que sei, você se apresenta nos piqueniques do Dia do Canadá."

"Sim."

"Seu pai também o ensinou a tocar?"

"Sim."

Beauvoir assentiu.

"E ele lhe ensinou sobre antiguidades, carpintaria e restauração?"

Velho Mundin assentiu.

"Você morou em Vieux Québec, no número 16 da Rue des Ramparts?"

Mundin o encarou.

"E sua mãe costumava ler *A teia de Charlotte* para você e sua irmã quando eram crianças?", insistiu Beauvoir.

Ele não se mexeu em seu assento, mas sentia como se a cada pergunta estivesse se aproximando de Mundin, cada vez mais perto.

E Mundin, perplexo, parecia sentir que algo se aproximava. Algo ainda pior do que o que já havia acontecido.

As luzes piscavam com a nevasca desabando sobre a vila e o bistrô.

"De onde você tirou seu apelido?", indagou Beauvoir, olhando fixamente para Velho Mundin do outro lado da mesa.

"Que apelido?"

"Velho. Quem lhe deu esse apelido? Seu nome verdadeiro é Patrick. Então de onde vem o Velho?"

"Do mesmo lugar de onde vem tudo o que eu sou. Meu pai. Ele me chamava de 'meu velho amigo'. 'Venha, meu velho amigo', dizia ele. 'Vou lhe ensinar sobre madeira.' E eu ia. Depois de um tempo, ele passou a me chamar só de Velho."

Beauvoir assentiu.

"Velho. Meu velho."

Velho Mundin encarou Beauvoir, o rosto inexpressivo, então seus olhos se estreitaram quando algo surgiu no horizonte, bem distante. Um encontro. As Erínias. Solidão e Tristeza. E algo mais. Algo pior. A pior coisa que se podia imaginar.

"Meu velho amigo", sussurrou Beauvoir de novo. "O Eremita usou essa expressão. Chamou Olivier assim. 'O Caos está vindo, meu velho amigo.' Essas foram as palavras dele para Olivier. E agora eu as digo a você."

O prédio estremeceu e correntes de ar irromperam na sala.

"O Caos está vindo, meu velho amigo", disse Beauvoir em voz baixa. "O homem que você matou era seu pai."

– Ele matou o próprio pai? – sussurrou Clara. – Ah, meu Deus. Meu Deus.

Estava acabado.

– O pai de Mundin encenou a própria morte – revelou Beauvoir. – Antes disso, ele construiu a cabana e levou o tesouro. Depois, voltou ao Quebec e esperou a primavera chegar, então esperou um dia tempestuoso para cobrir seus rastros. Quando as condições perfeitas surgiram, ele deixou o casaco perto da margem e desapareceu. Todos presumiram que ele estava no fundo do rio St. Lawrence, mas, na verdade, ele mergulhara na floresta.

Houve um silêncio e, naquela quietude, todos imaginaram o resto. Imaginaram o pior.

– Consciência – disse Myrna, finalmente. – Imagine ser perseguido por sua própria consciência.

E por um terrível momento eles imaginaram. Uma montanha de culpa. Lançando uma sombra alongada. Crescendo. Escurecendo.

– Ele tinha o tesouro – comentou Clara –, mas, no final, tudo o que ele desejava era a sua família.

– E paz – acrescentou Myrna. – Uma consciência limpa e silenciosa.

– Ele se cercou de coisas que o faziam se lembrar da esposa e dos filhos. Livros, o violino. Ele até esculpiu a imagem de como Velho seria naquele momento, como um rapaz, apenas ouvindo. Isso se tornou o seu tesouro, a única coisa da qual ele jamais poderia se separar. Ele a entalhou e gravou "Woo" embaixo. Isso lhe fazia companhia e aliviava sua consciência. Um pouco. Quando encontramos o entalhe, pensamos que o Eremita tivesse feito uma imagem de Olivier. Mas estávamos errados. Era de seu filho.

– Como Velho está? – quis saber Clara.

– Nada bem.

Beauvoir se lembrou da raiva no rosto daquele homem jovem quando o inspetor revelou que o Eremita era, na verdade, seu pai. Ele tinha assassinado o homem cuja morte desejava vingar. O único que desejava que estivesse vivo, e ele o matou.

E, depois da raiva, veio a incredulidade. Em seguida, o terror.

Consciência. Jean-Guy Beauvoir sabia que ela faria companhia a Velho Mundin na prisão, nas décadas que estavam por vir.

Gabri segurou a cabeça entre as mãos. Soluços abafados vinham dele. Não sons dramáticos de tristeza, mas lágrimas cansadas. Lágrimas felizes, confusas, turbulentas.

Mas, majoritariamente, lágrimas de alívio.

Por que Olivier moveria o corpo?

Por que Olivier moveria o corpo?

Por que Olivier moveria o corpo?

E agora, finalmente, eles sabiam. Ele movera o corpo porque não tinha assassinado o Eremita, apenas o encontrara morto. Fora uma atitude revoltante, deplorável, mesquinha, vergonhosa. Mas não fora assassinato.

– Gostaria de ficar para jantar? Você parece exausto – Beauvoir ouviu Clara dizer a Gabri.

Então ele sentiu um toque macio no braço e ergueu os olhos.

Clara estava falando com ele.

– Vai ser simples, apenas sopa e sanduíche, e você vai chegar em casa cedo.

Casa.

Talvez fosse a fadiga, talvez fosse o estresse. Mas ele sentiu os olhos ardendo ao ouvir aquela palavra.

Desejava muito ir para casa.

Mas não para Montreal.

Ali. Ali era sua casa. Ele ansiava por se enfiar debaixo do edredom na pousada, ouvir a nevasca uivar lá fora, a terrível nevasca, sabendo que estava aquecido e seguro.

Que Deus o perdoasse, mas ali era seu lar.

Beauvoir se levantou e sorriu para Clara, algo que lhe pareceu ao mesmo tempo estranho e familiar. Ele não sorria com frequência. Não para suspeitos. De jeito nenhum.

Mas ele sorria agora, um sorriso cansado e agradecido.

– Gostaria muito, mas preciso fazer uma coisa primeiro.

Antes de sair, ele foi ao banheiro e jogou água fria no rosto. Olhou no espelho e viu um homem bem mais velho do que seus 38 anos. Abatido e cansado. E não querendo fazer o que vinha em seguida.

Sentiu uma dor profunda.

Tirando do bolso um frasco de comprimidos, ele o colocou no balcão e o fitou. Em seguida, servindo-se de um copo d'água, despejou um comprimido na palma da mão. Com cuidado, partiu-o ao meio e o tomou com um gole rápido.

Depois de pegar a outra metade na pia de porcelana, ele hesitou, então rapidamente a jogou de volta no vidro antes que mudasse de ideia.

Clara o acompanhou até a porta da frente.

– Posso voltar daqui a uma hora? – perguntou ele.

– Claro – disse ela, acrescentando: – E traga Ruth.

Como ela sabia? Talvez, pensou o inspetor, enquanto enfrentava a tempestade, ele não fosse tão esperto quanto pensava. Ou talvez, pensou ele, enquanto a tempestade o fustigava, aqui eles me conheçam.

– O que você quer? – quis saber Ruth, abrindo a porta antes que ele batesse.

Um redemoinho entrou com ele, e Ruth bateu nas roupas de Beauvoir, que estavam cobertas de neve. Pelo menos ele achou que era por isso que ela o estava golpeando, embora tivesse que admitir que a neve já devia ter desaparecido havia muito tempo e ela continuava batendo.

– Você sabe o que eu quero.

– Você tem sorte por eu ter um espírito tão generoso, cabeça-dura.

– Tenho sorte por você ser delirante – murmurou ele, seguindo-a para dentro da casa, que agora lhe era familiar.

Ruth fez pipoca, como se fosse uma visita trivial. Um passatempo. E se serviu de uísque, sem oferecer a Beauvoir. Ele não precisava. Já sentia o efeito do comprimido.

O computador dela já estava instalado na mesa de plástico da cozinha, e eles se sentaram lado a lado em cadeiras instáveis de plástico.

Ruth clicou e o site apareceu.

Beauvoir olhou para ela.

– Você já assistiu?

– Não – respondeu ela, olhando fixamente para a tela, não para ele. – Estava esperando você.

Beauvoir inspirou fundo, de modo entrecortado, exalou e apertou o botão.

– COITADO DO CHAMPLAIN – disse Émile enquanto eles caminhavam pela St. Stanislas e atravessavam a Rue St. Jean, esperando os foliões passarem, como se fosse a hora do rush.

Estava começando a nevar. Flocos enormes e macios caíam lentamente, mais visíveis quando passavam pela luz das ruas e dos faróis dos carros. A previsão era de uma tempestade vindo na direção deles. Trinta centímetros ou mais eram esperados durante a noite. E era apenas o início, os primeiros sinais do que estava por vir.

A cidade de Quebec ficava maravilhosa durante uma tempestade e logo depois, quando o sol saía e revelava um reino mágico, suavizado e abafado pela espessa cobertura. Fresco e limpo, um mundo imaculado, intacto.

Assim que chegou à velha casa de pedra, Émile pegou suas chaves. Através das cortinas de renda na porta, eles viram Henri escondido atrás de uma coluna, observando.

Gamache sorriu, depois voltou a pensar no caso. O curioso caso da mulher no caixão de Champlain.

Quem era ela e o que acontecera com Champlain? Para onde ele teria ido? Parecia que as explorações dele não terminavam com a morte.

Uma vez lá dentro, Gamache levou Henri para passear e, quando voltou, Émile havia colocado o laptop na mesa de centro, junto com uma garrafa de uísque. Havia acendido o fogo, esperando.

O homem mais velho ficou no centro da sala, os braços pendendo de cada lado. Ele parecia formal, quase rígido.

– O que é isso, Émile?

– Queria assistir ao vídeo com você.

– Agora?

– Agora.

Durante toda a caminhada, o inspetor-chefe se preparara para aquilo. Os flocos gelados em seu rosto tinham sido revigorantes. Ocasionalmente, parava e inclinava a cabeça para trás, fechando os olhos e abrindo a boca para pegá-los.

"Eu amo fazer isso", dissera Morin. "Mas a neve tem que estar na medida."

"Você era um *connoisseur*?", indagara o chefe.

"Ainda sou. Os flocos têm que ser grandes e fofos. Os que flutuam. Não daqueles mais duros e pequenos que caem nas tempestades. Esses não são divertidos. Eles entram no nariz e nos ouvidos. Em todos os lugares. Não, os grandes é que são bons."

Gamache sabia o que ele queria dizer. Ele mesmo já o fizera quando criança. Tinha visto Daniel e Annie fazerem isso. Crianças não precisavam ser ensinadas, parecia instintivo pegar flocos de neve com a língua.

"Há uma técnica, é claro", explicara Morin com uma voz séria, como se tivesse estudado o assunto. "Você tem que fechar os olhos, do contrário a neve entra neles, e esticar a língua para fora."

Fez-se uma pausa. O inspetor-chefe sabia que o jovem agente estava sentado, amarrado à cadeira, a cabeça inclinada para trás, os olhos fechados, a língua para fora. Pegando flocos de neve.

– Agora – concordou Gamache, e, depois de se abaixar para soltar Henri, caminhou até o sofá e se sentou diante do laptop.

– Encontrei o site – disse Émile, sentando-se e olhando para o perfil de Armand.

A barba bem aparada lhe caía bem, agora que Émile havia se acostumado com ela. Os olhos de Gamache estavam fixos na tela, mas então ele se virou e encarou seu mentor.

– *Merci.*

Émile fez uma pausa, pego de surpresa.

– Pelo quê?

– Por não me abandonar.

Émile estendeu a mão e tocou no braço de Gamache. Depois, apertou o botão e o vídeo começou a ser reproduzido.

BEAUVOIR OLHOU PARA A TELA com atenção. Como já suspeitava, as imagens haviam sido emendadas a partir das minúsculas câmeras presas nos fones de ouvido de cada oficial da Sûreté. O que ele não esperava era a clareza. Achou que teria chuviscos, que seria difícil identificar os atores, mas as cenas eram claras.

Assim como as vozes.

"Policial ferido!", gritou Gamache, sua voz mais alta do que o tiroteio.

"Agora, agora, agora!", gritou Beauvoir, apontando para um atirador na galeria acima.

Tiros rápidos, a câmera balançando descontroladamente, depois caindo. Então outra imagem, do policial no chão. E sangue.

"Policial ferido!", gritou alguém da equipe. "Ajudem!"

Duas formações avançaram, disparos de armas automáticas, dando cobertura para uma terceira. Alguém agarrando o policial abatido, arrastando-o para longe dali. Em seguida, um corte para um corredor, policiais em disparada, perseguindo os atiradores por lugares sombrios, entrando em cômodos escuros. Explosões, gritos.

O chefe apoiado contra a parede, usando um colete tático preto, fuzil automático nas mãos. Atirando. Parecia estranho ver Gamache com uma arma, e a usando.

"Temos pelo menos seis atiradores!", gritou alguém.

"Contei dez", disse Gamache, a voz seca, precisa, clara. "Dois caídos. Sobram oito. Cinco no andar de cima, três aqui embaixo. Onde estão os paramédicos?"

"Chegando", veio a voz da agente Lacoste. "Trinta segundos."

"Precisamos do alvo vivo", ordenou o chefe. "Peguem um deles vivo."

Aquilo era um inferno, balas se alojando nas paredes, em corpos, no chão, no teto. Tudo ficou cinza, o ar encheu-se de pó e balas. Gritos. O chefe dando ordens enquanto eles forçavam os bandidos a ir de um cômodo a outro. Encurralando-os.

Então Beauvoir viu a si mesmo.

Ele se descolou da parede e atirou. E se viu cambalear e cair.

Bater no chão.

"Jean-Guy!", gritou o chefe.

Ele se viu caído no chão, as pernas inertes. Sem se mover.

Gamache correu, gritando:

"Cadê os paramédicos?"

"Aqui, chefe, aqui!", gritou Lacoste. "Estamos chegando."

Gamache agarrou a jaqueta de Beauvoir, arrastando-o para trás da parede, enquanto ouviam tiros por toda parte. Agora, enquanto os sons de explosões tomavam todo o ambiente, a cena, de repente, ficou mais íntima. O rosto do chefe preocupado, bem de perto, olhando fixamente para baixo.

Armand Gamache assistia, sem pestanejar, embora tudo o que quisesse fazer fosse desviar o olhar. Fechar os olhos, cobrir os ouvidos, encolher-se em posição fetal.

Ele sentiu de novo o cheiro ácido da pólvora, a queimadura, a poeira de concreto. Ouviu de novo o estampido violento das balas. Sentiu a arma nas mãos, disparando. E armas disparando contra ele.

Bang, bang, bang, explodindo por toda parte. As balas batendo e quicando, ricocheteando, estourando. A profusão de sensações. Era quase impossível pensar, focar.

E, por um instante, sentiu de novo o susto de ver Beauvoir atingido.

Na tela, viu a si mesmo olhando fixamente para Beauvoir, procurando sinais em seu rosto. Sentindo seu pulso. A câmera gravando não apenas os eventos, mas as sensações, os sentimentos. A angústia no rosto de Gamache.

"Jean-Guy?", chamou ele, e os olhos do inspetor tremelicaram e se abriram, depois se reviraram e se fecharam.

As balas mudaram de direção e o chefe se abaixou sobre Beauvoir, puxando-o para trás da parede e o levantando. Ele abriu o colete de Jean-Guy, seus olhos varrendo o torso do inspetor, parando no ferimento. O sangue. Abrindo depressa um bolso do próprio colete, ele pegou uma bandagem e a colocou na mão de Beauvoir, pressionando a mão dele sobre o ferimento.

Inclinando-se para a frente, sussurrou no ouvido de Beauvoir:

"Jean-Guy, você precisa manter sua mão aqui. Você consegue?"

Os olhos de Beauvoir se abriram novamente, lutando por alguma consciência.

"Fique aqui", ordenou o chefe. "Você consegue se manter consciente?"

Beauvoir assentiu.

"Está bem." Gamache olhou para a batalha se desenrolando à sua frente e acima de sua cabeça, depois olhou para baixo. "Os paramédicos estão a caminho. Lacoste está vindo, ela vai chegar num instante."

Ele hesitou e fez algo que não era para ser visto por mais ninguém, e agora estava sendo visto por milhões: beijou Beauvoir na testa. Em seguida, acariciou o cabelo do inspetor e partiu.

Beauvoir assistiu ao vídeo através dos dedos sobre o rosto, os olhos arregalados. Imaginava que o vídeo tivesse capturado os eventos sem muitos detalhes. Nunca lhe ocorrera que sentimentos também seriam mostrados.

O medo e a confusão. O choque, a agonia. A dor lancinante quando ele segurou o próprio abdômen. E a solidão.

Na tela, viu seu próprio rosto assistindo, implorando, enquanto Gamache o deixava. Sangrando e sozinho. E viu a angústia de Gamache por ter que fazer isso.

O ponto de vista mudou e seguiu a equipe perseguindo os bandidos através dos corredores. Trocando tiros. Um oficial da Sûreté ferido. Um bandido atingido.

Depois, Gamache subindo a escada de dois em dois degraus, a perseguição, o homem se virando para atirar. Gamache se jogando em cima dele e os dois lutando corpo a corpo. Aparecia na tela uma confusão de braços e torsos, a respiração entrecortada enquanto eles lutavam. Finalmente, o chefe agarrou a arma que havia sido arrancada de sua mão. Acertou o terrorista com um tremendo golpe na cabeça. O homem caiu.

Enquanto as câmeras gravavam, Gamache desabou no chão, ajoelhado ao lado do homem, sentiu seu pulso, o algemou e o puxou escada abaixo. Ao pé da escada, o chefe cambaleou um pouco e se segurou. Lutando para ficar de pé, Gamache se virou. Beauvoir estava caído contra a parede do outro lado da sala. Uma bandagem ensanguentada em uma das mãos, uma arma na outra.

Ouviu-se um arfar rouco.

"Peguei... um", Gamache estava dizendo, tentando recuperar o fôlego.

ÉMILE NÃO SE MEXERA DESDE que o vídeo começara. Somente duas vezes em sua carreira ele precisara disparar uma arma. Em ambas as vezes, matara alguém. Não desejara fazê-lo, mas fora obrigado.

E ele tinha ensinado aquilo a seus oficiais. Era uma verdade indiscutível. Nunca, jamais, saque a sua arma, a não ser que pretenda usá-la. E, quando usá-la, aponte para o corpo, aponte para que ele pare. Mate só se for necessário.

E agora ele assistia a Armand, o rosto sangrando devido à luta, balançar um pouco, depois dar um passo à frente. De seu cinto, ele tirou uma pistola. O bandido estava inconsciente a seus pés. Tiros continuavam por toda parte. Émile viu o inspetor-chefe se virar e reagir ao tiroteio acima dele. Gamache deu outro passo para a frente, levantou a pistola e deu uma rápida sucessão de tiros. Um alvo foi atingido. O tiroteio parou.

Por um instante. Então houve um disparo rápido.

Os braços de Gamache se ergueram. Todo o seu corpo se ergueu. E se contorceu. E ele caiu no chão.

BEAUVOIR PRENDEU A RESPIRAÇÃO. ERA o que ele tinha visto naquele dia. O chefe caído, no chão, sem se mover.

"Policial ferido", Beauvoir ouviu a si mesmo resmungar. "O chefe foi atingido."

Pareceu uma eternidade. Beauvoir tentou se mover, se arrastar para a frente, mas não conseguiu. Ao seu redor, ouviu mais tiros. Nos fones de ouvido, policiais falavam uns com os outros, gritando instruções, localizações, avisos.

Mas tudo o que ele via era aquela forma imóvel à sua frente.

Então ele sentiu mãos sobre seu corpo e a agente Lacoste se ajoelhando, curvando-se sobre ele. O rosto demonstrando preocupação e determinação.

Ele viu os olhos dela descerem pelo seu corpo, para sua mão ensanguentada segurando o abdômen.

"Aqui, aqui!", gritou ela, e logo surgiu um paramédico.

"O chefe", sussurrou Beauvoir, fazendo um sinal.

Lacoste ficou em choque quando viu.

Enquanto os paramédicos se inclinavam sobre Beauvoir, pressionando ataduras sobre seu ferimento, enfiando agulhas em seu corpo, gritando para trazerem uma maca, ele observava Lacoste e um paramédico correrem para o chefe. Começaram a andar em direção a ele, mas o tiroteio irrompeu de novo e eles tiveram que se proteger.

Gamache estava caído imóvel no chão de concreto, fora de alcance.

Finalmente, Lacoste subiu a escada correndo e, de sua câmera, eles a viram rastrear os tiros até chegar a um terrorista em uma passagem acima. Ela o enfrentou e conseguiu, depois de um tempo, acertá-lo.

"Caminho livre!", gritou ela, depois de tirar a arma dele.

O paramédico correu para Gamache. Do outro lado, Beauvoir esforçava-se para ver.

ÉMILE VIU O PARAMÉDICO INCLINAR-SE sobre Gamache.

"*Merde*", sussurrou o médico.

Sangue cobria a lateral da cabeça do inspetor-chefe, descendo para o ouvido e o pescoço.

O médico ergueu os olhos quando Lacoste se juntou a ele. O chefe estava tossindo levemente, ainda vivo. Tinha os olhos quase fechados, vidrados, e tentava respirar.

"Chefe, está me ouvindo?"

Ela colocou as mãos nos dois lados da cabeça dele e a levantou, olhando nos olhos dele. Ele se concentrou e lutou para manter os olhos abertos.

"Segure isto."

O paramédico pegou uma bandagem e a colocou sobre a ferida na têmpora esquerda de Gamache. Lacoste pressionou, segurou-a ali, tentando parar o sangramento.

O chefe se mexeu, forçou-se a se concentrar, lutando para respirar. O paramédico viu isso e franziu a testa, perplexo. Então ele rasgou o colete tático do chefe e deu um suspiro.

"Meu Deus."

Lacoste olhou para baixo.

"Ah, não", sussurrou ela.

O peito do chefe estava coberto de sangue. O paramédico rasgou a camisa de Gamache, expondo seu tronco. E lá, na lateral, havia um ferimento.

Do outro lado da sala, Beauvoir observava, mas tudo o que ele podia ver eram as pernas do chefe, seus sapatos de couro preto engraxados movendo-se levemente. Mas foi para a mão dele que Beauvoir olhou. A mão direita do chefe, ensanguentada, esticada, tensa. E no fone de ouvido ele ouviu um arquejo. A luta por ar. O braço direito de Gamache estava estendido, os dedos se esticando. Sua mão agarrando, tremendo, como se respirar fosse impossível.

Enquanto os paramédicos colocavam Beauvoir em uma maca, ele sussurrava repetidamente, implorando:

"Não, não. Por favor."

Ele ouviu Lacoste gritar:

"Chefe!"

Houve mais tosse, agora mais fraca. Então, silêncio.

E ele viu o espasmo, o estremecimento na mão direita de Gamache. Então, suavemente, como um floco de neve, ela caiu no chão.

E Jean-Guy Beauvoir percebeu que Armand Gamache estava morrendo.

SENTADO NA DESCONFORTÁVEL CADEIRA DE plástico, Beauvoir soltou um pequeno gemido. O vídeo seguira. O esquadrão atirando nos atiradores restantes.

RUTH ENCARAVA A TELA, SEU uísque intocado.

"Chefe!", chamou Lacoste de novo.

Os olhos de Gamache se abriram um pouco, fixos. Seus lábios se mexeram. Mal dava para ouvir o que dizia.

"Reine... Marie. Reine... Marie."

"Vou contar a ela", sussurrou Lacoste em seu ouvido, e ele fechou os olhos.

"O coração dele parou", avisou o paramédico, inclinando-se sobre Gamache, preparando a ressuscitação cardiopulmonar. "Está tendo uma parada cardíaca."

Outro paramédico chegou, se ajoelhou e agarrou o outro braço do chefe.

"Não, espere. Me dê uma seringa."

"De jeito nenhum. O coração dele parou, precisamos começar agora."

"Pelo amor de Deus, façam alguma coisa!", gritou Lacoste.

O segundo paramédico procurou em sua maleta. Encontrou uma seringa, enfiou-a no tronco do chefe e empurrou o êmbolo.

Não houve reação. Gamache continuava imóvel, com sangue no rosto e no peito. Os olhos fechados.

Os três olharam para ele. Gamache não se mexia. Não respirava.

Então, de repente... Eles ouviram um pequeno som. Um leve som áspero. Eles se entreolharam.

Émile finalmente piscou. Seus olhos estavam secos, como se tivessem recebido um jato de areia, e ele respirou fundo.

Ele conhecia o resto da história, é claro: as ligações para Reine-Marie e as visitas ao hospital. E as notícias na Rádio Canadá.

Quatro oficiais da Sûreté mortos, incluindo o primeiro à beira da estrada, quatro outros feridos. Oito terroristas mortos, um capturado. Um gravemente ferido, com poucas chances de sobreviver. A princípio, o noticiário relatara o inspetor-chefe entre os mortos. Ninguém sabia como isso teria vazado. Ninguém sabia como as informações vazaram.

O inspetor Beauvoir sofrera ferimentos graves.

Émile havia chegado naquela tarde, dirigindo direto da cidade de Quebec para o hospital Hôtel-Dieu, em Montreal. Lá, ele encontrou Reine-Marie e Annie. Daniel estava em um voo vindo de Paris.

Todos exauridos, sem forças.

– Ele está vivo – dissera Reine-Marie, abraçando Émile com força.

– Graças a Deus – respondera ele. Em seguida, ele vira a expressão no rosto de Annie. – O que foi?

– Os médicos acham que ele teve um AVC.

Émile respirou fundo.

– Sabem a gravidade?

Annie balançou a cabeça e Reine-Marie colocou o braço em volta da filha.

– Ele está vivo, isso é tudo o que importa.

– Vocês o viram?

Reine-Marie assentiu, sem conseguir falar. Incapaz de contar o que vira. O oxigênio, os monitores, o sangue, os hematomas. Os olhos dele fechados. Inconsciente.

E o médico dizendo que não sabia a extensão do dano. Ele poderia ficar cego. Paralisado. Poderia ter outro derrame. As 24 horas seguintes diriam.

Mas não importava. Ela segurou a mão dele, acariciou-a e sussurrou para ele.

Ele estava vivo.

O médico também explicou sobre o ferimento no peito. A bala quebrara uma costela, que perfurara um dos pulmões, fazendo com que ele parasse de funcionar, causando, por sua vez, o mesmo problema no outro. Arrancando a vida dele. O ferimento devia ter ocorrido logo no início, a respiração se tornando cada vez mais difícil, mais trabalhosa, até a situação se tornar crítica. Fatal.

– O paramédico o socorreu – disse o médico. – A tempo.

Ele não tinha adicionado a palavra "bem", "bem a tempo", mas sabia que era o caso.

Agora a única preocupação era com o ferimento na cabeça.

Então eles ficaram esperando, em seu próprio mundo, no terceiro andar do Hôtel-Dieu. Um mundo antisséptico, repleto de conversas abafadas, corridas suaves e rostos preocupados.

Do lado de fora, as notícias voavam pelo continente, pelo mundo.

A trama para explodir a barragem hidrelétrica La Grande.

Uma década de planejamento. O progresso fora tão lento que chegara a ser invisível. As ferramentas tão primitivas que nem chamavam a atenção.

372

Os porta-vozes dos governos canadense e americano se recusaram a revelar como o plano fora interrompido, citando a segurança nacional, mas admitiram, diante das perguntas insistentes, que o tiroteio e as mortes de quatro oficiais da Sûreté desempenharam um papel importante.

Ao superintendente Francoeur foi dado o crédito de ter evitado a catástrofe. E ele o aceitou.

Émile sabia, como sabiam todos os que alguma vez vislumbraram o funcionamento dos departamentos de polícia mais importantes, que o que estava sendo dito era apenas uma fração da verdade.

E assim, enquanto o mundo discutia aquelas descobertas sensacionais, no terceiro andar do Hôtel-Dieu eles esperavam. Jean-Guy Beauvoir saiu da cirurgia e, depois de um ou dois dias difíceis, começou o longo e lento processo de recuperação.

Depois de doze horas, Armand Gamache lutou para acordar. Quando finalmente abriu os olhos, viu Reine-Marie ao seu lado, segurando sua mão.

– La Grande? – ele tentou perguntar.

– Intacta.

– Jean-Guy?

– Vai ficar bem.

Quando voltou para a sala de espera, onde Émile, Daniel, Annie e seu marido, David, estavam sentados, ela estava radiante.

– Ele está repousando. Ainda não está pronto para dançar, mas estará.

– Ele está bem? – indagou Annie, ainda com medo de acreditar, de ser cedo demais para abandonar o pavor, caso fosse um truque, alguma piada de um Deus triste.

Ela jamais se recuperaria do choque de estar em seu carro, sintonizada na Rádio Canadá, e ouvir a notícia. Seu pai...

– Vai ficar – respondeu a mãe. – Está sentindo uma leve dormência do lado direito.

– Dormência? – repetiu Daniel.

– Os médicos estão satisfeitos – assegurou ela. – Disseram que é um problema passageiro e que ele vai se recuperar completamente.

Ela não se importava. O marido poderia mancar pelo resto da vida. Ele estava vivo.

Em dois dias, porém, ele estava de pé e andando, com hesitação. Mais dois dias e ele conseguiria andar sozinho pelo corredor. Parava nos quartos, sentava-se ao lado das camas de homens e mulheres que havia treinado, selecionado e levado para aquela fábrica.

Ele ia mancando no corredor, de um lado para outro. De um lado para outro. De um lado para outro.

– O que você está fazendo, Armand? – perguntou Reine-Marie baixinho, enquanto caminhavam de mãos dadas.

Fazia cinco dias desde o tiroteio e ele quase não mancava mais, exceto quando se levantava ou se esforçava muito.

– Os funerais serão no domingo que vem – respondeu ele, sem parar de andar. – Quero estar lá.

Eles deram mais alguns passos antes que ela falasse:

– Você pretende ir à catedral?

– Não. Pretendo andar com o cortejo.

Ela olhou para o perfil do marido. Seu rosto determinado, os lábios apertados, a mão direita em um punho, disfarçando o único sinal de que ele tivera um AVC. Um leve tremor quando estava cansado ou estressado.

– Me diga o que posso fazer para ajudar.

– Você pode me fazer companhia.

– Sempre, *mon coeur*.

Ele parou e sorriu para ela. Seu rosto arroxeado, um curativo no lado esquerdo da testa.

Mas ela não se importava. Ele estava vivo.

No dia dos funerais, estava claro e frio. Eram meados de dezembro. Um vento havia descido do Ártico e só parava quando se chocava com os homens, as mulheres e as crianças que seguiam o cortejo.

Quatro caixões envoltos na bandeira azul e branca do Quebec, com a flor-de-lis, dispostos em carroças puxadas por solenes cavalos pretos. E, atrás deles, uma longa fila de policiais de todas as comunidades do Quebec, de todo o Canadá, dos Estados Unidos, da Grã-Bretanha, do Japão, da França, da Alemanha. De toda a Europa.

Na frente, andando em marcha lenta e usando uniformes, vinha a Sûreté. E, liderando aquela coluna, estavam o superintendente Francoeur e todos os outros oficiais de alta patente. Atrás deles, sozinho, vinha o inspetor-chefe Gamache, à frente de sua Divisão de Homicídios. Andou os 2 quilômetros, mancando apenas no final. Olhando para a frente, com determinação. Até a continência e a salva de tiros.

Ele tinha fechado os olhos bem apertados e virado o rosto contraído para o céu, um momento de tristeza privada que não conseguia mais conter. A mão direita apertada com força.

Tornou-se a imagem da dor. A imagem que saiu em todas as primeiras páginas, todos os noticiários e todas as revistas.

RUTH ESTENDEU A MÃO E desligou o vídeo. Eles ficaram em silêncio por um momento.

– Bem... – disse ela, finalmente. – Não acredito numa palavra disso. Tudo feito em estúdio, aposto. Bons efeitos, mas a atuação foi péssima. Quer pipoca?

Beauvoir olhou para ela, segurando a tigela de plástico.

Ele pegou um punhado. Então eles caminharam lentamente pela nevasca, as cabeças baixas contra o vento, atravessando o gramado da vila até a casa de Peter e Clara. No meio do caminho, ele segurou no braço dela. Para equilibrá-la, ou a si mesmo, ele não tinha certeza.

Mas ela permitiu. Caminharam até a pequena casa, seguindo a luz através da tempestade. E, uma vez lá, sentaram-se em frente à lareira e jantaram. Juntos.

ARMAND GAMACHE SE LEVANTOU.

– Você está bem? – perguntou Émile, ficando de pé também.

Gamache suspirou.

– Só preciso de um tempo sozinho. – Ele olhou para o amigo. – *Merci.*

Ele se sentia nauseado, fisicamente enjoado. Ver aqueles homens e mulheres jovens fuzilados. Mortos. De novo. Abatidos em corredores escuros, mais uma vez.

Estavam sob o seu comando. Escolhidos a dedo por ele, sob protestos do superintendente Francoeur. Ele os levara assim mesmo.

E tinha dito a eles que havia provavelmente seis atiradores no local. Duplicando o número que lhe havia sido informado. O que a agente Nichol dissera.

Há três atiradores, dissera a mensagem.

Ele levou seis oficiais, tudo o que pôde reunir, além de Beauvoir e de si mesmo.

Achou que era suficiente. Estava errado.

"Você não pode fazer isso", alertara o superintendente Francoeur, a voz baixa.

O superintendente invadira sua sala enquanto ele se preparava para sair. Em seu ouvido, Paul Morin cantava a canção do alfabeto. Depois de tanto tempo, ele soava bêbado, exausto.

"Mais uma vez, por favor", pediu Gamache a Morin, depois arrancou seu fone de ouvido, e o superintendente Francoeur imediatamente parou de falar.

"Você tem todas as informações de que precisa", disse o inspetor-chefe, olhando para Francoeur.

"Colhidas de uma velha cri e alguns drogados? Acha que eu vou agir com base nisso?"

"Informações recolhidas pela agente Lacoste, que está voltando agora. Ela vai comigo, assim como outros seis policiais. Para sua informação, aqui estão os nomes deles. Já alertei o esquadrão tático. Eles estão à sua disposição."

"Para fazer o quê? É impossível destruírem a barragem La Grande. Não ouvimos nada sobre isso nos canais. Ninguém ouviu. Nem os federais, nem os americanos, nem mesmo os britânicos, e eles monitoram tudo. Ninguém ouviu nada. Exceto você e aquela velha cri demente."

Francoeur encarou Gamache. O superintendente estava tão zangado que chegava a tremer.

"Essa represa vai explodir em uma hora e 43 minutos. Você tem tempo suficiente para chegar lá. Sabe bem aonde ir e o que fazer."

Em vez de elevar o tom de voz, Gamache falava cada vez mais baixo.

"Você não me dá ordens", rosnou Francoeur. "Você não sabe nada, e eu não vejo nenhum motivo para ir até lá."

Gamache foi até sua mesa e pegou sua arma. Por um instante, Francoeur pareceu assustado, mas o inspetor-chefe colocou a pistola no cinto e caminhou rapidamente até o superintendente.

Eles se entreolharam. Então Gamache falou, suave e intensamente:

"Por favor, Sylvain, se eu tiver que implorar, eu o farei. Nós dois estamos velhos demais e cansados demais para isso. Precisamos parar agora. Você tem razão, não me cabe lhe dar ordens, eu peço desculpas. Por favor, eu imploro, faça o que estou pedindo."

"De jeito nenhum. Você vai ter que me fornecer mais dados."

"Isso é tudo o que eu tenho."

"Não faz sentido. Ninguém tentaria explodir a barragem desse jeito."

"Por que não?"

Eles já haviam discutido aquilo centenas de vezes. E não restava muito tempo.

"Porque é muito difícil. É como jogar uma pedra contra um exército."

"E como Davi venceu Golias?"

"Ora, não é uma história da Bíblia e não estamos vivendo em tempos bíblicos."

"O mesmo princípio se aplica: fazer o inesperado. Funcionaria exatamente porque não esperamos que aconteça. E, embora você não veja isso como Davi e Golias, os terroristas certamente veem."

"O que você é? De repente, um especialista em segurança nacional? Você e a sua arrogância me dão náuseas. Vá parar aquela bomba, se você acredita mesmo que centenas de vidas estão em perigo."

"Não. Eu vou buscar Paul Morin."

"Morin? Está dizendo que sabe onde ele está? Passamos a noite inteira procurando." Francoeur acenou para o exército de oficiais na sala, tentando rastrear Morin. "E você está me dizendo que sabe onde ele está?"

Francoeur tremia de raiva, quase gritando.

Gamache esperou. Pela visão periférica, ele enxergou o relógio, o tempo correndo.

"Magog. Numa fábrica abandonada. A agente Nichol e o inspetor Beauvoir o encontraram pelo som do ambiente."

Escutando os espaços entre as palavras, eles o haviam encontrado.

"Por favor, Sylvain, vá para La Grande. Estou implorando. Se eu estiver errado, me demito."

"Se formos lá e você estiver errado, vou fazer com que responda pelos seus erros."

Francoeur saiu do escritório, passou pela sala de investigações. E desapareceu.

Gamache olhou para o relógio enquanto se dirigia para a porta. Restava uma hora e 41 minutos. E Armand Gamache rezou, não pela primeira vez naquele dia, nem pela última.

– Poderia ter sido pior – disse Émile. – Quer dizer, quem sabe quem fez esse vídeo? Eles poderiam ter feito toda a operação parecer uma catástrofe. Mas não. Trágica, sim. Terrível. Mas, de muitas maneiras, heroica. Se as famílias tiverem que assistir, bem...

Gamache sabia que Émile estava tentando ser gentil, tentando dizer que a edição poderia ter feito dele um covarde ou um idiota trapalhão. Poderia ter parecido que aqueles que morreram tiveram suas vidas sacrificadas. Em vez disso, todos foram vistos como corajosos. Que palavra Émile usara?

Heroico.

Gamache subiu as escadas lentamente, com Henri em seus calcanhares.

Bem, ele sabia de algo que Émile desconhecia. Ele tinha suspeitas sobre quem era o autor do vídeo. E por que ele fora feito.

Não para fazer Gamache parecer mau, mas para fazê-lo parecer bom, bom demais. Tão bom que o chefe se sentiria exatamente como estava se sentindo. Uma fraude. Uma mentira. Uma farsa. Celebrado por nada. Quatro oficiais da Sûreté mortos e Armand Gamache, o herói.

Quem fizera aquilo o conhecia bem. E sabia exatamente como cobrar seu preço.

Em humilhação.

VINTE E CINCO

A TEMPESTADE CHEGOU À CIDADE DE Quebec algumas horas mais tarde e, por volta das duas da manhã, a capital foi açoitada por fortes ventos e neve pesada. Rodovias foram fechadas, pois a visibilidade caíra para zero.

No sótão da velha casa de pedra na St. Stanislas, deitado na cama, Armand Gamache olhava para as vigas do teto. Henri, no chão ao seu lado, roncava, alheio à neve que chicoteava as janelas.

Em silêncio, Gamache levantou-se e olhou para fora. Não dava para ver o prédio do outro lado da rua estreita, e mal podia distinguir os postes, sua luz um mero borrão em meio à neve.

Vestindo-se depressa, ele desceu as escadas nas pontas dos pés. Atrás, ouvia as unhas de Henri arranhando o velho chão de madeira. Ele calçou as botas, colocou uma parca, um gorro, luvas grossas e enrolou um longo cachecol no pescoço. Em seguida, abaixou-se e acariciou Henri.

– Você sabe que não precisa ir comigo.

Mas Henri não sabia. Não era uma questão de saber. Se Gamache ia, Henri ia.

E eles saíram, Gamache prendendo a respiração quando o vento bateu em seu rosto e o deixou sem ar. Então ele se virou e sentiu a força do vento o empurrando.

Talvez, pensou ele, aquilo fosse um erro.

Mas era da tempestade que ele precisava, era o que queria. Algo barulhento, dramático, desafiador. Algo capaz de bloquear todos os seus pensamentos, de apagá-los.

Os dois lutaram para seguir em frente, andando no meio das ruas desertas.

Nem os limpa-neves estavam trabalhando. Era inútil tentar limpar a neve quando ela não parava de cair com tamanha força e intensidade.

A sensação era de que a cidade lhes pertencia, como se um aviso de evacuação tivesse soado e Gamache e Henri não tivessem ouvido. Estavam completamente sozinhos.

Eles subiram a Ste. Ursule, passando pelo convento onde o *général* Montcalm havia morrido. Entraram na Rue St. Louis e depois atravessaram o portão em arco. A tempestade, se era possível, estava ainda pior do lado de fora de Vieux Québec. Sem as muralhas para impedi-lo, o vento ganhava velocidade e fustigava árvores, carros estacionados, edifícios, envolvendo o que quer que atingisse. Inclusive o inspetor-chefe.

Ele não se importava. Sentia os flocos duros e frios atingirem seu casaco, seu chapéu, seu rosto. E os ouvia batendo contra ele. Era quase ensurdecedor.

"Eu amo tempestades", dissera Morin. "De qualquer tipo. Nada como ficar sentado em uma varanda com tela no verão, no meio de uma trovoada. Mas gosto ainda mais das nevascas, desde que eu não tenha que dirigir. Se todos estiverem seguros em casa, então que venham."

"Você costuma sair no meio da tempestade?", perguntara Gamache.

"Sempre. Nem que seja só para ficar lá, parado. Eu adoro. Não sei por quê, talvez seja o drama. Depois, entrar em casa e tomar um chocolate quente em frente ao fogo. Não tem nada melhor."

Gamache avançou penosamente, de cabeça baixa, olhando para os próprios pés, abrindo caminho devagar através da neve, que já estava na altura dos joelhos. Agitado, Henri saltitava na trilha aberta por Gamache.

Progrediram devagar, mas finalmente chegaram ao parque. Levantando a cabeça, o chefe ficou brevemente cego pela neve, então apertou os olhos e conseguiu distinguir apenas vultos de árvores espectrais balançando com o vento.

As Planícies de Abraão.

Gamache olhou para trás e viu que as pegadas de suas botas já estavam cobertas pela neve, desaparecendo quase tão rapidamente quanto eram criadas. Ele não estava perdido, ainda não, mas sabia que poderia ficar se fosse muito longe.

Henri interrompeu a sua dança de repente e ficou parado, então começou a rosnar e se esgueirou atrás das pernas de Gamache.

Era um claro sinal de que não havia nada lá.

– Vamos – chamou Gamache.

Ele se virou e ficou cara a cara com outra pessoa. Uma figura alta, usando uma parca escura também coberta de neve. Sua cabeça estava coberta por um capuz. A figura permaneceu ali, silenciosa, a poucos metros do chefe.

– Inspetor-chefe Gamache – disse a figura, em um inglês claro.

– Sim.

– Não esperava encontrá-lo aqui.

– Também não esperava encontrá-lo! – gritou Gamache, lutando para se fazer ouvir acima do vento uivante.

– Estava sondando? – perguntou o homem.

Gamache fez uma pausa.

– Não até amanhã. Esperava falar com o senhor amanhã.

– Foi o que pensei.

– É por isso que está aqui agora?

Não houve resposta. A figura escura apenas ficou lá. Henri, encorajado, rastejou para a frente.

– Henri – repreendeu-o Gamache. – *Viens ici.*

E o cão trotou para o lado de seu dono.

– A tempestade me pareceu providencial – disse o homem. – De alguma forma, torna as coisas mais fáceis.

– Precisamos conversar – disse Gamache.

– Por quê?

– Eu preciso conversar. Por favor.

Agora foi a vez de o homem fazer uma pausa. Então ele indicou uma edificação, uma torre redonda de pedra construída sobre a colina, como uma pequena fortaleza. Dois homens e um cão subiram penosamente a pequena colina até a torre e, ao tentar abrir a porta, Gamache ficou um pouco surpreso ao encontrá-la destrancada, mas, uma vez lá dentro, entendeu o porquê.

Não havia nada para roubar. Era apenas uma cabana de pedra vazia e redonda.

O chefe acionou um interruptor e uma lâmpada pendurada no alto acendeu. Gamache observou seu companheiro abaixar o capuz.

– Não esperava encontrar ninguém aqui fora, nesta tempestade. – Tom Hancock bateu seu chapéu coberto de neve contra a perna. – Adoro andar na tempestade.

Gamache levantou a cabeça e olhou para o jovem sacerdote. Eram quase as mesmas palavras que o agente Morin dissera.

Olhando ao redor, percebeu que não havia assentos, mas indicou o chão e ambos se sentaram, ajeitando-se de maneira confortável contra as grossas paredes.

Eles ficaram em silêncio por um momento. Lá dentro, sem nenhuma janela, sem nenhuma abertura, era como se pudessem estar em qualquer lugar, em qualquer tempo. Poderia estar acontecendo duzentos anos antes e do lado de fora haveria não uma tempestade, mas uma batalha.

– Eu vi o vídeo – disse Tom Hancock.

Suas bochechas estavam vermelhas e brilhantes, e seu rosto, molhado com neve derretida. Gamache suspeitava que estivesse igual, porém não tão jovem nem tão cheio de energia.

– Eu também.

– Terrível – afirmou Hancock. – Sinto muito.

– Obrigado. Não foi exatamente como pareceu, sabe? Eu...

Gamache teve que parar.

– Sim?

– Ele me fez parecer heroico, e eu não fui. A morte deles foi minha culpa.

– Por que acha isso?

– Eu cometi erros. Não enxerguei a magnitude do que estava acontecendo até que fosse quase tarde demais. E até nesse momento eu errei.

– Como assim?

Gamache olhou para o jovem. O pastor. Que se importava tanto com as almas feridas. Ele era um bom ouvinte, Gamache percebeu. Era uma qualidade rara, preciosa.

Ele respirou fundo. Havia um cheiro almiscarado ali dentro, como se o ar não fosse feito para ser respirado, não fosse feito para sustentar a vida.

Então Gamache contou tudo ao jovem pastor. Sobre o sequestro e a longa e paciente trama. Escondidos sob a própria arrogância, a certeza de que a tecnologia avançada descobriria toda a ameaça.

Estavam errados.

Os bandidos eram espertos. Adaptáveis.

– Depois, descobri que o pessoal da segurança chama isso de "abordagem assimétrica". – Gamache sorriu. – Faz com que soe geométrico. Lógico. E imagino que, de certa maneira, foi assim. Lógico demais, certamente simples demais para o nosso gosto. Eles planejaram destruir a barragem La Grande, e como iam fazer isso? Não com uma bomba nuclear, não com dispositivos inteligentemente escondidos. Não infiltrando os serviços de segurança ou usando telecomunicações ou qualquer coisa que deixasse uma assinatura que pudesse ser encontrada e rastreada. Fizeram isso trabalhando onde sabiam que não iríamos olhar.

– E onde era isso?

– No passado. Eles sabiam que nunca poderiam competir conosco em tecnologia moderna, então escolheram a simplicidade. Tão simples que ficou invisível aos nossos olhos. Apostaram em nossa arrogância, nossa certeza de que a tecnologia de última geração nos protegeria.

As duas vozes masculinas eram baixas, como se fossem conspiradores ou contadores de histórias. Parecia que tinha acontecido milênios antes, quando as pessoas se sentavam juntas diante de fogueiras e contavam casos.

– Qual era o plano deles?

– Dois caminhões-bomba. E dois jovens dispostos a dirigi-los. Dois cris.

Tom Hancock, que estava curvado para a frente, para a história e o homem que a contava, afastou-se lentamente. Sentiu as costas contra o frio da parede de pedra. A parede construída antes que os cris soubessem do desastre que se aproximava. Um desastre que eles até ajudariam, guiando os europeus nas hidrovias. Ajudando-os a coletar as peles.

Tarde demais, os cris perceberam que haviam cometido um erro terrível.

E agora, séculos depois, alguns de seus descendentes haviam concordado em dirigir enormes caminhões cheios de explosivos, por uma estrada perfeitamente pavimentada, que cruzava como uma fita a floresta que um dia lhes pertencera. Em direção a uma barragem de altura equivalente a trinta andares.

Eles a destruiriam. E a si mesmos. Suas famílias. Suas aldeias. As florestas, os animais. Os deuses. Tudo arrasado. Lançariam uma torrente que varreria tudo isso.

Na esperança de que, finalmente, alguém ouvisse seus pedidos de ajuda.

– Pelo menos foi isso que disseram a eles – disse o chefe, de repente cansado, desejando agora que pudesse dormir.

– O que aconteceu? – sussurrou Tom Hancock.

– O superintendente Francoeur chegou lá a tempo. Conseguiu detê-los.

– Eles foram...?

– Mortos? – Gamache assentiu. – Sim. Ambos mortos a tiros. E a barragem foi salva.

Tom Hancock sentiu-se quase triste ao ouvir aquilo.

– O senhor disse que esses jovens cris foram usados. Quer dizer que não foi ideia deles?

– Não, nem a ideia dos caminhões. Quem quer que fez isso escolheu coisas já prontas para explodir. As bombas, criadas por eles; os cris, criados por nós.

– Mas quem eram eles? Se os dois cris foram usados pelos terroristas, então quem planejou tudo isso? Quem estava por trás de tudo?

– Não temos certeza. A maioria morreu no ataque da fábrica. Um sobreviveu e está sendo interrogado, mas não ouvi mais nada a respeito.

– O senhor tem suas suspeitas. Eles eram nativos?

Gamache balançou a cabeça.

– Caucasianos. Anglófonos. Todos bem treinados. Mercenários, talvez. O objetivo era a barragem, mas o verdadeiro alvo parece ter sido a costa leste dos Estados Unidos.

– Não o Canadá? Não o Quebec?

– Não. Ao derrubar La Grande, teriam deixado tudo nas trevas, de Boston a Nova York e Washington. E não apenas por uma hora, mas por meses. Teriam explodido toda a rede.

– Com o inverno chegando, ainda por cima.

Eles ficaram em silêncio para imaginar uma cidade como Nova York, com milhões de pessoas, todas assustadas e zangadas congelando no escuro.

– Terroristas nacionais? – indagou Hancock.

– Achamos que sim.

– Ninguém podia prever uma coisa dessas – retrucou Hancock depois de algum tempo. – O senhor fala de arrogância, inspetor-chefe. Talvez o senhor mesmo precise tomar cuidado com ela.

As palavras foram ditas com leveza, mas nem por isso eram menos afiadas.

384

Houve uma leve pausa antes de Gamache responder. Foi com uma pequena risada.

– Grande verdade. Mas o senhor me entendeu mal, reverendo. Não era a ameaça que eu devia ter previsto, mas, assim que ela começou, eu deveria ter percebido que o sequestro não era algo tão simples. Devia saber que o lavrador de uma fazenda no interior não era lavrador. E...

– Sim?

– Eu estava envolvido demais. Todos nós estávamos. O tempo estava acabando e era claro que algo enorme estava acontecendo. Assim que a agente Nichol isolou as palavras "La Grande", eu soube que era aquilo. A barragem no território dos cris. Então enviei uma agente lá para fazer algumas perguntas.

– Apenas uma agente? Certamente o senhor devia ter enviado todos. – Só então Hancock se interrompeu: – Se precisar de mais sugestões sobre táticas, me procure. Ensinam isso no seminário, sabe?

Ele sorriu e ouviu uma pequena gargalhada ao seu lado. Em seguida, uma respiração profunda.

– Os cris não amam a Sûreté. E nem deveriam – disse Gamache. – Achei que uma agente bem esperta seria suficiente. Temos alguns contatos lá, entre os anciãos. Lacoste foi falar com eles primeiro.

Com o passar das horas, os relatórios começaram a chegar. Ela foi de uma comunidade a outra, sempre acompanhada pela mesma senhora. Uma mulher que o inspetor-chefe Gamache conhecera anos antes, sentada em um banco em frente ao Château Frontenac. Uma mulher que todos desprezavam como uma simples mendiga.

Ele a ajudara no passado. E o ajudou no presente.

Os relatórios da agente Lacoste começaram a montar um cenário. De uma geração nas reservas sem nenhuma esperança. Bêbados, drogados e perdidos. Sem vida, sem futuro e sem nada a perder. Tudo lhes fora tirado. Isso Gamache já sabia. Qualquer um com coragem para olhar enxergaria.

Mas havia algo que ele não sabia. Lacoste contou da chegada de forasteiros, professores. Professores brancos, professores ingleses. Insinuando-se nas comunidades havia alguns anos. A maioria dos professores era genuína, mas alguns tinham uma agenda que ia muito além de alfabetização ou tabuada. Seu currículo levaria tempo para ser completado. O plano começara quando os rapazes ainda eram meninos. Impressionáveis, perdidos, assustados. Com fome de aprovação, aceitação, atenção, liderança. E os professores lhes ofereceram tudo isso. Levaram anos para conquistar a confiança deles. Ao longo desse tempo, os professores ensinaram aquelas crianças a ler e escrever, a somar e subtrair. E a odiar. Também ensinaram seus alunos que eles não precisavam mais ser vítimas. Poderiam voltar a ser guerreiros.

Muitos jovens cris foram aceitando aquela ideia atraente, mas acabaram por rejeitá-la. Sentiram que aqueles professores não passavam de mais homens brancos com seus próprios objetivos. Mas dois jovens se deixaram seduzir. Dois jovens prestes a fazer algo com as próprias mãos.

E assim eles morreriam em glória. Convencidos de que o mundo finalmente olharia para seu povo.

Às 11h18.

A barragem hidrelétrica La Grande seria destruída. Dois jovens cris morreriam. E, a quilômetros de distância, um jovem agente da Sûreté seria executado.

Armado com essas evidências, Gamache as apresentou, mais uma vez, ao superintendente Francoeur. Mas quando Francoeur de novo se recusou a agir, em vez de argumentar com o homem, Gamache deixou que seu temperamento explodisse. Que seu desdém pelo superintendente arrogante e perigoso viesse à tona.

Aquilo fora um erro. Custara-lhe tempo. E talvez mais.

– O que aconteceu?

Armand Gamache olhou para os lados, quase surpreso ao perceber que não estava sozinho com os próprios pensamentos.

– Uma decisão tinha que ser tomada. E todos nós sabíamos qual era. Se as informações de Lacoste estivessem corretas, precisaríamos abandonar o agente Morin. Nossos esforços teriam que se concentrar em impedir o bombardeio. Se tentássemos salvar Morin, os terroristas seriam avisados e poderiam adiantar seus planos. Ninguém queria arriscar uma coisa dessas.

– Nem o senhor?

Gamache ficou em silêncio por um bom tempo. Não havia nenhum som dentro ou fora. Quantos outros teriam se escondido ali para se proteger de um mundo violento? Um mundo não tão gentil, não tão bom, não tão amoroso quanto eles desejavam. Quantas pessoas assustadas haviam se amontoado no lugar onde eles estavam sentados? Refugiando-se? Imaginando quando seria seguro sair. De volta ao mundo.

– Que Deus me ajude, nem eu.

– Vocês estavam dispostos a deixar que ele morresse?

– Se fosse preciso.

Gamache encarou Hancock, não com um olhar desafiador, mas com uma espécie de assombro que decisões como aquela precisassem ser tomadas. Por ele. Todos os dias.

– Mas não antes de tentar de tudo.

– O senhor finalmente convenceu o superintendente?

Gamache assentiu.

– Quando faltavam menos de duas horas para resgatar nosso agente.

– Meu bom Deus! – exclamou Hancock. – Tão perto. Chegou tão perto.

Gamache não disse nada por um momento.

– Nós já sabíamos que o agente Morin estava preso numa fábrica abandonada. A agente Nichol e o inspetor Beauvoir o encontraram ouvindo os sons, comparando os horários dos trens. Foi uma investigação magistral. Ele estava numa fábrica abandonada a centenas de quilômetros da barragem. Os conspiradores se colocaram a uma distância segura. Numa cidade chamada Magog.

– Magog?

– Magog. Por quê?

O reverendo pareceu confuso, mas também um pouco desconcertado.

– Gog e Magog?

Gamache sorriu. Havia se esquecido daquela referência bíblica.

– *Você fará um plano maligno* – citou o pastor.

Mais uma vez, Gamache viu Paul Morin no outro extremo da sala, preso à cadeira, olhando para a parede à sua frente. Para um relógio.

Faltavam cinco segundos.

"O senhor me encontrou", disse Morin.

Gamache atravessou o local correndo. As costas finas de Morin se endireitaram.

Três segundos. Tudo pareceu desacelerar. Tudo pareceu tão claro. Ele podia ver o relógio, ouvir o ponteiro dos segundos chegar mais perto do zero. Ver a cadeira de metal e a corda amarrada em torno de Paul Morin.

Não havia nenhuma bomba. Nenhuma.

Atrás de Gamache, Beauvoir e a equipe entraram correndo. Tiros explodiram por toda parte. O chefe saltou em direção ao jovem agente, agora sentado tão ereto.

Um segundo.

Gamache se recompôs.

– Eu cometi um erro final. Virei à esquerda quando devia ter virado à direita. Paul Morin tinha acabado de descrever o sol sobre seu rosto, mas em vez de ir para a porta com a luz entrando, fui para a escura.

Hancock ficou em silêncio. Ele tinha visto o vídeo e agora olhava para aquele homem solene, barbudo, sentado no chão de pedra fria, a cabeça de seu cachorro, com suas orelhas extravagantes, repousando na coxa do dono.

– Não é sua culpa.

– Claro que é minha culpa – retrucou Gamache, com raiva.

– Por que é tão insistente? Seu desejo é ser um mártir? – indagou Hancock. – Foi por isso que saiu em plena nevasca? Está saboreando seu sofrimento? Só pode estar, para se prender a isso com tamanha força.

– Tenha cuidado.

– Por quê? Não posso ferir os sentimentos do grande inspetor-chefe? Se seu heroísmo não o coloca acima de nós, meros mortais, então seu sofrimento o coloca, é isso? Sim, foi uma tragédia, foi horrível, mas aconteceu com eles, não com o senhor. Está vivo. Isso foi o que lhe coube, nada vai mudar esse resultado. É preciso se libertar. Eles morreram. Foi horrível, mas inevitável.

A voz de Hancock era intensa. Henri ergueu a cabeça para olhar fixamente para o jovem pastor, um ligeiro rosnado na garganta. Gamache pôs a mão reconfortante na cabeça de Henri e o cachorro sossegou.

– É doce e certo morrer pelo seu país? – perguntou o chefe.

– Às vezes.

– E não apenas morrer, mas matar também?

– O que isso quer dizer?

– O senhor faria tudo para ajudar seus paroquianos, certo? – questionou Gamache. – O sofrimento deles o machuca, quase fisicamente. Eu vi. Sim, eu saí na nevasca na esperança de que isso acalmasse a minha consciência, mas não foi por isso que o senhor se inscreveu na corrida de canoas no gelo? Para se esquecer de seus fracassos? O senhor não suportava ver os ingleses sofrerem tanto. Morrerem. Como indivíduos, mas também como comunidade. Era sua função lhes dar conforto, mas não sabia como, não sabia se palavras seriam suficientes. Então resolveu agir.

– O que está querendo dizer?

– O senhor sabe o que eu quero dizer. Apesar de esta cidade estar cheia de pessoas que Augustin Renaud tinha incomodado, somente seis poderiam tê-lo de fato assassinado. O Conselho da Sociedade Literária e Histórica. Alguns poucos voluntários tinham as chaves do prédio, alguns poucos conheciam o cronograma da obra e quando o concreto seria derramado, alguns poucos conseguiriam encontrar o subsolo e levar Renaud até lá. Mas apenas os seis membros do Conselho sabiam que ele havia aparecido por lá e que exigira falar com eles. E sabiam por quê.

O reverendo Hancock encarou Gamache sob a luz da lâmpada nua.

– O senhor matou Augustin Renaud – acusou Gamache.

Houve silêncio e, então, um completo e total silêncio. Não havia um mundo lá fora. Não havia tempestade, não havia um campo de batalha, não havia uma cidade murada, fortificada e defendida. Nada.

Apenas a fortaleza silenciosa.

– Sim.

– Não vai negar?

– Era óbvio que o senhor ou já sabia ou logo descobriria. Quando encontrou aqueles livros, estava tudo acabado. Eu os escondi lá, é claro. Não podia destruí-los e não podia arriscar que fossem encontrados em minha casa. Parecia um lugar perfeito. Afinal, ninguém os encontrou na Sociedade Literária e Histórica durante cem anos.

Ele olhou atentamente para Gamache.

– O senhor sabia o tempo todo?

– Eu suspeitava. Na verdade, só podiam ser duas pessoas. O senhor ou Ken Haslam. Enquanto o resto do Conselho ficou e terminou a reunião, vocês dois seguiram para o treino.

– Eu fui antes de Ken, encontrei Renaud e disse a ele que ia permitir que entrasse escondido no prédio naquela noite. Pedi que levasse todas as evidências que tivesse e, se elas me convencessem, eu permitiria que começasse a escavação.

– E, é claro, ele foi.

Hancock assentiu.

– Foi muito simples. Ele começou a cavar enquanto eu lia os livros. O diário de Chiniquy e a Bíblia. Eram comprometedores.

– Ou esclarecedores, dependendo do ponto de vista. O que aconteceu?

– Ele cavou um buraco e me entregou a pá. Eu apenas a levantei e bati nele.

– Simples assim?

– Não, não foi tão simples assim – retrucou Hancock. – Foi horrível, mas tinha que ser feito.

– Por quê?

– Não consegue adivinhar?

Gamache pensou.

– Porque era capaz.

Hancock deu um pequeno sorriso.

– Suponho que sim. Penso nisso mais do que qualquer um. Só eu. Elizabeth nunca conseguiria. O Sr. Blake? Talvez, quando era mais jovem, mas não agora. Porter Wilson não conseguiria acertar a própria cabeça. E Ken? Ele desistiu de sua voz há anos. Não, eu era o único capaz de fazê-lo.

– Mas por que isso tinha que ser feito?

– Porque encontrar Champlain em nosso porão significaria aniquilar a comunidade anglófona. Teria sido o golpe final.

– A maioria dos quebequenses não iria culpar vocês.

– Acha que não? Não é preciso muita coisa para instigar o sentimento antianglófono, mesmo entre os mais racionais. Há sempre uma suspeita de que os anglos estão tramando alguma coisa.

– Eu discordo – afirmou Gamache. – Mas o que eu acho não importa, não é? Essa é a sua crença.

– Alguém precisava protegê-los.

– E esse era o seu trabalho.

Era uma afirmação, não uma pergunta. Gamache tinha identificado isso no reverendo na primeira vez que o vira. Não um fanatismo, mas uma firme crença de que ele era o pastor, e os outros, seu rebanho. E, se os francófonos abrigavam uma certeza oculta de que os anglófonos estavam tramando algo, os anglos tinham certeza de que os franceses estavam prontos para pegá-los. Era, de muitas formas, uma sociedade perfeitamente murada.

E o trabalho do reverendo Tom Hancock era proteger seu povo. Era um sentimento que Gamache podia compreender.

Mas a ponto de cometer assassinato?

Gamache lembrou-se de quando deu um passo à frente, ergueu a pistola, o homem na mira. E atirando.

Tinha matado para proteger os seus. E o faria de novo, se necessário.

– O que vai fazer? – perguntou Hancock, levantando-se.

– Depende. O que o senhor vai fazer?

Gamache também se levantou com firmeza, o que deixou Henri agitado.

– Acho que o senhor sabe por que eu vim aqui esta noite, para as Planícies de Abraão.

E Gamache sabia. Assim que viu que era Tom Hancock naquela parca, entendeu por que ele estava lá.

– Haveria pelo menos uma simetria nisso – disse o reverendo. – Um anglófono despencando do penhasco 250 anos depois.

– Sabe que não vou deixar que faça isso.

– Eu sei que o senhor não tem esperança de me impedir.

– Isso provavelmente é verdade, devo admitir, e esse sujeito aqui não vai ajudar em nada. – Ele indicou Henri. – A menos que a visão de um cachorro choramingando o assuste a ponto de se entregar.

Hancock sorriu.

– Esse é o último bloco de gelo. Não tenho escolha. Foi o que eu recebi.

– Não, não foi. Por que acha que estou aqui?

– Porque está tão envolvido em sua própria tristeza que mal consegue pensar direito. Porque não consegue dormir e veio aqui para fugir de si mesmo.

– Bem, isso também, talvez. – Gamache sorriu. – Mas quais são as probabilidades de nos encontrarmos no meio da tempestade? Se eu tivesse chegado dez minutos mais cedo ou mais tarde, se tivéssemos caminhado a 3 metros um do outro, teríamos nos desencontrado. Teríamos passado sem nos ver, cegos pela nevasca.

– O que está querendo dizer?

– Estou pensando: quais são as probabilidades de isso ocorrer?

– E isso importa? Aconteceu. Nós nos encontramos.

– O senhor viu o vídeo – disse Gamache, baixando a voz. – Viu o que aconteceu. O quão perto eu cheguei.

– Quão perto de morrer? Eu vi.

– Talvez seja por isso que não morri.

Hancock encarou Gamache.

– Está dizendo que foi poupado para me impedir de pular do penhasco?

– Talvez. Sei quanto a vida é preciosa. O senhor não tinha o direito de tirar a vida de Renaud e não tem o direito de tirar a sua agora. Não por causa disso. Mortes demais. Isso precisa parar.

Gamache olhou para o jovem ao seu lado. Um homem, ele sabia, atraído por fiordes e penhascos irregulares e pelos anglófonos do Quebec, parados ao lado da costa, onde o gelo era mais fino.

– O senhor está errado – disse, finalmente, Gamache. – Os ingleses do Quebec não são fracos, não são frágeis. Elizabeth MacWhirter, Winnie, Ken e o Sr. Blake, e até Porter, nenhum deles seria capaz de matar Augustin Renaud, não porque são fracos, mas porque sabiam que não era preciso. Ele não era uma ameaça. Não de verdade. Eles se adaptaram a uma nova realidade, a um novo mundo. O senhor foi o único que não conseguiu. Haverá anglófonos aqui nos séculos que se seguirão, como deve ser. É o seu lar. O senhor deveria ter tido mais fé.

Hancock caminhou até Gamache.

– Eu poderia passar direto pelo senhor.

– Provavelmente. Eu tentaria impedi-lo, mas suspeito que o senhor conseguiria. Mas sabe que eu iria segui-lo, eu teria que fazer isso. E então o quê? Um francófono de meia-idade e um jovem anglófono, perdidos numa tempestade nas Planícies de Abraão, vagando, um em busca de um penhasco, o outro em busca do jovem. Quando eles nos encontrariam? Na primavera, talvez? Congelados? Mais dois cadáveres insepultos? É assim que isso termina?

Os dois se entreolharam. Por fim, Tom Hancock suspirou.

– Com a minha sorte, o senhor é que cairia do penhasco.

– Seria decepcionante.

Hancock sorriu, cansado.

– Desisto. Chega de batalhas.

– *Merci* – disse Gamache.

Chegando à porta, Hancock se virou. A mão de Gamache, com um ligeiro tremor, procurou a trava.

– Eu não devia tê-lo acusado de jogar com sua dor. Foi errado de minha parte.

– Talvez não tão errado. – Gamache sorriu. – Eu preciso me libertar disso. De todos.

– Dê tempo ao tempo – disse Hancock.

– *Avec le temps* – concordou Gamache. – Sim.

– O senhor mencionou o vídeo agora mesmo – afirmou Hancock, lembrando-se de outra pergunta que queria fazer. – Sabe como ele foi parar na internet?

– Não.

Hancock o olhou com atenção.

– Mas tem suas suspeitas.

Gamache lembrou-se da raiva no rosto do superintendente quando ele o confrontou. A batalha entre eles era longa. Antiga. Francoeur conhecia Gamache bem o suficiente para saber que críticas sobre como ele havia lidado com o ataque o feririam menos do que a atitude exatamente oposta. Louvor. Louvor imerecido, enquanto seu pessoal sofria.

Se uma bala não fora capaz de parar o inspetor-chefe, aquilo poderia.

Mas ele via agora outra fisionomia. Mais jovem. Ansiosa para se juntar a eles. E impedida mais uma vez. Enviada de volta ao porão. Onde ela monitorara tudo. Ouvira tudo. Vira tudo. Gravara tudo.

E se lembrara de tudo.

VINTE E SEIS

– Mande lembranças a Reine-Marie – disse Émile.

Ele e Armand estavam à porta. Em seu Volvo, Gamache levava sua mala e várias lembranças de Émile para Reine-Marie. Doces da Paillard, patê e queijo da J. A. Moisan, chocolate feito por monges, comprados na loja da Rue St. Jean.

Gamache esperava que a maior parte chegasse de fato a Montreal. Com ele e Henri no carro, tinha suas dúvidas.

– Pode deixar. Provavelmente vou voltar em algumas semanas para testemunhar, mas o inspetor Langlois tem todas as provas de que precisa.

– E a confissão ajuda – lembrou Émile, com um sorriso.

– Verdade – concordou Gamache.

Olhou para dentro da casa. Ele e Reine-Marie costumavam aparecer sempre, desde que Émile se aposentara e ele e a esposa se mudaram para Quebec. Então, depois que Alice morreu, passaram a visitá-lo com mais frequência, para lhe fazer companhia.

– Estou pensando em vender – disse Émile, observando Armand olhar ao redor.

Gamache virou-se para ele e pensou.

– É uma casa enorme.

– As escadas estão ficando mais íngremes – concordou Émile.

– Você é bem-vindo para vir morar conosco, já sabe disso.

– Eu sei, *merci*, mas acho que vou ficar por aqui mesmo.

Gamache sorriu, sem nenhuma surpresa.

– Sabe, suspeito que Elizabeth MacWhirter esteja enfrentando o mesmo problema. Dificuldades para viver sozinha em uma casa grande.

– É mesmo? – indagou Émile, olhando para Gamache com clara suspeita. Armand sorriu e abriu a porta.

– Não saia. Está frio.

– Não sou tão frágil assim – retrucou Émile. – Além do mais, quero me despedir de Henri.

Ao ouvir seu nome, o pastor-alemão olhou para Émile, orelhas para a frente, alertas. Caso houvesse algum biscoito envolvido. E havia.

A calçada fora limpa havia pouco. A nevasca havia parado antes do amanhecer, e o sol nascera iluminando um cenário branco e imaculado. A cidade brilhava e luzes se refletiam em cada superfície, fazendo parecer que Quebec era feita de cristal.

Antes de abrir a porta do carro, Gamache pegou um pouco de neve, pressionou bem e mostrou a Henri a bola que havia feito. O cachorro dançou, então parou, atento, olhando fixamente.

Gamache jogou a bola no ar e Henri saltou e se esticou para pegá-la, acreditando que, dessa vez, a reteria e ela continuaria inteira em sua boca.

A bola de neve desceu e Henri a pegou. E mordeu. Quando ele pousou com as quatro patas no chão, só tinha um bocado de neve na boca. De novo.

Mas Gamache sabia que Henri continuaria tentando. Ele nunca perdia a esperança.

– Então – disse Émile –, quem você acha que era a mulher no caixão de Champlain?

– Eu diria que era uma reclusa do hospício de Douglas. Quase com certeza uma morte natural.

– Então ele a colocou no caixão de Champlain, mas o que fez com Champlain?

– Você já sabe a resposta.

– Claro que não. Eu não estaria perguntando se soubesse.

– Vou lhe dar uma dica. Está nos diários de Chiniquy, você leu a resposta para mim ontem à noite. Vou ligar para você assim que chegar em casa e, se você não tiver descoberto, eu conto.

– Que homem sem piedade.

Émile parou, estendeu a mão e a pousou brevemente sobre a de Gamache, que segurava a porta do carro.

– *Merci* – agradeceu Gamache. – Por tudo o que você fez por mim.

– E você por mim. Então você acha que madame MacWhirter pode estar precisando de um pouco de ajuda?

– Acho, sim. – Gamache abriu a porta do carro e Henri pulou para dentro. – Mas, afinal, eu também acho que a noite pode estar um morango.

Émile sorriu.

– Cá entre nós? Eu também.

Três horas depois, em casa, Gamache e Reine-Marie estavam sentados em sua confortável sala de estar, o fogo crepitando na lareira.

– Émile ligou – disse Reine-Marie. – Ele me pediu para lhe dar um recado.

– Ah.

– Ele disse: "Três múmias." Isso faz algum sentido para você?

Gamache sorriu e assentiu. Três múmias foram levadas para Pittsburgh, mas Douglas só trouxera duas do Egito.

– Estive pensando sobre aquele vídeo, Armand.

Ele tirou os óculos de leitura.

– Você gostaria de assistir?

– Você gostaria que eu assistisse?

Ele hesitou.

– Prefiro que não, mas, se você quiser, eu assisto com você.

Ela sorriu.

– *Merci*, mas não quero assistir.

Ele a beijou suavemente, então retomaram a leitura. Reine-Marie olhou para Armand por cima de seu livro.

Ela sabia tudo o que precisava saber.

Gabri estava atrás do balcão do bistrô, com um pano de prato na mão, secando um copo. À sua volta, amigos e clientes conversavam e sorriam, liam e se sentavam em silêncio.

Era domingo à tarde, e a maioria ainda estava de pijama, inclusive Gabri.

– Eu adoraria ir para Veneza – comentou Clara.

– Turistas demais – rebateu Ruth.

– Como você sabe? – indagou Myrna. – Já esteve lá?

– Não preciso ir. Tudo de que preciso está aqui. – Ela tomou um gole da bebida de Peter e fez uma careta. – Meu Deus, o que é isso?

– Água.

Os amigos se mudaram para perto da lareira a fim de conversar com Roar e Hanna Parra, enquanto Gabri pegava um punhado de balas de alcaçuz da jarra do bar e observava o salão.

Os olhos dele capturaram um movimento do lado de fora da janela congelada. Um carro familiar, um Volvo, seguia lentamente pela Rue du Moulin em direção à vila. A luz do sol se refletia nos bancos de neve fresca, e crianças patinavam no lago congelado.

O carro parou a meio caminho da vila e dois homens saíram.

Jean-Guy Beauvoir e Armand Gamache. Eles pararam ao lado do carro, então a porta traseira se abriu.

Clara se virou ao som de um ruído leve no bar. As balas estavam caindo da mão de Gabri. A conversa no bistrô diminuiu até desaparecer, à medida que os clientes olhavam primeiro para Gabri, depois para fora da janela.

Gabri continuou a olhar fixamente.

É claro que não podia ser. Ele tinha imaginado, fantasiado, sonhado tantas vezes. Tinha visto com clareza, mas voltara sozinho para o mundo real. Sem tirar os olhos, ele saiu de trás do bar. Os clientes se afastaram, abrindo caminho para aquele homem grande.

A porta foi aberta, e Olivier estava ali.

Incapaz de falar, Gabri abriu os braços e Olivier caiu neles. Os dois se abraçaram, se apertaram e choraram. Ao redor deles, as pessoas aplaudiram, choraram e abraçaram umas às outras.

Depois de um tempo, os dois se separaram, enxugando as lágrimas um do outro. Rindo e olhando um para o outro, Gabri com medo de desviar os olhos e a cena desaparecer mais uma vez. E Olivier atordoado com tudo o que lhe era tão familiar e amado. Os rostos, as vozes, os sons que ele conhecia tão bem e não ouvia pelo que parecia toda uma vida. O aroma das toras de bordo no fogo, croissants amanteigados e café torrado na hora.

Todas as coisas de que se lembrava e pelas quais ansiava.

E o cheiro de Gabri, de sabonete Ivory. E seus braços fortes e seguros em volta dele. Gabri. Que nunca, em nenhum momento, deixara de acreditar nele.

Gabri afastou os olhos de Olivier e olhou para quem estava atrás de seu companheiro, dois oficiais da Sûreté.

– Obrigado – disse ele.

– O inspetor Beauvoir é quem merece os agradecimentos – afirmou o inspetor-chefe.

O lugar ficou em silêncio de novo. Gamache virou-se para Olivier. Ele precisava dizer algo para que todos ouvissem. Caso ainda houvesse alguma dúvida.

– Eu estava errado – admitiu Gamache. – Me desculpem.

– Eu não posso te perdoar agora – disse Olivier asperamente, lutando para manter as emoções sob controle. – Não tem ideia do que nós passamos. – Ele parou, recuperou a compostura e prosseguiu: – Talvez com o tempo.

– *Oui* – concordou Gamache.

Enquanto todos comemoravam, Armand Gamache caminhou ao sol, ao som das crianças jogando hóquei, fazendo guerra de bolas de neve, deslizando colina abaixo. Ele parou para assistir, mas viu apenas o jovem em seus braços. Feridas de balas nas costas.

Encontrado, mas tarde demais.

Armand Gamache abraçou Paul Morin contra seu corpo.

Sinto muito. Me desculpe.

Só havia silêncio e, muito distante, o som de crianças brincando.

AGRADECIMENTOS

MICHAEL E EU PASSAMOS UM MÊS mágico na cidade de Quebec pesquisando para *Enterre seus mortos*. Quebec é um lugar glorioso, e a antiga cidade murada é ainda mais bonita. Espero ter conseguido capturar a sensação de andar por aquelas ruas todos os dias e admirar não apenas as adoráveis construções antigas de pedras, mas também a minha história. A história do Canadá. Viva. Foi muito comovente para nós dois. Mas a cidade de Quebec não é um museu. É uma capital vibrante, moderna e próspera. Espero ter captado isso também. Principalmente, espero que *Enterre seus mortos* contenha o grande amor que sinto por essa sociedade que escolhi como lar. Um local onde os idiomas e as culturas francesas e inglesas vivem juntos. Nem sempre em concordância, pois ambos sofreram e perderam muito para se sentirem totalmente em paz, mas há profundo respeito e afeição.

Grande parte da ação de *Enterre seus mortos* acontece na biblioteca da Sociedade Literária e Histórica, em Vieux Québec. É uma biblioteca esplêndida, e foi um feito extraordinário terem criado e mantido essa instituição inglesa viva para muitas gerações. Fui auxiliada em minhas pesquisas pelos membros, voluntários e funcionários da Lit e His (como é carinhosamente chamada). Como este é um trabalho de ficção, tomei algumas liberdades com alguns aspectos da história do Quebec e da Sociedade Literária e Histórica. Especialmente naqueles que se relacionam com um de seus mais importantes membros, o Dr. James Douglas. Presumo que alguns não ficarão muito satisfeitos com a minha extrapolação, mas espero que compreendam.

Também preciso deixar claro que me encontrei com o arqueólogo-chefe de Quebec muitas vezes e que ele é um homem encantador, prestativo e gentil. Nada parecido com o meu fictício arqueólogo-chefe.

A maior parte da história do livro diz respeito a Samuel de Champlain. Tenho que admitir, o que me envergonha, que eu não sabia muito sobre ele antes de começar minhas pesquisas. Conhecia de nome, sabia que era um dos fundadores do Quebec e, portanto, do Canadá. Sabia que o local onde ele foi enterrado é um mistério. Ninguém conseguiu identificá-lo. E esse fato intriga arqueólogos e historiadores há décadas. O mistério está no centro do meu próprio mistério. Mas trabalhar com esse material exigiu que eu aprendesse sobre Champlain. Para tanto, li bastante sobre ele e conversei com historiadores locais, especialmente com Louisa Blair e David Mendel. Também foi de grande ajuda um livro maravilhoso chamado *Champlain's Dream* (O sonho de Champlain), do professor David Hackett Fisher, da Universidade Brandeis. O professor Fischer esteve na cidade de Quebec durante nossa estadia e, quando soubemos disso, Michael e eu decidimos ouvir sua palestra. Percebemos (tardiamente) que o local era um salão de conferências do governo. Quando chegamos, nós nos sentamos no final da enorme mesa. Uma jovem muito simpática aproximou-se e perguntou, em um francês perfeito, quem éramos nós. Então, em um francês não tão perfeito, explicamos que eu era uma escritora anglo-canadense que estava pesquisando sobre Champlain e que gostaria de ouvir a palestra do professor. Ela me agradeceu e, alguns minutos depois, um homem se aproximou, apertou nossas mãos e nos escoltou até a cabeceira da mesa. Então todos se levantaram e o ministro da Cultura chegou, junto com outros altos funcionários do governo. Finalmente, o professor Fischer entrou e sentou-se bem à nossa frente.

Era tarde demais quando Michael e eu descobrimos que aquele evento era privado, com os mais importantes funcionários do governo... e nós. Quando perceberam quem éramos, em vez de pedirem que saíssemos, eles nos ofereceram os melhores lugares e grande parte da conferência foi realizada em inglês.

Isso é o Quebec. Onde há muita bondade e acolhimento. Mas também pode haver, em algumas áreas, grandes suspeitas – de ambos os lados.

Isso é parte do que faz do Quebec um lugar tão fascinante.

Gostaria de agradecer a Jacquie Czernin e Peter Black, da CBC Radio local, pela ajuda com contatos. E a Scott Carnie, por sua ajuda a respeito de algumas questões táticas.

Aqueles que, como eu, amam a poesia da Grande Guerra reconhecerão que parafraseei um extraordinário poema de Wilfred Owen chamado "Dulce et Decorum Est".

Enterre seus mortos deve muito à minha maravilhosa agente, Teresa Chris, e a meus editores, Hope Dellon, Sherise Hobbs e Dan Mallory. Suas palavras gentis e olhos críticos despertaram o melhor do livro e de mim mesma como escritora.

Por fim, gostaria de mencionar que a Sociedade Literária e Histórica é uma joia, mas, como a maioria das bibliotecas, funciona agora com poucos recursos e a boa vontade de voluntários, tanto francófonos quanto anglófonos. Se você quiser se associar ou visitá-la, por favor, entre em contato com a instituição em www.morrin.org.

Em diversos aspectos, este livro é muito especial para mim, como espero que você perceba. Como os demais livros sobre o inspetor-chefe Gamache, *Enterre seus mortos* não trata da morte, mas da vida. E da necessidade de respeitar o passado, mas também de se desapegar dele.

Leia um trecho de

UM TRUQUE DE LUZ

o próximo caso de Armand Gamache

UM

AH, NÃO NÃO NÃO, PENSOU CLARA MORROW, indo em direção às portas fechadas.

Através do vidro fosco, ela via sombras e formas se moverem como fantasmas, para a frente e para trás, para a frente e para trás. Apareciam e desapareciam. Distorcidas, mas ainda humanas.

O morto ainda jazia gemendo.

Durante toda a manhã, aquelas palavras surgiram na cabeça dela, aparecendo e desaparecendo. Um poema, de que só se lembrava a metade. As palavras subiam até a superfície e depois afundavam de novo. Não conseguia alcançar o corpo do poema.

Como era mesmo o resto?

Aquilo parecia importante.

Ah, não não não.

No fim do longo corredor, as figuras borradas tinham um aspecto quase líquido, esfumaçado. Bem ali, mas incorpóreas. Esvanecendo. Fugindo.

Como ela queria fazer agora.

Lá estava. O fim da jornada. Não apenas a jornada daquele dia, em que ela e o marido, Peter, foram de carro de seu pequeno vilarejo quebequense até o Musée d'Art Contemporain de Montreal, um lugar que conheciam muito bem. Intimamente. Quantas vezes não foram até o MAC para apreciar uma exposição nova? Para prestigiar um amigo, um colega artista? Ou só se sentar em silêncio naquela galeria elegante, no meio da semana, enquanto o resto da cidade trabalhava?

Arte era o trabalho deles. Na verdade, era mais do que isso. Tinha que ser. Caso contrário, para que suportar todos aqueles anos de solidão? De fracassos? Do silêncio de uma confusa – e até desconcertante – cena artística?

Todos os dias, Clara e Peter trabalhavam duro em seus pequenos estúdios em seu pequeno vilarejo, levando uma vida pequena. Felizes. Mas, ainda assim, querendo mais.

Ela avançou alguns passos no longuíssimo corredor com piso de mármore branco.

Aquilo, sim, era "mais". O que estava atrás daquelas portas. Finalmente. A parada final do trabalho, da caminhada, de sua vida inteira.

Seu primeiro sonho de infância e seu último, naquela manhã – quase cinquenta anos depois –, estavam no finalzinho daquele duro corredor branco.

Ambos acreditavam que Peter seria o primeiro a cruzar aquelas portas. De longe o artista mais bem-sucedido, ele realizava estudos primorosos da vida, em *close*. Tão detalhados e tão próximos que uma fatia do mundo natural surgia distorcida e abstrata. Irreconhecível. Peter transformava o natural em antinatural.

As pessoas adoravam. Ainda bem. Aquilo colocava comida na mesa e mantinha os lobos, que costumavam rodear a casinha deles em Three Pines, longe da entrada. Tudo graças a Peter e à arte dele.

Clara olhou de relance para o marido, que andava um pouco à sua frente, um sorriso estampando o rosto bonito. Sabia que a maioria das pessoas, quando os via pela primeira vez, nunca a tomava por esposa dele. Esperavam que sua companheira fosse alguma executiva esbelta com uma taça de vinho branco na mão. Um exemplo de seleção natural. Semelhante que atrai semelhante.

Aquele distinto artista de cabelos grisalhos e feições nobres não podia ter escolhido a mulher que segurava uma cerveja na mão de boxeadora. E que tinha patê nos cabelos rebeldes. Além de um estúdio cheio de esculturas feitas com peças de tratores velhos e pinturas de repolhos alados.

Não. Peter Morrow não poderia ter escolhido aquela mulher. Não seria natural.

Ainda assim, ele a escolhera.

E ela, a ele.

Clara sorriria se não tivesse certeza de que estava prestes a vomitar.

Ah, não não não, pensou de novo enquanto observava Peter marchar, determinado, em direção às portas fechadas e aos fantasmas da cena artística que aguardavam a hora de dar o veredito final. Sobre ela.

Sentiu as mãos frias e dormentes enquanto avançava devagar, impulsionada por uma força irrefreável, uma mistura primitiva de excitação e pavor. Queria correr até as portas, escancará-las e gritar: "Aqui estou eu!"

Porém, mais que tudo, queria se virar e fugir, se esconder.

Disparar de volta, aos tropeços, pelo longuíssimo corredor, repleto de luz, arte e mármore. Admitir que cometera um erro. Que dera a resposta errada quando perguntaram se queria fazer uma exposição individual. No Musée. Quando perguntaram se queria que todos os seus sonhos se tornassem realidade.

Ela dera a resposta errada. Dissera sim. E foi nisso que deu.

Alguém tinha mentido. Ou contado uma meia verdade. No sonho dela, seu único sonho, repetido inúmeras vezes desde a infância, ela fazia uma exposição individual no Musée d'Art Contemporain. Caminhava por aquele corredor. Controlada e serena. Bela e magra. Espirituosa e popular.

Para os braços de um mundo adorável à sua espera.

Não havia pavor. Nem náusea. Ou criaturas vislumbradas através do vidro fosco, esperando para devorá-la. Dissecá-la. Diminuir a ela e às suas criações.

Alguém havia mentido. Não lhe disseram que outra coisa poderia estar à sua espera.

O fracasso.

Ah, não não não, pensou Clara. *O morto ainda jazia gemendo.*

Como era mesmo o resto do poema? Por que os versos lhe escapavam?

Agora, a poucos passos do fim de sua jornada, tudo o que Clara queria era fugir para casa, para Three Pines. Abrir o portão de madeira. Correr pelo caminho ladeado por macieiras em flor. Bater com força a porta após entrar. Encostar-se nela. Trancá-la. Apoiar o corpo contra ela, deixando o mundo lá fora.

Agora, tarde demais, Clara sabia quem havia mentido.

Ela mesma.

Seu coração se atirava contra as costelas, como uma criatura enjaulada, apavorada e desesperada para escapar. Clara notou que estava prendendo o fôlego e se perguntou por quanto tempo. Para compensar, começou a respirar rápido.

Peter estava falando, mas a voz dele parecia abafada, distante. Sufocada pelos gritos em sua cabeça e pelas batidas em seu peito.

E pelo barulho que crescia atrás das portas. À medida que eles se aproximavam.

– Vai ser divertido – disse Peter, com um sorriso tranquilizador.

Clara abriu a mão. Deixou cair a bolsa, que bateu no chão com um ruído surdo, já que estava quase vazia, com apenas uma bala de menta e o minúsculo pincel do primeiro estojo de pintura infantil que a avó lhe dera.

Ela se ajoelhou, fingindo coletar itens invisíveis e enfiá-los na bolsa. Baixou a cabeça, tentando recuperar o fôlego e querendo saber se estava prestes a desmaiar.

– Inspira – orientou uma voz. – Expira.

Clara desviou o olhar da bolsa no chão de mármore reluzente para o homem agachado à sua frente.

Não era Peter.

Em vez do marido, viu Olivier Brulé, amigo e vizinho de Three Pines. Ajoelhado, ele a observava, seus olhos gentis mais parecendo coletes salva-vidas atirados para uma mulher que se afogava. Clara os agarrou.

– Inspira – sussurrou ele, com a voz calma.

Aquela era uma crise só dos dois. O resgate só dos dois.

Ela inspirou profundamente.

– Acho que eu não vou conseguir – disse Clara, inclinando-se para a frente, tonta.

Ela sentia que as paredes se aproximavam e viu os sapatos de couro preto polido de Peter no chão à sua frente. Onde ele enfim havia parado. Sem ter dado falta dela imediatamente. Sem ter notado a esposa ajoelhada no chão.

– Eu sei – sussurrou Olivier. – Mas eu conheço você. De pé ou de joelhos, você vai atravessar aquela porta – afirmou ele, meneando a cabeça para o fim do corredor, sem tirar os olhos dela. – É melhor se for de pé.

– Ainda não é tarde demais – disse ela, analisando o rosto dele, os sedosos cabelos louros e as linhas que só se viam bem de perto, mais linhas do que um homem de 38 anos deveria ter. – Eu posso ir embora. Voltar para casa.

O rosto gentil de Olivier desapareceu e ela voltou a ver o próprio quintal, como o tinha visto naquela manhã, antes de a névoa se dissipar. O orvalho grosso debaixo das galochas. As primeiras rosas e as últimas peônias úmidas e cheirosas. Ela havia se sentado no banco de madeira do quintal com o café nas mãos e pensado no dia à sua frente.

Nem uma única vez tinha se imaginado desabando no chão. Apavorada. Querendo ir embora. Voltar para o quintal.

Mas Olivier estava certo. Ela não iria voltar. Ainda não.

Ah, não não não. Ela precisava passar por aquelas portas. Agora, aquele era o único caminho para casa.

– Expira – sussurrou Olivier, com um sorriso.

Clara riu e exalou.

– Você daria uma ótima parteira.

– O que vocês estão fazendo aí agachados? – perguntou Gabri, observando Clara e o companheiro. – Eu sei o que o Olivier geralmente faz nesta posição e espero que não seja isso – comentou ele, antes de se virar para Peter. – Embora isso explique a risada.

– Pronta? – perguntou Olivier.

Ele entregou a bolsa a Clara e os dois se levantaram.

Sempre perto de Olivier, Gabri deu um abraço de urso na amiga.

– Você está bem? – perguntou ele, examinando-a de perto.

Gabri era grande, embora preferisse "robusto", e não tinha no rosto as linhas de preocupação do companheiro.

– Sim, estou bem – respondeu Clara.

– Bem *demais*? Desequilibrada, egoísta, mesquinha, amarga, insegura e solitária?

– Exatamente.

– Ótimo. Eu também. Assim como todo mundo lá dentro – disse Gabri, apontando para a porta. – A diferença é que eles não são uma artista fabulosa na abertura de uma exposição individual. Então, além de bem, você está famosa.

– Vamos? – perguntou Peter, acenando para Clara com um sorriso.

Ela hesitou, então pegou a mão do marido, e eles caminharam juntos pelo corredor, sem que os ecos agudos de seus pés mascarassem a alegria do outro lado.

Eles estão rindo, pensou Clara. *Eles estão rindo do meu trabalho.*

E, naquele instante, o corpo do poema veio à tona. Os outros versos foram revelados.

Ah, não não não, pensou Clara. *O morto ainda jazia gemendo.*
A vida inteira eu estive distante demais
E não acenava, mas me afogava.

AO LONGE, ARMAND GAMACHE OUVIA crianças brincando. Ele sabia de
onde vinha. Do parque do outro lado da rua, embora não conseguisse ver os
pequenos por entre os bordos e as folhagens de fim da primavera. Às vezes ele
gostava de se sentar ali e fingir que os gritinhos e as risadas vinham de suas
netas, Florence e Zora. Imaginava que Daniel, seu filho, e Roslyn estavam
no parque, tomando conta delas. E que logo atravessariam de mãos dadas
a rua silenciosa bem no centro da cidade grande para jantar. Ou que ele e
Reine-Marie se juntariam a eles. Para jogar bola ou *conkers*.

Gostava de fingir que eles não estavam a milhares de quilômetros dali,
em Paris.

Mas, na maior parte do tempo, só escutava os gritinhos e as gargalhadas
das crianças da vizinhança. E sorria. Relaxava.

Gamache pegou a cerveja e pousou a revista *L'Observateur* nos joelhos.
Sua esposa, Reine-Marie, estava sentada diante dele na varanda. Ela também
tomava uma cerveja gelada naquele dia inesperadamente quente de meados
de junho. Mas seu exemplar do *La Presse* estava dobrado em cima da mesa,
e ela olhava para longe.

– No que está pensando? – perguntou ele.

– Em nada especial.

Ele ficou em silêncio por um instante, observando a esposa. Os cabelos
dela já estavam bem grisalhos, assim como os dele. Por muitos anos ela os
tingira de castanho-avermelhado, mas tinha parado havia pouco tempo.
Ainda bem. Como ele, Reine-Marie estava na casa dos 50. E era assim que
deveria parecer um casal dessa idade – se tivesse sorte.

Não como modelos. Com isso eles não seriam confundidos. Armand
Gamache não era pesado, mas tinha uma constituição sólida. Se um estranho
visitasse aquela casa, talvez tomasse monsieur Gamache por um acadêmico
tranquilo, quem sabe um professor de história ou literatura na Université
de Montreal.

Mas isso também seria um erro.

No amplo apartamento deles havia livros por toda parte. Obras de história, biografias, romances, estudos sobre antiguidades do Quebec e poesia. Em estantes organizadas. Quase todas as mesas tinham pelo menos um livro e, muitas vezes, algumas revistas. Os jornais do fim de semana viviam espalhados na mesa de centro da sala de estar, em frente à lareira. Se o visitante fosse observador e avançasse até o escritório de Gamache, talvez percebesse a história que aqueles livros contavam.

E logo perceberia que aquela não era a casa de um professor de literatura francesa aposentado. As estantes estavam repletas de relatos de casos, livros de anatomia geral e medicina forense, além de tomos sobre o Código Napoleônico, o Direito Comum, impressões digitais, genética, ferimentos e armas.

Assassinato. O escritório de Armand Gamache estava repleto disso.

Ainda assim, mesmo em meio à morte, um espaço fora aberto para livros de filosofia e poesia.

Ao observar Reine-Marie sentada perto dele na varanda, Gamache mais uma vez teve a certeza de que tinha feito um casamento desigual. Não socialmente. Não academicamente. Mas ele nunca conseguira afastar a suspeita de que tivera muita, muita sorte.

Armand Gamache sabia que tivera muita sorte na vida, mas nada se comparava a amar a mesma mulher por 35 anos. A não ser o extraordinário golpe de sorte de ter esse amor retribuído.

Agora ela pousava nele seus olhos azuis.

– Na verdade, eu estava pensando na vernissage da Clara.

– Ah.

– A gente deveria sair daqui a pouco.

– É verdade – respondeu ele, consultando o relógio.

Eram 17h05. A abertura da exposição individual de Clara Morrow no Musée começaria às cinco e terminaria às sete.

– Assim que David chegar.

Como o genro estava meia hora atrasado, Gamache olhou de relance para o apartamento. Na sala de estar, mal conseguia distinguir a filha, Annie, que lia em frente ao auxiliar imediato de Gamache, Jean-Guy Beauvoir, que massageava as notáveis orelhas de Henri. O pastor-alemão dos Gamaches ficaria ali o dia todo, com um sorriso bobo naquele rosto jovem.

Jean-Guy e Annie ignoravam um ao outro. Gamache sorriu de leve. Pelo menos não estavam lançando insultos ou coisa pior pela sala.

– Quer ir agora? – perguntou Gamache. – É só ligar para o celular do David e pedir que ele encontre a gente lá.

– Por que não esperamos mais uns minutinhos?

Gamache assentiu e pegou a revista, depois a baixou devagar.

– Era só isso mesmo?

Reine-Marie hesitou e sorriu.

– Eu só estava me perguntando se você quer mesmo ir. Ou se está enrolando.

Armand ergueu as sobrancelhas, surpreso.

JEAN-GUY BEAUVOIR ACARICIOU AS ORELHAS de Henri e olhou para a jovem à sua frente. Ele a conhecia havia quinze anos, desde que era novato na Divisão de Homicídios, e ela, uma adolescente. Esquisita, desajeitada e mandona.

Ele não gostava de crianças. Muito menos de adolescentes que se achavam espertinhas. Mas tinha tentado gostar de Annie Gamache, nem que fosse porque era filha do chefe.

Tinha tentado, tentado e tentado. E finalmente...

Conseguido.

Agora ele tinha quase 40, e ela, quase 30. Advogada. Casada. Ainda esquisita, desajeitada e mandona. Mas tinha tentado tanto gostar dela que acabara vendo algo por trás daquilo. Vira como ela ria com uma alegria sincera e prestava atenção em pessoas chatas como se fossem fascinantes. Demonstrava estar feliz em vê-las, de verdade. Como se fossem importantes. Vira Annie dançar agitando os braços e jogando a cabeça para trás. Os olhos brilhando.

E tinha sentido a mão dela na dele. Uma única vez.

No hospital. Ele voltara de muito longe. Lutara contra a dor e a escuridão para alcançar aquele toque desconhecido, mas gentil. Sabia que não pertencia à sua esposa, Enid. Não teria voltado por seu toque de passarinho.

Mas aquela mão era grande, firme, quente. E o chamava de volta.

Ele abriu os olhos e viu que Annie Gamache o encarava, preocupada. Por que ela estaria ali?, ele se perguntou. Então entendeu.

Porque ela não tinha mais para onde ir. Já não havia nenhuma outra cama no hospital ao lado da qual se sentar.

O pai dela estava morto. Tinha sido alvejado por um atirador na fábrica abandonada. Beauvoir vira aquilo acontecer. Vira Gamache ser atingido. Vira quando ele fora atingido e caíra no chão de concreto.

E ficara ali, parado.

E agora Annie Gamache segurava sua mão no hospital porque a mão que ela realmente queria segurar se fora.

Jean-Guy Beauvoir se esforçou para abrir os olhos e viu a profunda tristeza no rosto de Annie Gamache. Aquilo partiu o coração dele. Então ele viu outra coisa.

Alegria.

Nunca haviam olhado para ele daquele jeito. Com uma alegria tão intensa e desarmada.

Quando abriu os olhos, era daquele jeito que Annie o encarava.

Ele tentou falar, sem sucesso. Mas ela adivinhou o que ele queria dizer.

Ela se inclinou e sussurrou no ouvido dele, e ele sentiu o perfume dela. Levemente cítrico. Limpo e fresco. Não o perfume forte e pegajoso de Enid. Annie cheirava a limoeiros no verão.

– Meu pai está vivo.

Então ele sentiu vergonha. Muitas humilhações o aguardavam no hospital. De penicos e fraldas a banhos de esponja. Mas nada podia ter sido mais pessoal e íntimo, seu corpo não podia tê-lo traído mais do que fazendo o que fez.

Ele chorou.

E Annie viu. E os dois nunca mencionaram aquilo. Para espanto de Henri, Jean-Guy parou de esfregar suas orelhas e colocou uma das mãos sobre a outra, em um gesto que agora já lhe era habitual.

Era aquilo que havia sentido. A mão de Annie na sua.

Aquilo era o máximo que teria dela. Da filha casada de seu chefe.

– Seu marido está atrasado – disse Jean-Guy, percebendo que soava acusatório.

O cutucão.

Bem, bem devagar, Annie baixou o jornal. E o encarou, furiosa.

– Qual é o problema?

Qual era o problema?

– Vamos nos atrasar por causa dele.

– Então pode ir na frente. Não ligo.

Ele havia carregado a arma, apontado para a própria cabeça e implorado a Annie que puxasse o gatilho. E agora sentia que as palavras o atingiam. Cortavam. Penetravam fundo e explodiam.

Não ligo.

Ele notou que aquilo era quase reconfortante. A dor. Talvez se a forçasse a machucá-lo o suficiente, ele não sentiria mais nada.

– Olha... – disse ela, inclinando-se para a frente e suavizando a voz. – Eu sinto muito por você e Enid. Pela separação.

– É, bom, acontece. Como advogada, você deve saber.

Ela o encarou com os olhos perscrutadores do pai. Então assentiu.

– É, acontece – concordou, e depois ficou quieta, imóvel. – Ainda mais depois do que você passou, eu acho. Faz a gente repensar a vida. Quer falar sobre isso?

Falar sobre Enid com Annie? Sobre todas as brigas mesquinhas e sórdidas, minúsculas grosserias, feridas e cicatrizes? Sentiu-se desconfortável com a ideia, o que ele provavelmente demonstrou. Annie se afastou e ficou vermelha como se tivesse levado uma bofetada.

– Esquece – disse ela, tampando o rosto com o jornal.

Ele procurou algo para dizer, uma pequena ponte, um píer que o levasse de volta para ela. Os minutos se estenderam, se alongaram.

– A vernissage – comentou, afinal, em um impulso.

Foi a primeira coisa que surgiu em sua cabeça oca, como se tirasse sempre a mesma palavra em biscoitos da sorte. "Vernissage", no caso.

O jornal baixou, deixando à mostra a cara de paisagem de Annie.

– O pessoal de Three Pines vai estar lá, sabe?

A expressão dela continuava neutra.

– Aquele vilarejo em Eastern Townships – continuou, apontando vagamente para a janela. – A sul de Montreal.

– Eu sei onde ficam as cidades – respondeu ela.

– A exposição é da Clara Morrow, mas com certeza todos vão estar lá.

Ela voltou a erguer o jornal. O dólar canadense está forte, ele leu do outro lado da sala. Buracos que surgiram nas estradas durante o inverno não foram consertados, prosseguiu. Investigação de corrupção no governo.

Nenhuma novidade.

– Um deles odeia o seu pai.

O jornal foi baixado lentamente.

– Como assim?

– Bom – disse ele, percebendo, pela expressão dela, que tinha ido longe demais –, não o suficiente para machucá-lo nem nada assim.

– Meu pai me contou sobre Three Pines e o pessoal de lá, mas nunca mencionou isso.

Agora que ela estava chateada, Beauvoir desejou não ter dito nada, mas pelo menos tinha dado certo. O pai dela era a ponte.

Annie deixou o jornal na mesa e olhou para além de Beauvoir, para os pais, que conversavam baixinho na varanda.

De repente, ela parecia a adolescente que ele conhecera. Annie jamais seria a mulher mais bonita do lugar. Isso já era óbvio naquela época. Não era delicada nem tinha uma bela estrutura óssea. Era mais atlética que elegante. Gostava de roupas, mas também de conforto.

Teimosa, obstinada, fisicamente forte. Ele a venceria em uma queda de braço – sabia disso porque eles tinham disputado inúmeras vezes –, mas precisaria se esforçar.

Com Enid, ele nem pensaria em disputar. E ela jamais pediria.

Annie Gamache não só havia pedido, como tinha achado que ia vencer.

Depois que perdeu, caiu na risada.

Se outras mulheres, como Enid, eram lindas, Annie Gamache era viva.

Tarde, tarde demais, Jean-Guy Beauvoir havia percebido como era importante, como era atraente, como era raro estar completamente vivo.

Annie voltou os olhos para Beauvoir.

– Por que um deles odiaria meu pai?

Beauvoir baixou a voz.

– Então... O que aconteceu foi o seguinte...

Annie se inclinou para a frente. Eles estavam a poucos metros um do outro, e Beauvoir sentia de leve o perfume dela. Tinha que se esforçar para não tomar as mãos dela nas suas.

– Teve um assassinato lá no vilarejo da Clara, Three Pines...

– Eu sei, ele me contou. Parece que é a principal atividade do lugar...

Sem querer, Beauvoir riu.

– *Onde há muita luz, também há sombra.*

O olhar espantado de Annie fez Beauvoir rir de novo.

– Deixa eu adivinhar – retrucou ela. – Você não inventou isso.

Beauvoir sorriu e assentiu.

– Foi um alemão que disse isso. E, depois, o seu pai.

– Algumas vezes?

– O bastante para me fazer acordar gritando essa frase no meio da noite.

Annie sorriu.

– Imagino. Eu era a única criança da escola que citava Leigh Hunt – comentou ela, mudando um pouco o tom de voz enquanto lembrava. – *Mas, acima de tudo, ele amava ver um rosto humano feliz.*

CONHEÇA OS LIVROS DE LOUISE PENNY

Estado de terror (com Hillary Clinton)

Série Inspetor Gamache
Natureza-morta
Graça fatal
O mais cruel dos meses
É proibido matar
Revelação brutal
Enterre seus mortos

Para saber mais sobre os títulos e autores da Editora Arqueiro,
visite o nosso site e siga as nossas redes sociais.
Além de informações sobre os próximos lançamentos,
você terá acesso a conteúdos exclusivos
e poderá participar de promoções e sorteios.

editoraarqueiro.com.br

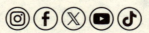